KB124152

슬픔도
힘이 된다

양귀자 소설

슬픔도
힘이 된다

양귀자 소설집

쓰다.

산꽃

천마총 가는 길
기회주의자
슬픔도 힘이 된다
숨은 꽃

의정부를 지나면서부터는 도로 확장공사가 진행 중이어서 차의 속력이 눈에 띄게 떨어졌다. 안내인 겸 총무이기도 한 박 기사는 그때를 이용하여 담배에 불을 붙여 물었다. 아직 서른이 채 안 되어 보이는 젊은 얼굴에 피곤이 더께처럼 내려앉아 있고, 담배 연기로 붉어진 두 눈은 깊고 어둡기만 했다. 못 해도 두 행보, 많을 때는 네 번까지 현장과 서울을 왕복하는 게 요즘 일과라던 아까의 박 기사 말을 새겨둔 탓일 것이다. 까맣게 그을린 살갗에 기미처럼 번지고 있는 반점들도 심상치 않게 보였다.

　사는 일이란 게 다 그렇지만, 묘지 안내인들과의 접촉이 잦아진 요즘 같은 때 그에게는 삶과 죽음이 한통속이라는 서늘한 느낌이 줄곧 머리에 달라붙어 있었다. 오늘까지 벌써 몇 주째인가. 그 또한 담뱃갑에 손을 넣으면서 마음속으로 헤아려보았다. 매주 일요일만 되면 떠나온 순례가 오늘로서 네 번, 거의 한 달이 다 되어가는 중이었다. 직장에 매여 있는 처지여서 일요일이 아니면 몸을 뺄 수가 없었다. 그렇기는 해도 시일만 충분하다면 몇 달이 걸리더라도 꼼꼼하게 산들을 훑어보고 싶었다. 미처 발길이 닿지 않아서일 뿐, 어딘가 찾아내지 못한 좋은 자리가 한군데쯤은 꼭 있을 것이란 믿음을 지우기가 그는 몹시 힘들었다. 먹고 사는 일에 바빠 뒷전으로 내돌리고 있다가 이제 와서 시(市)에서 정한 기일에 쫓겨 가며 이장을 서둘러야 한다는 게 마음에 걸리는 탓이었다.

　대구의 공동묘지에 묻혀 있는 아버지의 유골을 북쪽 가까운 곳으로 모셔야겠다는 생각은 오래 전부터 가슴 한쪽 켠에 공이처럼 박혀 있었다. 대구에는 이미 아무도 없었다. 애초 그곳이 고향도 아니었다. 단신 월남한 아버지가 터전을 일궈보려고 애쓴 곳 중의 하나일 뿐이었다. 아버지는 아무 연고도 없는 땅에 십오 년씩이나 누워 있는 것이다. 어느 만큼 여유가 생기면 서울 근처로 모셔야 한다고 노상 마음은 있었지만 생활이 언제나 가까스로 이어지는 형국이어서 실천에 옮길 수가 없었다. 겨우 학교를 마치고, 간신히 취직을 하고, 그리고는 결혼으로 부양가족만 늘리며 살아왔다. 어느 만큼의 여유는, 언제나 저만큼 앞의 미래에 있었다. 그 미래 또한 늘 확실하기 짝이 없어서 그는 매일매일을 허둥지둥 살아왔다. 상도동에서 답십리로, 답십리에서 고척동으로, 고척동에서 다시 개봉동으로 옮겨 다니며 허겁지겁 서울 시민으로 사는 동안 아버지는 십오 년씩이나 홀로 견디며 누워 있었다.

　시에서 정한 기일은 거의 코앞에 다가와 있었다. 공단이 조성된다는 소문은 몇 년 전부터 떠돌았지만 또 몇 년쯤은 미루어지려니 했는데 이장 공고가 나붙은 것이었다. 딱 부러지게 기일이 정해지자 처음엔 도리어 마음이 편했었다. 누군가 등을 밀지 않으면 이 삶에서 어느 만큼의 여유를 만들어내기란 도저히 불가능하다는 것을 그는 이미 눈치채고 있었다. 하지만 몇 군데를 돌아보고 나서는 다시 조급해졌다. 묘지는 어디나 다 만원사례였고, 그가 행할 수 있는 선택은 최선이 아니라 차선일 뿐이었다.

묘지만 정한다면 이장에 따른 제반 절차는 하루나 이틀로 충분하다는 설명은 이미 여러 군데 묘원(墓苑)에서 들었다. 오래 묵은 묘일수록 육탈이 된 상태여서 아주 수월하다고, 라면박스 하나면 충분히 유골을 모셔올 수 있다고들 했다. 묘지 관계자들은 무엇이건 수월하다고 말하는 사람들이었다. 공장에서 물건을 생산하듯이 임종에서 묘지까지의 여러 과정을 많은 사람들이 나누어 담당하면서 그들은 하루에도 몇 채씩의 유택을 세워 올렸다. 돈을 벌 수만 있다면 무엇이 어려울까마는, 공깃돌 다루듯이 죽은 자의 모든 것을 관할하며 거침없이 욕설을 내뱉고 침을 찍찍 뱉어대는 게 그는 언짢았다.

도시의 뒷골목에서 만나지는 사람들이나 높은 산의 묘원에서 만나는 사람들이 똑같았다. 이해할 수 없다, 라는 꼿꼿한 생각으로 불편을 느끼는 그는 아니었다. 이해할 수 없는 일을 이해하기 위하여 사는 게 아니던가. 다만, 여기가 아닌 다른 곳으로 떠나고 싶기도 하는 삶의 한때, 죽음을 떠올리며 비참한 위무를 받곤 하는 마음에 그런 풍경들은 종종 상처가 되었다.

그런 점에서 오늘 그를 안내하는 박 기사는 공손한 사람이었다. 묘원 허가가 나온 게 불과 사흘 전이라면서 좋은 터를 선택할 수 있는 이점이 있다고 강조하던 사장은 박 기사를 처남이라고 소개했었다. 처남 매부가 모두 그보다 젊은 나이였다. 젊은 그들이 죽음을 일상으로 처리하고 있는 게 서먹하다는 느낌이 잠시 들긴 했지만 반듯한 성품들이 그를 끌었다. 그렇지 않았다면 오늘일랑은 시외버스를 타고 한없이 멀리 나가 산자락을 떼어 파는 거간꾼들이나 찾아볼 셈이었다. 서울 근교의 공원묘지 순례는 이미 끝난 것이나 다름없다고 믿었던 탓이었다. 교통이 좋은 곳은 진즉 꽉 차있어서 선택의 폭이 좁았다. 거리가 가까우면 자리가 좋지 않고, 명당이라 할 만한 자리가 나서면 너무 깊은 산중이어서 오고 가는 차편이 마땅치 않았다. 거리나 자리가 다 마음에 드는 곳도 있었지만 그런 곳은 또 값이 엄청 비싸서 엄두가 나지 않았다.

　강원도로 경기도로, 그는 아버지가 누울 땅을 찾기 위해 신문 광고나 아는 이들의 소개를 받아 일요일마다 떠났었다. 묘원에서 제공하는 승용차가 항용 있어서 먼 곳이라 하더라도 어려운 답사는 아니었다. 그러나 봉분들이 빼꼭히 들어차 있는 예전의 공동묘지는 찾아볼 수 없었다. 공동묘지 대신 공원묘지라는 명칭이 생겨났고 영혼들은 반듯반듯 구획 정리된 땅에 질서정연하게 눕혀 있었다. 잘 정돈된 묘원 내 어디서라도 돗자리만 펴고 앉으면 원족 나온 기분을 느낄 수가 있었다. 마침 봄이었다. 누런 잔디에도 새잎이 돋았다. 물감으로 찍어놓은 듯 가지마다 뾰족한 새순이 돋고 있었다. 돋아나는 새싹을 밟지 않으려고 그는 늘 조심하였다. 돋아나는 새싹들 바로 뒤에는, 묘원 확장을 위해 서슴지 않고 산을 깔아뭉개고 있는 중장비들이 있었다. 중장비들이 파헤친 산의 생살은 아직 물기도 마르지 않아 더욱 시뻘건 황토였고, 그것이 그에게는 어쩐지 먹먹하기만 했었다.

"포천하고 의정부 사이 도로가 확장된다면 교통은 아주 좋아질 겁니다."

'포천읍 4km 전방'이라는 표지판을 지나치고 나서 박 기사가 그를 돌아보았다. 양지바른 쪽에 앉아 쑥을 캐고 있던 계집아이들이 기계처럼 손을 흔들어대는 게 보였다. 담장 밑의 개나리들은 북쪽임에도 벌써 만개한 뒤여서 샛노란 잎에 얹힌 먼지가 뿌옇다. 그러고 보면 국도변은 어디나 다 그랬다. 먼지로 얼룩진 연쇄점의 유리창들과 비슷비슷한 슬레이트 지붕의 누추한 모양새가 일정한 간격을 두고 차창 밖으로 흘러갔다. 그리고 동네 뒤에는 언제나 산이 있었다. 산은 산이어서 싱싱했다. 연초록 기운이 움터오는 때여서 더욱 그랬다. 움트는 새싹에까지 먼지가 묻어 있을까, 그는 잠시 그런 생각을 하기도 했다.

읍내에 들어섰는가 했더니 자동차는 잠시 만에 다시 헐벗은 국도로 빠져나와 버렸다. 눈곱 낀 개 한 마리가 좌회전하는 차의 옆구리에서 무심코 컹컹 짖어댔다. 백 미터 앞쯤에 '창수면'이라는 표지판이 보였고 박 기사는 차를 좌회전시켜 놓은 뒤 정차했다.

"아시지요? 이곳 막걸리가 기가 막혀요."

그리고는 차에서 내려 옆의 구멍가게로 들어갔다. 따라 내려서 막걸리로 출출한 속이나 달래볼까 어쩔까 망설이고 있는데 박 기사가 나타났다. 그는 플라스틱 용기에 담긴 뿌연 막걸리와 쥐포쯤으로 보이는 안주감이 든 비닐봉투를 들고 있었다.

"이제 여기서부턴 산길입니다. 가게가 없어요. 산에 가서 한잔 마시는 것도 맛이 좋답니다."

말을 끊는가 했더니 다시 "술 좀 하십니까?" 하고 묻는다.

"물론이지요. 술 때문에 사는 날도 있는데요."

말을 해놓고 보니 정말 그렇다는 생각이 들었다. 숨이 막힐 듯한 나날들, 도시의 이곳저곳에서 출몰하는 올가미들, 나사가 헐거워진 기계처럼 티격태격 부딪쳐오는 가정생활, 몇십 년을 살아도 익숙해질 것 같지 않은 흉포한 인간관계에 술은 곧잘 윤활유가 되어주었다. 삶은 아무리 해도 제자리걸음인데 나날이 덫만 늘어갔다. 덫에 걸리면 몇 년간의 안간힘은 순식간에 수포로 돌아갔다. 잘살고 못사는 데에는 세월의 질서가 아무 소용도 없었다. 다만 누가 더 많이 덫을 걷어차는가 하는 기교만 있을 뿐이었다. 비포장도로를 달리는 차 안에서 포천 막걸리와 함께 흔들거리며 그는 양편에 붙박여 있는 신록의 숲을 쳐다보았다. 까닭 없이 마음이 편해졌다.

"제가 말입니다. 이제 서른이거든요. 그런데 운전 경력이 벌써 십오 년째 접어듭니다. 믿으시겠어요?"

박 기사가 저 혼자 산자락 무너지는 소리로 웃었다. 서른이면 그보다 여섯 살이나 아래다. 그는 자기의 서른 살을 생각해봤다. 서른일 때 답십리에 살았던가. 답십리에서라면 결혼을 한 후일 것이다. 늙은 어머니와 새 신부가 걸핏하면 좁은 부엌을 가로지른 선반에 쿵쿵 머리를 찧던 집이다. 어머니의 상처는 오래 갔고 아내의 상처는 이내 스러졌다. 제일 나중까지 남은 것은 언제나 그의 아픈 마음이었다. 항상 웃기 잘하고 농담 좋아하는 김 과장의 서른 살은 어떠했을까. 버스에서, 혹은 지하철에서 어깨를 스치고 지나가던 그들의 서른 살은 어떠한가. 아니, 그동안 숱하게 만나보았던, 공원묘지 안에 일렬횡대로 정렬해 있는 영혼들의 서른 살은 어떠한가……. 그때 박 기사가 생각을 잘라놓으며 끼어들었다.

"고향에서 도망와가지고 트럭 조수부터 했어요. 그리곤 트럭 운전사로 뼈가 굵었는데 느닷없이 장의사 차를 몰게 되어서 앰블런스 운전까지 했지요. 이제는 묘지 안내인이 되었구요. 그러고 보면 느닷없는 일도 아녜요. 화물 나르는 것보다는 죽은 사람 실어 나르는 게 몸도 덜 고단하고 수입도 쏠쏠하더라구요."

그런 까닭이 있어서 처남 매부가 묘지 사업을 시작했던 모양이었다. 공원묘지들과는 달리 이곳에서는 땅값과 5년 관리비만 요구했다. 이미 여러 곳을 둘러본 터이라 그는 묘지의 평당 가격에 대해 알 만큼 알고 있었다. 법으로 묶여 있는 평당 가격은 어디나 매일반이었다. 가격 차이를 내는 것은 땅값이 아니고 한 평에 얼마씩 따라붙는, 시설비라는 명목이었다. 대개의 공원묘지들은 땅값과 대동소이한, 오히려 그 이상의 시설비를 책정해놓고 있었다. 진입로를 포장하고 구획을 정리하고 배수로나 축대를 쌓는 데 쓰이는 돈이 시설비였다. 시설비가 많으면 많을수록 인위적인 잔손질이 추가되어서 자연미가 스러진다. 시설도 하지 않은 채 땅만 떼어 파는 곳이라면 산은 그 모습 그대로 시신을 받아들인다는 뜻이었다.

오늘 아침, 그와 첫 대면한 그들은 자연 그대로의 산이 왜 좋은지를 누누이 설명하였다. 배수 잘되는 흙과 축대 구실을 여축없이 해주는 수령(樹齡) 높은 나무들이 시신을 어떻게 위무해주는지를, 포슬포슬한 흙과 앞이 탁 트인 전망을 갖고 있는 산을 고를 수만 있다면 왜 겹겹이 포개어 있는 묘지를 택하느냐고 그들은 말하였다. 하기야 공원묘지 중에는 맨션아파트도 있고 서민아파트도 있었다. 포천묘원은 말하자면 넓은 뜨락을 가진 단독주택인 모양이었다.

죽은 자는 자신이 누울 땅을 선택할 수 없다. 아버지라면 어떠했을까. 묘 자리를 보게 되면, 그는 우선 몇 번이나 도회로 나갔지만 결국은 도시인이 되지 못하고 만 당신이었다면 어떠했을지를 생각해보곤 했다. 딸들이야 어찌되었건 하나뿐인 아들만 아니라면 세상 겁내고 살게 뭐 있느냐던 아버지였다. 세상이 겁나고 사람이 무서워서 그리 말했다는 것을 그는 아주 오랜 후에야 깨달았지만.

그들의 설명을 듣다보니 그렇게나 많은 묘원들을 돌아보고도 왜 선뜻 계약을 할 수 없었는지 그 이유를 알 것 같기도 하였다. 시설비니 관리비니 하는 따위의 프리미엄이 고까웠던 것은 아니었다. 어디 빚을 내어서라도 아버지가 누울 땅쯤은 마련할 수 있었다. 그것보다는 공원묘지들의 그 인위성, 도시의 풍속을 고스란히 옮겨놓은 치졸한 구상이 그를 머뭇거리게 만들었다. 푸른 잎과 이름 모를 꽃이 주는 신선함에 기꺼워하다가도 일렬횡대로 늘어선 봉분들의 차렷 자세를 보면 마음속 어디에선가 이런 소리가 울려왔다. 여기는 아버지의 땅이 아니다…….

창수군의 첫 동네가 마침내 저 멀리에 은빛으로 모여 있는 게 보였다. 박 기사는 동네로 들어가는 길을 버리고 더욱 비좁아진 길로 우회전한다. 이제는 정말 굽이굽이 돌고 도는 길이었다. 차가 한 대 겨우 드나들 수 있게 닦아놓은 그 길은 오르막과 내리막이 간단없이 교차되고 있었으며 해동 때 내려앉은 지반으로 도무지 속력을 내기 어려웠다.

"지금 공사 중이에요. 이번 추석 때까지는 일 미터쯤 폭도 넓히고 평평하게 골라놓을 계획이지요. 땅이 좋아서 비 오는 날이라도 바퀴 빠질 염려는 없답니다."

박 기사 말대로 한눈에도 땅은 쌀가루처럼 포슬포슬하였다. 한 꺼풀만 벗기면 새까맣고 기름진 흙이 튀어나오리라.

차는 거의 정상에 가까운 길을 오르고 있었다. 눈 아래로 계곡과 능선이 펼쳐지고 차창으로 다가드는 숲은 그림처럼 포근했다. 서울에서 여기까지, 거의 두 시간 이상을 달려왔지만 그사이 생활이 일으키는 잡다한 먼지바람에서 벗어나본 적은 없었다. 그러나 산속에 들어서는 순간 코끝을 맴돌던 먼지 냄새는 순식간에 사라지고 말았다. 대신 알 수 없는 풀 냄새가 머리를 개운하게 비워주었다. 도시와 산이 이처럼 확연히 구분되는 것에 대해 그는 진심으로 놀라워하였다. 잘 닦인 진입로를 오르던, 지난주, 그 지난주에 만났던 산들과도 달랐다. 붉게 배를 내놓고 있는 황톳길과 먼지에 뒤덮인 길섶의 키 작은 나무들을 보면서는 어떤 느낌도 없었던 그였다.

박 기사는 과연 십오 년 경력을 가진 사람답게 차를 잘 다루었다. 어디에 구덩이가 패여 있고 어느 자리에 바위가 박혀 있는지 잘도 알고 있어서 도로 사정과는 관계없이 승차감은 여일했다. 자신만만한 운전 솜씨는 산길에서 더욱 두드러졌다. 그것을 잘 알고 있는 박 기사 스스로도 몸에 탱탱한 활력이 넘쳐흐르는 듯했다.

활력도 전염되는 것인가. 저만치 펼쳐있는 능선의 풀빛이 피곤에 지친 그의 눈을 서늘하게 해주었다. 허리를 꼿꼿이 세우고 두 손을 꽉 모아 쥔 그의 얼굴도 신록에 물들어 푸르게 보였다. 두 사람은 똑같이 절대치의 고조된 기분으로 가쁘게 달리고, 바퀴 밑에서 튕겨오르는 돌멩이들의 비명은 타악기의 잦아드는 박자로 같이 달렸다. 산은 그러나, 말없이 그들이 가까워오길 기다릴 뿐이었다.

차가 멈추었다. 거의 산꼭대기에 다름 아닌 곳이었다. 그는 박 기사를 따라 산비탈을 내려갔다. 군데군데 선연한 빛깔로 진달래가 피어 있었다. 길도 없는 비탈을 박 기사는 뛰듯이 가고 그는 구두에 꽉 조여진 발가락을 거북해하면서 그 뒤를 따랐다. 돋아나는 새순을 밟지 않으려고 애를 쓰다 보니 더욱 더디었다. 얼마쯤 가자 이내 앞이 탁 틔어왔다. 거침없이 확 트인 바로 그 자리에 아직 떼도 덮지 않은 황토 봉분이 하나 둘 셋, 세 개가 있었다. 산기슭 어디에 이런 자리가 숨어 있었을까 싶게 길에서도 보이지 않던, 남향의 양지바른 자리였다.

"여깁니다. 선생님께서는 이 자리를 쓰세요. 앞이 탁 틔었거든요. 묘 하나 자리로는 조금 넓지만 싸니까 넉넉히 쓰셔도 큰 부담 없을 겁니다."

그는 박 기사가 가리키는 곳에 서보았다. 구름 한 점이 멀리 능선에 얹혀 있다. 눈 아래는 그대로 수목의 바다였다. 앞을 가로막는 봉우리도 없다. 발아래 저만치 계곡들이 햇살 아래 싱싱하게 누워 있고 바람은 다디달았다. 남향이니까 일출에서 일몰까지, 해는 종일토록 머물러 있을 것이었다. 넘치도록 햇볕을 받는 일이 얼마나 소중한 은혜인지 그는 잘 알고 있었다.

없는 살림에는 남향의 쓸모 있는 햇볕이 큰 도움이었다. 세를 얻어 살다보면 으레 뒤채나 건넌방이었으므로 언제나 볕이 아쉬웠다. 몇 년 전 가까스로 아파트를 마련했는데 그것 역시 비뚜름한 동향이라 아침볕만 푸지다 말았다. 누구보다도 어머니가 가장 옳게 드는 볕을 갈망하였다. 장독대를 간수하고 마른 반찬을 마련하는 일이 볕 때문에 제대로 되지 않는다고 늘 언짢아했다. 얌체 없이 해를 가리는 앞뒷집의 우람한 체구를 눈흘겨가며, 아이들 옷가지를 못 말려 애태우는 아내도 햇볕 귀한 줄 아는 사람이었다. 하루 종일 사무실에 갇혀서, 틀림없이 부글부글 썩고 있을 공기와, 내 것이 아닌 다른 이들의 탐욕스런 입김까지 들이마시며 살아야 하는 그 역시 마찬가지였다. 아버지가 누울 터전이 남향의 볕바른 곳이라는 게 그의 마음에 아주 좋았다.

"그 옆의 자리까지 합하면 열여섯 평쯤 될 겁니다. 나중에 모친까지 함께 모시게 되면 더 좋을 텐데요……."

그렇지 않아도 어머니의 자리까지 의중에 두고 있던 그였다. 나중에 두 분이 함께 아래를 굽어다보면서, 바다처럼 광활하게 펼쳐진 산봉우리들을 마음으로 타고 넘어 저 위쪽의 고향을 다녀오기라도 하면 좀 재미날까. 아버지는 이곳을 마음에 들어 하실까. 어머니는 또 뭐라 하실까. 이런저런 생각으로 바라보는, 누구의 손도 닿지 않은 능선의 신록은 보고 또 보아도 아름다웠다.

"일루 오세요. 막걸리가 있잖습니까."

하염없이 서있는데 박 기사가 비닐 봉투를 흔들어보였다. 두 사람은 풀밭에 주저앉아서 담백하고 향취 나는 그 고장 막걸리 맛을 보기 시작했다. 종이컵쯤으로 부어 마시기에는 성이 차지 않을 만큼

맛있었다. 박 기사는 한 방울도 흘리지 않게 조심하며 잔을 채웠고, 그러면 그는 소중하게 잔을 받아 달게 비워냈다. 그러는 사이 먼 곳에서는 이름 모를 새가 울었고, 저만큼 앞에는 산꽃들이 소박한 색깔로 피어나 바람에 얇은 잎사귀를 내맡기고 있었다.

"이상하지요. 하루에도 몇 번씩 오는데 여기 들어와 앉으면 속이 후련해요. 질리지가 않아요. 사무실에서 짜증만 돋우고 있다 보면 슬그머니 손님 없나 하고 기다리기도 합니다. 많이 둘러보기는 하는데 길이 너무 멀어서 그런지 막상 계약하겠다는 사람은 별로 없네요."

자세히 보니 박 기사의 그을린 얼굴에 허물이 벗겨지고 있었다. 바람도 없이 따스한 봄날, 그는 박 기사가 내미는 잔을 받다가 그 손의 수많은 공이를 발견하기도 했다. 아버지가 땅속에 누워 있던 십오 년 동안 한 젊은이는 트럭 조수에서부터 지난한 삶을 시작했었다. 그 젊은이가 공이 박인 손으로 쥐포를 찢으면서 이렇게 말하였다.

"난 아무래도 이런 장사가 편해요. 죽은 사람은 말이 없거든요. 산 사람은 말도 많고 트집도 많은데 죽은 사람 상대하면 귀찮게를 안 해요."

계약을 하시지요, 하고 은근히 조를 줄 알았더니 그게 아니다. 그 앞으로 찢은 쥐포를 내밀어놓고 박 기사는 어디 먼 데를 보았다. 그는 내심 열여섯 평을 점찍어 두고 홀가분한 심정으로 막걸리를 마셨다.

참으로 오랜만에 마셔보는 막걸리였다. 퇴근길에 술집에 들러도

맥주 아니면 소주로 취했었다. 질펀하게 취했는가 했어도 귀갓길에는 노래조차 흘러나오지 않았다. 누군가 말하기를, 오장육부를 술에 담갔어도 세 치 혀만은 남겨두어야 한다고 했다. 행여 숨겨둔 진심을 까발리기라도 하면 큰일이니까. 적당히 포장해서 내놓은 방만한 술주정들 속에는 그래서인지 슬픔만 담겨 있다. 취한 얼굴로 돌아와 발을 씻고 손을 씻고 나면 구역질만 남을 뿐이었다. 살아남기 위한 모든 일들이 종국에는 구역질로 이어진다. 벽을 향해 돌아누우면 내일은 보이지 않고, 말라비틀어진 가지처럼 늘어져버리는 육신이 서글펐다.

"이장하기로는 지금이 제일 좋은 때입니다. 잔디를 입혀도 잘 살고 나무를 몇 그루 옮겨 심어도 그냥 뿌리가 뻗어 실하게 자라요. 요즘 같은 철이야 뭐 막대기를 꽂아놓아도 잎이 돋는 때 아닙니까."

박 기사 말을 듣자니 화분에 봉숭아꽃 씨를 묻어놓고 밤낮으로 들여다보던 딸아이가 생각났다. 어머니도 아파트 앞의 공터를 아까워하면서 씨만 뿌리면 거저 자랄 거라고 되뇌곤 했다.

아무도 가꾸지 않는 이 깊은 산에도 진달래가 피어나고 있었다. 그는 새삼스레 산자락 여기저기를 붉게 물들이고 있는 진달래꽃을 쳐다보았다. 잎보다 먼저 꽃이 피는 나무, 진달래는 바로 그들 곁에도 있었다. 그는 꽃 하나를 톡 따서 입에 넣었다. 박 기사도 그를 따라 했다.

"그런데 말예요. 진달래는 아무리 해도 옮겨 심지를 못하겠대요. 집사람이 꽃을 좋아하길래 몇 뿌리 캐다 집에 심어봤는데 그냥 죽어요. 몇 번 해봐도 이내 말라비틀어져서 그만뒀어요. 천생 산에서만 살게 되어 있는 산꽃이라니까요."

정말 그럴까. 그러고 보면 철쭉꽃은 보았어도 진달래를 저잣거리에서 본 기억은 없는 듯도 싶다. 하긴 담장 밑의 개나리는 몰라도 진달래는 좀 처연하다는 느낌도 든다.

산을 내려와서는 못 사는 꽃. 산이 아니면 뿌리를 내리지 못하는 꽃. 그는 진달래꽃 가까이로 다가갔다. 다섯 갈래로 벌어진 꽃들이 두세 개씩 가지 끝에 매달려 있다. 미농지처럼 얇은 꽃잎이 안쓰럽다. 소리만 크게 질러도 눈물 같은 수액이 흘러내릴 것 같다.

꽃잎을 한번 만져보려다 말고 그는 손을 거두었다. 거두어들인 손등 위에, 또렷또렷한 산개미 한 마리가 길을 찾지 못해 헤매고 있는 것이 보였다. 그는 가만히 개미를 집어 올려 땅에 내려놓았다. 개미는 바쁘게 제 갈 길을 찾아 기어가기 시작했다. 개미가 가는 길을 그는 또 한참 쳐다보았다. 그런 다음 다시 진달래를 보니, 꽃은 그런 그를 물끄러미 보고 있는 것이었다.

박 기사는 이윽고 마지막 잔을 가득 채워 그에게 내밀었다. 운전석에 앉을 사람답게 박 기사는 술을 적당히 마신다. 잔을 비운 뒤 그는 아버지가, 그리고 훗날 어머니까지 눕게 될 땅을 다시 한번 찬찬히 둘러보았다. 오후가 한창 겨웠는데도 볕은 고르게 쏟아지고 있다. 찰흙도 진흙도 아닌, 질 좋은 흙을 비집고 솟아나온 잡초들 사이에 손톱만한 꽃도 보인다. 산바람이 건듯 불면 여기저기서 메아리처럼 산이 숨 쉬는 소리가 들려왔다.

내려갈 때가 되지 않았나 싶었지만 그는 서두르지 않았다. 할 수 있다면 마냥 이곳에 머무르고 싶었다. 다시 도시로 돌아가 끈끈한 먼지 속에서 호흡할 일을 생각하면 더욱 그랬다. 그는 말없이 산에 서밖에 살 줄 모르는 산꽃들을 쳐다보고 있기만 하였다. 무릎을 세우고 앉아서 저만큼 뻗어가는 산줄기를 바라보고 있던 박 기사가 불쑥 "좋지요?" 하고 말했다.

_ 『문학정신』 87년 7월호

산꽃
천마총가는길
기회주의자
슬픔도 힘이 된다
숨은 꽃

아이는 곤한 잠에 떨어져 있어서 깨우기가 안쓰러웠다. 출발하고 얼마 지나지 않아 시작된 중국 영화는 시종일관 잔인하고 기괴한 무술을 펼쳐보였는데, 아이는 한사코 이어폰을 내려놓지 않은 채 그것을 끝까지 다 보고 나서야 잠이 들었다. 피를 뿜으며 죽어가는 협객의 모습이 거의 오 분에 한 번씩 화면에 등장하는, 걸핏하면 무리를 지어 포위해 들어오곤 하는, 아슬아슬한 고비가 끊임없이 되풀이되는 영화를 승객들은 아주 즐겁게 보았다. 아침나절이라 새삼스레 잠을 청하는 이도 별로 없었다. 사람들은 영화를 보면서 햄버거를 씹거나 귤을 까먹기도 했다.

아내 역시 차창에 머리를 기대고 잠들어 있었다. 하기야 피곤하기도 할 터였다. 이 여행을 위해 아내는 어젯밤 늦게까지 가방을 꾸렸고 오늘은 이른 시간에 일어나 새벽밥을 지었다. 그래놓고도 고속버스가 대전을 지나도록 아주 생생한 얼굴로 스치는 풍경마다에 반응을 보였다. 추풍령 휴게소에서는 사진을 찍어달라고 조르기도 해서 그는 딸과 아내의 그 관념적인 몸짓, 입술은 김치 발음 모양으로 정리하고 어깨는 살풋 모로 돌린 그 모습들을 연거푸 찍어댔었다. 네모난 렌즈 속에 아내와 딸의 발과 머리통을 손상 없이 담으려면 상당한 거리를 두어야만 했다. 발을 자르거나 허리에서부터 끊어지는 사진을 그는 싫어하였다. 그런 사진은 찍을 수 없다, 라는 게 그의 생각이었다. 멀리서 잡는 사진 속에 딸애의 눈곱이 찍힐 리도 없건만 아내는 몇 번씩이나 그의 동작을 중단시키고 딸애의 눈곱을, 비뚤어진 리본을, 흩날리는 머리칼을 정돈시켰다.

아내가 비로소 눈시울을 덮고 잠속으로 들어간 것은 버스가 왜관을 지나고서였다. 끝까지 잠들지 않은 자는 결국 그 혼자뿐이었으므로 그는 안내양이 마이크를 집어 드는 것을 신호로 딸과 아내를 잠속에서 일으켜 세웠다. 대구행 고속버스는 승객들의 편의를 위해 서대구에서 잠시 멈추어 그쪽 방면 손님들을 하차시켰다. 그의 가족 역시 편의를 위해 서대구에서 고속버스를 내린 후, 번잡한 도로의 모퉁이를 돌다가 돌연한 햇빛과 맞부닥뜨린 채 눈살부터 찌푸려야 했다.

서울을 떠나오기 전 몇 번씩이나 검토한 여정이어서 망설일 이유는 없었다. 막바로 택시를 타고 성서 1동 동사무소로 달려가야 했다. 대구를 떠난 지 십 년이 훨씬 넘었으므로 새삼스레 이 도시에서 옛 모습을 기대하지는 않았다. 그래도 대충은 알아볼 수 있으려니 했는데 전혀 아니었다. 회색 건물과 넘치는 간판과 달리는 차들은 그가 몇 시간 전에 떠나온 서울과 다를 바 없었다. 택시 잡기가 어려운 것까지 꼭 닮았다. 아이는 잠이 덜 깨어서 침울하였고 아내는 따가운

봄볕이 싫은 듯 이마의 주름을 펴지 않았다. 그는 택시 잡기에 서투른 스스로를 혐오하면서 이 여행의 첫 시작부터를 버겁게 껴안고 차도로 뛰어 들어갔다.

그는 용감하고 싶었다. 아내와 자식을 데불고 하는 먼 여행은 거의 처음이었다. 더구나 이곳은 한때 그의 근거지였다. 가족들은 그를 믿듯이 이 도시를 믿고자 할 것이었으므로 그들의 믿음을 훼손시키고 싶지 않았다. 무거운 가방을 어깨에 둘러메고 얼마를 더 허우적거린 다음 그는 간신히 콧수염을 길게 기른 기사가 모는 군청색 개인택시에 가족들을 태울 수 있었다. 달리는 택시 안에서 그는 손수건으로 이마의 땀을 훔쳤다. 등허리까지 축축하게 젖어 있었으나 그런 내색은 하지 않았다. 그는 아마도 긴장하고 있는 모양이었다.

성서 1동 동사무소는 시립묘지로 들어가는 길에서 오른쪽으로 갈려나와 몇 분쯤 달린 뒤에 나타났다. 동사무소로 들어가는 소롯길 앞에서 택시는 멈추었다. 딸애는 그새 또 잠들어 있었기 때문에 내리는데 상당한 시간이 지체되었다. 운전기사는 그동안을 못 참고 차를 움직이기 시작했다. 시트 위에 떨어져 있는 아이의 분홍 모자를 줍던 아내가 미끄러지는 차를 감당 못해 넘어질 뻔하였다. 화가 난 그는 가방을 내려놓고 택시의 앞문에 손을 대었다. 그러나 차는 매끄러운 비누처럼 그의 손에서 벗어나 달려가 버렸다. 멀어져 가는 택시의 뒷모양을 흘겨보는 것으로 그는 기사에게 분풀이를 하였다. 가족들과의 여행인데, 그저 조금만, 아주 조금만 부드럽게 진행될 수 있으면 좋겠다는 생각을 하며 그는 묵묵히 동사무소를 향하여 걸었다. 아이에게 모자를 씌워주면서 아내는 애꿎은 아이만 나무랐다. 고속버스에서 실컷 자두라니까 말을 안 듣더니…….

동사무소는 단층 목조건물이었다. 벽 쪽으로 길게 붙여놓은 나무 의자에 가방을 내려놓고 그는 '4. 기타 민원 사항'이라는 표지판 앞으로 갔다. 창구 항목은 많았지만 앞에 나앉은 직원은 두 사람뿐이었고 그보다 앞서온 주민은 대여섯 명이나 되었다. 4번 창구를 맡은 이는 여자였다. 안경을 걸치고 있었는데 안경 너머로 그를 핼끔 바라보더니 손을 내밀었다. 들고 있는 것을 이리 내보라는 뜻이었으므로 그는 손에 든 서류 봉투를 통째로 건네었다.

"뭣 땜에 오셨어요?"

봉투는 열어보지도 않고 여자가 물었다.

"시립묘지의 선친 묘를 이장했습니다만……."

여자가 안경 너머로 또 한 번 그를 살펴보았다.

"보상금 말예요?"

그는 아무런 대답도 하지 않았다.

"기다리세요."

여자는 능숙한 솜씨로 만지고 있던 인감증명 서류의 앞뒷면에 도장들을 여러 개 눌러댔다. 도장으로 무늬를 이룬 서류 한 장을 발급받은 한 사내가 동전 몇 개를 수수료로 내놓고 나갔다. 그래도 아직 그의 차례는 아닌 모양이었다. 또 한 사내가 새마을 모자를 손에 구겨 쥐고서 여자에게 사뭇 애원조의 사정을 시작하였다. 담배 한 대 참만큼은 시간을 끌 것 같은 읍소였으므로 그는 나무 의자에 앉아 담배에 불을 붙였다.

직할시에 편입되어 있다고는 해도 눈을 조금만 들면 논밭과 낮은 구릉 외에는 별다른 게 보이지 않는 여전한 시골이었다. 하기야 십팔 년 전 이곳에 아버지의 묘를 쓸 때만 해도 성서 땅이 대구시로 들어가 버릴 줄은 정녕 몰랐다. 그때 역시도 근교의 가까운 공원묘지는 시의 확장에 따라 곧장 옮겨지리라는 것을 예측할 수 있었다. 그래서 한껏 먼 곳에 아버지를 모셔서 이장의 번거로움을 겪지 않으려고 했다. 그 한껏 먼 곳이 여기, 성서였었다. 몇 해 전에 대구를 다녀오신 어머니가 성서 쪽에 공단을 만든다는 소문이 있더라고 전해 준 적은 있었다. 처음에는 좀 걱정했으나 그 뒤로도 몇 해 동안 잠잠하여 잊고 있는데 작년 가을 성묘를 다녀온 여동생이 급박하게 소식을 알려왔다. 공고도 몇 번 났었고 연락처를 아는 이한테는 연락도 했었다는 게 묘지기의 말이라고 했다. 대구를 떠나온 후 그는 한 번도 아버지 묘소에 찾아가지 않았다. 구미로 시집을 간 여동생이 혹간 한 번씩 성묘를 하고 묘지기에게도 몇 푼의 돈을 쥐어주기는 했다. 어머니 역시 딸네 집은 곧잘 다니러 가셔도 아버지한테는 들르지 않았다. 죽은 자의 처소에 공을 들이는 일 따위는 어머니에게는 아주 무의미한 처사였다.

여직원이 그의 이름을 불렀다. 그녀의 손에 들려 있는 개장 신고증은 한 달 전 아버지의 봉분을 헐면서 이미 취득한 것이었다. 매장 및 묘지에 관한 법률 제5조 제2항의 규정에 의하여 위와 같이 신고하였으므로 이에 신고증을 교부함. 신고증의 하단에는 그렇게 적혀 있을 것이었다. 지난번에 신고증을 받으면서 보상금 수령을 위한 몇 가지 서류도 함께 받았었다. 그때 모든 절차를 끝내지 못한 것은 매장 및 묘지 등에 관한 법률에 의거해서 제출토록 되어 있는 개장 때의 사진 두 장 때문이었다. 봉분을 헐기 직전의 사진과 개장 후 시신을 수습한 뒤의 빈 구덩이 사진이 보상금 수령에 꼭 필요하다고 했다. 사진은 찍었지만 당장 그것을 현상하여 인화하기까지는 시간이 걸렸다. 서울에서는 가족들이 시신을 모셔올 봉고차를 기다리고 있을 때였다. 개장과 이장을 모두 그날 해 있는 중으로 마쳐야 했으므로 십 분도 허투루 보낼 수 없는 처지였었다.

"사진 가져오셨어요?"

그는 사진을 건네주었다.

"인우보증 두 명을 빠뜨리셨어요. 보증인 세워서 구청으로 가세요. 돈은 거기서 줍니다."

보증인이 둘씩이나 필요할 줄은 미처 몰랐었다. 시에서 제멋대로 이장을 명령하고, 제멋대로 보상금을 정하고, 그것도 모자라 알량한 보상금에 보증인을 둘씩이나 내세우라니, 그는 역정이 치밀었다.

"그런 게 꼭 필요합니까?"

다소 신경질적인 그의 말투에 여직원은 당장 반응을 나타냈다.

"주민등록번호하고 도장만 찍어주는 보증인도 못 구하세요?"

언제 왔는지 아내가 인우보증 서류를 넘겨다보며 난감한 표정을 지었다.

"어떡하죠? 보증인을 여기서 어떻게 구해요. 서울이라면 또 모르지만……."

남편의 행동반경을 누구보다도 잘 알고 있는 아내가 먼저 절망을 했다. 연락처를 아는 이가 설령 있다 하여도 몇 년 만에 나타나서 느닷없이 보증인이 되라 할 수는 없었다. 그것도 아버지의 묘를 파내면서 생긴 몇 푼의 보상금을 위해 그런 짓을 할 남편이 아니었다. 낯 뜨거운 청을 하느니 보상금을 포기하는 쪽이 백번 쉽다고 생각할 남 편임을 그녀는 잘 알고 있을 것이었다. 보상금은 기껏해야 십육만 원 남짓이었으니까.

일단은 서구청에 가서 사정을 이야기해보고 안 되면 그만이라는 쪽으로 생각을 굳힌 그는 식솔을 이끌고 얼마를 걸어 큰길가로 나왔 다. 택시 잡기가 아까보다 훨씬 어려울 것 같았다. 팔차선 도로에 자 동차들은 시속 백 킬로 이상으로 나는 듯싶었다. 보상금 수령에 제 동이 걸린 뒤로 아내는 눈에 띄게 풀이 죽어 있었다. 제 엄마의 기분 을 눈치챈 딸애의 어깨도 축 처져 있다. 빈 택시는 한 대도 눈에 뜨 이지 않고 머리 위의 태양은 펄펄 살아나서 그의 가족들을 진 빠지 게 하였다. 아내의 실망을 그는 모르지 않았다. 보상금을 받지 못하 면 이 여행도 그만 끝이었다. 어디 가서 점심이나 한 그릇 사먹고 다 시 서울로 되돌아가는 것이었다. 단지 보상금 때문이라면 오고 가 는 차비를 들여가며 어린 딸까지 끌고 이 도시에 올 이유가 없었다.

서울을 떠나올 때 그들의 수중에는 몇만 원 정도밖에 없었다. 그 만한 돈으로는 간신히 대구까지의 왕복 여비밖에 되지 않는 것이었 다. 그럼에도 굳이 가족여행이란 이름 밑에 밤잠을 설쳐가며 가방을 꾸리고 마음을 설레었던 것은 보상금 십육만 원이 보장해주는 또 다 른 여로에 대한 기대감 때문이었다. 아내로서는 응당 그만큼의 기 대를 지닐 만하였다. 포천에 새로 마련한 묘지는 어머니 모실 자리 까지 한꺼번에 계약한 것이라서 이장 비용 포함하여 이백만 원 넘 게 들어갔다. 위에 누이들이 둘이나 있었지만 돈을 보낼 형편도 아니어서 모든 게 그의 몫이었다. 이백만 원짜리 곗돈을 타면 그 돈으로 무얼 할까, 라고 노래를 부르던 아내는 애써 담담하게 곗돈을 내놓았다. 그러고도 가욋돈이 수월찮게 쓰여서 생활비조차 빠듯한 형편에 불현듯 이루어진 여행이었다. 며칠 휴가를 내어 그만큼의 경비로 알맞은 여행을 해보지 않겠느냐고 그가 제안했을 때 아내는 몹시 즐거워했다.

봄볕이라고는 해도 그것의 느낌은 어지간히 쨍쨍하였다. 이른 새벽에 집을 나선 자들이 으레 그렇듯 새벽 냉기에 견딜 만하게 두터운 복장을 갖추고 있던 그들은 택시를 기다리는 동안 땀을 흘려야 했다. 이 큰길까지 예전에는 밭이었는데 지금은 광장처럼 넓디넓은 찻길이 되었다. 지난번 서울에서 대절한 봉고차를 타고 이곳에 왔을 때 그는 묘지로 들어가는 길조차 찾지 못해 한동안 헤맸었다. 아무리 빙빙 돌아도 기억 속의 가닥과 닿는 모습이라곤 눈에 뜨이지 않았다. 달라졌다는 것이야 백번 천번 염두에 두었지만 그래도 실낱같은 옛 모습이나마 남아 있지 않겠냐고 그는 믿었었다. 외곽지역의 개발 작업이란 근본부터 뒤엎는 공사라는 것을 그는 잊고 있었다. 결국은 차에서 내려 행인에게 두어 차례 묻고 나서야 묘지로 가는 길을 찾을 수 있었다.

지난번 생각을 하다 말고 그는 이 자리에서는 택시 잡기가 용이치 않다는 사실을 깨달았다. 오백 미터쯤 아래로 내려가면 몇 채의 건물이 있고 그 뒤로 공장들이 있었다. 그쪽에는 혹가다 차들이 멈추어 손님을 하차시키기도 하였다. 그는 다시 가방을 둘러메고 아내와 딸을 재촉하여 낯선 길을 걷기 시작하였다. 기껏해야 1박 2일,

아니면 2박 3일의 여행을 위해 무엇을 그리 많이 넣었는지 가방은 어깨살을 파고들 만큼 무거웠다. 밤늦도록 넣었다가 뺐다가, 그리고 다시 넣었다가 또 제쳐놓곤 하던 아내였다. 아내는 아내대로 짐이 있었다. 아이의 군것질감이 담겨 있는 비닐 봉투와 큼지막한 손가방, 그리고 벗어버린 재킷 등이었다.

짐을 꾸리고, 입고 갈 옷들을 꺼내보고 했던 때는 가방의 무거움도 얼마든지 용납할 수 있었다. 가방의 무게가 여행의 부담이 되어버려 고통스럽게 만들리라는 것을 상상하기는 어려웠다. 온전한 기쁨은 언제나 상상 속에서만 가능한 법이었다. 아내나 딸은 이 여행의 한 걸음 한 걸음이 모두 즐거움의 자국이 되리라고 믿었을 것이었다. 그렇지만 지금 그들은 반나절도 안 되어 패잔병처럼 지쳐 있었다.

패잔병이라니, 그는 문득 발걸음에 힘을 주었다. 가족들을 이끌고 나선 가장답게 보다 활기찰 필요가 있었다. 진실을 말하자면, 그는 패잔병일 수도 있지만 아내와 딸은 아니었다. 그가 여태까지 전쟁터에서 속수무책의 싸움을 계속했던 까닭 속에 저들 두 사람에 대한 사랑도 포함되어 있었다. 이제 와서 무엇을 더 설명할까마는, 그 사랑이 방패막이 되어 진실을 향한 변명쯤은 마련할 수 있으리라 믿었었다. 삶의 눈금이 노상 진실 쪽만 가리키며 움직이는 것은 아니란 사실도 위안이 되었었다.

그의 생각은 옳았다. 그들은 금방 공장 입구에서 되돌아 나오는 빈 택시를 잡을 수 있었다. 택시 뒤창 틀에는 모과 바구니가 놓여 있어 향이 그윽하였다. 서구청으로 갑시다. 그의 말이 떨어지기가 무

섭게 딸애가 말했다. 아빠. 식당으로 가야 해. 한별이 배고파. 아침밥
을 설친 아이는 시장한 모양이었다.

"꼬마 이름이 한별입니까?"

기사가 아이의 이름에 관심을 나타내었다. 아이의 이름짓기에 있
어서 강한 발언권을 내세웠던 아내가 자랑스럽게 아이의 이름을 대
주었다.

"네. 정한별이에요."

"그래요? 난 종씨인 줄 알았네요. 우리 아들놈 이름은 강이거든
요. 한씨 집 장남이니까 한강이 됩니다. 큰 강, 좋지요?"

그런 유의 이름을 좋아하는 아내는 물론 칭찬을 아끼지 않았다.
아들을 낳으면 정한빛, 딸을 낳으면 정한별이라는 이름을 짓겠다는
계획은 아내의 처녀 적부터의 꿈이라고 해도 좋았다. 80년 그해, 6
개월 된 사내아이를 자연유산으로 잃고만 아내는 한동안 아이를 갖
지 못하였다. 3년 뒤에 가까스로 임신이 되었을 때 그는 아이에 관
한 모든 권리를 아내 뜻에 위임키로 결심했었다. 한빛이라는 이름을
가지도록 되어 있던 첫 번째 아이를 잃게 된 연유가 오직 그에게 있
었음을 누구보다도 잘 아는 까닭이었다.

"한별이 아가씨 잘 가요."

서구청 앞에서 기사는 딸애에게 손을 흔들어주었다. 한별이는 기
분이 많이 좋아져서 빙긋이 웃었다. 구청에 들어가기 전 아내가 그
의 팔을 잡아당겼다.

"방법이 있어요. 서울 누나네 집에 전화를 걸어서 한별이 고모부
주민등록번호를 알아보세요."

"도장은?"

"저기 도장 파는 데 있네요. 목도장 하나 파지요."

아내는 굉장한 묘책이나 되는 것처럼 활짝 펴진 얼굴로 소곤거렸다.

"그런 식으로 하면 주민등록번호 알아내기야 쉽지 않겠어요?"

"두 개씩이나 남의 도장을 파라고?"

의외로 퉁명스런 목소리가 튕겨나갔다. 아내가 머쓱한 표정으로 입을 다물었다.

구청의 민원실 입구는 휴게실처럼 꾸며져 있었다. 음료수를 파는 자동판매기 옆에는 푹신한 의자도 놓여 있었으므로 그는 우선 어깨를 잡아당기는 무거운 가방부터 내려놓았다. 아내와 한별이는 그곳에 남고 그 혼자서 이층으로 올라갔다. 담당자는 몸집이 우람한 남자였다. 그가 내미는 서류를 넘겨보다가 빈칸 그대로의 인우보증서를 내밀었다. 그는 거기에 대뜸 서울의 매형 이름과 구미에 사는 매제의 이름을 써넣고 다시 사내에게 서류를 돌려주었다. 지적도를 펼쳐놓고서 뭔가를 세고 있던 사내는 볼일을 다 본 뒤에야 비로소 서류를 들여다보았다. 그리고 이맛살을 찌푸렸다. 돼먹지 않았다는 표정이 역력해서 그 또한 화가 치밀었다.

"이것 보세요, 주민등록번호하고 도장요, 여기 안 보여요?"

그는 안주머니를 뒤져 신분증을 꺼냈다. 그리고 그것을 사내가 보고 있던 지적도 위에 올려놓았다.

"서울에서 일부러 내려온 길입니다. 돌아가면 곧장 인우보증 서류를 우송해드리겠습니다."

사내의 태도가 금세 돌변하는 것을 보지 않으려고 그는 짐짓 먼 데를 보았다.

신분증과 인우보증 서류를 함께 돌려주던 사내의 얼굴이 어떠했는지 그는 알 수 없었다. 잠시 후 사내는 한 장의 종이를 내밀었다. 역시 도장이 네댓 개 박혀 있고 그가 받아야 할 금액이 조잡한 인쇄로 새겨져 있었다.

"일층에 가시면 국민은행 출장소가 있습니다. 거기서 현금으로 내드릴 것입니다. 서류는 곧장 우송해주십시오."

애써 사무적인 어투로 일관하고 있지만 사내의 목소리에는 비굴함과 모욕감이 함께 배어 있었다. 그깟 게 무슨 대수로운 힘이라고, 그러나 뒷말이 많을지 모르니 해주긴 해주겠다, 는 목소리였다. 그역시 너무나 많이 당해보고 겪어본, 그 황당무계함을 어찌 간단한 말 몇 마디로 설명해버릴 수 있을 것인가.

사내가 들여다본 신분증의 발행인은 신문사 사장의 이름으로 되어 있었다. 그는 일간 신문사의 기자 신분증을 가지고 있는 사람이었다. 신분증은 결코 가짜가 아니었다. 소속 부서 따위를 잘 살펴보지 않거나, 신문사 내부의 조직체계를 잘 모르는 일반인들이 덩달아 신문 기자 대우를 해주는 것일 뿐이지 그가 고의적으로 신문 기자 흉내를 낸 것은 아니었다. 그는 어느 일간지의 출판국에서 벌써 십년 가까이 여성지를 만들고 있는 잡지 기자였다. 그럼에도 불구하고 그의 신분증은 신분 이상의 위력을 표시하도록 만들어져 있었다. 거의 대부분 그는 의도한 바 없이 절차만으로 신분증을 제시하였으나 그것의 파급되는 효과를 모르지는 않았다. 오늘 같은 경우는, 구태여 부인할 생각도 없지만, 그는 의도 쪽으로 기울어져 있었다. 그래도 무방하다는 판단이 앞섰던 까닭이었다. 행정직들의 하부구조에 대응하는 방법으로는 이것 이상 효과적인 것도 없다는 경험론에 의한 것이었다. 하지만 기분이 결코 좋지 않았다. 그는 매사에 부드러운 처리를 원하였다.

그러나 엄밀히 말하면 오늘부터 그 신분증도 무효였다. 어제 오전에 제출한 그의 사직서에 의하면 '개인상의 이유로' 그는 기자직을 그만두는 것으로 되어 있었다. 그는 준비해둔 사직서를 『여성생활』의 김 부장에게 제출함으로써 스스로의 오랜 자기 모색에 일단락을 지었다. 시력이 좋지 않은 김 부장은 한참 동안 그것을 들여다보더니 어림없는 소리 말라는 듯 그의 사직서를 책상의 세 번째 서랍에 넣어버렸다. 누구라도 다 알고 있는 사실로 김 부장의 세 번째 서랍은 말하자면 폐기물 집합소였다. 게재할 수 없는 기사, 분류할 필요가 없는 각종 공문서들, 싱거운 내용으로 가득찬 독자의 편지 따위가 세 번째 서랍을 통과하여 일정기간 후 소각 처리되고 있었다. 김 부장은 그의 사표를 세 번째 서랍에 넣음으로써 자연스럽게 상사로서의 관용과 사랑을 표시하였고 그는 더 이상 긴말로 자신의 사직을 설명하려 들지 않았다. 직장을 그만두는 데 있어 사표 따위의 요식 행위가 뜻하는 게 뭔지, 이미 정리정돈을 끝낸 그의 마음으로서는 관여할 일이 아니었다.

김 부장이야 응당 그렇게 대처하겠지만, 그는 다음 호 책임량 원고를 마무리해서 넘기기만 하면 그길로 집에 돌아갈 생각이었다. 『여성생활』부의 수석 기자였기 때문에 할당된 원고는 그리 많지 않왔다. 4월호가 바로 엊그제 나와서 맡아놓은 대담이나, 총선 후를 가늠한 긴급 인터뷰는 지금 처리할 수 없는 성질의 것이었다. 시기적으로 가능하지 않은 원고들을 제쳐놓고 나면 남는 것은 매달 그가 맡아오고 있는 문학과 예술 분야의 단신들이 고작이었다. 사표를 내는 마당에 다음 달 치 기사까지 챙겨서 마무리를 지어놓고자 하는 스스로를 어리석다고 생각하지는 않았다. 그는 엄격한 사람이었다. 무엇보다도 스스로에게 엄격하였고 그래야 마음이 편했다.

편집부로서는 이 무렵이 가장 느슨한 때였다. 맡은 꼭지가 많건 적건 황금의 휴일들을 축내가며 일에 몰두하는 기자는 없었다. 어차피 마감이 닥치면 긴급 특종감들로 새 일거리가 터지고 야근을 하게 마련인 게 월간지의 생리였다. 다른 동료들은 취재라는 명분을 달고 대부분 자리를 비워두고 있어서 그는 아주 한가하게 주변을 정리할 수 있었다. 며칠 전부터 조금씩 정리를 해왔으므로 가져가야 할 것들은 많지 않았다.

퇴근 시간에 들어올 테니 기다려. 나 놀래키지 말라구. 간이 약하대. 오후에 김 부장은 그의 어깨를 툭 치고 사무실을 나갔다. 돌연한 사표였으니 김 부장으로서는 그렇게 대응하는 수밖에 없을 터였다. 지난달에 느닷없이 터진 모 가수와 코미디언의 결혼 취재를 느슨하게 다뤘다고 신경질을 부린 것에 스스로 마음 걸려 하는 것인지도 모를 일이었다. 아니면 실종 미스터리의 장본인인 김 모 씨의 옛 애인을 물고 늘어지라는 데스크의 명령을 그가 슬쩍 옆자리 유일남 기자에게 넘겨버린 뒤 보여준 불편한 심기에 생각이 미쳐 저러는 것일지도 몰랐다. 부장은 의외로 소심한 성격이어서 불같이 내질러놓고는 노상 뒷수습에 마음을 쓰는 쪽이었다. 하지만 부장의 말대로 퇴근 때까지 기다릴 그는 아니었다. 마침 유일남 기자가 종이컵에 든 커피를 받쳐 들고 느린 걸음으로 나타났다. 유 기자, 잠깐 나 좀 봐. 그는 유 기자와 함께 소회의실로 들어갔다. 커피를 들고 오지 않았다면 구내 다방으로 갔을 것이었다.

"정 선배, 정말 그만두시는 겁니까?"

그간 한 부서에서 복닥거리며 정도 들었던 유 기자의 목소리에는 여태도 설득의 기운이 남아 있었다. 어떤 식으로든 그의 심경 이모저모가 옆자리 유 기자에게 전달되었으므로 부내에서 그의 사직을 눈치채고 있던 유일한 인물이었다. 유 기자는 어떤 취재원을 만나더라도 데스크에 넘기는 기사만큼은 언제나 충실한 알맹이로 가득 채우는 재주를 지니고 있었다. 데스크가 농담 반 진담 반으로, 이 자리에 앉아 월급 받으려면 마누라 없인 살아도 유 기자 없이는 좀 곤란하다고 말하는 것도 사실 과장은 아니었다. 가수를 만나거나 육체파 여배우를 만나거나, 아니면 입 무겁기로 소문난 프로야구 스타를 만나거나, 유 기자는 데스크가 원하는 내용 이상의 것을 따왔다. 그리고 또 따온 것 이상의 수준으로 기사를 작성하였다. 데스크에서 기사를 색깔 있는 양념으로 버무려놓아도 유 기자는 관계치 않았다. 누구라도 기사에 손을 대어 토씨 하나라도 고치는 것을 못 견뎌하는 그에 비하면 유 기자는 썩 유능한 여성지 기자인 셈이었다.

"유일남이가 그만두는 상황이라면 혼란이 예견되지만 난 무방해. 그런 점에서 난 자네가 미더워. 그 이야긴 그만두고, 자질구레한 일들이 꽤 여러 가지 자네를 괴롭힐 거야. 도장을 주고 갈 테니 대충 처리해줘."

유일남이 남은 커피를 단숨에 마셔버리는 동안 그는 도장을 꺼내 유 기자 쪽으로 밀어놓았다.

"정 선배는 대체 뭡니까. 나 같은 놈 기죽이자는 겁니까, 아니면 능욕하시는 겁니까."

유일남이 언성을 높였다.

"여성지 기자라는 것, 물론 한심하지요. 그렇다고 이런 식으로 마구 박차버려도 괜찮아요?"

대책 없는 사표를 두고 하는 말이었다. 더 나은 쪽으로의 투신이라면 사람 좋은 유 기자가 만류하느라 애를 쓰지도 않을 터여서 그에게는 그것이 씁쓸하였다.

"정 선배를 보면 가끔 시인 같다는 생각이 들어요. 시인들의 무모한 자존심 같은 거요. 반란의 조짐도 늘 엿보이고……스스로에게 너무 엄격하다구요. 우리는 일간지 기자도 아니에요. 그쪽 애들도 체제에 기대는 게 다반사인데 우리 같은 여성지 기자 나부랭이가 무얼 할 수 있어요?"

유 기자는 또 자신의 표현대로 자기 비하에 빠져 있다. 일종의 카타르시스이다. 실컷 떨어뜨려놓으면 바닥에 닿을 듯하다가도 다시 떠오르는 법이었다. 남이 흔들어대는 것보다 스스로가 나뭇가지를 잡고 흔들면 견디기도 수월하다.

"뻔뻔스럽게도 살아봐야지요."

누구에게랄 것도 없이 유 기자가 말한다.

"그래봐야지, 앞으로는."

그의 말에 유 기자가 단박 대꾸했다.

"계획이 있군요."

"무슨 계획?"

"형수님이랑 한별이 먹여 살릴 계획이지 무슨 계획이겠어요."

계획은 없었다. 아니, 있기는 했다. 그가 가지고 있는 계획은 아주 단순했다. 다시 살아보는 것, 마음 깊은 곳에 울혈로 남아있는 압박감을, 부채를 떨치고 새롭게 살아보는 것이 그의 유일한 계획이었다. 그만두는 일의 매듭과 가닥을 온전히 추스를 수만 있다면 그다음의 살아가는 일쯤이야 어려울 것이 없다는 생각이었다.

"가세요. 좀 이르긴 하지만 술이나 마시지요."

유일남이 일어섰다.

"아니야. 며칠 후에 만나지. 감기가 오려나, 영 몸이 찌뿌드드한 걸."

정말 그랬다. 이른 시각의 귀가에 대한 핑곗거리가 생겨줄 모양이었다.

아내에게는 언젠가 이야기하겠지만 그 언젠가가 언제인지는 알수 없는 일이었다. 퇴직금도 있고 작은 아파트지만 집도 있으니 당분간 쉰다 하여 큰 곤란은 없으리라는 게 그의 막연한 계산이었다. 대구행을 생각해낸 것은 집으로 들어가는 골목 입구에서였다. 며칠 집을 비우는 게 좋지 않을까를 궁리하다가 퍼뜩 가족여행을 떠올렸고, 여비를 셈해 보았고, 궁하면 통한다더니 보상금에 생각이 미쳤던 것이었다. 아내도 큰 반대는 하지 않으리란 믿음이 있었다. 밤낮없이 바쁜 기자 남편이 어느 세월에 보상금 받으러 대구까지 가겠냐고 일찌감치 포기하고 있을 아내였다. 대리 수령은 안 되고 꼭 본인이 와야만 돈을 내준다는 게 저들이 정한 규칙이었다. 보상금 16만 원을 국고에 헌납시키느니 그 돈으로 조촐한 여행을 해보는 것, 아내에게는 며칠 휴가를 내었다고 둘러대면 된다는 것, 사표에 관한 이야기는 낯선 땅의 낯선 저녁에 슬그머니 운을 떼는 게 좋으리란 생각이 일목요연하게 정리되었다. 그게 어제의 일이었다.

그의 손에 인우보증 서류가 들려 있는 것을 보고 아내는 낭패한 기색을 감추지 않았다. 그러길래 일찌감치 목도장을 파자니까, 하는 말을 흘기는 눈으로 표현하였다.

"가방에 잘 넣어둬요. 서울 가서 우송해주기로 했으니까."

"아니, 그럼 돈을 받았단 말이에요?"

단박에 표정이 밝아지는 아내를 데리고 그는 민원실로 들어가 국민은행 출장소를 찾았다.

"여기서는 안 돼요. 나가시면 저희 은행이 바로 밑에 있거든요. 거기 가서 찾으세요."

여행원이 수령증을 밀어냈다. 이층의 담당 직원은 분명 여기에서 돈을 내줄 것이라고 했었다. 화가 났지만 다시 올라가서 따지고 싶지는 않았다. 도대체 산 넘어 산이라더니, 16만 원 받기 위해 소모되는 시간과 체력을 계산하면 어이가 없었다. 시간은 벌써 오후 세시가 가까웠는데 여태 점심도 못 먹었다. 하지만 아내는 기왕지사 늦은 점심이니 은행 업무 끝나기 전에 일단 돈부터 찾아놓고 보자면서 앞장을 섰다. 아내 말도 옳았다. 그의 기분 역시도 이 지긋지긋한 돈 찾기부터 확실하게 끝내놓고 싶었다. 한별이는 고속버스 안에서 먹다 남긴 카스텔라며 초콜릿 따위를 다 먹어치운 탓인지 더 이상 배고프다는 소리는 하지 않았다.

그들은 터벅터벅 청사를 빠져나와 여직원이 말한 대로 좌우를 살피며 은행을 찾아보았다. 가깝다고 했는데 은행은 눈에 뜨이지 않았다. 가로수 밑에 기대어 구두를 닦고 있는 청년에게 물으니 "저 밑으로 주욱 내려가세요. 버스를 타시면 두 정거장째인데 은행 앞에 섭니다."라고 일러주었다. 아주 가깝게 있다더니 버스로 두 정거장이라는 것이었다. 그는 가방을 둘러메고 앞장을 섰다. 누구의 말도 믿을 수 없었다. 버스를 탔다가 행여 지나쳐서 낭패를 보느니 걸어가면서 찾는 쪽이 미더울 것 같았다. 아내와 딸애는 발을 끌듯이 지척거리며 그의 뒤를 따랐다.

걷다 보니 이 길이 예전에 감샘못이라 불리던 저수지로 가는 길임을 알 수 있었다. 2학년 방학 때인가, 한참 낚시에 재미를 붙여 이곳저곳으로 쏘다니며 붕어를 낚아 올렸었다. 집을 떠나 서울에서 대학을 다니던 시기였다. 감샘못이라, 그 이름은 무얼 뜻하였을까. 그는 새삼스레 찌를 물고 늘어지던 붕어의 묵직한 양감을 떠올렸다. 손목에 탱탱하게 힘을 주고 있으면 낚싯대와 붕어와, 그리고 그 자신이 지남철에 붙어버린 듯 한 몸이 되었다는 느낌을 갖곤 했었다. 감샘못에서의 낚시는 2학년 여름방학으로 막을 내렸을 것이었다. 그해 가을, 결코 숨을 거둘 것 같지 않던 아버지가 마침내 운명하였고 어머니는 여동생을 데리고 기다렸다는 듯이 서울로 옮겨앉아 버렸다. 이미 누이들은 출가하여 서울에서 살고 있었으므로 더 이상 대구에서 살아야 할 이유가 없었다. 그의 가족 누구나 다 아버지는 덫이었고 이 도시는 덫이 놓인 허방이라고 여기며 살아왔던 까닭에 아버지를 홀로 성서 시립묘지에 뉘어놓고 떠나왔어도 마음에 걸릴 게 없었다.

아버지는, 그의 출생 이전은 어떠했든 간에, 그가 태어나서 보고 안 바로는 만년 실업자에 삶의 의욕이라곤 손톱만큼도 찾아볼 수 없는 사람이었다. 이렇게 말해놓고 보니 그는 아버지를 증오했던 모양이었다. 아니, 더욱 솔직히 말하자면 그는 아버지를 증오하였다. 아버지를 이해할 수 없었다. 그는 물론이고 그의 누나나 여동생까지도 아버지에 대한 이해를 포기하고 사는 법부터 익혔다. 잡초처럼 질기고 억센 어머니가 아니었으면 일찌감치 난파선이 되어 흩어졌을 식구들이었지만 그래도 끝끝내 아교처럼 엉겨 붙어 한세상을 살아내기는 하였다. 산다는 일의 지난함, 그 지루한 되풀이를 모두 아버지 탓으로 돌린다 하여도 잘못은 없었다. 아버지가 조금만 살기 위해 애를 썼더라면 훨씬 윤택한 나날을 보낼 수도 있었지 않겠느냐는, 단순한 투정만이 다가 아니었다. 삶의 무위함이, 내던져버린 삶의 그 독한 향기가 유년과 청년의 마음을 질식케 했던 것을 원망하는 것만도 아니었다. 아버지가 아무 일도 하지 않고 아랫목에 누워서 혹은 툇마루에 걸터앉아 세월을 보내는 동안, 그의 가족들은 가난의 공포에 시달려 암흑처럼 어두운 생활을 엮어나가야 했다. 아무것도 하지 않았던 아버지였지만 그 절대 무위가 그들에게는 또 다른 폭력에 다름없었던 것이다.

아버지는 1912년 경기도 장단에서 빈농의 둘째아들로 태어났다. 이제 와서 더듬어보면 아버지의 일대기도 우여곡절이 많았다. 비탈

밭을 일구어 호구지책을 삼는 터에 황국신민으로서 응당 헌납해야 될 세목들은 끊이지 않고 덤벼들어 아주 피폐한 유년을 보내고 난 뒤 아버지는 스물다섯의 나이로 일본에 건너갔다. 그 전해에 아버지는 어머니와 결혼하여 따로이 살림을 났으나 젊은 의욕이 가만있지 못하게 했다. 농촌의 땅 없는 농군들이나 도시의 삯일꾼들이 일본으로, 간도로 떠나던 시기였다. 아버지와 어머니는 오사카에서 배를 내려 육로를 통해 나고야에 정착했다. 아버지는 산판의 인부로 일하고 어머니는 소작농이 되어 안팎이 억척스럽게 일을 해나갔다.

일본생활에 대한 어머니의 회고담 속에는 그리움 비슷한 게 많았다. 나고야에서의 아버지 모습을 어머니는 평생 동안 다시 보지 못했으니까 그럴 만도 하였다. 아버지의 일솜씨가 얼마나 야무졌는지 산판 주인은 아버지를 징용에서 빼내려고 무던히도 애를 썼다고 했다. 아버지는 성실하게 일을 하였고 주인은 아버지를 좋아했다고 하였다. 하지만 첩첩산중에서 웃통을 벗어부친 몸으로 아름드리나무를 쓰러뜨리는 아버지의 모습을 그는 조금도 실감할 수 없었다.

어쨌거나 두 사람은 한 푼의 돈도 낭비하지 않고 모아서 매년 추수 때마다 고향의 형에게로 보냈다. 우애 깊은 형은 아우의 땀 배인 돈으로 근동의 땅들을 조금씩 사들였다. 어머니 표현에 의하면, 나고야에서는 몸을 움직인 만큼 돈을 모을 수 있었다고 했다. 고향에서 전해져오는 소식들, 땅이 몇 마지기로 불어났다는 등의 편지가 젊은 내외에게 힘을 돋우어주기도 했을 것이었다. 형은 형대로 착실하게 땅을 불려놓아서 해방이 되었을 때는 아버지의 이름으로 등기된 논과 밭이 그런대로 상당하였다.

나고야에서의 생활에 어머니는 별다른 불만이 없었다. 고향의 땅들이야 저 혼자 도망갈 리 만무하니 이곳에서 젊어 더 벌어야 기반을 잡을 게 아니냐고 아버지를 설득하려 했으나 아버지는 완강하게 귀국을 고집하였다. 땅이, 논과 밭의 기름진 흙이 불러대는데 도저히 참을 수 없다는 게 아버지의 변명 아닌 변명이었다. 해방과 함께 조선인들이 너도나도 고향으로 떠나는 것을 무심히 보아 넘길 수 없었던 어머니도 마침내 귀국을 결심하였다. 훗날 사망해버린 어린 두 아들과 함께 아버지와 어머니는 다시 오사카에서 귀국선을 탔다.

그리고 이듬해 북한에서는 토지개혁에 대한 법령이 공포되었다. 1946년 3월 5일의 일이었다. 물론 토지 개혁의 명분은 경자유전(耕者有田)에 있었다. 5정보 이상 소유한 조선인 지주의 토지와, 일본인 및 일본 국가나 단체 소유의 토지는 몰수하여 소작농에게 무상 분배된다 하였다. 아버지는 토지를 몰수당할 만큼의 지주는 결코 아니었다. 그래서 처음에는 아주 안이한 태도로 이 문제를 방관하였다. 나중에 군인민위원회에서 위탁 관리하는 토지로 아버지의 땅이 분류되었음을 알게 되었으나 단순한 행정 처리라고만 믿었다. 낯선 땅의 험준한 산에서 벌목으로 번 돈이었고 땅이었다. 누구라 하여 그 땅을 몰수할 수 있을 것이냐고 상식선에서 마음을 다잡았던 게 불찰이었다.

처음에는 위탁관리로 넘어갔던 땅이 얼마 지나지 않아 영구적인 몰수 대상으로 처리됨을 통고받았다. 아버지의 땅이 몰수되어야 했던 이유는 '민족 반역자'라는 것 때문이었다. 일본인 밑에서 민족을 배반하며 사리사욕을 채웠던 모리배로 몰렸고 해방 당시 고향 땅에 없었다 하여 투쟁에 열의가 없다는 비판을 받았다. 아버지 같은 민족반역자들은 북한 땅에서 견딜 재간이 없었다. 내 땅을 뺏길 수도 있다는 사실에 경악하여 몇 번씩이나 군인민위원회를 쫓아다니다가 아버지는 현실의 장벽을 어렴풋이 이해하였다. 그들의 체제와 맞지 않으면 떠나는 수밖에 다른 도리가 없었다. 아버지는 땅을 놓아두고 식솔과 함께 월남하였다. 46년 겨울이었다.

아버지의 삶은 땅의 소실과 함께 완전히 변모되었다. 여섯 살과 네 살짜리 아들, 해방둥이로 태어난 큰딸, 자식은 셋으로 불어났으나 이곳저곳으로 떠돌아다니며 농사품을 팔아 입만 에우는 생활은 처참하였다. 설상가상으로 충청도 논산에서 움막을 치고 인삼 농사를 거들어주던 48년 봄에 두 달 사이로 아들 둘을 잃었다. 열병 때문이었다. 그해 겨울에 딸을 하나 더 낳아서 딸만 둘을 데리고 아버지는 다시 남쪽으로 내려가 마산 근방의 농촌에서 터를 잡았다. 6·25는 마산에서 맞았으나, 51년 국군의 북진이 대대적으로 보도되자 단신 고향으로 떠났다가 고향 못미처서 폭격을 맞아 간신히 목숨만 건진 채 되돌아오고 말았다. 땅이 어찌 되었는지, 자신의 땅을 둘러보려고 떠났다가 아버지는 한쪽 귀를 먹통으로 만들어버리고 왼쪽 다리를 절룩이며 돌아온 것이었다. 다리는 심하게 절룩이진 않았지만 한쪽 귀의 이상은 아버지를 평생 말수 적은 음울한 인간으로 살게 하였다.

말하자면 아버지의 삶은 그것으로 끝난 것이었다. 아버지가 불구의 몸으로 돌아왔을 때 그는 이미 이 세상에 태어나 있었다. 어머니는 혼자 몸을 풀었어도 아들이어서 무척 좋았다고 하였다. 위로 두

아들을 잃고 처음 생긴 아들이라 아버지 역시 굉장히 기뻐할 줄 알았더니 쓰윽 훑어보곤 그만이더라는 어머니의 말을 그는 여러 번 들었다. 말하자면 그의 출생과 함께 아버지의 인생은 막을 내린 것이었다. 가족의 생계는 어머니에게 전부 떠맡겨졌다. 어머니는 밑으로 딸을 하나 더 낳고 단산하였다. 딸 셋과 아들 하나를 어머니가 혼자 키워내었다. 아버지는 하루에 막걸리 몇 잔만 마실 수 있다면 다른 건 아무래도 좋았다. 언젠가 어머니가 일 나간 사이, 부엌 나무 다발에 불이 붙었는데 막걸리 잔을 든 손 그대로 물끄러미 바라만 보던 모습이 지금도 그의 머리에 생생하게 남아 있었다.

아버지가 일을 해서 돈을 벌어오는 것을 거의 한 번도 보지 못했던 그는 어린 시절부터 아버지를 마음속 깊이 증오하였다. 저어기, 저어기 가면 내 땅이 많어. 그것 모두 내 땅이여. 기다리면 내 땅 돌려줄 거여. 술에 취하면 후렴구처럼 나오던 '저어기 저 땅'은 그의 유년동안 가장 듣기 싫어했던 소리들 가운데 하나였다. 저어기 저 땅이 내 땅이라는 것에만 골몰하여 가족을 가난의 공포 속에 휘몰아 넣고 아버지는 이 세상을 떠났다. 가장의 죽음으로 인한 타격이나 동요는 그의 집 어디에도 없었다. 그들에게 있어 아버지는 오래 전에 죽어버린 사람이었다.

구두닦이 청년의 말이 맞는 것 같았다. 얼마를 내려가서 다시 물어보니 그 사람 역시 아래로 쭈욱 내려가야 한다고 일러주었다. 다리가 아프다고 칭얼대는 한별이를 등에 업은 아내는 한숨을 쉬었다. 그들도 서서히 시장기를 느끼는 중이었다. 은행에서의 돈찾기가 보상금 수령의 마지막 행로만 아니었다면 차라리 포기하는 쪽이 나을 만큼 그들은 지쳐 있었다. 그리하여 마침내 은행을 발견했을 때 그는 오히려 화가 치밀었다. 누군가의 고의적인 장난에 휘말려든 듯한 기분을 떨쳐버릴 수가 없었다. 실컷 우롱당한 대가라는 느낌 때문에 보상금을 받아들고서도 맥이 빠져 다음 행로는 생각조차 할 수가 없을 지경이었다. 밥부터 먹어요. 다리도 쉬어야겠구요. 아내 말이 아니더라도 그는 식당을 찾고 있었다. 은행 옆에 찌개백반이 전문이라는 작은 식당이 있었다.

끼니때가 아니어서인지 식당은 텅 비어 있었다. 그는 우선 가방부터 내려놓고 얼얼한 어깨를 주물렀다. 주방에서 튀어나온 아주머니가 앞치마에 손을 문대면서 보리차를 가져왔다. 탁자 다섯 개와 달력과 시계, 그리고 텔레비전이 전부인 실내 장식을 휘 둘러보며 아내는 한심하다는 표정을 지었다. 여행지에서의 첫 식사치고는 너무나 초라하다는 생각일 것이었다. 한별이 역시 그런 생각인지 새삼스레 돈가스 타령을 내놓았다. 아빠, 한별이는 돈가스 먹을 테야. 한별이에게 외식은 돈가스를 의미했고 아내에게는 갈비를 뜻하는 것이었다. 그에게는 외식은 그냥 외식이었다. 의미가 있다면 가족에 대한 봉사 정도나 될까. 아내는 그러나 곧 현실을 받아들여 찌개백반을 둘 시키고 딸애에게는 저녁에 돈가스를 사줄 것이라고 설득했다.

마침내 돈을 수중에 넣었지만 이곳저곳으로 쫓아다니느라 기운을 빼버려서 늦은 점심은 입에 달지 않았다. 더욱이 이 도시의 음식은 짜고 닝닝하였다. 오랫동안 잊고 있었던 맛이었지만 시간이 흐른 뒤에 다시 맛보아도 역시 그에게는 맞지 않았다. 턱없이 뜨겁기만

한 찌개 국물을 반찬삼아 반 공기쯤의 밥을 먹은 뒤 그는 문득 자신이 이 도시를 싫어하고 있다는 것을 깨달았다. 한 달 전 봉고차를 빌려 대구에 왔을 때는 미처 몰랐던 사실이었다.

정확히 말하면 그때는 성서 시립묘지에 온 것이지 대구에 온 것이 아니었다. 새벽 세시에 서울을 출발하여 성서에 도착한 시간이 여덟시 조금 못 되어서였고 개장에 관한 일반 절차를 끝낸 것은 그 두 시간 뒤였다. 그리고는 곧장 돌아왔으니 이 도시에 대한 오랜만의 감회 같은 것은 느낄 겨를이 없었다. 그러나 오늘은 달랐다. 고속버스에서 내리는 순간부터 그는 이 도시를 경계하고 있었다. 그에게는 아주 견디기 힘든 그 무엇, 마뜩찮은 공기의 마찰 같은 그 무엇이 번번이 등을 떠밀고 있다는 느낌을 받았다.

아버지를 믿었다간 다 같이 굶어죽을 것이라는 확신이 선 다음 어머니는 비로소 떠돌이 생활을 청산했다. 외아들의 학교 문제도 있어서 붙박이로 살아야 할 무렵이었다. 죽이 되든 밥이 되든 한번 버티어보자고 주저앉은 곳이 대구였고 그는 이듬해 초등학교에 들어갔다. 대구에서 사는 동안 특별히 이 도시를 싫다거나 마땅치 않다고 여겨 본 적은 없는 듯했다. 그의 증오와 실망은 온통 아버지에게 쏠려 있었으며 다른 무엇을 더 미워할 여지가 남아 있지 않았다.

"이제 어떻게 하지요? 행선지를 정해봐야 하잖아요."

음식 맛에 대한 느낌은 아내에게도 닿았던 모양이었다. 시장하다고 하던 품으로 보아선 금세 비워낼 것 같던 밥 한 공기가 여태도 바닥에서 머뭇거리고 있더니 다음 여정을 상의해왔다. 본격적인 여행이라면 이제부터가 시작인 셈이었다. 아내와 둘이 앉아 오순도순 여행지를 결정해볼 시간적 여유도 없이 우선 떠나놓고 보자는 식이었으므로 그에게도 다음 행선지는 막연한 문제였다. 그가 알고 있는 관광지로는 동화사나 파계사 아니면 합천 해인사가 고작이었다. 동화사나 파계사는 너무 가까운 곳이어서 대구 사람들에게는 소풍 정도의 나들이로 족한 곳이었다. 해인사를 말하니까 아내가 싱거운 표정을 지었다. 팔만대장경 말고 뭐 볼 게 있어요. 팔만대장경이란 말을 들었는지 옆 탁자에서 마늘을 까고 있던 아줌마가 끼어들었다.

"어데 구경 가실라꼬요?"

"네, 이 근방 어디 좋은 데 없나요?"

아내가 반색을 하였다.

"지난겨울에, 선거 때 말입니다. 부곡 온천에 다녀왔드마는 그래 피부가 보드랍드라고예, 그기서 쇼도 봤는데, 부곡하와이 말입니더. 볼만하지예. 성당동에 가믄 부곡 가는 버스 많지예."

그럴듯하다 싶은지 아내가 그를 돌아다보았다. 선뜻 대답이 나오지 않아 머뭇거리고 있는 사이 아줌마는 또 다른 곳을 천거하였다.

"경주도 있잖습니꺼. 부곡보다 가깝고 볼 것 많고, 그기도 사람들이 많이 가지예. 대구 다니러 왔던 이들이 으레 경주도 둘러보고 가는데. 하기사 워낙이 유명한 데 아닙니꺼. 우리사 지척에 살아도 안즉 못가봤지만도 말입니더."

경주라는 말을 들으면서 그는 무덤을 생각하였다. 도시 가득 무덤이 있다는 느낌 다음에야 번쩍이는 금관과 갑옷으로 무장한 화랑들의 모습이 떠올랐다. 아내는 쉽사리 어느 하나를 선택할 수 없다는 얼굴이었지만 한별이는 확실하게 정하고 있었다. 아빠, 부곡에 갈 거야? 쇼도 보러 갈 거야? 부곡에 가서 쇼를 보자는 뜻의 의문형이었다. 목욕을 하기 위해 부곡에 간다는 행위는 그의 삶에 비추어 보면 희극에 가까운 것이었다. 부패의 냄새가, 탐욕의 찌꺼기가 둥둥 떠 있는 물이 온천이라는 그의 고정관념이 사실은 더 희극적인 것인지도 모르지만.

"경주나 부곡 중에서 고르기로 해요."

막연했던 행선지가 구체적인 지명으로 나타난 것만도 대견하다는 투의 아내 말이었다. 그는 아내가 집안일을 돌보던 때의 모습과는 상당히 다르다는 느낌을 받고 있었다. 뭐랄까, 그녀는 자신을 통제하고 있었다. 자신을 제어하고 있는 아내의 모습이 낯선 땅이라서 그런지 안쓰러웠다. 그는 가능하면 아내의 희망대로 따르겠다고 마음을 굳혔다. 온천을 원한다면 탐욕의 김이 무럭무럭 솟구쳐 오르는 온천수에 몸을 담그고 있을 것이었다. 이 여행에서 아내와 딸의 뜻을 배제한다는 것은 도무지 어리석은 일이었다. 그러나 다행스럽게도 아내는 서서히 경주 쪽으로 마음을 정하는 듯이 보였다. 그녀에게도 모처럼의 가족여행이 목욕쯤으로 낙착되는 것은 썩 내키지 않는 모양이었다. 풍요롭게 살아보지 못한 대다수의 사람들이 머릿속에 간직하고 있는 여행이란 이미지는 눈부신 태양과, 북적이는 인파와, 끊임없이 나타나는 볼 것이 대부분일 터였다.

"한별이에게도 경주 여행이 유익할 것 같아요. 우리, 경주로 가지요."

마침내 아내는 경주를 선택하였다. 한별이는 경주에도 쇼가 있느냐고 물었다. 아내가 웃어댔다.

"경주에 가면 아주 오래전에 살았던 우리 조상들의 흔적을 볼 수 있단다. 한별아, 오늘 우리 식구끼리 이런 여행을 하게 된 것도 따지고 보면 돌아가신 할아버지가 한별이를 위해 특별히 선물로 내려준 거나 다름없어. 춤추고 노래하는 쇼 같은 것은 텔레비전에서도 많이 볼 수 있잖아. 경주 여행은 한별이에게도 아주 감명 깊은 추억을 남겨줄 거야."

그가 보기에 딸아이는 제 엄마의 설명을 다 이해하는 것 같지 않았다. 한별이는 오직 할아버지의 선물이라는 말이 신기하고 또 신기할 뿐이었다.

"할아버지는 포천 묘지에 있잖아. 땅속에서 잠자는 할아버지가 어떻게 선물을 해? 무얼 선물했는데?"

"땅속에 누워 있는 것은 할아버지 몸이고, 할아버지의 마음은 하늘나라에 있거든. 할아버지께서 한별이 몰래 엄마 아빠에게 돈을 보내주셨지. 이 돈으로 사랑하는 한별이를 즐겁게 해주어라, 이러셨거든. 그래서 오늘 우리가 여기에 온 게 아니니? 할아버지는 늘상 한별이를 지켜보고 있단다."

아내의 말은 점차 동화로 변질되고 있었다. 그에게 있어 아내의 말은 매우 쓰디쓴 것이었다. 아름답게 만들자면, 아버지가 손녀를 위해 여행비를 제공한 것으로 꾸밀 수도 있었다. 아니, 그런 식으로 이야기를 만들 수도 있겠구나 생각하니 신기할 정도였다. 아버지의 사랑은 땅을 빼앗긴 것과 동시에 끝장나 있었다. 끝나버린 사랑이 어떻게 땅과 하늘을 가로질러 몇십 년 후의 손녀에게 실현될 수 있는지, 철저했던 아버지의 무위를 떠올리면 아내의 말이 동화라 해도 참 허망한 동화였다.

어쨌거나 그들은 이 도시에서 한시바삐 벗어나기로 합의를 보았다. 그는 이 도시가 안겨주는 위압감과 산만함, 그리고 알 수 없는 거부감에서 얼른 빠져나가고 싶었다. 식당 아주머니의 말대로라면 택시를 타고 동대구터미널에 가면 경주행 고속버스가 줄을 잇고 있을 것이었다. 그에게도 경주는 안면이 아주 없는 도시는 아니었다. 고등학교 때 대구에서 경주까지의 아스팔트 도로를 자전거로 달려 멀리 남산이 보이는 곳에서 수통의 물을 마신 기억이 있었다. 그리고 곧장 되돌아서 돌아왔다. 역사책이나 관광책자에서 숱하게 보아 이웃동네처럼 익숙한 풍경들을 새삼스럽게 차근차근 뒤져볼 열망 같은 게 있을 턱이 없는 나이였다. 그런 여유가 있었다면 어머니를 도와 새벽 도매시장에 나가 열무나 배추 다발을 흥정하는 게 훨씬 합리적이었다.

아내는 중학교 때의 수학여행을 거론하였다. 부산에서 하루 자고 경주에서도 밤을 지냈는데 선생님들 턱에 수염을 그려놓고 깔깔대던 것과 새벽에 토함산 중턱에서 복통을 일으켜 담임의 등에 업혀 내려왔던 것밖에 생각나는 게 없다는 것이었다. 그렇기도 했을 것이었다. 그 나이 또래에서는 낯선 곳에서 동무들과 밤을 지낼 수 있다는 것이 수학여행의 가장 큰 의미였으니까.

그는 중학교나 고등학교 모두 수학여행을 경험해보지 못했었다. 수학여행을 포기하는 일은 조금도 괴롭지 않았다. 오히려 여행경비를 부담하겠다는 고등학교 때 담임교사의 호의를 거절하는 게 더욱 괴로웠다. 남의 도움을 받는다거나 먹고 놀기만 하는 듯한 느낌을 그는 가장 못 견뎌했었다. 아버지와 조금이라도 닮은 행동은 결코 하려 들지 않았던 때였다. 가능한 한 빨리 아버지 대신에 그를 대치시켜 어머니의 고난을 덜어주고 싶다는 욕망만이 지글지글 끓었었다. 어머니는 아버지에게 눈곱만큼의 기대도 걸지 않았고, 그렇다고 심한 원망도 하지 않으면서 당당하게 가족들을 책임졌다. 그 의연함이 그에게는 기적처럼 여겨졌었다. 나중에 대학 진학이 대두되었을 때, 어머니가 해낼 수 있는 일의 한계를 깨달았고 어머니 또한 그 한계로부터 속수무책인 것을 알게 되고는 참을 수 없을 만큼 좌절하기도 했지만.

그들은 그렇게 해서 대구를 떠났다. 대구에 머무른 것은 불과 몇 시간이었다. 그것도 택시를 타고 이곳에서 저곳으로 달리다가, 겨우 밥 한 그릇을 먹었을 뿐인 시간이었다. 경주로 가는 버스 안에서 그는 마지막인 것처럼 그 도시의 톨게이트를 유심히 보았다. 생각하면 이 도시는 늘상 권력의 중심부에 있었고 위용이 도도하였다. 그는 지난 대통령 선거 때 이 도시 사람들이 보여줬던 기득권에의 강한 집착을 떠올렸다. 남도의 한 도시가 각혈처럼 토해낸 또 다른 몰입과 대비되어서 한참 동안 『여성생활』 기자들끼리 그것이 분석의 대상이 되었었다. 유일남 기자는 대구 사람들이 제5공화국 시절 무슨 일이 있었는지 한 번도 알려고 하지 않았던 증거라고 매도했었다. 또 다른 기자는 그 두 도시의 투표 결과가 소름 끼치도록 비정상임을 강조한 다음에, 이런 식의 극단적인 패거리화 현상을 극복해낼 지혜가 우리에게 있는지를 질문하였다.

그는 많은 세월을 대구에서 보냈으면서도 대구 사람이 아니었듯이, 그 무렵 누구나 다 인식하고 공언하던 역사의 전환점을 소상하게 정리할 수 있는 직장에 몸담고 있었으면서도 현실인이 아니었다. 이제 와서 추측해보면 그는 현실 정황보다는 미구에 닥칠 새로운 지배 체제의 정황에 더욱 민감하였다. 이쪽이든 저쪽이든 간에 그가 80년 이후 지금까지 지니어왔던, 이제는 돌멩이처럼 굳어버려 돌이킬 수 없을 만큼 자리잡아버린 체제에의 봉사를 어떤 식으로든 끝장내야 한다는 초조감의 한 표현이기도 하였다. 그는 사람들이 증폭된 정치권의 뒷이야기에 매달려 있을 때에도 머릿속은 또 다른 자신에게 시험을 걸어 새로운 앞날을 유도해보곤 하는 데 시간을 바쳤다. 자신이 할 수 없는 일과 할 수 있는 일을 구분해내는 것은 쉽지 않았지만 그렇다고 해서 내팽개쳐둘 수도 없었다. 그는, 그 스스로도 알 수 없는 자신의 정체를 밝히고 싶었다. 역사의 전환점이라면, 그도 이 시기에 진정하게 전환하고 싶었다.

경주를 향해 달리는 버스 안에서 한별이는 또 잠이 들었다. 아이에게는 여행이란 것이 한쪽에서 또 한쪽으로, 또 이쪽에서 저쪽으로 달리는 것의 반복에 다름없겠지만 아내는 달랐다. 그녀는 이 여행의 의미를, 경주에 도착하기 전에 완벽하게 정리해보고 싶다는 당연한 욕구가 있었다.

"난 지금도 얼떨떨해요. 당신이 왜 이 여행을 제안했는지 수수께끼 같다니까요. 한별이 어려서는 당신이 길 떠나는 것을 피하는 게 밉지는 않았어요. 아이가 어리니 나 역시 고생길이 될 것을 아니까요. 그래도 얼마 전부터는 섭섭했지요. 한별이 앨범을 보면 더욱 그래요. 기껏해야 동물원 나들이가 고작이거든요. 피서지 사진이 아직

껏 한 장도 없다구요. 한별이가 뭐랬는줄 아세요? 유치원에서 바다를 그리랬대요. 그런데 한별이는 그림을 그리지 않았다는군요. 그 애 성미 아시죠? 무엇이든 만져보고 두들겨보아야 비로소 조금 알 듯 말 듯하다는 고집 말이어요. 바다를 본 적이 없으니까 바다를 알 수 없대요. 보고 나서 그림을 그려야 하는데 선생님은 그냥 그리랬다고, 미운 선생님이라고 불평하대요⋯⋯."

그녀의 주홍 점퍼에 묻은 얼룩만을 쳐다보다가, 몇 번쯤 입을 열려다가, 그는 끝내 아무 말도 하지 않았다. 사표 이야기는 아직 이른 것 같았다. 그러나 아내의 상기된 두 뺨을 오랫동안 모른 척할 수 없어서 그는 슬며시 그녀의 손을 쥐었다.

대구에서 멀리 벗어났다고 생각되자 어느 순간부터 그의 호흡이 자유로워졌다. 그의 여행은 이제부터가 시작이었다. 그는 신라로 가고 있었다. 935년 경순왕을 최후로 고려에 항복하기까지 그 유구한 천년 세월이 묻혀 있는 곳으로 달리면서 그는 신라의 역사를 더듬었다. 무수한 반란과 진압이 거듭되고, 패배자에게는 공납(貢納)과 출전(出戰)이 요구되는 정복의 과정들이 천년 세월의 눈금을 메우고 있었다. 중고등학교 역사시간에는 단순히 정복·통일·치적의 연대순으로 배우고 외워왔지만 기실은 수많은 파괴와 폭력과 능욕의 연대기를 외우고 암송했어야 옳았던 것이 아닐까, 하고 그는 생각했다. 그것의 정당성은 차치하고라도 그에게 있어 역사는 공포의 순위 매김과 같은 내용이었다. 경주라고 해서 다를 바가 없었다.

그는 갑자기 이 여행이 누군가에 의해 사전에 계획된, 의도된 올가미라는 공포심에 사로잡혔다. 하필이면 왜 이 길을 가고 있는가.

서울과 대구, 그 공범의 도시에서 벗어났다 하여 너무 갑작스럽게 끈을 늦추었다는 후회도 들었다. 그리고 다음 순간 그는 다시 깨우쳤다. 이 모든 일들이 그 스스로에 의해 의도되었던 것임을 이해하였다. 그럼에도 그는 쥐고 있던 아내의 손을 놓아버렸다. 등받이에 머리를 기대고 스쳐 달아나는 바깥 풍경을 보고 있던 아내가 그의 얼굴을 돌아보았다.

당신은 지금 내가 모르는 어떤 곳에 가 있는 거지요. 돌아보는 아내의 얼굴이 그렇게 말하고 있었다. 그가 보여주는, 한번씩의 돌연한 변화들에 그녀는 익숙해져 있을 것이었다. 그때마다 아내는 그런 그를 내버려두었다. 내버려두어서 저 혼자 흘러가버리게 하였다. 당신을 다 이해할 수는 없어도, 당신을 믿을 수는 있어요. 언젠가 아내는 그렇게 말하였다.

그는 다시 창밖으로 눈을 돌렸다. 객토를 위해 부려놓은 논바닥의 봉긋한 흙더미들은 지난달 내내 숱하게 보고 다녔던 공원묘지를 연상시켰다. 아버지의 새로운 처소를 구하기 위해 그는 일요일마다 북쪽의 공원묘지들을 여러 군데 돌아다녔었다. 그는 가능한 한 북쪽 근방 어디에 아버지의 묏자리를 마련하고 싶었다. 이장 문제가 대두되었을 때, 아니, 아버지 묘를 이장시켜야 한다는 생각이 떠오를 때마다, 옮긴다면 북쪽 어디라는 결론만큼은 제일 먼저 확연하게 잡혀져 왔었다.

아내로서는 시아버지 묘의 이장이란 전혀 의외의 일이었을 것임을 그는 미루어 짐작하고 있었다. 그녀가 보았을 때 시집 식구들은 완벽하게 시아버지의 존재를 잊고 사는 사람들이었다. 누구도 먼저 아버지를 화제에 올린 적이 없었고, 어머니의 신앙을 빌미삼아 돌아가신 이의 기일을 지켜본 적도 없었던 그들이었다. 그러다가 시급하게 이장을 서둘러야 한다는 통보를 받았을 때, 아내는 조심스럽게 운을 뗐다. 바쁘면, 그러면, 내가 알아보러 다닐까요.

아내의 그 말이 무슨 뜻인지 그는 알고 있었다. 그러나 그는 고개만 흔들고 말았다. 아버지가 던져준 생의 그림자가 어떤 것인지를 무슨 말로 설명해야 할는지 그는 알 수 없었다. 아내의 걱정이 무색하리만큼 좋은 터를 찾아 주말마다 열심히 길을 떠나면서도 그는 끝내 아무런 설명도 아내에게 해줄 수 없었다. 그리고는 홀로, 스스로에게만, 몇 번씩 중얼거렸다. 그림자라고 해도 시시각각 그 모양과 빛깔이 달라지는 것인데, 무엇을…….

기세 좋게 달리던 버스가 어느 지점에서부터 기기 시작하였다. 앞으로 연달아 자동차들이 밀려 있고 뒤도 그러했다. 앞좌석 어디쯤에서 사고가 났다는 말이 들려왔다. 버스는 얼마 지나지 않아 아예 멈추었고 차의 진동이 없어지자 한별이는 잠에서 깨어났다. 아내가 잠에서 깨어난 아이를 꽉 껴안아주며 볼을 비볐다. 아이가 빙긋이 웃었다.

이윽고 버스가 움직이기 시작했으나 속도는 여전히 늦추어진 채였다. 사고 지점의 혼란 때문에 한쪽 차선이 봉쇄된 모양이었다. 얼마쯤 가니까 붉은 깃발을 휘두르고 있는 사내가 보였다. 그리고 곧이어 버스는 사고 현장을 지나갔다. 트럭이 벌렁 뒤집혀져 있고 주변에는 신고 가던 빈 유리병들의 잔해가 어수선했다. 검은 핏자국이 아스팔트 위에 커다란 지도를 그려놓았다. 날카롭게 빛을 되쏘는 유리조각 틈에서 핏자국을 발견한 그는 한별이가 창밖을 기웃거리지 못하게 몸을 틀었다. 핏자국을 지나고 나니 이번에는 휴지조각처럼 구겨져 있는 택시가 눈에 들어왔다. 낭자한 선혈은 택시 주변에 더욱 생생하였다. 한 명 이상의 목숨이 스러졌을 사고였다. 여기저기서 혀를 차는 소리가 들려왔으므로 한별이는 더욱 기를 쓰고 바깥으로 고개를 내밀려고 했다. 다행히 버스는 이내 제 속력을 찾아 달리기 시작하였고 그는 창을 가로막았던 몸을 비켜주었다.

창밖은 다시 천연스런 시골 풍경이 시침을 뗀 얼굴로 스쳐가고 있었다. 그는 고개를 떨구고 먼지투성이인 자신의 구두를 보았다. 불현듯 이 구두의 월부금을 다 주었던가, 하는 생각이 지나갔다. 난데없는 생각이었지만, 상당히 중요한 문제이기도 하였다. 두어 달 전쯤 사무실 자신의 자리에서 발치수를 재주고 맞추어 신은 구두였다. 유명 제화의 구두보다 싼 것도 아니었지만 구두가 낡아있던 두엇 기자들은 수제화의 숙련공이라는 구두 장수에게서 월부로 구두를 맞추었다. 획일화된 치수와 모형에 식상해 있는 현대인들에게는 그런 구매도 일종의 신선한 게임처럼 여겨졌다. 그렇다고 해서 까다로운 디자인을 요구하는 것도 아니었다. 저기 저 양반 구두처럼 끈을 매지 않게 하고 색깔은 진한 밤색으로 해주시오, 아니면, 지금 신고 있는 식으로다가 발 편하게 대충 하지 뭐, 정도가 고작인 주문을 거쳐 신발이 배달되어 오면 그것이 순전히 인간의 손으로 만들어졌다고 해서 기꺼이 받아들였다. 월급날마다 만 원 정도씩 끊어서 주곤 했는데 구두값이 완불되지 않았다면 유 기자에게 전화 한 통화 해둘 필요가 있었다.

구두값 말고 또 다른 것, 예를 들면 근처 술집의 외상값이나 야쿠르트 대금 따위는 이미 계산을 마쳤었다. 그는 회사에 나오지 않을 경우 문제가 될 부분에 대해서 메모까지 해가며 일일이 처리를 했었다. 그런 작업은 막상 손을 대면 난감해지는 부분도 없지 않았다. 자신이 이미 월급쟁이의 시간표에 맞게 체질까지도 길들여져 있다는 느낌을 받고 놀라기도 하였다. 그만둔 후의 일을, 십 년 가까이 여기저기에 얽어매놓은 관계의 매듭을 메모 한 장에서 처리해버리기로는 정리되지 않는 문제가 더 많은 것도 사실이었다. 확실하게 계산을 할 수 있는 부분이라면 기껏해야 돈의 주고받음에서 끝나는 정도였다. 그나마도 이제 와서 점검해본 결과 구두값이 미불이었다.

그가 이처럼 뒤끝을 깨끗하게 정리하기 위해 애쓰는 것도 따지고 보면 스스로를 묶는 올가미였다. 그는 이런 사소한 것들을 정면에 내세움으로 해서 실제 그가 욕구하는 것, 했어야 할 것들에게 침묵을 안겨버렸다. 금연하고자 하는 이들이 지켜야 할 첫 번째 수칙은 금연의 결심을 공표하는 일이라고 했다. 그렇게 함으로 해서, 자신을 믿지 못하는 자들은 말의 책임에 의존하여 금연의 시간을 단 한 순간이라도 연장시킬 수 있는 것이었다.

금연처럼, 하나의 욕망만 잡아 매두려는 안간힘으로 족한 그 무엇이라면, 그렇다면, 그가 원하는 평화는 단숨에 올 것이었다. 그러나 굴욕에 묶여 있는 스스로를 풀어내는 일은 그리 간단하지 않았다. 그는, 아직도, 무엇을 말해야 하는지 알 수 없었다. 그는 날마다 자신이 책임지고 싶어하는 말들이 무엇인지, 그것들을 탐색하곤 했었다. 그러나 쉽지 않았다.

더 쉽지 않은 것은, 어떤 결론을 얻더라도, 그것이 현실과 정면으로 맞서서 싸우는 일의 포기이거나, 스스로도 깨닫지 못하는 또 다른 순응이거나, 어쨌든 타협의 한 결실에 불과할지도 모른다는 끊임없는 압박감을 견디는 일이었다. 이 압박감은 지난해 여름부터 조금씩 부풀어 오르기 시작했었다. 인기 가수의 이혼설을 취재하기 위해 음반 회사로, 가수의 집으로 뛰어 다니는 사이사이 그는 도처에서 시위대와 맞부딪쳤다. 최루가스를 피해 낯선 빌딩의 화장실로 뛰어들면, 거기에는 서로서로의 눈에 비닐랩을 붙여주고 있는 학생들이 웅성거리고 있었다. 그들의 충혈된 눈과 거친 호흡은, 부르짖는 구호는, 그 도도한 물결은, 그가 잊고 있었던 두려움을 일깨워주었다. 외계인 같은 복장으로 도열해 있는 전경들 곁을 지나, 돌멩이와 최루가스가 뒤덮여 있는 도심을 지나, 감쪽같이 건재해 있는 회사로 들어올 때, 그는 스르륵 열리는 자동문 앞에서의 수삼 초 동안을 못 견뎌서 터지는 가슴을 움켜잡고 비틀거렸다. 이제는 거의 사라졌다고 믿었던 자동문 앞에서의 기억이, 1980년 6월의, 계단을 떠밀려 내려오던 그 기억이 바로 어제 일처럼 생생하였다.

바로 어제 일처럼. 제 속력을 찾아 달리고 있는 경주행 버스의 11번 좌석에 앉아있으면서 그는 불현듯 오한에 몸을 떨었다. 바로 어제 일처럼 생생한 그 일의 시작을 더듬으면 으레 오한이 덮쳤다. 사시나무 떨듯, 이란 말이 한 치의 오차도 없음을 절실히 깨달았던 때였다. 푸들푸들 경련을 일으키고 있는 근육이 푸줏간의 고깃덩이 이상의 어떤 뜻도 지니지 못했던 시간들이었다.

그날 아침, 그는 별다른 예감도 없었다. 날씨는 초여름답게 화창

하였고 마감 직전의 편집부는 기자들의 엄살로 오히려 제 분위기를 자아내고 있었다. 출근하면 구두부터 벗어놓고 슬리퍼로 갈아 신는 것이 그의 습관이었다. 점퍼를 벗어 의자 뒤에 걸쳐놓는 것은 그다음 순서였다. 거기까지 끝냈을 때 눈부시게 하얀 깃을 달고 있는 소녀가 그의 자리로 다가왔다. 소녀의 교복 차림이 썩 싱그럽다고 느꼈던가, 여고생으로 보이는 소녀가 구내 다방에 손님이 와 있음을 알려주었다. 각 부에서 심부름하는 야간부 여학생들을 두고 있긴 하였지만 그 소녀는 처음 보는 얼굴이었다.

필자가 찾아왔다고 말했을 것이었다. 원고 마감이 한창인 때였으므로 종종 있는 일이라 생각하고 그는 사무실을 나와 일층으로 내려가는 계단을 밟기 시작하였다. 그때 두 명의 사내가 아래 계단참에 서 있다가 그를 향해 뚜벅뚜벅 올라와 낮은 목소리로 물었다. 정영준 씨요? 그가 고개를 끄덕였다. 같이 좀 갑시다. 둘 중에 나이가 더 들어 보이는 사내가 말했다. 가긴 어딜 가요? 아침부터 무슨 수작인지 알 수 없어 그가 퉁명스럽게 내질렀다. 잔소리 말고 따라와, 이 새끼야. 눈이 가늘게 째진 사내가 어금니를 사려 물고 거침없이 내뱉었다. 느닷없는 욕설을 듣고 나서야 그는 어렴풋이 상황을 이해하였다. 잡혀가는구나, 라고 생각하자마자 두 사내가 양옆으로 바싹 붙어 섰다. 팔을 잡지는 않았지만 잡힌 거나 다름없는 꼴이었다. 내려가, 어서! 낮은 목소리가 명령했다. 그들에게 밀려 일층의 출입문 앞에 설 때까지 아는 얼굴은 한 명도 나타나지 않았다. 자동문이 열리기를 기다리는 몇 초 동안 그가 좌우를 두리번거리며 누군가 상황을 전할 만한 사람을 찾고 있자 사내가 왼쪽 옆구리를 쿡 찔렀다.

개수작 말아.

현관 앞에는 검은색 승용차가 대기하고 있었다. 사내 한 명이 먼저 뒷좌석으로 들어갔고 그는 짐짝처럼 떠밀려서 차 속으로 내팽개쳐졌다. 눈이 가늘게 째진 사내는 나중에 탔다. 차가 출발하자 째진 눈이 그의 머리를 시트 밑으로 구겨 박았다. 고개 들지 마!

그는 절망하였다. 사내들의 거친 몸짓과 어투가 심상치 않았다. 차가 달리는 동안 그는 온갖 것을 다 떠올렸다. 끌려가는 이유를 짐작해보려 하였지만 도무지 갈피를 잡을 수가 없었다. 시야에 들어오는 것은 회색의 바닥깔개와 두 사내의 구둣발뿐이었다. 답답한 일은, 어떤 생각도 현재의 당황함과 절망감 때문에 정돈이 되지 않는다는 것이었다. 마음의 준비, 뭐 그런 것도 해보려 했지만 그럴 사이도 없이 자동차가 멈추고 끌려 나와야 했다. 양쪽에서 사내들이 고개를 들지 못하도록 협박을 해대서 확실한 것은 몰랐지만 어림짐작으로 보아서 그곳은 S서 같았다. 악명 높은 서빙고나 남산이 아니고 일반 경찰서라는 게 확실히 위안이 되었고 이내 별일 있으려고, 하는 막연한 낙관도 고개를 쳐들었다. 그러나 공포 분위기는 경찰서에 도착하고도 여전히 드세었다. 이제는 마음 놓고 양쪽에서 팔을 움켜쥐었는데 계단을 오를 때는 거의 끌려가는 것과 다를 바 없었다.

그가 끌려간 곳은 3층의 한 취조실이었다. 꽤 넓었음에도 철제 책상만 서너 개 있을 뿐 다른 것은 보이지 않았다. 취조실 안에는 두 명의 사내가 그를 기다리고 있었다. 그를 데려온 두 명이 갑작스레 붙잡고 있던 팔을 놓아주었으므로 그는 순간 비틀거렸다. 그의 바로 앞에 책상과 의자가 보였다. 그는 협박자들의 비위를 거스르지 않기 위해 스스로 그 의자에 앉고자 하였다. 그때 날카로운 목소리가 그의 행동을 저지하였다. 이 새끼 봐라? 어딜 네 맘대로 앉아! 그는 주춤 멈추었다. 제법 점잖게 노시는군. 다른 목소리가 이죽거렸다. 시선을 어디에다 두어야 할지 모른 채 허둥거리는 그에게 반장으로 보이는 남자가 명령하였다.

"옷 벗어!"

그는 진정코 사내의 말을 알아듣지 못하였다. 벗을 옷이 어디 있단 말인가. 사내들은 물론이고 그 또한 윗도리를 회사에 둔 채 끌려왔으므로 짧은 티셔츠밖에 걸친 게 없었다.

"옷 벗으란 말야!"

갑자기 뺨에서 불똥이 튀었다. 네 명의 남자가 좌우에 포진해 있었으므로 누구 손인지도 모른 채 뺨을 얻어맞고 그는 옷을 벗기 시작하였다. 티셔츠를 벗으니까 옆에서 그것을 받아 벽에 붙은 옷걸이에 걸어주었다. 러닝셔츠도 옷걸이에 걸렸다. 바지도 벗어! 동작이 멎으니까 반장의 명령이 칼끝처럼 후벼들었다. 혁대를 풀고 있는데 커다란 손이 달려들더니 재빠르게 혁대를 빼앗아갔다. 남은 것은 팬티밖에 없었다. 팬티까지 벗으란 말이 없는 게 그 와중에서도 너무나 다행스러웠다. 그거나마 입고 있으니 마지막 치욕만은 면한 듯싶기도 하였다. 6월 16일, 한창 날이 더워질 무렵이었는데도 오싹 한기가 덮쳐왔고 발가벗은 몸뚱이를 어떻게 주체할 수 없어 막막하였다. 몸이 오그라드는 듯한 느낌, 가슴속에서부터 밀려오는 공포가 사뭇 거대하여 그는 부들부들 떨고만 있었다.

"여기에 왜 온 줄 아나?"

반장이 물었다. 그가 모른다고 하니까, 믿을 수 없는 일이지만 반장이 싱긋 웃었다.

"올라가!"

옷을 벗으란 소리보다 더 생경한 명령이어서 그는 또 멈칫거렸다. 그들의 말을 익숙하게 알아들을 수 없는 스스로가 딱했지만 어쩔 수 없는 일이었다. 그들은 기다려주지 않고 다짜고짜 그를 밀어붙였다. 그가 올라가야 할 곳은 철제 책상의 위였다. 책상 바닥에 엎어 치듯이 그를 부려놓고 사내들은 슬슬 동작을 시작하였다. 여기에 이르러서야 그는 확실하게 자신이 처한 상황을 깨달았다. 붙잡혀온 이유는 아직 모르지만, 그가 소문 속에서 그렇게나 치를 떨며 듣곤 하던 고문이, 군부독재정권의 고문이 바로 자신에게 가해지기 직전이라는 사실을 깨달았던 것이었다. 흉흉한 소문이 안개처럼 도시를 뒤덮고 있던 80년의 6월이었다.

그렇지만. 그는 책상 위로 밀려 오른 후에도 그렇지만, 이라고 의혹을 가졌다. 고문이란 어디까지나 피의자의 진술을 용이케 하려고 가해지는 수단이 아니던가. 무엇을 어떻게 했지 않느냐고 묻고, 소리치고, 회유하는 과정이 무시된 채 이렇게 다짜고짜 시작되는 경우는 없을 것이었다. 일의 순서가 바뀐 것을 저들은 정녕 모르는가. 그러나 항의할 사이도 없었다. 그들은 익숙하게 일을 시작하였다. 물을 적신 세수수건으로 양팔을 묶어버리더니 두 발을 팔 안쪽에, 가슴에 닿게 모으라고 지시하였다. 그가 여태껏 한 번도 취해본 일이 없는 자세였다. 못 하겠다고 할 수는 없었다. 안간힘으로 용을 쓰니 옆에서 도와주는 손도 있었다.

그들이 원하는 자세를 만들자면 자연 윗몸은 뒤로 눕혀지게 되어 있었다. 흡사 그것, 동화책에 자주 등장하는 당나귀가 막대기에 매달린 그림 그대로였다. 아버지와 아들이 당나귀의 네 다리를 꽁꽁 묶어 막대기에 매달고서 막대기의 양쪽 끝을 어깨에 얹어 놓았던, 그 동화의 제목은 생각나지 않았다. 그가 옴짝달싹도 못하게 묶여서 벌렁 누워 있게 되자 이윽고 한 사내가 그의 배를 타고 앉았다. 사내의 손에는 손때가 반들반들 묻어 있는 곤봉이 들려 있었다. 무슨 일이 벌어질지 알 수 없었으므로 그는 차라리 눈을 감았다.

곤봉은 무자비한 속도로 그의 발바닥을 난타하기 시작하였다. 그만한 고통이 있을 것임을 미리 알았다면 혀를 깨물고서라도 비명을 참았을 것이었다. 그것만이 끔찍한 고통에 대항하는 인간으로서의 유일한 자존심일 터였다. 하지만 느닷없는 기습에 그는 연신 비명을 질러대지 않을 수 없었다. 발바닥을 두들기는 묵직한 소리와 비명이 한데 어우러지는 동안에도 그는 줄곧 자신의 비명을 증오하였다. 사내의 손길이 잘못되어 발가락을 맞게 되면 뼈가 분질러지는 것처럼 통증이 심하였다. 곤봉이 허공을 가를 때가 가장 못 견딜 순간이었다. 곧 닥쳐올 그 무시무시한 고통을 상상하면 숨이 막혔다.

얼마나 지났을까, 고문자가 교대되었다. 한쪽에선 비명을 질러대며 지독한 아픔으로 몸을 비트는데 사내들은 바깥을 들락거리면서 아무렇지도 않게, 정말 눈곱만큼의 동요도 없이 제 볼일을 보고 있었다. 발바닥 난타는 거의 한 시간쯤 계속된 것 같았다. 고문자들은 팔이 아프면 곧장 교대하였다. 혼자 용을 써대며 아픔을 견디었더니 엉치뼈가 부러진 것처럼 쑤셔왔고 온몸은 진땀으로 끈적끈적

하였다. 순간순간이 영원처럼 지루하였으며 육체의 지독한 고통에
도 불구하고 정신은 멀쩡하다는 사실이 끔찍이도 견디기 어려웠다.

그래도 끝은 있었다. 얼마가 지난 뒤 곤봉이 시멘트 바닥에 부딪
히는 소리가 들리는가 했더니 사내 둘이 달려들어 그를 일으켜 세웠
다. 그리고 손을 묶은 수건도 풀어주었다. 아픔은 멈추었어도 공포
는 사라지지 않았다. 그는 두 팔을 늘어뜨리고 거친 숨을 몰아쉬며
고문자들을 둘러보았다. 베이지색 남방셔츠를 입은 반장은 방 안쪽
의 책상에 기대어 서 있고 이제까지 그의 발바닥을 때렸던 사내 둘
은 또 다른 의자에 앉아 담뱃불을 댕기고 있었다. 누구도 그에게 말
을 건네지는 않았으며 마치 이제까지 땅을 파거나 시멘트를 나르는
일 따위의, 벅찬 노동을 마친 뒤의 휴식처럼 예사로운 모습들이었
다. 이제는 뭔가 취조를 시작하겠지, 이 짐승 같은 대우는 제발 이것
으로 끝내겠지. 그는 피가 터진 발바닥을 버려둔 채 공포에 몸을 떨
며 가느다란 희망을 삼키고 있었다. 그러나 아무런 요구사항도, 질
문도 없었다. 십 분 가량의 휴식이 지난 뒤 반장은 단지 이렇게 말했
을 뿐이었다. 어이, 시작해.

그러자 다시 두 명이 달려들어 그를 책상 위에 뉘었다. 왜 이러십
니까, 왜 자꾸…… 아마 그렇게 항의했을 것이었다. 한 명이 무방비
상태의 배를 주먹으로 내질러버렸다. 그리고는 세수수건으로 얼굴
을 덮었다. 눈앞에 보이는 것은 희뿌연 안개뿐이었다. 시야를 차단
해버리니 참을 수 없을 만큼의 무섬증이 온몸을 짓눌렀다. 내가 못
보는 사이, 미처 확인도 못 하는 사이에 저들의 손에 죽을 수도 있다
는데 생각이 미치자 더욱 견딜 수 없었다. 내가 이곳에 붙잡혀 있는

것을 아는 사람은 없다, 나는 이제 여기에서 죽어도 단지 실종으로 처리되고 말 것이다, 그는 임신 6개월의 아내와 노모와 회사 동료들을 마음속으로 애타게 부르고 또 불렀다.

얼굴을 가린 후, 두 손이 묶여지고 다음에 두 발도 묶였다. 그리고는 누군가 그의 허벅지를 깔아뭉개면서 그 위에 앉았다. 그사이에도 쉴 새 없이 출입문은 벌컥벌컥 열렸고 복도 저편 어딘가에서 들려오는 짐승 같은 울부짖음이 열린 문을 통해 새들어왔다. 곧이어 닥쳐올 무시무시한 고통을 기다리면서 그의 심장은 무섭게 뛰었고 온몸에서는 진땀이 바싹바싹 솟구쳐 올랐다. 이윽고 얼굴을 덮은 수건 위로 주르르 물이 쏟아지기 시작하였다. 짐작건대 그것은 주전자인 모양이었다. 물의 굵기가 일정하였으므로 고문자는 그의 코에 집중적으로 물을 쏟아 부을 수 있었다. 처음은, 아주 짧은 동안은 견딜 만도 하였다. 그러나 어느 한순간에 이르러서 숨이 턱 막히고 콧구멍에서부터 반란이 일어났다. 입을 벌리고 이렇게 저렇게 호흡을 조절해보기는 하였지만 애초부터 감당해낼 일이 아니었다. 목구멍으로 물 넘어가는 소리, 코에서 치솟는 단내, 숨은 금방이라도 끊어질 것처럼 탁탁 막히는데 온몸은 꽁꽁 묶어놓아 마음대로 버둥거릴 수조차 없었다. 인정하고 싶지 않았지만, 서서히 죽음의 골짜기로 다가가고 있다는 느낌 때문에 절망감은 한층 깊었다. 어떻게라도, 어떤 방법으로든, 살아 있는 한은 그 고통을 견뎌야만 했으므로 차라리 죽어버리고 싶기도 하였다. 이 고통을 그치게 할 수 있는 방법이 죽음뿐이라면 진정으로 그는 그 길을 택하고 싶었다.

발바닥을 때리는 고문은 물고문에 비하면 정녕 아무것도 아니었다. 코로만 물이 들어가는 것도 아니었다. 함부로 휘둘러대는 물줄기에 따라 코와 입이 컥컥 막히면 미처 삼켜지지 않은 물이 벌컥벌컥 콧구멍으로, 입으로 다시 역류해왔다. 그러면 다시 온몸을 비틀어대면서 끊겨버리고야 말 것 같은 호흡을 붙잡기 위해 안간힘을 다하여야 했다. 그럴 때마다 찢어질 듯 부풀어 오른 심장에서 불꽃이 튕겨지는 느낌이 있었다. 이 결박을 풀고 하늘로 훨훨 날아가 버릴 수만 있다면, 고문자들의 손길에서 벗어날 수만 있다면, 그럴 수만 있다면……. 지금 이 순간 누군가 저 흉포한 물줄기를 거두어주기만 한다면 그를 위해서 평생 개처럼 충성을 바칠 것 같았다. 아니, 맹세할 수도 있었다.

얼마나 더 시간이 흘렀는지, 발버둥 칠 힘도 남아 있지 않았다. 그는 몇 번씩이나 정신의 끈을 놓았다가 다시 붙잡고 하면서 지옥의 순간들을 견디어 나갔다. 한나절이나 지난 것도 같고, 단 오 분의 시간도 흐르지 않은 듯싶기도 하였다. 그렇게 오락가락한 정신으로 메스꺼운 속과 불처럼 활활 타오르고 있는 목구멍과 콧구멍을 어떻게 어떻게 견디다가, 몇 번씩 실신하기도 하는 아득한 시간들이 흘러갔다. 흰 장막처럼 죽음의 그림자가 덮여졌는가 하면 정신이 들고, 다시 물소리에 치를 떨며 발버둥을 치는 사이사이 그의 눈앞으로 수많은 불꽃들이 너울거리며 지나가곤 하였다.

영겁이 흘렀을까. 또 한 번 정신의 날개가 툭 꺾이는 듯하면서 버팅기고 있던 팔과 다리의 힘을 놓치는가 했더니 수건 위로 떨어지던 물이 갑자기 뚝 그쳤다. 그는 힘을 뺀 채로 긴 숨을 몰아쉬었다. 그 호흡의 신선함을, 달콤함을 놓치고 싶지 않아서 그는 연거푸 숨을 몰아쉬었다. 온몸이 모두 땀으로 뒤덮여 있으면서도 몹시 춥고 떨렸다. 그는 이제 마음 놓고 온몸을 떨었다. 푸들거리는 자신의 몸뚱이 따위엔 어떤 수치감도 생기지 않았다. 사내들이 얼굴에 씌운 수건을 치우고 팔과 다리를 풀어주었다.

"자, 의자에 앉으시지."

팬티바람으로 책상 위에 엉거주춤 구부리고 앉아 있는 그를 향해 반장이 친절한 목소리로 말하였다. 팔짱을 끼고 버티어 서 있는 반장의 미소가, 그 정다운 목소리가 눈물겹도록 가슴에 사무쳤는데 이번에는 그 옆의 붉은 셔츠가 흰 이빨이 다 드러나도록 크게 웃으면서 "보기보단 뚝심이 셉니다." 하고 말했다. 마치 한바탕 우정 넘치는 장난질을 벌인 듯한 어투였으나 모처럼 사람끼리의 대화다운 말을 듣게 된 것만도 반가워서 그는 적이 마음이 놓였다. 그러나 한기에 시달리고 있는 몸은 사시나무 떨듯 경련을 일으키고 있어서 잠시도 가만히 있을 수가 없었다. 그는 물에 빠진 생쥐의 모습으로 쩔쩔매며 책상에서 기어 내려왔다. 의자에 앉고 나니까 종이와 볼펜이 주어졌다.

"80년 5월부터의 행각을 숨기지 말고 그대로 여기 쓰세요."

반장의 너그러운 지시가 고마워 그는 얼른 양면 괘지를 움켜잡았다. 억울하다거나, 자존심이 상한다거나 하는 식의 인간다운 감정은 진즉에 사라진 뒤였다. 때리지 않고, 물 먹이지 않고, 문화시민답게 문자를 사용하여 진술하라는 것은 오히려 황송한 대우가 아닌가. 그는 얼얼한 손에 볼펜을 쥐고서 마지막 기운을 짜내어 종이를 메꾸어 나갔다.

한 달이 훨씬 넘은 일이었지만 월간잡지 기자의 한 달은 구분하여 기억하기 쉽도록 되어 있었다. 초순에는 장한 어머니상을 받은 인물을 취재하기 위해 충청도의 한 산골에 갔으며, 중순에는 가수 C모씨와 탤런트 J양의 스캔들 추적을 위해 반포 쪽에서 며칠 동안 정보수집에 골몰하다가, 다시 영화배우 O씨의 신혼살림 인테리어를 소개하기 위하여 청담동에 왔다 갔다 하며 진행을 맡았다. 그리고 이상하게 아랫배가 땅기곤 한다는 아내를 데리고 산부인과에도 몇 번 갔으며, (이 부분을 쓰다가 그는 아내에게 이 일이 충격으로 받아들여져 행여 나쁜 일이 생기게 되지 않을까 우려하였다. 아내는 임신 초기에 이미 유산의 기미가 있다는 진단과 함께 절대 안정하라는 주의를 받고 있었다.) 그 외에 탤런트 누구, 가수 누구누구를 만났다, 라고 쓰면서 그는 문득 섬뜩하였다.

양면괘지에 쓰지 않았지만, 5월 하순의 어느 날쯤 친구 하나가 잡혀 들어갔다는 사실을 비로소 떠올렸던 까닭이었다. 대학 동창으로, 졸업 후에는 한동안 소원했다가 그가 『여성생활』에서 일하게 되면서 자주 만나게 되었던 사이였다. 칠십 년대 운동권 출신들이 출판이나 연극 쪽에서 자기 몫을 찾아 일하는 경우가 더러 있었는데 친구도 희곡을 쓴다고 그쪽 동네에 얹혀 지내고 있는 터였다. 문학과 연극 쪽의 동향을 취급하는 페이지를 그가 맡고 있었기 때문에 친구의 근황은 대충 파악하며 지내는 중, 5월 말쯤 돌연 그가 어딘가로 끌려갔다는 소식을 들었다. 새벽 단잠을 구둣발로 짓밟아놓으며 기세등등하게 연행해갔고 친구 아내가 동분서주하면서 행방을 찾고 있다는 데까지가 알고 있는 내용의 전부였다. 걱정은 되었지만 최근

들어서 친구가 반체제 혐의를 받을 만한 행위를 한 적이 없고, 녀석의 과거로 보아 불법연행이나 구금은 익숙한 게 아니냐는 방관까지 곁들여 크게 신경을 쓰지 않았었다.

하지만 이제 와서 생각하면 그가 여기까지 얽혀든 것은 녀석 때문인 게 거의 분명했다. 그렇지만 친구에 관한 이야기는 단 한 줄도 쓰지 않았다. 차라리 순진하게 보이도록 곧이곧대로 쓰는 게 좋을지도 모른다는 생각이 얼핏 스치기도 했으나 만에 하나 다른 쪽에서 얽혀들었다면 엎친 데 덮친 격이 될까 겁났다. 아니, 그것보다는 머릿속의 상념들을 질서 있게 정리하여 종이에 옮기는 일 자체가 몹시 힘들었다. 몸의 떨림도 멈추지 않았다. 글을 쓸 수 있다는 게 희한할 정도로 엉망진창이었지만 그 당시에는 그저 공포심에 휩싸여 말 잘 듣는 개처럼 굴었을 뿐이었다.

그가 쓴 진술서를 읽어본 반장은 쯧, 하고 혀를 찼다. 혀 차는 소리가 그의 귀에 날카로운 바늘처럼 파고들었다. 오들오들 떨면서 그는 반장과 사내들의 처분만 기다렸다. 한없이 불안했지만 그가 할 수 있는 일은 아무것도 없었다. 이 새끼, 이거 순전히 놀자판이로구먼. 탤런트? 영화배우? 야, 이 자식아, 누가 너보고 근무일지 쓰랬어? 반장이 으르렁거렸다. 진술서 종이로 얼굴을 마구 후려치기도 하였다.

"이 새끼, 이거 순 독종이네. 인정사정 볼 것 없다. 죽여도 좋아. 까뭉개버려!"

이윽고 반장의 돌격 명령이 떨어졌다. 이제 또 무슨 일이 닥칠 것인지. 그의 가슴이 벌떡벌떡 뛰었다. 처음 보는 얼굴의 사내와 붉은 셔츠가 냉랭한 눈빛으로 그를 쏘아보면서 스적스적 다가왔다. 그들의 손에는 어린아이 키만한 각목이 들려 있었다. 그는 자신도 모르게 벌떡 일어나 구석으로 피하였다. 양쪽에서 독거미처럼 스적스적 발을 끌며 거리를 좁혀오는 사내들의 회색빛 눈초리를 차마 마주볼 수 없어서 몸을 웅크리고 머리를 두 팔로 감싸는데 첫 번째 일격이 등을 후려갈겼다. 그리고 연달아서 각목이 날아와 다리를, 어깨를, 옆구리를 기습하였다. 각목을 피해서 그는 방의 네 구석을 모두 헤매고 다녔다. 한자리에서 몰매를 맞는 것보다는 한 발자국이라도 도망치는 게 나았다. 어디를 어떻게 맞았는지 아파할 겨를도 없었다. 부어오른 발바닥의 통증도 감각이 없었다. 오로지 무지막지한 매를 한 대라도 피해볼 일념뿐이었다.

발가벗은 몸뚱어리에 각목이 파고들면 피가 튀었다. 나이 삼십의 어엿한 남자가 팬티만 입고 좁은 방구석을 뛰고 달리며 몸을 피하기 위해 발버둥을 치면 반장까지 가세한 세 명의 사내가 돼지를 몰듯이 각목을 휘두르며 덤비는 것이었다. 처참하기 그지없는, 짐승끼리의 혈투였다. 그는 분명 한 마리 돼지에 불과하였다. 그러나 굴욕감보다는 공포가 훨씬 컸다. 아니, 어느 순간에는 공포를 뛰어넘는 굴욕감에 치를 떤 순간도 있었다. 그러나 굴욕감에 휩싸여 있는 사이 잘못하여 머리에 일격이 닿으면 그대로 죽어버릴지도 모를 일이었다. 고문자들은 살인 특허라도 맡은 것처럼 마구 각목을 휘둘러대었고 그는 어느 순간 등에 강한 통증을 느끼며 나뒹굴고 말았다. 그가 쓰러짐과 동시에 살인적인 구타는 멈추었다.

한쪽 벽에 각목을 세워놓은 뒤 반장과 사내 하나는 취조실을 나갔고 그들 중 가장 젊어 보이는 사내가 쓰러져 있는 그를 부축하여 일으켰다. 무슨 체력이 그리도 단단한지, 그렇게 당했음에도 그는 두 발로 걸을 수 있었다. 두 다리의 뼈를 분질러놓았더라도 걸었을지 모를 일이었다. 공포는 때로 초인의 힘도 불러낸다. 그 사실을 증명하듯이 그는 만신창이 몸을 움직여 아침에 벗어놓았던 옷을 스스로의 힘으로 다 입었다. 그를 지키는 젊은 사내는 끝끝내 혁대를 내주지 않고 그를 취조실에서 데리고 나와 건너편의 출입문을 밀고 들어갔다. 그 방은 회사의 편집실처럼 넓고 책상도 빈틈없이 놓여 있었다. S서에서 독방을 가질 수 없는 모든 근무자들이 이 방에 자기들의 책상을 두고 있는 듯하였다.

그는 구석의 한 의자에 앉혀졌다. 아무도 만신창이의 그를 주목하여 보지 않았고 관심을 보이지도 않았다. 그는 사내가 가져다주는 뜨거운 커피를 한 잔 마셨다. 여전히 사시나무 떨듯 떨고 있었기 때문에 뜨거운 커피는 너무나 황감하였다. 춥지요? 사내가 정중한 어투로 물었다. 그는 대답하지 않았다. 커피를 아껴서 마시고 있는데 이번에는 쟁반에 담겨진 백반이 날라져왔다. 밥을 보니까 기가 막혔다. 실컷 두들겨 맞고, 그 대가로 밥 한 끼가 제공되는 것이라고 생각하니 목이 메었다. 더운 국물만 눈에 들어올 뿐 목구멍이 부어서인지 아무것도 먹을 수 없었다. 점심시간에는 고문도 중단되는 모양이었다. 그는 머리를 떨구고 가만히 앉아 있었다. 모든 것이 악몽인 듯하였다. 어서 빨리 이 꿈에서 깨어나야 한다고 스스로에게 다짐도 하였다.

"식사를 안 하셨네요. 좌우지간 많이 먹어야 하는데."

옆에서 또 정다운 목소리가 들려왔다. 정말이지 그는 사내의 가

슴에 안겨 퍽퍽 흐느껴 울고 싶은 충동을 가까스로 참아냈다. 몇 년
만에 처음으로 인간 대접을 받은 듯한 감동이었다. 고문자들은 철저
하게 두 개의 얼굴을 지녔다. 고문할 때는 짓이겨버릴 것처럼 거친
반말을 함부로 뱉어냈고 고문이 끝나면 금세 상냥한 얼굴과 정중한
말투로 돌아오곤 했다.

　점심시간이 끝나자 사내가 그를 취조실로 데려갔다. 다시 팬티만
남기고 옷을 벗겼다. 겨우 가라앉았던 오한이 되살아나서 또 몸이
부들부들 떨렸다. 잠시 후 반장이 들어와서 그는 의자에 앉혀졌다.
반장의 질문이 떨어졌다. 죽을 만큼 두들겨놓고서 이제야 첫 물음이
터져 나온 것이었다.

　"너, ○○○한테 돈 받았지? 얼마 받았나?"

　그는 난데없는 한 야당 정치지도자의 이름에 어안이 벙벙했다.
짐작도 못 했던 질문이어서 곧이곧대로 대답이 튀어나왔다. 안 받았
다고, 나는 그런 곳과 전혀 관계가 없다는 말을 하자 반장이 연거푸
그의 뺨을 올려붙였다. 단박에 코피가 터졌고 반장의 옷에까지 핏방
울이 튀었다. 이 새끼, 너 5백만 원 받았잖아? 다시 아니라고 하니까
기다렸다는 듯이 각목꾼들이 덤벼들었다. 한동안을 또 돼지 몰듯이
그를 몰아붙이고 사정없이 내리패더니 다시 물었다. 너 박성근이 알
지? 마침내 친구의 이름이 반장의 입에서 흘러나왔고 그는 일순 모
든 것을 포기하기로 작정하였다. 더 이상 버틴다는 것은 무모한 짓
이었다. 처음부터 고문자들이 모든 열쇠를 쥐고 있었듯이 그는 자진
하여 그에 알맞은 자물통이 되어야 했다. 박성근을 안다고 하자 "돈
받았지?" 하고 다그쳤다. 받았다고 했다.

"그러면 그렇지, 한 이백쯤 받았나?"

반장이 대답하기 좋게 묻고 그는 수긍하였다. 드디어 동굴의 출구를 찾은 것이었다. 한번 시인을 하니까 그다음은 모든 일이 그들의 각본대로 진행되기 시작하였다. 전혀 들어본 적도 없는 이야기들이 쏟아져 나왔지만 그는 무조건 굴복하였다.

그러나 굴복도 생각처럼 단순한 것은 아니었다. 다른 조직책을 대라는 데는 돌연 정신이 아득해졌다. 누구를, 도대체 어떤 이름을 대란 말인가. 그 부분에서 그는 또 한 번 철제 책상 위로 올라가야 했다. 지옥 같은 물고문이 다시 시작되었다. 물고문의 그 지독한 고통을 아는 까닭에 이번에는 손발이 묶이는 순간부터 그는 이미 실신 지경에 이르렀다. 도저히, 정말 도저히 견딜 것 같지 않다는 절망감에 이빨이 마구 부딪칠 만큼 떨었다. 그러나 고문자들은 기계였다. 삽시간에 콧구멍으로 바다가 통째 흘러들기 시작하였다. 죽음과 현실이 연거푸 의식의 한계를 넘나들었고 그는 미친 듯이 발버둥 쳤다. 숨이 껙껙 막히고 목구멍이 찢어질 것처럼 부풀어 올랐다. 그는 절망 속에서 자신도 모르게 허우적거리며 외쳐댔다. 말……말……말을 하겠…….

수건이 젖혀지고 반장의 음흉한 미소가 다가왔다. 누구의 이름을 대었는지 알 수가 없었다. 떠오르는 이름은 무엇이든 불었다. 너무 많이 분다고 해서 각목으로 수십 대 맞기도 하였다. 지옥이었다. 뭐가 뭔지 하나도 알 수 없었고 금방이라도 미쳐버릴 것처럼 정신이 마구 헝클어졌다. 박성근이가 어떻게 그의 이름을 불었는지 후에 생각해보니 너무나 선명하게 알 수 있었지만 그 순간에는 아무것도 떠오르지 않았다.

한번 허물어지고 나니까 붙잡아야 할 마지막 무엇까지 완벽하게 사라져버리고 말았다. 나는 나일 수 없다, 라는 정체감의 상실도 썰물처럼 몰려들었다. 내가 나이지 않으니까 공포감의 확대도 그 속도가 무섭게 빨라졌다. 고문자들이 얼굴만 찌푸려도 벌벌 떨며 못 견뎌하였다. 그들 중의 하나가 몸을 움직이기만 하여도 심장이 멎을 것 같고 몸이 절로 오므라들었다.

그렇게 하루 종일 맞고 물 먹었다. 오전 열시가 채 못 되어 시작된 고문이 오후 다섯 시에야 겨우 끝났다. 종일 일을 하며 지냈던 한 인간이 어느 날 갑자기 종일토록 구타당하며 시간을 보낸 이 현실이 정녕 꿈이었다면. 꿈이 아닌 줄 잘 알고 있었기에, 그랬기에 그는 더욱 간절하게 꿈이길 빌고 또 빌었다.

오후 고문이 끝나고 나서는 도저히 혼자 힘으로 옷을 입지 못하여서 붉은 셔츠가 도와야 했다. 살갗에 닿는 옷의 촉감이 말 그대로 면도날 같았지만 추위는 막아주었다.

"밑으로 보내."

반장의 지시대로 사내 둘이 겨드랑이를 붙잡고 그를 데려갔다(그 직전에 그는 오줌을 싸기 위해 기어서, 네 발로 기어서 화장실을 다녀왔었다. 더러운 변기를 부둥켜안고 볼일을 마친 뒤 그는 또 기어서, 네 발로 박박 기어서 돌아왔었다).

유치장은 지하에 있었다. 두 칸으로 나누어진 유치장의 한쪽 구석에 내팽개쳐진 그는 먼저 들어와 있던 대학생들의 간호를 받으며 자리에 누웠다. 어디가 어떻다고 말할 수 없을 만큼, 몸 전체가 완전히 망가진 기분이었다. 그 말고도 허리를 다친 젊은 전도사가 한 명 더 길게 누워 있었고 열댓 명 되는 대학생들은 겉보기에 심한 외상은 없어 보였다. 칸막이 저쪽에도 심하게 맞은 이가 있는 듯 간간 신음 소리가 들려왔다. 그는 밤새 끙끙 앓았다. 대학생들이 화장실도 데려다주고 약도 발라주면서 열심히 돌봐주었는데 고려대가 S서 관할인 탓에 대부분 고대생이었고 옆방에는 그들의 스승인 K교수도 붙잡혀 들어와 있다고 하였다. 젊은 전도사는 고문 때 척추를 다쳐서 유치장에 있는 동안 바깥을 왕래하며 병원 치료를 받는 중이었다. 그 전도사는 다음 날 외출 나갔던 길에 여러 가지 약품을 가져와 그에게 큰 도움을 주었다.

유치장에 들어와 누워 있으니 스러진 것 같았던 인간으로서의 자존심이 조금 되살아났다. 그것들이 되살아남에 따라 육체의 고통에 추가하여 정신까지도 욱신욱신 쑤시고 아파서 그는 단 한순간도 편치가 않았다. 유치장에서의 첫날밤, 그는 모포로 얼굴을 가리고 비로소 흐느껴 울었다.

두 번째 날에도 고문과 취조는 계속되었다. 그날은 태어나서 지금까지의 모든 것을 쓰라고 하였다. 마음에 들지 않으면 사정없이 두들겨 팼다. ○○○에게 이백만 원 받은 경위에 대해서도 쓰라고 하였다. 고문자들의 질문을 주의 깊게 들었다가 그들이 원하는 쪽으로 쓰고 또 썼다. 그렇게 협조를 했지만 수배 중인 한 인물을 숨기지 않았느냐고 다그치면서 또 물고문을 시켰다. 박성근이와는 어떤 사이인지 알 수 없지만 그로서는 안면만 있을 뿐 전혀 근황을 모르는 친구였다. 물고문의 고통은 끔찍했으나 아는 내용이 없으니 말을 하지 못하였다. 그들에게는 하소연이 통하지 않았다. 팔다리를 묶어놓고 얼굴에 수건을 덮는 절차만으로도 이미 그는 반쯤 숨이 멎는 느낌을 받았다. 지긋지긋한 물소리, 몸서리쳐지는 물을 속절없이 목구멍으로 넘기면서, 때로 식도에 불이 붙어버린 감각에 젖어 아뜩하게 의식을 잃곤 하는 지옥의 시간이 이어졌다.

그 순간의 어디쯤에서 그는 고문자들이 주고받는 말을 듣게 되었다. 내 딸이 피아노 경연대회에서 금상을 받았대. 한 사내가 자랑스럽게 말하였다. 우리 큰놈은 공부는 잘하는데 몸이 약해서 말야, 좀 있으면 고3이 될 텐데 큰일이라구. 고문자들의 대화를 좀 더 자세히 듣고 싶었지만 터져 나오는 단말마의 비명을 어쩔 수 없었다. 이제는 목이 잠겨서 더 이상 비명을 지르지 못할 정도였고 콧속에서는 타는 냄새, 눋는 냄새까지 피어올랐다. 몸이 약한 아들을 걱정하고 피아노에 재주가 있는 딸을 자랑하고 있는 고문자들 옆에서 그는 몸서리를 쳤다. 소름이 끼쳤다. 최후의 몸부림으로 악을 쓰고 있는 한 인간을 옆에서 지켜보며 아무렇지도 않게 자식 이야기를 하는 고문자를, 아아, 그는 결코 용서할 수 없었다.

세 번째 날, 그는 느닷없이 박성근이와 대질하였다. 퉁퉁 부은 얼굴로 등을 떠밀려 들어온 박성근은 그를 보더니 울먹울먹 말을 잇지 못하였다. 야, 미안하다……. 그는 박성근을 원망하지 않았다. 아니 원망하기도 했다. 그러나 그 순간은 결코 아니었다. 한눈에도 박성근이 몹시 당했다는 것을 알 수 있었다. 넌 괜찮냐. 그는 고작 이런 말밖에 할 수 없었다.

셋째 날은 종일 진술서를 썼다. 몇 번이나 똑같은 내용을 반복하여 쓰다보면 엇갈리는 부분도 없지 않았다. 그때마다 온갖 굴욕적인 욕설과 주먹이 날아왔다. 고문자들은 그가 한낱 피라미에 불과하다는 것을 분명히 알면서도 조금도 고삐를 늦추지 않았다. 그는 이날, 자진해서, 진술서 내용에 불온한 문구를 써넣기도 하였다. 셋째 날 저녁 유치장에서 그는 거의 정확한 형량을 언도받았다. 운동권 대학생들이 그의 혐의 사실을 꼽아보더니 1년 6개월짜리라고 말해주었다. 1년 6개월. 이상하게도 그의 마음은 가라앉았다. 고문 없는 1년 6개월이라면, 아니 10년 6개월이라도 상관없었다. 그날 저녁, 대학생 한 명이 풀려나갔고 그는 사무실과 집의 전화번호를 적어주며 연락을 부탁하였다. 아내가 받을 충격이 마음에 걸렸지만 행방불명보다는 이쪽이 견디기에 나을 듯도 싶었다.

그리고 이틀간은 위로 불려가지 않은 채 유치장에서만 보냈다. 토요일이 되자 아침에 형사가 한 명 내려와서 오후에 풀려날 것이라고 알려주었다. 뜻밖의 통고였고 억울한 느낌조차 들었다. 사람을 이처럼 만신창이로 만들어놓고 그냥 풀어주면 그것으로 끝이란 말인가.

토요일 오후에 그는 계급이 높아 보이는 한 간부 앞에서 일장 훈시를 들었다. 시국이 불안정한 때일수록 행동을 조심하고 말을 삼가라. 국가 안보는 너희들이 생각하고 있는 것보다 훨씬 막중한 업무이다…… 대충 그런 것이었으나 참혹한 느낌뿐이었다. 없었던 일로 돌리라는 각서도 그들이 부르는 대로 한 장 썼고 지장을 찍었다. 이번 있었던 일은 어느 누구한테도 발설하지 않겠으며 만약 발설했을 경우 어떤 처벌이라도 달게 받겠습니다. 물고문 때 주전자를 잡았던 붉은 셔츠가 각서를 봉투에 담아 서랍에 넣었다. 첫날 풀어갔던 혁대도 돌려주었다. 수고 많았습니다. 몸조리 잘하세요. 청사 앞에까지 배웅을 나온 붉은 셔츠가 다정하게 위로했다. 그는 끝끝내 붉은 셔츠의 얼굴을 바로 보지 않았다. 청사를 빠져나와서, 그는 담벼락을 짚은 채 현기증을 달랬다. 한 걸음 옮길 때마다 잇몸 사이로 신음이 새어나왔다. 그는 한 번 더 청사를 돌아보았다. 신은 용서하여도, 그는 결코 용서하지 않을 작정이었다.

나중에 안 일이었지만 그의 석방은 매형의 주선 때문이었다. 초등학교 동창 중에 대령이 있었고 그가 마침 서울 지역의 모 부대로 배속되어 동창회를 소집한 직후에 일이 생긴 것이었다. 대령의 입김이 그를 1년 6개월에서 풀어낸 것이었다. 하지만 일은 그것으로 끝난 게 아니었다. 누렇게 뜬 얼굴로 그를 맞아들인 아내는 남편의 몸뚱어리를 보고 경악을 금치 못하였다. 한 치의 보탬도 없이 설명하자면 푸른 잉크를 가득 담은 항아리에서 건져낸 듯한 몸뚱어리였으니까. 그래도 며칠간은 그의 간호를 위해 용케 버티긴 하였다. 집에 돌아온 지 사흘 만에 아내는 6개월 된 사내아이를 유산하고 말았다. 절대 안정을 지키라는 의사의 권고를 무시한 대가였다. 아내는 한동안 몸을 추스르지 못하였고 늙은 어머니가 아들 며느리의 병시중을 들었다. '한빛'이란 이름은 그래서 영원 속으로 스러진 것이었다. 한별이는 그 후 3년을 기다려 얻은 자식이었다.

그리고 더욱 가증스런 일이 일어났다. 그해 가을에 그는 이름난 갈빗집에서 고문자와 맞닥뜨리고야 말았다. 있을 수 있는 일이었다. 언젠가는 눈이 가늘게 째진 그 사내, 붉은 셔츠의 사내, 시종일관 그의 고문을 지휘하고 번번이 포악스럽게 가세하곤 했던 반장, 그 밖의 또 두어 명의 사내들을 어딘가에서 마주칠지도 모른다는 생각은 늘상 하고 있었다. 그날이 마침내 닥친 것이었다. 등장한 인물은 공교롭게도 반장이었다. 그는 아내와 함께 있었다. 반장 역시도 두 아들과 딸 하나, 아내로 보이는 여자와 같이 있었다. 말하자면 서로 가족들끼리의 외식을 위해 갈빗집의 테이블을 하나씩 차지하고 있었던 셈이었다.

반장은 하필 옆 테이블에 앉아 있었다. 처음에는 미처 그들을 알아보지 못했었다. 반장과 그는 다 같이 왼쪽 의자에 앉아 있었으므로 일부러 보려고 하지 않으면 알아보기 어려운 위치였다. 석쇠에 놓인 고기를 뒤적거리고만 있는 아내에게 그는 자꾸만 고기를 많이 먹으라고 재촉해대는 중이었다. 그들 두 사람 모두 여태껏 침체되고 우울한 나날 속에 잠겨있는 때였고 그는 모처럼 아내를 위해 외식을 나온 길이었다. 이 집 고기가 연하다고 소문났지. 많이 먹어. 탄 것만 골라 먹지 말고. 그는 아마 아내에게 이렇게 말했을 것이었다. 그때 옆 테이블에서도 그와 비슷한 소리가 들려왔다.

"사내 녀석은 고기를 많이 먹어야 힘을 쓰는 법이야. 넌 공부는 잘하는데 몸이 약해서 틀렸어. 그래가지고서야 어디 입시 지옥을 당하겠나?"

어디서 많이 들어본 목소리였다. 음성뿐만이 아니라 이야기의 내용도 썩 익숙한 것이었다. 그는 순간적으로 긴장하여 몸을 뒤로 빼내어 목소리의 주인공을 보았다. 그는 한눈에 반장을 알아보았다. 취조실에서보다 훨씬 고급스런 옷을 입고 있었지만 분명했다. 그와 거의 동시에 반장도 그를 알아보는 것 같았다. 두 사람은 엉거주춤 일어나서 의자를 뒤로 밀고 테이블 사이의 통로로 나왔다. 정확히 말하면, 반장이 먼저 몸을 일으켰고, 굉장히 반갑다는 표정을 지었으며, 손을 내밀었다. 그는 반장이 내민 손에 자신의 손을 포개었다.

"오랜만입니다. 별일 없으시죠?"

사내가 물었다.

"아, 예, 잘 지냅니다."

그가 대답하였다. 수인사를 나눈 다음 그들은 각각 자기 자리로 돌아가 가족들과 합류하였다.

"누구예요?"

아내가 작은 소리로 물었다.

"예전에 영업부 근무했지, 아마……."

그는 태연하게 거짓말을 하였다. 식욕은 일시에 사라져버렸고 두 손이 부들부들 떨렸으나 아내에게 내보이는 얼굴만큼은 애써 침착을 가장하였다. 그때 옆자리에서 사내가 넉살좋게 말을 붙여왔다.

"오늘은 고기가 좀 질기네요. 그렇지요?"

상추에 고기를 넣고 쌈을 싸다가 그는 황급히 그런 것 같다고 응수하였다. 그 밖에도 그들은 갈빗집에 알맞는 여러 이야기들을 간간 나누었다. 우리 집에는 대식가들이 많아서 고기값이 많이 든다고 반장이 말하면 뚱뚱한 반장 마누라는 큰 목소리로 웃어댔다. 반장네 테이블에서만 말이 나오는 것도 아내에게 수상히 보일까봐 그가 먼저 뭔가를 묻기도 하였다. 따님이 아주 예쁘군요. 몇 학년이지? 또는 공부는 잘하는지. 몸이 약한 큰아들에게는 어느 학교에 다니느냐고 묻는 그런 식이었다. 그가 코에서 풍겨오는 단내와 숨이 턱턱 막히는 고통으로 발버둥 칠 때 반장이 걱정하던 바로 그 아들이었다. 여드름 자국이 몇 개 남아 있는, 순진하고 부끄럼 잘 타는 반장의 아들은 수줍게 웃었다.

식사가 먼저 끝난 쪽은 반장네 가족이었다. 그들은 나가면서 그와 그의 아내에게 일일이 작별 인사를 하였다. 여드름쟁이 큰아들도 꾸벅 고개를 숙이더니 안녕히 계세요, 라고 말했다.

"아이구 이거, 사모님 되십니까? 먼저 갑니다만 천천히 많이 드시고 오십시오."

반장은 아내에게 그런 식으로 알은 체를 하였다. 반장의 일가족이 다 빠져나간 뒤, 그는 하마터면 식탁을 쓰러뜨리며 엎어질 뻔하였다. 아니, 꼭 그렇게라도 하고 싶었다. 신보다 먼저 그를 용서하지나 않았는지, 결코 그럴 수는 없는 일이어서 그는 거의 미칠 듯한 심정이었다.

정말 그들을, 회색빛 눈초리의 고문 기술자들을 용서하였는가. 경주행 버스에 앉아서 그는 새삼스레 스스로에게 되물었다. 처음 얼마 동안은 회사의 자동문 앞에서나, 떠밀리던 계단을 오르면서는 창백하게 질리곤 했었다. 고문자들의 갖가지 모습이 떠오르면 식은땀을 흘리며 가위눌린 것처럼 몸부림을 치기도 했었다. 그들에게 써준 각서대로 풀려난 후 어느 누구에게도 고문에 관한 자세한 내용을 말하지 않았었다. 조금 맞았다거나 약간 당했다는 정도로만 상황을 설명하곤 입을 꼭 다물었다. 물론 행동도 조심하였다. 정치권에 얽힌 취재라면 그것이 아무리 사소한 내용이라도 맡고 싶지 않았다.

80년을 지내면서 그는 완전히 달라졌다. 이미 예전의 그가 아니었다. 그는 고문의 위대한 힘을 경험한 자였고 폭력의 무소불위한 힘을 절감한 자였다. 그는 알게 모르게 위축되었고 하루하루가 그에겐 끝없는 나락이었다. 그는 영화배우의 침실을 기웃거리고 야구 스타의 연봉을 취재하며 나락을 견디었다. 여성잡지의 야릇한 페이지 속에 갇혀서 바깥세상을 모른 척하면 그런대로 세월을 보낼 수도 있으리라 믿고 싶었다. 자동문 앞에서의 공포가, 계단에서의 위협이 그렇게 시켰다. 때로 고문당한 자들의 이야기가 들려오면 그는 먼저 각서를 떠올렸다. 나중에는 각서가 아니고 충성 혈서라도 써서 바치지 않았나 스스로를 의심하기도 하였다. 그들이 만약 충성의 혈서를 원했다면 그렇게 했을 것이었다. 그러나 그는 결코 고문자들을 잊지는 않았다. 갈빗집에서 반장 가족들과 맞부딪친 이후에는 그의 증오감이 고문자들에게만 국한되는 게 얼마나 어리석은지를 절실히 깨닫긴 하였으나, 그래도 우선은 그들을 용서할 수 없었고, 그가 살고 있는 이 시대를 증오하지 않을 수 없었다.

그날 이후 또 다른 연행은 오늘까지 한 번도 없었다. 시간이 흐름에 따라서 기억의 많은 부분이 유실되기도 하였다. 그는 여전히 여성잡지의 페이지를 메꾸기 위하여 아침에 일어나고 저녁에 잠들었다. 때때로 그는 자신이 사람들을 속이고 있다는 생각에 괴로워하였다. 늘 마음이 편치 않았으며 희망 없는 나날이 지루하였다. 달라졌다고 믿었던 자신이, 그럼에도 불구하고 매일매일 같은 궤도 위에 서 있는 게 거짓말 같았다. 그들을 증오하면서도 그들 쪽에 서서 열심히 일하고 사는 나날이, 그 극명한 모순이 그를 침울한 인간으로 만들었긴 했지만 어쩔 수 없는 일이었다. 물론 다른 길도 있었다. 가끔씩 그는 자신이 왜 그 길을 가지 않는지 자문하곤 했었다. 그날의 공포에서는 어느 정도 해방이 되었고, 그는 결코 겁쟁이는 아니었다. 그는 부드러움을, 억압적이지 않은 삶을 원하고 있을 뿐이었다. 바라는 것을 얻지 못하리라고 생각하며 사는 것처럼 비참한 일은 없었다.

개헌 논의가 불같이 일어나고 서명 운동이 전개되던 때에도 그는 미래가 있음을 믿지 않았었다. 미래는 오직 휘하에 숱한 고문 기술자를 거느리고 있는 자들에게만 있는 것이었다. 성명서 몇 장이나 유인물 살포로는 공포시대의 막강한 통치권자를 움직일 수 없다고 여겼었다. 4·13 호헌 조치 때, 그래서 그는 분노하지 않았다. 예견되던 일이었다. 자물통이 되어주어야 편했던, 고문자들의 열쇠 묶음에 알맞게 착한 자물통이 되었던 그로서는 당연한 비관이었다.

그에게 그나마 미래가 엿보이기 시작한 때는 작년 6월이었다. 6월에는 해마다 거르지 않고 호된 몸살을 앓았던 그가 작년에는 앓아 눕지도 않았다. 거리는 언제나 대치상황이었다. 학생과 시민들은 떼를 지어 전경에게 돌격하였다. 막아내는 쪽도 만만치 않았다. 양쪽 모두 거의 똑같은 증오로 불타고 있는 것 같았다. 그는 매번 터져버릴 듯싶은 위기감을 느끼고 본능적으로 공포에 시달렸다. 거리로 몰려나온, 생생하게 살아 움직이는 얼굴의 시민들이 이루어낸 도도한 물결에 몸을 던지는 방법이 가장 쉬운 일이었는지도 몰랐다. 차라리 합류하여 함께 흐르는 쪽을 택할 뻔한 순간도 있었다.

그러나, 고조되는 위기감 속에서는 그 어느 쪽도 미덥지 않았다.

그는 앓아눕지 않고 6월을 보낸 대신 묻어두었던 자신의 진실과 정면으로 맞부딪쳐야 했다. 몹시 고통스러운 일이었지만 피할 수는 없었다. 그는 거의 7년 만에 아주 깊은 곳에 처박아두었던 진심 하나를 꺼내보았다. 신은 용서할지라도 나는 절대 용서하지 않을 것이다, 라고, 바로 그가 부르짖었던 것이었다. 그는 다시 자동문 앞에서 비틀거렸고 계단참의 환영에 몸서리를 쳤다. 그가 용서할 수 없는 것은 이미 고문자들이 아니었다. 고문자들의 시대, 폭력이 정당화되는 시대, 그를 그처럼이나 깊고 아득한 허무의 동굴로 밀어 넣고 냉소 짓게 만들었던 시대, 극단의 시간, 시간들이었다.

그러나 한편으로는 또 붉은 셔츠의 웃음과 반장의 음흉한 얼굴, 사내들의 굴욕적인 명령을 미칠 듯이 증오하였다. 거의 7년 만에 악령처럼 되살아나 완강하게 그를 휘어잡는 증오와 분노가 어쩌면 그의 사표를 재촉한 것인지도 몰랐다. 일신상의 이유로 사직하고자 하오니, 라고 쓰기는 하였지만 그 진술은 도식에 불과한 것이었다. 그가 견딜 수 없는 것은 늪 속에 빠져 허우적거리던 7년이었고 각서에 굴복한 7년의 그 무위한 시간들이었다. 그들을 용서할 수 없다면 그의 7년 또한 스스로 용서할 수 없었다. 권력의 노리개인 줄 번연히 알면서도 영화배우 누구를 칭송하는 기사를 썼고, 그들의 흉측한 음모를 잘 알면서도 온갖 썩은 대중문화를 펜 끝에 실어 날라 그들에게 봉사했다는 식의 유치한 반성을 뛰어넘는 어떤 적개심이 이제는 그의 새로운 덫이 되었다.

다르게 사는 방법도 있을 것이다, 라고 그는 복잡한 머릿속을 일단 정리하였다. 어쨌든 회사를 그만두었고 그게 잘못된 일은 아니라는 정도에서 생각을 접어두기로 하고 그는 퍼뜩 현실로 돌아왔다.

실컷 잤어요? 눈을 감고 있었더니 자는 줄 알았던 모양이었다. 다왔어요. 경주 왔어요. 아내가 낮은 목소리로 외쳤다. 낮은 기와지붕이 연달아 보이고 이내 터미널이 나타나고 있었다. 짐작했던 것보다 훨씬 비좁고 퇴색한 터미널이었다. 선반에 얹었던 짐들을 챙기면서도 아내는 차창에서 눈길을 떼지 못하였다. 이제부턴 발길마다에 신라의 흙이 묻어나겠군요. 종일을 시달렸으면서도 아내는 새롭게 기운을 얻고 있었다. 아내와는 달리 그는 온몸이 무지근하였다. 어디를 어떻게 다녀야 신라의 흙이 발길마다 묻어날는지 그것조차도 심란할 지경이었다. 그러나 버스는 멈추었고 그는 가족들을 이끌고 내려야만 했다. 다행히 택시는 골라서 탈 수 있을 만큼 넉넉하게 대기 중이었다. 대기 중인 택시들은 모두 불국사 행이었다.

불국사 입구의 여관촌에서 택시 기사는 자기가 아주 싸고 깨끗한 여관으로 안내하겠다고 했다. 기사가 안내한 곳은 3층의 꽤 큰 여관이었는데 역시 기와지붕을 얹고 있었다. 그는 달려 나오는 보이에게 가방부터 떠맡기고 어깨를 폈다. 계단을 거푸 올라서 3층 복도를 지날 때는 여관 특유의 곰팡이 냄새도 없지 않았으나 안내된 방은 깨끗하고 넓었다. 택시 기사가 이 근방 여관의 정해진 가격이라고 말한 숙박비만큼의, 그 이상도, 이하도 아닌 시설이었다. 난생처음 여관방에 들어와 본 한별이는 옆에 딸린 화장실까지 일일이 돌아보며 즐거워하였다. 아내와 한별이는 미처 눈치채지 못했겠지만 순간 그는 병풍 밑으로 몸을 숨기는 바퀴벌레를 보았다. 바퀴벌레가 우글거릴지도 모른다는 우려는 눅눅한 방바닥과 이부자리에서 더욱 확실해졌으나 아내에게는 아무 말도 하지 않았다. 가족들과 함께라면 아까 지나쳐와 버린 관광호텔쯤에 투숙해야 한다는 생각이 그를 우울하게 만들었다.

봄에도 수학여행을 오는 모양이에요. 창밖을 내다보며 아내가 말했다. 그도 창가로 다가가 여관촌의 풍경을 보았다. 앞 유리창에 일련번호를 써 붙인 관광버스가 울긋불긋한 옷차림의 중학생들을 하차시키는 중이었다. 모두들 가방 하나씩을 들고서 뭔지 모를 소리로 재재거리는 게 그가 서 있는 곳까지 들려왔다. 그는 매끄럽게 치장을 하고 있는 여관 건물들을 둘러보았다. 어떤 여관이든 한옥의 곡선을 날렵하게 살렸고 기와지붕을 올린 채였는데 2층이거나 3층의 건물 위에 얹힌 생생한 기와는 이끼도 없이 그저 서먹할 따름이었다.

방에다 짐을 풀고 난 뒤 그들은 프런트에 저녁식사를 부탁하고 산보를 나가기로 하였다. 아직 불을 넣지 않아 방 안 공기는 매우 차가웠고 몸은 피곤하였으나 드러누워 쉴 만큼 안락하다는 느낌은 왠지 우러나오지 않았다. 네모난 방에 갇혀 있는 것은 여행이 아니라고 믿고 있는 아내도 바깥 구경을 원하였다. 그들이 계단을 내려오자 기다렸다는 듯이 지배인이 다가와 내일의 계획을 물었다.

"글쎄요. 아직 생각해보지 않았는데……."

말이 떨어지자마자 지배인은 택시를 대절하라고 일러주었다.

"내일 새벽 토함산의 해돋이부터 보시는 겁니다. 물론 불국사·석굴암도 함께 둘러볼 수 있지요. 그리고 아침 식사를 하신 후에는 분황사·대릉원·첨성대·국립박물관·포석정·금관총을 두루 구경하시면 경주 관광은 끝이지요. 물론 일반적인 하루 코스입니다. 대절 요금은 4만 원입니다. 일일이 택시 잡기도 어렵고 또 그렇게 다니신다 하여도 요금은 거의 비슷할걸요. 모두들 그렇게 경주 구경들을 하시는데, 어떻습니까?"

택시 잡기의 어려움을 익히 잘 아는 그로서는 가격이 좀 셌지만 솔깃하지 않을 수 없었다. 집에서라면 어떻게든 돈을 아껴보려고 이 궁리 저 궁리를 거듭했을 아내 역시도 대절 요금에는 의외로 너그러웠다. 어디든 돈만 들고 가면 아주 편안하게 구경할 수 있도록 다 짜여 있는 것이었다. 계약금을 치르면서 그는 어쩐지 섭섭하였다. 200분의 1로 축약된 지도를 들고 일일이 짚어가며 유적지들을 돌아보는 관광이 되지 않겠냐는 막연한 상상이 그에게 있었다. 택시를 타고 씽씽 달려 정해진 시간 안에 겉모양만 훑어보고 또 다음 목적지로 향해 떠난다는 계획 속에는 상상력이 끼어들 수 없었다. 그렇긴 해도 어린 딸과 허약한 아내를 이끌고 다녀야 하는 가장으로서는 편한 노정을 외면하기 어려웠다. 한편으로는 관광에 관한 모든 절차를 돈에 위임해버려 홀가분한 기분인 것도 사실이었다.

산보에서 돌아와 아래층 식당에서 저녁식사까지 마친 다음 방에 올라오니 이미 여덟시가 넘어 있었다. 세 식구가 번갈아가며 세수를 하고 발을 씻고 나니 아홉시 뉴스가 나왔다. 3월부터 연이어서 계속되고 있는 새마을 비리가 역시도 톱뉴스였고 국회의원 선거에도 많은 시간을 할애하고 있는 텔레비전 화면을 그는 멍한 눈길로 지켜보았다. 서울에서 보는 뉴스와 경주에서 보는 뉴스가 하나도 다르지 않았다. 그럼 신라 시대의 뉴스를 원했던가, 하고 그는 스스로를 향해 쓴웃음을 지었다. 한별이는 방이 낯설어서 오랜 시간 뒤척이다가 겨우 잠이 들었다. 아내도 경주의 밤이 이렇게 무료할 수 있느냐고 투정이더니 몰려오는 졸음을 막아내지 못하고 잠들었다. 잠들기 전 그는 프런트에 전화를 걸었다. 네, 염려 마십시오. 전화로 깨워드리겠습니다. 지배인은 몹시 상냥하였다.

또 그 꿈이었다. 넓은 방에 그가 있었다. 옷을 벗은 채 아랫도리만 가린 몸이 무지무지하게 떨렸다. 옷을 빼앗아간 자들은 보이지 않고 그는 한 발자국 한 발자국 좁혀 들어오는 위험의 느낌 때문에 이빨을 달달 부딪치면서 떨었다. 시멘트 바닥을 울리는 구둣발 소리, 어느 곳에선 물 쏟아지는 소리도 들렸다. 춥다, 너무 추워서 꼭 죽을 것 같다…….

그때 전화벨이 울렸다. 위협적인 구둣발 소리가 멀어졌다. 전화벨이 계속 울어댔다. 번쩍 눈을 떠보니 방 안은 아직도 캄캄하였다 불도 켜지 않은 채 그는 전화부터 받았다. 전화기를 찾느라 하마터면 머리맡의 물쟁반을 엎지를 뻔하였으나 개의치 않았다. 어둠 속의 전화벨은 불길했다. 불길하지 않다는 것을, 깨우는 전화라는 것을 알면서도 한사코 불길하였다. 네, 여기 프런트입니다. 15분 후에 택시가 출발합니다. 준비하세요. 다시 전화하겠습니다. 전화 속의 목소리는 새벽인데도 상냥하였다. 구둣발 소리가 완전히 멀어졌다. 그와 동시에 아내가 스위치를 눌러 불을 밝혔다. 당신 추웠지요? 한별이가 어찌나 이불을 차내는지, 그나저나 방이 너무 춥더라구요. 아내가 부스스한 얼굴로 불평을 늘어놓았다.

토함산 해돋이를 볼 때에도 추웠다. 동해 바다의 구름과 안개가 걷히는 것을 지켜보면서도 그는 간혹 몸을 떨었다. 뜨거운 불덩이가 수평선을 뭉개면서 치솟아오를 때 여기저기서 사람들이 탄성을 내뱉었으나 그는 오히려 기침을 하였다. 택시 기사는 그들 가족을 나란히 세워놓고 일출을 배경으로 사진을 찍어주었다.

불국사에서도 추웠다. 수학여행을 온 학생들과 뒤섞여 경내를 둘러보는 동안에는 차가운 새벽 공기가 얼굴을 쓰라리게 할 정도였다. 한별이와 아내도 춥다고 징징댔다. 그래도 다보탑과 석가탑 앞에서는 꼭 사진을 찍겠다는 아내 때문에 그는 몸을 떨어가며 셔터를 눌렀다. 탑도 자르지 않고 아내와 한별이의 다리도 자르지 않으려면 자꾸 뒤로 물러서야만 했다. 아내가 고집을 하여 그도 사진을 찍었다. 긴 회랑의 끝에 있는 법고(法鼓)를 옆에 두고는 한별이와 함께 찍었고, 그 곁의 종각에 매달린 범종(梵鐘) 앞에서는 그 혼자 독사진을 찍었다. 안내원을 동반한 한 팀이 사진 찍는 그의 옆에서 범종에 대한 설명을 듣고 있었는데 안내원은 마침 이렇게 말하는 중이었다. 이 종은 현재도 아침저녁 예불 때 사용하고 있습니다만 원래 지옥에서 고통 받는 영혼을 위해 두드리는 이고득락(離苦得樂)의 종입니다…….

아침식사를 하기 위해서 여관에 돌아왔을 때 그는 기어이 콧물을 흘리고 있었다. 머리도 마뜩찮게 무거웠다. 그들은 어제 저녁밥과 똑같은 신라백반으로 아침 요기를 하고 방으로 돌아가 짐을 꾸렸다. 택시가 오기까지는 한 시간 가량의 여유가 있었다. 아내가 화장을 하는 동안 그는 이부자리에 길게 누워서 담배를 피웠다. 밤새추위에 시달렸는데 새벽같이 일어나 또 그 지독한 추위와 싸웠다는 사실이 그를 맥빠지게 하였다. 그가 무뚝뚝하게 굴고 있으므로 아내 또한 시무룩하였다.

기껏 떠나온 여행에서 좀 더 활발하게 굴지 못하는 자신이 미웠으나 어쩔 도리가 없었다. 자꾸 발밑이 내려앉는 듯한 기분, 무언가를 용을 쓰며 참아내고 있는 듯이 여겨지는 스스로의 상태를 그는 주의 깊게 관찰하는 중이었다. 나는 지금 어디로 가고 있는 것일까, 그는 때때로 자기 자신이 증발해버린 것 같아서 흠칫 놀라기도 하였다. 흠칫 놀라다가 문득 아내를 보면, 아내는 얼른 시선을 거두어 딴 곳을 보는 척했다. 그는 아내 또한 자기를 관찰하고 있다는 것을 알고 있었다.

택시에 올랐을 때 그는 기사가 바뀌었음을 알고 조금 의아했다. 대절이라면 처음부터 한 사람의 운전사가 길을 인도하리라고 믿었는데 그게 아닌 모양이었다. 새벽의 기사보다는 나이가 좀 더 지긋하였고 인상도 나쁘지 않은 그는 신라에 대해 아는 게 많았다. 관광 손님만을 상대로 하는 노련한 말솜씨도 보통 수준이 아니었다.

"역사 속의 수도로서 경주만큼 오랜 세월 영화를 누린 도시가 없지 않습니까. 거의 천년입니다. 천년 세월이 스쳐갔으니 돌멩이 하나, 나무 한 그루에도 신라인들의 숨결이 배어 있다고 봐야겠지요. 신라는 한국 최초의 통일왕국이었고 아주 막강한 나라여서 경주 곳곳에 무궁무진한 유산을 남겨놓았습니다."

아내와 한별이는 기사의 설명을 열심히 듣고 있는 중이었다. 기원전서부터 한반도에는 침공이 거듭되었고 그중 힘센 나라가 약소국을 지배하여 결국에는 천년 영화를 누렸다는 이야기라면 새삼스러울 것도 없었다. 해는 높이 떠올라서 다시 봄 날씨를 보여주었고 그들이 분황사에 도착했을 때는 너무 이른 시각이어서인지 관광객은 한 사람도 없었다.

"사진을 찍어드리겠습니다."

관람권은 두 장 끊었는데 기사는 거침없이 출입구를 통과하여 안으로 들어갔다. 사진에서 익히 보아온 삼층 석탑 앞에서 가족사진을 찍는 것으로 분황사 구경은 간단히 끝난 듯싶었는데 기사는 "신라의 물맛을 보고 가셔야지요." 하면서 탑 옆의 우물가로 데려갔다. 기사의 설명인즉슨 이러했다. 신라 시대 이 우물에는 세 마리의 용이 살고 있었는데 사람들은 그 용이 나라를 지켜준다고 굳게 믿었다. 38대 원성왕 때 당나라 사신이 분황사에 와서 이 용을 보았다. 사신은 용들을 가져가고 싶어서 궁리를 거듭하다가 요술을 부려 용을 세 마리의 물고기로 변신시켰다. 그리고는 물고기들과 함께 길을 떠났다. 뒤늦게 이 사실을 안 원성왕은 군대를 풀어 사신을 추적하였고, 물고기들을 다시 빼앗아와 우물에 살게 하였다.

"세 마리의 용이 물고기로 변했다 해서 삼룡변어정(三龍變魚井) 아닙니까. 물맛을 한번 보세요. 신라인들이 마시던 물 그대로지요."

우물의 뚜껑 위에 빨간색의 플라스틱 바가지가 있었다. 물 한 모금씩을 마시고 나서 우물을 배경으로 사진도 찍었다. 한별이는 우물을 들여다보며 물고기들을 찾아보려고 하였다.

신라의 우물은 그에게도 어떤 기억을 떠올려주었다. 아버지에게도 두고 온 우물이 있었다. 북에 두고 온 고향집의 뒤꼍 우물을 아버지는 절대로 잊지 않았다. 이제껏 그렇게나 달고 그토록이나 시원한 물을 사시사철 끊임없이 뿜어내는 우물을 본 적이 없노라고 아버지는 말하곤 했었다. 어느 동네로 가든 물맛이 찝찔하다거나 쇳내가 난다고 타박이었다. 아무것에도 관심을 나타내지 않고 지내는 당신으로서는 거의 유일하게 물맛에 대한 간섭만은 끝내 놓치지 않으려 하였다. 그 우물이 저 양반 말처럼 보통 우물이 아닌 것은 사실이지. 동네에서 배앓이를 하면 꼭 우리 집 물을 한 바가지씩 퍼마시곤 했으니까. 물줄기도 엄청 깊이 뚫려서 엔간한 가뭄이나 홍수에는 끄떡도 안 했고, 어머니도 고향의 우물에 정당한 평가를 내리긴 했었다.

그러나 물맛이건 우물이건 어머니에게는 그러한 일에 관심을 기울일 만한 여유가 없었다. 그 역시 마찬가지였다. 첫새벽에 부스럭거리며 일어나 앉아 머리맡의 냉수그릇을 끌어당겨 벌컥벌컥 물을 마시는 아버지가 싫을 뿐이었다. 어허, 이 물이 시궁창물이지 어디 사람이 마실 물인가. 희뿌연 어둠에 대고 중얼거리는 아버지를 실눈으로 훔쳐보면서 그는 이마를 찌푸리곤 하였다. 아무런 일도 하지 않으면서, 당장 오늘 저녁의 끼니가 아쉬운 판국에 물맛 타박이나 하는 아버지를 그는 아무리 해도 이해할 수가 없었다. 그 우물은 아버지의 땅에 있었고, 깊이 흐르는 수맥도 아버지의 땅속을 지나고 있음을, 우물과 땅은 아버지에게 같은 의미였음을 나이가 들면서 어렴풋이 알아차리기는 하였지만 그렇다고 해서 아버지가 안겨준 가난의 공포까지 너그럽게 이해해버리지는 못하였다.

첨성대와 포석정 두 곳도 오 분이면 관람할 수 있었다. 사진 한 장씩 찍고 기사의 설명을 듣는 시간이 꼭 그만큼이었다. 포석정에서는 아름드리 고목나무 사이를 날렵하게 헤집고 다니는 다람쥐들 때문에 한동안 숲속에 머물렀다. 강아지만한 몸집의 살찐 다람쥐들이 사람을 전혀 무서워하지 않고 자유스럽게 뛰놀고 있었다. 그것이 한별이를 사로잡았다. 아내와 한별이가 다람쥐의 곡예를 구경하는 동안 그는 출입구 옆의 풀밭에 앉아서 아침 햇살의 따뜻함을 즐겼다. 그가 맨땅에 앉아 있는 것을 본 기사가 매표소에서 묵은 신문한 장을 들고 왔다. 저거 봐! 세 마리나 왔어. 엄마, 다람쥐가 세 마리야. 한별이에겐 첨성대나 포석정보다야 다람쥐가 더 재밌는 구경거리임에 틀림없었다. 아이의 가느다란 외침과 웃음소리를 들으며 그는 신문을 펼쳤다.

날짜를 보니 3월 24일자 조간이었다. 일주일도 넘은 옛 신문을 대강대강 뒤적이고 있는데 10면에 실린 4단짜리 기사가 문득 눈에 들어왔다. '일 징집 천여 명 유골 돌아온다' 검은 고딕 글씨의 제목 위로 김치 국물로 보이는 얼룩이 번져 있었다. 신문의 접혀진 자국으로 보나 김치 국물로 보나 도시락을 담아왔던 것임을 짐작할 수 있었다. 기사를 읽으면서 그는 끊임없이 김치 냄새를 맡았다. 태평양전쟁 당시 일본군에 강제 징집되어 낯선 이국땅에서 싸우다 죽은 한국인 젊은이 일천사백사십일 명의 신원이 밝혀져 유골의 환국이 이루어지게 되었다는 기사였다.

'태평양 전쟁이 발발한 1939년부터 1945년까지 일제에 의해 강제 징집되었다가 이국땅에서 사망한 한국인 병사·정신대·광부 노동자의 수는 30여만 명에 달할 것으로 추산되고 있다. 이들 중 상당수는 낯선 이국땅에서 언제 닥쳐올지 모를 죽음에 대비, 유언장을 미리 준비하고 있었던 것으로 밝혀졌다.'

그리고 신문은 한 병사의 유언장을 옮겨놓고 있었다.

'형, 내가 근무 중 전사해 내 뼈를 담은 하얀 상자가 집에 가면 아버지 산소 옆에 묻어줘. 어머니를 잘 부탁합니다. 조선 평안북도 정주군 옥천면 문인동 2700 용두부락. 유언자 만주 제622부대 육군 이등병 진산운주(晋山雲周).'

유언장 말미에 붙은 일본 이름을 몇 번씩 입속으로 외어보다가 그는 고개를 떨구었다. 아버지 산소 옆에 묻어줘. 유언장을 쓰고 있는 병사의 떨리는 어깨와 무섬증이, 아버지 산소 옆을 그리워하고 있는 그 모습이 자꾸 눈앞에 어른거렸다.

아버지 산소는, 성서에서 옮겨온 아버지의 유해는 포천군 창수면의 높은 산비탈에 묻혔다. 묘 앞에 서면 거칠 것 없이 탁 트인 숲의 바다가 한눈에 들어왔고 먼 곳의 지평선은 어쩌면 북쪽 땅과 포개지는지도 알 수 없는 일이었다. 산봉우리를 몇 개 건너뛰면 바로 거기에 한탄강이 흘렀다. 가능하다면 북쪽 땅이 코앞에 바라보이는 어디, 아버지의 우물에서 퍼 올리던 샘물의 근원이 묻혀 있을 땅 어디를 찾기 위해 여러 곳을 다녔지만 포천만큼 마음에 드는 곳이 없었다. 북쪽이 가깝다는 것 말고도 그곳은 우선 흙이 좋았다. 시신의 뼈나 간추리면 될 줄 알고 봉분을 헐어내었을 때, 아버지는 임종 때 모습 거의 그대로 관 속에 누워 있어서 일하는 사람들을 놀라게 했다. 관 밑으로 웅덩이를 만들 수 있을 만큼 물이 고여 있었다. 땅이 좋지 않았구먼. 인부들이 고개를 돌리며 한마디씩 하였다.

십팔 년 세월을 고스란히 견딘 시신을 새로 짠 관에 옮겨 봉고차에 싣고 서울로 오는 길에 그는 몇 번씩이나 차를 세우고 흔들리는 관을 수습하였다. 관 속에 누운 아버지와 함께 북으로 북으로 달리면서 그는 진심으로 새로 마련한 묏자리의 땅이 기름지길 기도하였다. 그리하여 새 처소로 옮겨 앉으면서부터는 보기 좋게 육탈하여 홀가분한 영혼으로 멀리 보이는 아버지의 땅을 왕래할 수 있기를 빌었다. 지난 세월 아버지가 보여준 무위한 방황은 이해할 수 없었지만, 그래도, 아버지의 땅은 분명히 북에 있었고 아버지는 꼼짝없이 당한 것이라는 데까지는 수긍하였다. 자신의 7년이 그러했던 것처럼 아버지의 무위도식한 삶도 전혀 고의가 아니었다. 아버지가 만약 유서를 남기고 죽었다면 그 유서는 만주나 필리핀에서 전사했을 한 병사의 유언장과 너무나 닮아있을 것이었다. 형, 내 뼈를 담은 하얀 상자가 집에 가면 아버지 산소 옆에 묻어줘. 그날이 오기는 올 것이었다. 그날이 오면 아버지의 뼈를 담은 하얀 상자를 들고 갈 사람은 누구일까.

나무 그림자가 어른거리는 포석정 뜨락을 무연히 바라보고 있는 그의 귓가에 아이의 낭랑한 웃음소리가 닿았다. 마치 실로폰을 두들겼을 때처럼 맑고 투명한 웃음소리가 천년을 뛰어넘은 숲속에 울려 퍼졌다. 문득 아내가 아이에게 했던 말이 떠올랐다. 이 여행은 말이야, 할아버지가 한별이를 위해 특별히 선물한 것이란다. 그는 다람쥐를 쫓아다니며 웃고 있는 아이의 동그란 머리통을 쳐다보았다. 햇빛과 그늘 사이를 넘나드는 아이의 머리칼이 가끔씩 보석처럼 빛을 발하였다.

"대릉원도 시간이 좀 걸립니다. 한 시간 후에 정문 앞에 차를 대놓겠습니다. 주변 경관도 좋고 사진 찍기에도 아주 적당한 곳이지요. 천마총 안에 들어가시면 볼 게 또 많습니다."

박물관에서 곧장 대릉원으로 차를 몰면서 기사가 하는 말이었다. 포석정 다음으로 들른 박물관에서도 한 시간 이상 머물렀다. 그사이에 택시는 다른 손님을 태우기 위해 어디론가 갔다가 약속 시간에 정문 앞에 나타났다.

"경주에서 제일 먼저 눈에 띄는 것은 거대한 고분들이지요. 얼핏 보면 잔디만 입혀진 동산쯤으로 여겨지잖습니까. 대릉원은 고분 밀집지역으로 삼만 팔천여 평의 평지에 능 스무 기가 솟아 있습니다. 원래는 백팔십 동의 민가가 난립해 있었는데 1973년 정화사업을 거쳐 공원으로 만들었지요. 봉분이 무너졌거나 그냥 평지에 묻혀 있는 고분들을 합치면 수백 개는 될 거라고 추측들을 하는데, 미추왕릉 외에는 주인을 하나도 모른답니다. 왕릉은 왕릉일 텐데……."

매끄러운 설명이 끝나는가 했더니 차가 멈추었다. 대릉원이었다. 화려한 단청이 도드라져 보이는 솟을대문 앞에서 그들은 택시를 돌려보냈다. 조금도 무게가 줄어들지 않은 가방을 어깨에 메고 그는 입장권을 샀다. 눈부시게 화창한 봄날이었다. 그러나 그는 박물관에서부터 두통에 시달리고 있었다. 감기를 준비하는 두통인지도 몰랐다. 그렇게 믿고 싶었다. 관자놀이가 욱신거리는 것을 애써 참으며 그는 아내와 딸을 거느리고 대릉원 안으로 들어갔다. 주말이라 사람이 붐빌 듯도 싶었으나 공원 안은 텅 빈 것처럼 적막하였다. 어느 쪽에선가 사람의 발자국 소리와 두런거리는 음성이 들려오기는 했지만 입구의 울창한 송림은 아무것도 드러내주지 않았다. 숲을 끼고 도는 길로 접어들면서 그는 자신도 모르게 지끈거리는 이마를 손바닥으로 탁탁 두들겨대고 있었다.

이 두통은 낯선 침입자는 아니었다. S서에서 일주일 만에 풀려난 뒤 그는 거의 일 년여 동안 두통에 시달렸었다. 망치로 두들기는 듯한 고통이었다. 진통제로도 소용이 없었다. 병원에 가보면 말하기 좋게 신경성이라는 진단으로 그를 밀어내었다. 친구의 소개로 찾아간 한의원에서 증상을 말하고 지어온 약 열 첩을 달여 먹고 나니 조금 진정이 되는 것도 같았다. 두통이 괴로운 것은 단지 통증 때문만이 아니었다. 머리가 아프기 시작하면 정신마저도 혼란 상태에 빠져들어갔다. 번쩍이는 갑옷의 무사가 칼을 휘둘러대는가 하면 붉은 옷의 날라리가 눈을 희번덕이면서 달려드는 환상이 거듭되었다. 공포의 또 다른 환영도 많았다. 가장 많이, 자주, 환상의 화면을 채우는 것은 벌거벗은 몸으로 시멘트 바닥을 기는 스스로의 처참한 모습이었다. 갑충류의 그것처럼 등을 잔뜩 오그려 붙이고 벌벌 떠는 그의 맨얼굴에 더러운 구둣발이 문대지는 모습도 보였다. 때때로 그는 구둣발을 껴안고 참혹한 목소리로 애원을 하기도 했다. 시간이 흐르면서 정신의 혼란이 어느 정도 가라앉았고 머리가 아픈 증세도 점차 수그러들었다. 거의 일 년을 끈 지루한 싸움이었다.

오늘, 두통을 느끼면서 그는 이를 악물었다. 그 지루한 싸움을 다시 되풀이할 생각은 추호도 없었다. 그는 가방을 추슬러 메고 발걸음에 힘을 주었다. 마침내 거대한 동산들이, 겨울을 이겨낸 잔디의 푸른 새순을 새 옷처럼 걸쳐 입은 둥근 봉분들이 눈앞에 펼쳐졌다. 밋밋하고 완만한 고분의 곡선은 보는 이의 마음을 푸근하게 해주는 힘이 있었다. 몸을 던져 뒹굴고 싶은 충동도 일어났다. 그는 어깨를 압박하는 가방을 내려놓고 심호흡을 하였다. 머리는 여전히 지끈거렸다. 그들은 봉분 사이의 잔디밭에 앉아 잠깐 쉬었다. 봉분들은 대개 나무 한 그루 없이 잔디로만 뒤덮여 있었지만 어떤 것에는 한쪽 비탈로만 빽빽하게 나무가 자라고 있기도 했다. 한별이는 넓은 잔디밭이 마냥 좋은 모양이었다. 아내 역시도 경이로운 눈길로 봉분의 능선을 더듬고 있었다. 바람 한 점 없는 넓은 능원에 오직 그들 세 식구만 있는 듯한 한적함이 문득 딴 세계 같았다.

능원의 깊은 적요와, 푸른 하늘과, 부드러운 능의 곡선을 보며 그는 시간을 생각했다. 역사의 시간들을 조금씩 수긍하기도 하였다. 칼과 피의 역사라 하여도 천년 세월이 흐른 다음에는 저렇게 부드러운 곡선으로 남는 것이었다. 저 부드러움까지 거부할 수는 없었다. 문화를, 인간을 버팅기는 문화의 두께를 그는 대릉원의 깊은 정적 속에서 마음으로 만져보는 듯하였다.

천마총은 무덤의 내부를 반으로 잘라서 사람들이 무덤 속으로 들어가 관람하도록 꾸며져 있었다. 뻥 뚫린 천마총의 굴 문이, 그것의 컴컴한 입구가 눈앞에 나타났을 때 그는 저 검은 통로를 거쳐 무덤 속으로 들어가기가 겁났다. 마치 단절된 세월 속으로 빨려 들어가는 것처럼 검은 입구는 섬뜩하기도 하였다. 두통이 거세어지고 있어서 그는 머리카락에 손을 집어넣고 두개골을 꾹꾹 눌러댔다. 경건한 마음으로 참배합시다. 대리석 기둥에는 그렇게 새겨져 있었고 몇몇 사람들이 그 앞에서 합장을 하며 안으로 들어갔다. 빨리 가자. 아빠, 우리도 얼른 들어가. 한별이의 성화에 밀려 굴속으로 들어서기는 했다. 갑자기 썰렁한 한기가 달려들었다. 그는 아내 모르게 부르르 진저리를 치면서 아이의 손을 꽉 잡았다.

입구의 통로만 지나면 무덤 내부는 의외로 밝았다. 무덤 속에는 거짓말처럼 많은 사람들이 있었다. 이제까지 그가 거쳐 온 적막한 길이 꿈결처럼 느껴질 만큼 느닷없는 관람객들이었다. 사람들은 가장자리로 둘러가며 설치한 진열장 안을 들여다보기도 하고 안쪽에 놓인 목곽관 앞에 모여 서 있기도 했다.

유해가 놓여 있던 목곽관을 구경하고 있는 노인들은 단체 관광객인 모양이었다. 하늘색 모자를 쓴 젊은 여자가 안내를 하고 있었다. 아내와 한별이가 진열장 안의 출토품을 보는 사이 그는 옛 임금의 유해가 있던 자리로 가보았다. 사람의 키만 한 목관의 앞면은 유리를 씌워 원래 그대로 구경할 수 있게 하였고 왕관과 금띠도 제자리에 고스란히 놓여 있었다. 주변에는 부서진 토기 조각이 즐비하였다. 그는 유해를 받치고 있던 신라의 흙을 보았다. 숯처럼 까맣고 부슬부슬한 흙이었다. 금관과 금띠와 봉황이 조각된 긴 칼 등 만여 점이 넘는 유물과 함께 잠들었던 옛 임금이 한줌 흙으로 돌아와 거기에 있었다.

그때 노인들을 인솔하고 있는 관광 안내원이 그가 보고 있던 까만 흙을 가리키며 설명을 시작하였다. 저기 흙이 보이죠? 저게 이 봉분의 제일 밑바닥인 셈이지요. 시체를 땅을 파서 묻은 게 아니고 평지 위에 목관을 놓고 다시 나무 방을 설치한 다음 냇돌을 쌓아올려 봉분을 만든 겁니다. 냇돌 위에 진흙을 덮고 다시 흙을 얹어 잔디를 입혔어요. 냇돌은 저기 보시듯이 크기가 사람 머리통 정도로서 지표(地表) 부근에서 무덤을 파 들어갈 경우 계속 무너져 내려 도굴을 어렵게 하였지요. 그래서 많은 유물을 건질 수 있었던 것입니다. 노인들이 경탄을 하며 고개를 끄덕였다. 자, 이 무덤에서 나온 유물들이 저기 전시되어 있으니 이제 그것들을 보러 가지요. 안내원의 지시에 따라 노인들은 자리를 옮겼다. 그는 버릇처럼 이마를 탁탁 두들기며 신라의 흙을 보았다. 그러자 아버지가 누운 한 뼘의 땅이, 그 땅의 막막한 적요가 불현듯 떠올랐고 그는 왠지 쓸쓸하였다.

노인들의 뒤를 따라서 그도 진열된 것들을 돌아보았다. 아내와 한별이가 그의 곁을 지나 다른 쪽 진열장으로 갔다. 이마를 찡그리고 있는 그를 보더니 아내가 근심스런 표정으로 물었다. 머리가 많이 아파요? 그는 고개를 끄덕였고 아내는 한별이에게 이끌려 저쪽으로 가버렸다.

녹슨 칼들을 진열해놓은 곳에서 한 걸음 옮기니까 천마도가 나타났다. 자작나무 껍질 위에서 백마가 하늘을 훨훨 날고 있었다. 그는 힘차게 날고 있는 천마 앞에서 또 한 번 이마를 두들겼다. 끈질긴 두통이었다. 그는 하늘을 나는 말과 함께 긴 세월을 견디었을 까만 흙을 뒤돌아보았다. 아내와 한별이가 거기에 있었다. 그는 다시 천마를 보았다. 얼얼한 두통 속에서도 아득히 말울음 소리가 들려왔다.

그는 하염없이 천마도 앞에 머물렀다. 수십만 개의 냇돌을 겹겹이 쌓아, 움직이는 것이라면 그 무엇도 접근하지 못하게 해놓고서, 그래놓고 왕은 천마와 함께 있었다. 그들도 꿈이 필요했는가. 끝없이 채찍질해서, 달리고 달려서, 이 세계를 전부 지배하고 싶다는 꿈이었는가. 그런데 왜 날개 달린 천마가 필요했을까. 땅을 지배하는 데 날개가 무슨 소용인가. 그들에게도 지배의 끝을 보는 순간이 있었는가.

그는 묻고 또 물었다. 죽음 이후에도 권력과 영화를 버릴 수 없어 수십만 개의 냇돌로 자신의 무덤을 봉쇄한 왕의 꿈, 지배자들의 꿈이 무언지 알고 싶었다. 어지러운 머리를 흔들면서 그는 천마도를 보고 또 보았다. 백마는 성난 갈기털을 휘날리며 자꾸 창공으로 치솟고 있었다. 저들에게도 비상을 꿈꾸는 영혼이 있었는가. 그래서 그들은 마지막 지평선에서 허무를 느끼고 하늘로 나는가. 그곳은 어디인가.

그는 목이 말랐다. 머리를 짓누르는 수십만 개, 아니 수십억 개의 냇돌을 박차고 하늘로 날아가는 천마가 보고 싶었다. 그는 손가락 끝으로 약간 땀이 배어나온 이마를 쓱 문지르며 천마도 앞에서 한 걸음 물러났다. 자꾸 갈증이 솟구쳤다. 머리도 깨질 듯이 아팠다. 두통이 심해지자 그들의 얼굴이 보였다. 음흉한 웃음과 목소리, 곤봉을 휘두르고 물을 쏟아 붓고 각목으로 두들겨 팰 때도 냉담하게 가라앉아 있던 회색빛 눈초리가 떠올랐다. 고기가 좀 질기다고, 별일 있으시냐고 묻던 반장의 느글느글한 얼굴이 다가왔다. 그는 고개를 흔들었다. 나는 왜 여기까지 와서 악몽에 붙들려 있는지, 그는 스스로에게 질문하였다. 그는 다시 천마도 앞에 바싹 붙어 섰다. 새로 출발할 수 있을까. 다시 시작할 수 있을까.

그는 유리에 이마를 문대면서 생각하고 또 생각하였다. 차가운 유리에 이마를 박으면 잠깐씩은 시원하였으나 가슴은 여전히 답답하기만 했다. 유리 저 안쪽에서 백마는 앞다리를 번쩍 치켜 올리고 갈기털을 꼿꼿이 세운 채 하늘을 날았다. 한 번만, 다시 한 번만 새롭게 시작할 수 없을까. 저들의 백마는 마지막 지평선에서 하늘로 날아가 버릴지라도, 그는 바로 이 땅에서 끝까지 엉겨 붙어 한번 살아보고 싶었다. 이 땅에서, 다시 한 번만……

그는 메마른 입술을 쥐어뜯다가, 빠개지는 듯한 머리를 흔들다가, 기어이는 도망치듯 굴을 빠져나왔다. 바깥으로 나와 이마의 식은땀을 훔치고 있으려니 한별이와 아내도 컴컴한 통로를 지나 그 모습을 드러내었다. 아이는 지루하고 피곤한 기색을 감추지 않은 채 입을 비죽 내밀고 있었다.

아이의 손목을 하나씩 잡고 그들은 다시 능원을 가로질러 걷기 시작하였다. 입구까지의 거리가 상당하다는 것을 이미 알고 있는 한별이는 자꾸 칭얼거렸다. 다리 아파, 업어줘. 그는 아이를 업었다. 아내가 그의 가방을 받아주었다. 그들은 말없이 거대한 봉분 사이를 걸어갔다. 해는 쨍쨍하였고 사방은 여태도 조용하였다. 머리 아픈 것을 참아내기 위해 그는 자꾸만 이마를 찡그렸다. 어디선가 새가 울었고 아이는 그의 등에 납작 붙어서 새소리에 귀를 기울였다.

아이의 엉덩이 밑에 두 손을 받치고 그는 묵묵히 땅만 보며 걸었다. 그 뒤에서 아내 역시도 입을 열지 않고 발걸음만 옮겼다. 그들의 발자국 소리가 능원을 커다랗게 흔들었다. 가끔 눈을 들면 저만큼 앞의 봉분에 아지랑이가 아른거렸다. 하늘은 너무나 깨끗하여서 차라리 눈이 아팠다. 얼마쯤 걸으니 앞에 울창한 숲이 보였다. 숲을 돌아나가기만 하면 입구였다. 그는 아이를 한 번 더 추슬러 업었다. 잠들지도 않았으면서 아이는 힘없이 등에 엎디어 있었다.

숲이 시작하는 곳에, 두 갈래로 길을 나눈 자리에 나무 팻말이 세워져 있는 것을 그는 보았다. 갈 때는 미처 보지 못했던 것이었다. 잘 다듬어서 보기 좋게 세워놓은 팻말에는 이렇게 씌어 있었다. 천마총 가는 길. 그는 팻말 앞에서 걸음을 멈추었다. 그리고 찬찬히, 한 글자 한 글자를 몇 번씩 들여다보았다. 천마총 가는 길. 그는 입속에서 가만히 그것을 읽어보기도 하였다.

그리고 그는 아이를 내렸다. 편안한 등을 놓치기 싫었던 아이가 시무룩해하였지만 그는 모른 척하고 사진기를 꺼내었다. 아내는 한 발자국 뒤로 물러나서 그가 하는 양을 지켜보았다.

팻말 앞에 아이를 세워놓으니까 글자 바로 밑에 머리통이 닿았다. 천마총 가는 길, 의 여섯 글자가 고스란히 드러나면서 아이의 얼굴이 그 밑에 있는 것이었다. 그는 서두르지 않고 침착하게 사진기를 조작하였다. 거리를 재고 구도를 맞추는 시간이 오래 걸리자 아이는 자꾸 몸을 비틀었다. 가만있어. 그래, 한별이 착하지. 조금만, 조금만 기다려. 렌즈를 들여다보며 그는 아이를 달랬다. 그것은 자신의 두통에게 하는 말이기도 하였다.

팻말 뒤로는 숲이 있었다. 렌즈를 통해 바라보는 숲은 어둡고 칙칙했지만 햇살 아래의 나무 팻말과 한별이는 눈부시게 밝았다. 그 어둠과 밝음을, 칙칙함과 눈부심을, 그는 주의 깊게 바라보았다. 그는 온전한 사진을 찍고 싶었다. 팻말을 받치는 말뚝도, 아이의 다리도 자르지 않는 사진을 찍을 참이었다. 어느 것도 다치지 않게, 어느 쪽으로도 치우치지 않게, 그렇게 온전하게.

아이는 햇빛에 눈을 찡그리면서도 약간 웃어주었다. 그는 아주 진지하게, 정성을 다하여서, 셔터를 눌렀다.

_ 『현대문학』, 88년 6월호

산꽃
천마총 가는 길
기회주의자
슬픔도 힘이 된다
숨은 꽃

약국은 텅 비어 있었다. 출근할 때나 퇴근 때 간혹 들러보면 오분쯤은 기다려야 할 만큼 붐비었던 곳이라서 그 한산함은 어쩐지 기이하였다. 다리 사이에 난로를 끼고 앉아 있던 약사는 기지개를 켜는 듯한 동작으로 그에게 다가왔다. 그리고는 아주 나른한 자세로 손님이 먼저 이야기를 꺼낼 때까지 잠자코 기다리겠다는 표정을 지어보였다. 그 표정 역시 몹시 낯설었다. 과거의 경험으로 보면 약사는 한꺼번에 두 사람 이상의 환자를 상대하는 데 능숙했었다. 하루치 조제해서 드셔보세요, 그런 다음엔 옆 사람에게, 뭘 드릴까요, 하고 묻는 식으로 민첩했는데.

그는 예상 못 한 기이함에 서먹해하면서 띄엄띄엄 자신의 증세를 털어놓았다. 막상 말로써 표현하자니 설명의 애매모호함이나 미흡함이 또 마음에 들지 않았다. 약사가 자신의 말을 전혀 알아듣지 못할 것이란 추측 때문에 맥이 빠지기도 하였다. 생각을 정확하게 드러낼 수 있는 단어를 찾기 위한 노력은 근간에 그를 가장 괴롭히고 있는 쓸데없는 소모 중의 하나였다. 그는 매번 낱말 찾기의 미로를 더듬다가 스스로를 경멸하는 쪽으로 신경을 학대하여왔었다. 암중모색의 과정을 거쳐 발언되는 낱말들의 진부함, 어정쩡함은 실로 경악할 만한 것이었다. 자신이 갈수록 어눌해져가고 있다는 생각은 아무래도 손문길의 또렷한 언어 구사에 반응하는 열등감일 것이었다. 손문길 옆에서는 어쩐지, 늘 그렇게 되곤 하였다.

어쨌거나 약사는 그의 설명에 더 이상의 첨언을 요구하지는 않았다. 그는 확실히 능률적이었다.

"감기, 그러니까 목감기를 수반하는 몸살일 것입니다. 이틀쯤은 약을 드셔야겠군요."

"얼굴에 열이 뻗칠 때를 제외하고는 다른 증상이 없는데요?"

그는 약사의 진단을 의심하기로 하였다. 맨 처음에 이미 그는 스스로를 감기 환자로 규정하여 나름의 처방과 함께 초기 감기약을 복용한 바 있었다. 물론 효과는 전혀 없었다.

"머리만 아픈 감기도 있고 팔다리가 저리기만 하는 몸살도 있으니까요."

약을 조제하겠는지, 그냥 매약으로 그칠 것인지 가부간에 결정을 내려달라는 약사의 표정 앞에서 그는 일단 더 이상의 의심은 묻어두기로 하였다.

"우선……하루치만 지어주십시오. 일을 하려고만 들면 열이 솟구쳐서……."

채 말이 끝나지도 않았는데 약사는 조제실로 들어가 버렸다. 나머지 말을 뭉텅 삼켜버리기도 무안한 노릇이어서 그는 일부러 목청을 돋우었다.

"눈알까지 붉게 충혈된다구요."

약사는 무표정하게 고개를 숙이고 있을 뿐이었다. 그러자 문득 얼굴 위로 피가 몰리는 징후가 스쳐갔다. 바로 이것이었다. 후끈 양 볼이 달아오르면서 얼굴이 벌겋게 상기되곤 하는 이 증상의 시작이 었다. 사무실 바깥에서는 좀체 나타나지 않는데 때맞추어서 현장을 보여줄 모양이었다. 그는 분유회사의 광고판 곁에 붙어 있는 거울을 향해 조심조심 다가갔다. 그런가 해서 보는 탓인지 정말 붉어진 듯 하였다. 그는 그 얼굴을 그대로 조심스레 간직해서 조제실을 나오는 중인 약사에게 내밀었다.

"지금 또 시작입니다. 붉어졌죠?"

약사의 희고 긴 손가락이 다가오더니 그의 눈을 까뒤집었다. 아 직은 눈에까지 열기가 미치지 않았을 것이라고 조바심하는 그의 심 정 따위는 전혀 개의치 않는 동작이었다.

"하루 드셔보시고 다시 와보세요. 이천 원입니다."

정말 끝까지 어긋나고 있었다. 이게 아닌데 싶었지만 그는 돈을 건네주고 약봉투를 받아들었다. 돌아서서 채 문을 열지도 않았는데 약사의 인사가 날아왔다. 안녕히 가십시오.

사무실로 돌아와서 그는 세 개의 약봉지 중 하나를 잘라내어 입 속에 털어 넣었다. 입안 가득 채워질 만큼 많은 양인 것이 마음에 들 지 않았지만 하루치를 다 먹어보겠다는 생각에는 변함이 없었다. 시 내에서 그 정도 규모의 약국을 운영해나갈 정도의 실력이 있다면 의 외로 명약을 조제하는 수도 있을 것이었다. 회사에서 가까워 오가며 몇 번 약을 산 적은 있었지만 특별히 조제를 부탁하여 약을 사먹기는 이번이 처음이었다. 감기나 몸살로 약국을 들를 경우에도 그는 조제를 꺼려했다. 밀실처럼 칸막이를 해놓은 조제실에서 약사가 봉투 속에 무엇을 집어넣는지 확인할 수 없다는 게 노상 미심쩍었다. 조제실은 왜 칸막이가 있어야 하는 것인지 그 이유를 명쾌하게 알아내기 전에는 조제약을 신뢰할 수 없다는 것이 그의 생각이었다.

교정지와 붉은 볼펜을 나란히 챙겨놓고서도 그는 선뜻 의자에 앉지 못했다. 손문길의 자리와 박성태의 자리가 비어 있는 것 외에 사무실은 모처럼 활기를 띠고 움직이는 풍경이었다. 전래동화의 편집을 맡고 있는 파트에서는 동화 중의 하나를 놓고 낄낄거리고 있었는데, 그것 역시 오랜만에 보는 일상 풍경이었다. 어린이전집을 맡고 있는 파트를 사무실에서는 보통 '편집 1과'라고 호칭하였다. 과장도 있었고 과장 밑으로는 고참 사원에게 계장이라는 직함을 주고 있었다. 박성태는 이 명칭부터 바꿔야 한다고 늘 말했었다. 과장이니 계장이니 하는 직급은 관료주의적 발상에 다름없고 이것만 보아도 사장이 어떤 사람인가를 금방 알 수 있다고 했다.

편집 1과의 차 계장은 올해 스물아홉의 노처녀였다. 낙엽만 굴러가도 오 분쯤은 웃곤 하는, 노처녀들에게서 흔히 발견되는 신경질이라곤 약에 쓸래도 찾아볼 수 없을 만큼 밝은 성품의 차 계장이 깔깔거리며 웃다가 문득 그와 눈을 마주쳤다.

"정 계장님. 사모님한테서 전화 왔었어요. 어디 편찮으시다구요?"

그는 약봉투를 흔들어보았다. 다른 이들이 또 무언가 건성으로 안부를 물으려고 하는 것이 성가셔서 그는 창가에서 물러나와 얼른 의자에 앉아버렸다. 자리에 앉으니 새삼 손문길의 비어 있는 자리에 신경이 쓰였다. 10시, 명 다방이다. 아침에 손문길이 던져놓은 메모가 아직도 고무판 밑에 끼여 있었다. 10시가 되기 전에 두 사람은 슬그머니 자리를 떴고, 그는 10시 10분쯤 사무실을 나와서 명 다방을 스쳐 약국으로 갔었다.

요즘 그가 보고 있는 교정지는 시인으로서보다 수필집의 저자로더 잘 알려져 있는 여류 시인의 에세이집이었다. 사장을 부를 수 있는 호칭 가운데 하나가 페미니스트라면 이 에세이집 원고가 이제야 사장 손에 떨어진 것이 오히려 기이할 정도였다. 사장은 애써 감추려 하였지만, 그리고 이런 유의 에세이집 출판으로 회사 이미지가 나빠지지 않을까 두드러지게 근심하는 척도 하였지만 실상은 대단히 흥분해 있는 상태였다. 새로 제작하는 전래동화 스무 권짜리 전집에 비해 단행본인 에세이집은 말하자면 쉬어가며 할 수 있는 일거리인데도 원고를 넘기면서부터 은근히 채근을 해대었다.

에세이집의 제작 일정이 짜이고 광고 계획까지 수립해놓은 상태에서 노조가 결성되고 만 것은 순전히 우연이었다. 사장은 에세이집 판매로 얻어지는 수익금 전액을 회사의 체질개선에 쓸 계획이었다고 말했지만 그런 상황에서는 안 해도 좋을 구차한 변명쯤으로나 들릴 만큼 시기가 교묘했다. 게다가 사장은 노조 결성 문제에 의외로 예민하게 반응했다. 거의 한 달이 다 되어가도록 사장 스스로 업무를 거의 중단시킨 채 당황하고만 있었다. 그가 보기에 사장은 노조 결성에 잇따르게 될 부담보다는 이럴 수도 있는가, 하는 배신감을 더 못 이겨하는 것 같았다.

하기야 그럴 만도 하였다. 편집 1,2과 합하여 모두 열네 명, 영업과의 다섯 명까지 합하면 열아홉의 직원 숫자에 사장은 곧잘 '우리 스무 명의 한 식구'라는 표현을 즐겨 사용하곤 했었다. 사장은 자기 자신을 열아홉과 또 하나로 간주함에 자긍심을 느끼고 있었다. 사장의 자긍심을 훼손시킬 만한 인격적인 하자가 있는 것도 아니었다. 그런 사용주들이 흔히 그렇듯 사장은 가족적인 분위기를 늘 강조하는 사람이었다. 창립일이면 사장 집에서 벌어지는 파티가 그러했고 봄·가을의 등반대회가 그러했다. 월급의 체불도 없었고 기분 내키면 수시로 격려금을 나누어주는 데 인색하지 않았다. 그가 이 출판사로 출근하기 시작하던 지난 87년 9월은 전국적으로 노동자들이 대동단결하던 무렵이었다. 그때 사장은 이런 견해를 피력하기도 했었다.

"사용주와 노동자 사이에 가득 쌓인 불신이 문제란 말이야. 모든 것을 다 환히 보여주면서 회사를 운영해나가겠다는, 사업주들 스스로가 발상의 대전환을 모색해야지."

그리고 일 년여의 세월이 별문제 없이 지나갔다. 사장은 혹간 다른 출판사에서 벌어지는 쟁의 소식에 대해서도 꼭 견해를 표명하고 지나갔다. 노조가 생긴다거나 쟁의가 일어나는 데에는 분명한 이유가 있을 것이라는 확고한 신념, 그러나 이유라는 낱말 속에 보편성을 삽입하는 일은 결코 상상할 수 없는 그 신념이 사장을 쓰러뜨렸다.

몰려오는 생각들을 뿌리치며 볼펜을 잡고 일을 시작하자마자 또 얼굴이 스멀거리기 시작했다.

……여행가방을 꾸리고 거울 앞에 섰다. 그래. 어디론가 떠나야 해. 이대로 늪에 가라앉듯이 일상에 파묻혀서는 안 돼. 거울 속의 여자가 간신히 웃고 있었다. 일곱 날의 고독 끝에 찾아온 미소 속에는 여전히 파편 같은 상처가 묻어 있었다. 나는 묵은 병을 앓는 환자처럼 훌훌 털고 긴 여정에 올랐다. 가을날의 고독은, 그리고 이 여행병은 내게 있어 매년 찾아오는 고질병 같은 것. 낯선 시간을 찾아……

몇 번씩 되풀이해 읽었어도 못 찾아낸 오자 하나가 어느 순간 확 튀어 올랐다. 어느 페이지를 읽어도 언제나 똑같은 푸념, 똑같은 양의 고독. 거기서부터 또 시작된 것이었다. 목울대로 불기둥이 솟아오르는 느낌과 함께 얼굴이 화끈거렸다. 점차 개미떼처럼 피의 입자가 모여들고, 바글거리고, 이내 훅훅 뜨거운 피가 몰려다녔다. 얼굴을 감싸 쥐면 그 따끈함에 손이 데일 지경이다. 보나마나 눈알까지 벌겋게 달아올랐을 터였다. 고개를 젖혀서 마치 코피가 터졌을 때 그렇게 하듯 이마를 탁탁 쳐보기도 했다. 그렇다고 뜨거운 기운이 순조롭게 목울대를 타고 내려가 주는 것도 아니었다. 이대로 방치하면 할수록 얼굴은 점점 붉어지고 나중에는 토끼눈에 술 취한 얼굴이 되어 허둥거릴 수밖에 없다.

그는 벌떡 일어났다. 그리고는 이내 후회하였다. 급작스레 신체 각도를 이동시키는 동작은 얼굴에 몰려 있는 열 기운에 해롭다는 판단 때문이었다. 약을 먹은 지 얼마 되지 않았으므로 약효를 저울질할 수도 없었다. 복도에만 나와도 한결 증세가 호전되곤 하지만 요사이 그는 서둘러 계단을 내려와서 아예 건물 밖으로 나와버린다.

차가운 겨울바람이 그의 병에는 더할 나위 없는 명약이었다. 바깥 공기를 두서너 번 들이마신 뒤에는 어김없이 열이 내렸다. 붉은 얼굴이 누런 얼굴로 환원되기까지 걸리는 시간도 오 분 안팎에 불과하였다. 하긴 누런 얼굴에서 붉은 얼굴로 변하는 데에도 그 정도의 짧은 시간이면 족했다.

처음에는 하루 두서너 번 이런 식의 발열이 있었다. 물론 대수롭지 않게 여겼고 금방 없어질 것이라고 막연히 믿었다. 노동조합에 관한 일 때문에도 그러했고 연말연시도 겹쳐 뒤숭숭했으므로 피로에 의한 발열이거니 여기고 몸살약 몇 알로 다스려주겠다는 생각이었다. 그런데 벌써 일주일째 증세는 조금도 호전되지 않았다. 일주일씩이나 방치할 수 있었던 이유가 있기는 하였다. 붉은 얼굴이 되는 때는 사무실 안의 그 자리에서뿐이었다. 일을 팽개치고 밖으로 나와버리거나, 퇴근하여 집에 돌아오면 언제 그랬냐는 듯이 씻은 듯 가셔버리곤 하였다. 실내 온도가 높아서 그런 것이라면 점심시간에 들르곤 하는 식당에서도 얼굴이 붉어져야 옳았다. 사무실보다 훨씬 높은 온도를 유지하는 식당에서는, 히터 곁에 앉은 날이라 해도, 발열 증상은 나타나지 않았다. 술을 마신다고 얼굴이 붉어지는 체질도 아니었다. 그러기는커녕 그는 오히려 창백한 안색을 지니고 있었다. 좀처럼 낯 뜨거운 일에 낯 뜨겁게 대응하지 못하는, 혹자는 냉랭하다고도 일컫는 표정을 몇십 년이나 뒤집어쓰고 살았는데 이런 일이 일어난 것이었다.

집에 돌아와서 아내한테 이런 증상을 호소하기도 난감하였다. 아내가 보기에 그는 조금도 아픈 사람이 아니었다. 노동조합에 간여

하고 집행부의 한 사람이 되어 몇 날을 외박하고 하던 무렵부터 그는 되려 활기에 차 있었다. 밤늦은 시각에 걸려오는 전화에 대고 밀담을 나누면서, 가끔씩 이상한 이름의 책을 옆구리에 차고 들어오기도 하면서, 그는 점점 어떤 신념을 가진 사람으로 아내에게 입력되고 있었다. 밥그릇을 비우지 못하거나 밤잠을 설치지도 않으니까 아내로서는 그의 붉은 얼굴을 이해하려는 노력이나 성의를 보일 필요도 없었다. 집에 오면 말짱해. 남편의 이 말이, 다만 가족의 유대, 혹은 아내에 대한 사랑의 우회적 고백이라고 여겨지는 순간은 있었다. 다만 그뿐이었다.

길가에 서서 서성거리는 사이 그 자신도 눈치챌 만큼 빠른 속도로 얼굴의 열기가 내려가 버렸다. 멀쩡한 몸으로 환원되어도 고민이었다. 다시 자리에 앉아 볼펜을 집어 들면 영락없이 또 열이 치밀 것이었다. 다시 밖으로 나오고 또 들어가고 여태껏 그런 식으로 대처해오기는 했지만 그럴수록 증세는 악화될 뿐이었다. 하기야 오늘은 모를 일이었다. 약의 효과가 나타나려면 얼마큼의 시간이 필요할까. 그는 시계를 들여다보았다. 삼십 분도 지나지 않았다. 적어도 한 시간은 기다려보겠다는 작정을 하고 그는 이내 명 다방을 떠올렸다.

사장이 조합 사무실을 한 칸 마련해줄 때까지 집행부는 명 다방을 이용하기로 했었다. 가입원서도 대충 받았고 구청에서 신고필증이 나온 것도 벌써 사흘이나 되었다. 노조 간부들이 쉬쉬하며 연락처를 비밀로 하던 시대는 이미 막을 내린 것이었다. 손문길을 비롯한 집행부들이 며칠 전부터 근무시간 중에 명 다방에 모이곤 한다는 것을 사장도 모르지 않았다. 손문길은 단체협약에 들어가기 전에 노조 사무실부터 동의하에 문을 열어야 한다는 주장이었다. 기왕에 생겨버린 노조야 이해하기로 했지만, 사무실까지 차려놓고 대대적으로 활동을 벌일 만한 건덕지가 우리 사이에 뭐가 있겠느냐는 것은 사장의 의견이었다. 이 의견은 결성대회 이전에 이미 초안이 작성된 단체협약의 내용을 사장이 짐작도 못하고 있다는 표시이기도 하였다.

명 다방을 지정한 데는 구조상 그럴듯한 공간이 있어서였다. 입구에서 가장 먼 쪽으로 칸막이를 해두고 마련한, 단체손님을 위한 자리는 모여앉아 토론을 벌이기에 안성맞춤이었다. 엄격한 비밀 보장이야 좀 어렵겠지만 조합원을 상대로 하는 개별적인 교육이랄지 집행부들의 모임에는 별다른 불편이 없었다. 그래서 누군가는 사장에게 아예 이 코너를 분양해달라고 요구하자는 발언을 하여 좌중을 웃긴 적도 있었다.

명 다방에는 의외로 손문길은 보이지 않고 박성태와 편집 1과의 김경숙이 마주앉아 있었다. 김경숙은 그와 함께 부위원장의 직책을 맡고 있었다. 말하자면 통틀어 일곱 명이나 되는 여직원들의 대표성을 부여한 것인데 웃음 헤픈 차 계장이 지레 겁이 많은 데 비하면 꽤나 야무지고 똑똑한 처녀였다. 그래서 차 계장은 뒤로 물러나 있어도 좋음직한 회계감사를 맡았고 대신 김경숙이 부위원장을 떠안았다. 손문길은 위원장이었고 박성태는 사무장이었는데 집행부의 모임에는 으레 그와 김경숙까지 네 사람이 모이곤 하였다. 편집 1,2과의 과장은 일단 관리직으로 간주하여 비조합원으로 남게 하고 영업과장 역시 사장의 처남인 데다 관리직이므로 제외하였는데 그러고도 현재까지 두 사람의 가입 원서를 받지 못하고 있는 상황이었다. 하지만 조합 구성의 여건으로 보아선 충분하였다. 그런데도 손문길은 나머지 두 사람을 설득하는 일로 박성태를 채근하고 있었다. 이만한 숫자의 단위 사업장에서는 비조합원으로 남아 있는 직원은 한 명도 없어야 한다는 것이었다. 그런 논리 역시 사장이 애용하는 가족주의적 발상과 다름이 없지 않느냐고, 지속적인 활동이 잇따른 뒤에는 자연스럽게 가입이 이루어질 것이라고 그가 말해보기는 했었다.

"그렇지 않아. 일단 노조가 결성되었으면 전원 가입이냐 부분 가입이냐에 따라 운동 논리가 달라져. 단체협약에 있어서도 전원 대응이라는 방침 외 더 효과적인 것이 있을 수 없지. 두어 명쯤 빠졌다고 무슨 지장이 있겠느냐 여기기 쉽지만, 예를 들어 쟁의 발생 시에는 그들 비조합원만으로도 출판 업무를 해나갈 수 있다는 판단이 사장에게 내려질 수도 있다는 사실이야. 공장에만 하청이 있을 줄 아나? 이쪽 동네에 아르바이트 일꾼들이 쫙 깔린 것 알잖아. 그리고 소수의 회의분자들이 발산하는 바이러스도 무시 못 해. 전염성도 강하고 파괴력도 강하니까. 근로자가 수백에 이르는 사업장이라면 모르지만 우리 같은 소규모 조합에서 무기는 일백 프로 가입이라는 걸 명심해."

박성태도 지금 그 문제로 김경숙과 이야기하는가 보았다. 가입을 거부하는 두 사람 중 하나는 편집 1과의 여직원인데 사장과의 친분으로 어렵사리 취직을 하여 홀어머니와 두 동생을 부양하는 실정이었다. 가입은 안 하되 조합 활동에 절대 해를 끼치지 않겠노라고 하더라는 김경숙의 전언이 박성태를 불만스럽게 하고 있었다.

"그런 말이 어디 있어요? 그거야말로 궤변 중의 궤변 아니야? 조합에 가입은 안 하되 조합 일에 절대 해를 끼치지 않겠다고? 흥, 요즘 어디선가 많이 듣던 소리인데."

박성태는 매사를 정치에 연관시키는 버릇이 있었다. 지금 박이 하는 비유는 현 정권이 전임 대통령을 구속하지는 않되 민주화는 꼭 하겠다는 논리를 일컫는 모양이었다. 아니면 민주당이 새해 들어서 정책 수립은 따로 하되 전반적인 야당 통일이 필요한 사안에는 같은 노선을 걷겠다는 발표를 했던 것에 트집을 잡는 것일지도 몰랐다. 박성태가 손문길의 절대적인 오른손임은 분명하지만, 박에게는 대학시절부터 지녀온 불굴의 신념이 있었다. 박은 전폭적으로 마르크시즘을 지지했던 전력에 잇대어 혁명적인 급진사상 일반을 송두리째 집어 삼키고 있는 인물이었다. 집어삼켰으므로 언제 활활 불꽃을 내뱉을지 도시 짐작키 어려웠다. 그래도 박을 믿을 수 있는, 불꽃의 잠재력을 유도할 수 있다는 믿음은 오로지 그가 지닌 막대한 정치 성향을 파악하는 데서 비롯되었다. 정치 성향의 인간은 어떤 경우에라도 자신의 입지를 내던져버릴 만큼 무모한 시도는 하지 않는다.

"또 한 사람은 정 선배가 좀 잡아보세요."

편집 2과의 '칸트'라는 별명의 미가입자는 하기야 그가 좀 설득해 보기는 했었다. 도수 높은 안경과 삐쩍 마른 체구, 출판사에서 일하며 책에 묻혀 사는 삶 이외는 더 이상 바라지 않는 듯이 보이는 칸트에게 노동조합은 혁명주의자들의 축구놀이만큼이나 황당무계한 것이었다. 사색주의자 칸트는 그의 충고에 역시 사색적인 대답을 했을 뿐이었다.

"결국 어디로 가지? 사회주의로? 주의가 주의를 낳고 또 주의를 낳는 낙원으로? 생각해보리다."

칸트라는 별호는 그가 늘 말의 어미에 챙겨놓곤 하는 '생각해보리다'에서 기인한 것이었다. 사색과 깊은 탐구를 거치기 전에는, 그 기간이 꽤 걸리는 게 흠이긴 하지만, 칸트의 입에서 가부를 결정하는 대답을 얻겠다고 기대하는 것은 무리였다. 이것 또한 박성태의 성질을 돋우었다.

"그 양반 같은 인물이 가장 문제라구요. 도대체 이데올로기 속으로 편입되지 않는 사색이 무얼 가져다줍니까?"

박의 말에 그는 대답을 하지 않았다. 동감이라는 뜻은 아니었다. 되려 반박하고 싶은 생각이 더 많았다. 하지만 그 생각을 말로 뭉뚱그려서 내보내기가 여간 어렵지 않았다. 몇 가지의 낱말 혹은 어떤 표현 하나만 떠올라주어도 얼른 그것에 매달려 생각을 풀어볼 수 있을 것 같았다. 그런데 떠오르는 어떤 말도 확연하지 않았고 지극히 애매모호한 느낌으로 닿았다가 사라져버리곤 하였다. 좀 더 적확한 말이 있을 법하다는 미련은 그의 입을 자꾸 막기만 하였다. 노동조합을 만들어보자는 제의가 있었던 그 비밀스럽던 초기에는 이렇지 않았었다. 그가 낱말 찾기의 미로 속에 빠진 것은 정작 노조가 현실로 나타나고부터였을 것이었다.

그는 박성태 대신 김경숙을 향해 입을 열었다.

"아침에 사장이 부르던데?"

김경숙이 고개를 끄덕였다.

"노조 말은 없었어요. 에세이집 광고 초안을 바꾸라구요. 처음엔 7.5센티로 작성하랬는데 15센티로 만들어보래요. 일단 광고 물량으로 압도할 계획인가보죠?"

15센티라면 단행본 광고로는 만만치 않은 크기였다. 아침에 사장은 그를 먼저 인터폰으로 불렀었다. 에세이집 교정에 각별히 신경을 쓰라는 주문 외에 별말은 없었다. 겉보기로는 완전히 평정을 되찾은 듯 보였다. 나오는데 사장이 김경숙을 불러달라고 말했었다.

"사무실을 얻긴 얻어야겠어. 이런 식으로 다방에 모이니까, 뭐랄까……. 그래, 근무 태만으로 오인 받을 수도 있고 사장한테 트집을 잡힐 우려도 있잖아."

정말 그랬다. 하릴없이 노닥거리는 풍경으로 찍히는 게 아닌가 싶어 그는 좀 불안했다. 그러나 그의 말에 박성태는 즉각 토를 달았다.

"어차피 통과되겠지만 단체협약 내용을 보면 사무실은 물론이고 조합활동의 시간도 근무시간으로 포함하게 되어 있잖습니까? 사무실만이 아니고 유지비랑 비품까지 사장이 대야 한다구요. 말하자면 오늘의 이 찻값도 사실은 사장 주머니에서 나와야 된다는 이야기지요."

사장이 내야 한다는 커피를 마저 마셔버린 다음에 박은 음성을 낮추었다.

"정 선배, 열 뻗친다는 거 좀 나았습니까? 빨리 사무실을 얻어서 해야 할 일이 무궁무진해요. 정 선배가 소식지 제작을 맡아야 한다고 손 선배가 그러던데. 손 선배 지금 다른 회사 노조의 소식지 사본

들 구하러 나갔어요. 1호를 며칠 안에 내겠다고 하던데요. 오후엔 사장하고 만날 모양이구요……."

그때 종업원이 주문을 받으려고 왔다. 그는 생강차를 주문했고 김경숙은 자리를 떴다. 그럭저럭 점심시간이었다. 점심이나 먹고 에세이집 교정에 박차를 가해야겠다는 생각을 하고 있는데 박성태는 점심 약속이 있다고 먼저 일어났다.

"신문사에 있는 선배랑 점심을 먹기로 했어요. 아참, 정 선배 옛 고향인 그 신문사예요."

박성태가 나간 뒤 그는 뜨거운 생강차를 한 모금씩 마시며 자신의 옛 근무처를 떠올렸다. 직장으로 치면 그곳이 고향과 다름없었다. 6·10 민주 항쟁 직후에 그는 사표를 내고 그곳을 떠났었다. 선을 하나 긋겠다는 생각이 가득했었던 그때의 심정을 박에게 토로하면 무슨 말이 돌아올까. 물론 박은 거침없이 자신이 지닌 생각을 뿜어낼 것이었다. 어떤 식으로건 다시 시작하는 삶으로 서고 싶었던 그 간절한 느낌을, 그 갈증을 박은 무슨 말로 편입시켜줄 것인가.

그해 가을에 그는 결국 다시 글자를 매만지는 동네로 돌아오고 말았다. 여성지 기자의 경력도 출판에 소용되기는 하는 모양이었다. 마음 같아서는 좀 더 다른 일, 근육과 두뇌를 동시에 활용할 수 있는 직업을 얻고 싶었으나 어림도 없었다. 바다를 보고 자라난 사람은 어부가 되고 땅기운을 쐬며 자란 사람은 농부가 되듯 평생 창백한 몰골로 글자만 뒤적이며 살아왔던 그에게는 교정 직원에 다름없는 이 일자리가 제격이기는 하였다.

약사가 지어준 조제약은 역시 효과가 없었다. 효과를 발휘하리라고 믿지도 않았으므로, 이 붉은 얼굴이 그처럼 기계적인 처방의 가루약 몇 봉지로 다스려질 수 있는 단순한 질병이라는 느낌은 거의 없었으므로, 그는 낙망하지도 않았다. 명 다방에서 나온 이후에도 그는 쳇바퀴 돌 듯 사무실과 거리를 빙빙 맴돌다가 일과를 마감했다. 교정지는 그래도 얼마쯤 페이지가 넘어가 있었다.

손문길은 오후 근무시간에는 대개 자리에 있었으나 그가 쳇바퀴를 도는 바람에 별다른 이야기를 주고받을 수는 없었다. 퇴근 무렵에 잠깐 그의 자리로 다가온 손은 퇴근 후에도 집행부만 잠깐 모였으면 한다는 말을 전하였을 뿐이었다. 퇴근시간이 정확해진 것도 말하자면 조합 결성이 얻어낸 결실 중의 하나였다. 직원들은 자연스럽게 정해진 퇴근시간에 일을 마쳤다. 처음에는 좀 어색했으나 며칠 지나지 않아 당연하게, 그리고 좀 뿌듯하게 퇴근시간을 맞추어냈다. 사장은 퇴근시간 엄수에 대한 이런 움직임에 별다른 내색을 하지는 않았다. 하지만 가장 기본적인 노동권을 보호해주는, 오후 여섯시의 퇴근을 지키는 하찮아 보이는 일부터가 경영자한테는 얼마만한 고통과 인내를 감수해야 하는 것인지는 충분히 깨달았을 터였다.

에세이집만 해도 그러했다. 사장의 심정으로는 종전처럼 야간근무를 실시하여 빠른 시일 내에 제작을 종료해버렸으면 싶을 것이었다. 그래야 얼른얼른 서점에 진열시키고 신학기 출발 이전에 재판 정도는 찍어놓아야 예상했던 만큼의 물량을 팔아볼 수 있었다. 마음 같아서는 야간근무를 제안해서 노조의 규약대로 수당을 정확히 지불해가며 일을 진행시켜보고 싶을지도 몰랐다. 손문길 역시 그런 경우를 예상하여 단체협약 초안 중에서 근로시간 및 초과수당 부분에 관해서는 이미 조합원들의 동의를 개인적으로 구해두고 있었다.

하지만 사장은 자신이 에세이집 때문에 안절부절못하고 있다는 인상을 풍길까봐 각별히 조심하는 눈치였다. 일회전부터 굽히고 들어갈 수 없다는 야릇한 오기가 사장으로 하여금 딴전을 부리게 하는지도 모를 일이었다. 편집 2과가 하던 작업을 중단하고 에세이집 교정과 제작에 매달려 있다고는 해도 손문길이나 박성태가 조합 일로 제대로의 근무를 하지 못한다는 사실은 사장도 알고 있었다. 거기다가 그마저 요즘 붉은 얼굴의 폭발적인 열기 때문에 지지부진하는 상태인데 사장은 아직 거기까진 눈치채지 못하고 있었다. 그랬다면 아마 오늘쯤부터 편집 1과의 전래동화 역시 중단케 했을 것이었다. 본문을 여러 장(章)으로 나누고 적절한 부제들을 붙이고 하는 작업은 편집 2과가 월등 나았으므로 교정 꼭지들을 분산시켜 크고 작은 하자가 발생할 수도 있는 위험을 사장은 가급적 막아두려는 중이었다.

손문길은 사장이 에세이집으로 애가 달아 있을 때 노사간의 단체협약을 체결하는 게 효과적이 아니겠느냐고 말했다. 퇴근 후에 집행부가 모인 곳은 뒷골목집의 그야말로 뒷방에서였다.

"정 형이 시의적절하게 몸살감기를 앓고 있음에 건배!"

손은 술이 들어오자 얼토당토않게 그의 붉은 얼굴에 건배를 하였다. 다들 출출해 있는 시각이어서 술잔을 비우는 속도가 빨랐다. 그는 입술만 축이는 식으로 냉큼 잔을 비우지는 않았다. 얼굴로 피가 몰리는 증상에 시달리고 있는 요즈음 같은 때 술은 금기라는 자가진단에서 비롯된 몸사림이었다.

뒷골목집에서 논의된 사항은 소식지 발간과 단체협약 체결에 관한 제반 절차가 주였다. 집행부들끼리의 모임이라고 해도 김경숙의 뜸한 발언을 제외하면 세 사람이 중구난방으로 안건을 다루는 식의 진행이 대부분이었다. 하기야 김경숙도 요즈막에는 눈에 뜨이게 단단해져서 제 몫은 충분히 해나가고 있었다. 그렇지만 손문길의 확실한 리더십을 따라잡을 만한 간부는 없다는 게 그의 판단이었다. 손은 매사에 분명하고 확고부동했다. 섣부르지 않고 과격하지 않은 말투, 그리고 처음부터 끝까지 조금도 흔들리지 않는 강력한 자기주장은 손문길과 박성태를 변별해낼 수 있는 분기점 같은 것이었다. 단체협약의 노조 측 초안을 작성하는 데서도 그 변별점은 쉽게 찾아낼 수 있었다. 박은 단체협약의 성사 자체에 큰 미련을 두지 않고 있었다. 박은 곧바로 쟁의 준비, 예를 들어 농성이나 단식투쟁의 방법부터 논의하자는 쪽이었다. 손은 박의 그런 사후 대비를 말리는 쪽은 아니지만 가급적 체결이 성사되는 방향으로 일을 진행시키려는 의도가 역력했다.

"노동조합은 대결의 장이 아니라는 게 내 생각이야. 사장 역시도 그렇지. 우리 쪽 입지로 보아서는 사장이야말로 타도해야할 적으로 간주되기 십상이지만 그것은 잘못된 시각이 아닐까. 사장은 극복해야 한다는 선에서 우리 입장을 분명히 정리할 필요가 있어. 소식지 발간이 단체협약보다 앞서야 하는 이유도 바로 그거야. 사장 역시 우리 조합원들과 다를 바 없이 소식지를 탐독하여 자기 입장을 만들 수 있게 해야지."

손문길이 술잔을 그에게로 돌렸다. 아직껏 사무실에 관한 말이 없는 게 궁금하다 했는데 박성태가 마침 그 이야기를 꺼내었다.

"영업과를 칸막이해서 쓰라는 의도가 좀 이상하잖아요. 영업과장이 상주해 있는 판에 비밀 보장도 어렵고 말예요. 사장실 옆에 있는 회의실을 내준다면 몰라도."

말하는 내용으로 보아서 사장과의 면담이 오후 중에 이루어졌고 약간의 성과도 있었던 모양이었다. 그만 모르고 있을 뿐 면담 내용을 김경숙이나 박성태는 알고 있었다. 들락날락하는 사이에 그런 일이 있었나 싶어서 그는 좀 면구했다. 그렇더라도 미리 일러주지 않은 것이 좀 섭섭했다. 그러나 손은 대수롭잖게 사무실 건을 설명하고 있었다.

"사옥을 옮기기 전에는 이 빌딩에서 마땅하게 장소를 구할 수가 없겠어. 여기 세가 얼마나 비싼지 자네들도 알 것이고. 회의실은 요긴하게 쓰일 때가 많으니까 내달라고 떼를 쓸 수도 없는 처지야. 그래서 영업과를 칸막이해서 나누어 쓰는 쪽으로 일을 해결해볼까 해. 사장의 뜻이야 어떻건 내부공사 때 방음벽 따위 추가 비용도 회사 경비로 대주겠다니까. 설령 도청을 하거나 엿듣는다 해도 캥길 건 없잖아? 아참, 사무실 집기도 창고에 묵혀 있는 것으로 대충 감당하기로 했어."

그는 손의 추진력에 한 번 더 감탄을 하지 않을 수 없었다. 그는 오늘 내내 얼굴로 몰리는 알 수 없는 열기 하나만으로도 쩔쩔매고 있었다. 오직 그것 하나 추스르는 데도 잔뜩 지쳐서 휴지처럼 구겨져 있는 스스로가 너무나 한심하였다. 아무래도 내일은 병원으로 가볼 일이었다. 부위원장답게 일을 해야겠다는 조바심도 이유였지만 우선은 그 스스로 무력한 인간이 되어가고 있음을 시인하는 일도 괴로웠다. 이런 식의 돌연한 징후가 나타나지만 않았더라면 그는 손이상으로 뛰었을 것이었다. 아니, 그렇게 믿고 싶었다. 그는, 그의 머리는, 누구보다도 뛰고 달리고 싶은 갈증으로 가득 차있었다. 날개를 접어둔 채 그냥 시달리기만 하는 삶의 고통을 그는 지난 몇 년간 실컷 겪었었다. 자신의 날개가 온전한지 시험해보고 싶기도 하였다. 그리고 이제 막 날개의 성능을 알아냈다고 여기는 참이었다. 날 수 있다, 혹은 난다, 라는 자기 최면은 실로 오랜만에 그에게 다가온 신선한 공기였다. 이제 와서 생각하면 오히려 이렇게 되는 일이 왜 그리 어려웠는지, 얼마나 실컷 우회하였는지 그것이 기이할 정도였다.

뒷골목집에서 안주거리로 대충 배를 채운 그는 집으로 돌아오자 이내 마지막 남은 약봉지를 뜯었다. 아내는 그의 얼굴이 열에 타서 까맣다고, 비로소 놀라는 척을 하였다. 사실 그러했다. 열에 떠 있을 때는 붉은 얼굴이었다가 열이 내리면 까만 얼굴이 되었다. 약봉지를 구겨 휴지통에 던지면서, 주먹 안에서 한껏 오므라진 종이뭉치가 날렵하게 휴지통 속으로 적중되는 것을 확인하면서, 그는 무거운 피로감이 자신을 꽁꽁 동여매는 것을 느꼈다. 일찌감치 자리를 펴고 누우리라. 내일 아침에는 다소나마의 차도가 있을지도 모르니 기가 죽을 일은 아닐 것이다. 그는 스스로를 위로하며, 병이 내리누르는 듯한 느낌에 얼핏 편안해지기도 하면서 잠을 청하였다.

꿈이 많았다. 어찌나 꿈이 많았는지 한숨도 못 잔 것같이 생각될 지경이었다. 당연히 아침부터 맥이 풀려버렸다. 출근을 하니까 이제는 교정지를 펼치기도 전에 스멀스멀 얼굴이 따가워지기 시작하는 것이었다. 조제약 세 봉지는 완벽하게 효험이 없었다. 의료보험카드를 챙겨 넣어주면서 아내는 종합병원으로 가보라고 신신당부를 했었다. 그의 생각은 달랐다. 신중하고 세심한 내과 전문의를 찾아볼 작정으로 영업과장에게 가보았다. 영업과장은 병과 병원, 약과 자연 요법, 각종 검사와 종합 진단에 가히 도통해 있다고 말할 수 있는 사람이었다. 그 사람이 앓았거나 현재 앓고 있는 병의 이름만 나열해도 한 페이지는 넘을 것이었다. 영업과장은 서울 시내 여러 병원의, 친분 관계를 유지하고 있는 의사나 병리사를 들먹이며 가끔씩 직원들의 건강관리 태만을 질타하기를 즐겼다. 그래서 누군가는 그 인간이 담당하는 영업은 출판 쪽의 실제적인 유통이 아니라 직원들 건강과 병원간의 상호 관계를 유통 쪽으로 몰고 가는 것이라고 분석해보이기도 했었다. 그가 영업과장에게 자문을 구하고자 한 부분은 단지 유능한 내과의를 소개받는 데 있었을 뿐이었다. 그러나 영업과장은 그를 보자마자 노조에 대한 불평부터 털어놓았다.

"정 계장. 대체 사무실을 차려놓고 무슨 꿍꿍이짓들을 하자는 속셈이오? 솔직히 말해서 이 방 나누어 쓰는 것에 대해 불만이 많아요. 우선 나는 어수선하고 시끄러운 것은 딱 질색인데 노존지 놀잔지가 밀고 들어오면 신경쇠약에 걸릴 우려가 있다니까. 그리고 말야. 전에도 내가 여러 번 말했지만 솔직히 털어놓아서 우리 사장님만한 인물한테 무슨 트집 잡을 게 있다고 노동조합을 만드냐 이 말이오. 월급 좋겠다, 사람대접하길 집식구한테 하듯 각별히 따숩게 해주겠다, 그저 날이면 날마다 직원들 잘 대해줄 생각으로 노심초사하는 분 아뇨? 내가 처남이라 해서 끼고 돈다고 억지소리 할 사람은 없을 거요. 도대체 우리 회사 같은 곳에 노동조합이 왜 필요한지 나는 정말 이

해를 못 하겠어."

머리를 절레절레 흔들기까지 하면서 영업과장은 그를 보았다. 이 물음에 대해 명쾌한 해답을 가지고 있는 자는 그가 아니라 손문길일 것이었다.

당신의 그 생각은 노동조합에 대한 왜곡된 인식, 아니면 지배층이 여태 은근하게 주입해온 논리지요. 자본계급에 대한 직접적 투쟁만이, 임금인상이나 노동시간의 문제만이 노조의 과업이라면 굳이 노조를 조직할 필요가 없어요. 그것은 어떤 이름의 단체로도 가능한 것이오. 노동조합은 우리들의 작은 이익을 추구하려고 만드는 게 아니고 수많은 근로자들로 하여금 해방된 사회에의 믿음을 주기 위한 조직입니다. 우리는 이제 겨우 조직만 했을 뿐이지요. 우리가 상대해야 할 대상은 사장이 아니란 말이오. 우리는 이 사회의 생산관계 자체를, 인간이 인간을 구속하고 착취하는 이 제도 자체를 향해 조직된 힘이오.

물론 영업과장은 조합원이 아니라서 손문길이 실시한 교육에 참가한 적은 없었다. 손문길은 절대 마르크스의 저 당당한 외침, 노동조합은 사회주의를 위한 학교이다, 라는 명제를 입 밖에 내지는 않지만 이면에는 당연히 그 명제를 부여안고 있는 사람이었다. 손은 노동자 계급의 해방이 열리고 진실한 평등이 전제되는 그 사회로의 이동을 꿈꾸었다. 모든 사람이 손 탁탁 털고 깨끗이 사회주의자로 가는 길, 그 첫걸음을 노동조합에서 떼고자 하는 사람이었다. 손의 견해의 대부분은 그에게도 거부감 없이 받아들여졌다. 대부분은 그랬다. 이 사회에 미만해 있는 온갖 절망적 징후를 달래줄 만한 처방은 손의 말대로 그 길밖에 없음이 확실한 듯도 싶을 때가 허다하였다. 사회 구도는 언제나 유동적이라는 것, 보이지는 않지만 조금씩 조금씩 움직여가고 있다는 것이 그의 생각이었다. 역사만을 무조건 교훈으로 삼자는 이야기는 아니지만 자본주의의 오염된 물을 정화시킬 수 있는 새 구도는 손의 구도와 다를 바 없는 것이었다.

하지만 그는 손문길 식의 낙관에 선뜻, 회의 없이 동조할 수 없었다. 오히려 칸트가 지난번에 말한 대로 주의가 주의를 낳는 낙원은 있을 턱이 없다는 의구심을 버릴 수 없었다. 사회주의 대륙들이 요즘 들어 보이고 있는 체제의 수정이나 개방의 추진을 떠올려보아도 그런 의구심은 짙었다. 완전무결하게 하나가 되는 집단은 과연 가능한가. 가능하다면 인간의 절대적 숭고함을 믿어버릴 수 있는가. 그것 없이는 결국 개인에 대한 억압이, 가증스런 폭력이, 우리들을 옭아매지 않겠는가.

그는 손을 좋아하였지만, 때때로 사랑하기까지 했지만 거기쯤에서 노상 홀로 서먹하였다. 어떤 때 그는 손에 대한 자신의 애정을 빌미삼아 무조건 손의 논리 속으로 뛰어들고 싶기도 하였다. 그는 스스로의 날개가 때때로 엉뚱한 비상을 획책하고 있음에 대해 적절하게 자신을 설명할 수 없었다. 그래서 현실적으로 그는 영업과장의 말에 겨우 토막 난 대꾸를 해주는 데 그쳤을 뿐이었다.

"사장하고 싸우자는 노동조합이 아니라니까요. 이를테면……희망……노동의 희망……."

그의 어눌한 대꾸는 즉시 뭉개져버렸다.

"희망 좋아하시네. 혹시 그거 희생 아니오? 사장의 희생, 그것이 그럴 듯하네."

더 이상 영업과장을 상대하고 있으면 그의 날개는 제어할 수 없을 만큼 왼쪽으로 치닫는다. 단단한 껍질 안에 들어앉아서 막무가내로 옛 시절을 그리워하는 이따위 인간을 상대하다가 날개를 부러뜨릴 수는 없었다. 그는 본론으로 들어갔다. 그와 영업과장의 대립은 화제가 바뀜에 따라 순식간에 사라져버리고 영업과장은 질병 전반에 관한 강의로 기분을 고조시켰다.

"가만있어 봐요. 내가 전화를 해놓을 테니까 찾아가면 내 이야기부터 하고. 종합병원 내과 과장 출신들이 대개 그렇더군. 일억짜리 검사용 기계도 냉큼 사들여. 시설로 보면 되려 이쪽이 낫다니까. 여섯시? 그래, 여섯시에 도착할 거라고 일러두겠소. 멀지도 않잖아? 택시 타고 마포대교까지 이십 분도 못 걸리니까 넉넉하게 잡아서 다섯시 삼십분에 나가면 되겠군."

병원으로 출발할 때 다시 들르겠다고 말하고 나오는데 복도에서 이재철과 맞부딪쳤다. 사람 좋아 보이는 얼굴로 한몫을 단단히 하는 이재철은 영업과 소속이었다. 요즘 회사에는 이재철이란 그의 본명을 불러주는 사람보다 '노재청'이란 별칭을 즐기는 숫자가 훨씬 많았다. 이재철은, 아니 노재청은 노조 결성대회에서 '재청합니다'를 맡은 이후 사람들에게 그렇게 불리는 중이었다. 노동조합에서 '재청이오'의 역할을 맡았으니 성 또한 노씨로 바뀌었다. 조합 결성대회는 신속한 진행을 위해 사전에 미리 회의 진행과정을 상세하게 짜두어야 했다. 이름이 비슷하니 한번 해봐, 하는 식으로 '재청합니다' 역에 뽑힌 이재철은 대회 도중 서너 차례 훌륭하게 대사를 외워서 결성대회 완료에 만만치 않은 공을 세웠다. 동료들이 짓궂게 '노재청씨이—' 하고 길게 불러대도 뼈 없이 무르기만 한 이재철은 사람 좋은 얼굴로 실실 웃기만 했다. 그 노재청이 말했다.

"침을 맞고 오는 길입니다. 지난번 공장에서 책 실을 때 허리를 좀 삐었나 봐요. 아는 곳이 있어서 침으로 해결해보려고 하는데⋯⋯."

동갑이거나 아니면 그보다 위일 것인데도 노재청은 함부로 꺾어진 말씨를 쓰지 않는 버릇이 있었다. 침이란 소리에 그도 솔깃 마음이 당겼다. 노재청이 아는 곳이란 간판 걸고 하는 정식 한의원은 아니었다. 구석진 골방에서 침과 쑥뜸만으로 알음알음 찾아오는 환자들을 치료하는 노인네가 있는 모양이었다. 소문은 거창하게 나서 쑥뜸으로 난치병도 꽤 고쳤다는 명성까지 지니고 있다는 것이었다.

"처가 쪽 누구가 그 노인네 덕을 보고 병을 고쳤답니다. 우리 마누라는 배만 아파도 그 집으로 달려가거든요. 혹시 모르지요. 그런 병은 한방이 더 나을지도. 내과에 가기 전에 우선 그곳부터 다녀보세요. 가만, 위치를 일러드릴게요."

노재청은 자신의 명함 뒷면에 자세한 약도를 그려주었다.

약도를 들고 나선 것은 어차피 자리에 있어봤자 일을 할 수도 없어서였다. 앉기만 하면 득달같이 달려들어서 얼굴을 뻘겋게 물들이는, 이 정체 모를 열병을 오늘만큼은 감당하기가 쉽지 않았다. 그는 교정지 위에 빨간 볼펜을 얹어두고 적당하게 책상 위를 헝클어놓은 채 세검정 근처의 노인을 찾아 나섰다. 물을 따라 안으로 들어가면 연립주택이 나올 것이고 더 들어가면 낡은 한옥들이 보인다⋯⋯.

그는 노재청이 그려준 약도를 입으로 옮겨가며 걷다가 문득 어이없는 웃음을 내비치지 않을 수 없었다. 정말 눈곱만큼도 아픈 데 없는 정상의 몸이었다. 사무실을 나오면서 이미 그는 환자가 아니었으니까 이 동네의 청정한 바람 앞에서는 두말할 나위도 없었다. 아무래도 이 병은 정신적 질환의 하나가 아닐까. 그는 비로소 감기 몸살이나 열병의 차원을 떠나 차근차근 생각해보았다. 혹시 알지 못하는 사이 내게 바람이 든 것은 아닐까. 월급쟁이의 삶에 진절머리가 났는지도 모르지. 아니면 하는 일이 적성에 안 맞는지도. 어쩌면 에세이집의 교정에 저항감을 느껴서인지도 모른다. 고독·바람·여행·사랑·별 따위의 언어들이 짜놓은 역겨운 정서가 못 견딜 만큼 싫어서?

명성 같은 것은 절대 원해서 얻은 것이 아니라는 투의, 지저분한 골방과 때 묻은 한복 차림을 과시하는 노인에게 얻어낸 말은 그러나 전혀 의외였다.

"심장이 나빠. 지금은 괜찮지만 나이 들면 심장 쪽을 조심해야겠어. 혈압에도 문제가 있고. 가만, 간도 좀 부었네. 이것저것 다 시원찮구먼. 기가 쇠했다고."

맥을 짚어보는 일분 정도의 시간에 노인은 심장과 간의 질환, 거기다 전신쇠약 증세까지 찾아내고 말았다. 진료를 받기 위해 그는 삼십분쯤 기다렸고 그의 뒤에도 대기 환자는 넷이나 되고 있었다. 노인은 과묵했고 긴말을 하지 않는 성품임을 과시하였다. 더 이상의 하교가 행여 없을까 기다리는 그에게 노인이 뱉은 말은 기껏 "침 좀 맞아봐."였다. 그리고 덧붙인 말이 있기는 했다.

"오늘 저녁엔 몸이 좀 괴로울 거야. 침 맞으면 다음날 아침에는 몸살기운 땜에 괴롭지. 사나흘 침으로 맥을 뚫은 다음에 쑥뜸을 하자고."

그는 노인의 절제된 언행이 마음에 들었다. 배와 허리, 뒷목 등에 침을 맞고 난 뒤에는 실제로 어딘가 막혔던 부분이 뚫린 느낌에 모처럼 시원한 기분이 되었다. 골방 가득 괴어 있는 향냄새와 쑥 내음도 좋았고 걱정 말라는 듯, 대수롭지 않다는 듯 뜸직뜸직 내놓는 말도 위무가 되었다.

회사에 들어와 얼마 동안 일을 하다 보니 금세 점심시간이 되었다. 이런 식으로 업무에 태만해도 좋은가, 하는 자책감이 들지 않는 것도 아니었지만 점심시간을 빌려서 일을 할 마음은 없었다. 점심시간에 집행부들은 뒷골목집에서 함께 점심을 하기로 되어 있었다. 칸트와 또 한 사람의 비노조원인 미스 윤도 그곳에 초청될 것임을 그는 알고 있었다. 손문길은 점심을 함께하면서 그들 두 사람을 집중적으로 설득해볼 생각이었다. 손은 우리나라 노동조합의 역사가 일천한 탓에 투쟁보다 조직화가 더 시급한 단계라고 했다. 조합원을 인정한다면 비조합원도 인정해야 된다는 그의 주장은 늘 손에게서 차단되었다. 시간이 흐르다보면 자동 동조자가 늘어날 것이고 따라서 반대의 경우 탈퇴자도 있을 것이란 사실을 유념해서 들여다보는 사람은 집행부 쪽에서는 그 하나뿐인 듯싶었다.

뒷골목집에서 내놓은 점심은 언제나 그렇듯 시래기국과 나물류의 소박한 백반이었다. 밤에는 지짐이나 회 따위 고급안주로 매상을 올리지만 낮에는 대신 정갈하고 경제적인 밥을 제공하는 데 뒷골목집의 매력이 있었다.

김경숙이 미스 윤을 데리고 마지막 순서로 들어옴으로 해서 좁은 방에 여섯 명의 남녀가 꽉 들어차게 되었다. 손님이 다 들었음을 확인한 여주인도 서둘러 상을 차렸고 구수한 시래기국 냄새가 그들 사이의 서먹한 공기를 친근한 것으로 물들여놓았다. 손은 북한산 명태 수입을 반대하는 동해안 어부들의 항의를 화제로 떠올리고 있었다. 북한의 담배나 술의 수입에 대해서도 이야기가 나왔다. 손은 의도적으로 대화의 무게를 낮추고 있었다.

　"이런 식으로 조금씩 열리는 것에 벌써 반쯤은 통일을 이룬 것으로 여겨버리는 사람들이 많을 거야. 엊그제 지하철 안에서 들은 소리인데 이만하면 굳이 싸워가며 통일을 외칠 필요가 있겠냐는 거야. 백두산의 그 싱싱한 골짜기 물을 수입해서 남쪽 사람한테 생수로 팔자는 아이디어도 지하철에서 들은 소리이고. 하여간 이런 식으로 옆으로 가는 게걸음은 열 번이라도 허용하지만 행여 진지하게 덤벼들라 치면 뭉개버리는 게 요즘 위쪽에서 보여주는 태도지. 진짜 중요한 일보 전진은 하지 않겠다는 보수파들의 입김이 아이디어를 미끼로 무사통과되는 중이야."

　손에 이어서 시래기국을 훌훌 들이마시던 박이 말의 방향을 급격히 비틀어놓았다.

　"내심으로는 반통일이면서 백두산 금강산을 핥고 다니는 쓰레기들."

　그는 시래기국을 마시던 박이 내뱉고 있는 '쓰레기' 소리가 문득 귀에 걸렸다. 박성태에게서는 늘 폭력의 기미가 엿보인다. 그 기미를 느낄 때마다 그는 또 하나 다른 목소리도 함께 듣는다. 나는 왜 박을 과격분자로만 보고 있는지, 나 또한 박에 대해 과격분자가 아닌지. 그렇지만 그는 종종 박을 통해 비관자로 돌아서게 된다. 과거의 경험들, 모두가 같이 공유했던 폭력의 야만성을 박은 필연으로, 그는 절망으로 인식한다. 쓰레기들, 그렇다면 누구라도 쓰레기가 안 된다는 보장은 어디서 발견해야 하는지 그는 답답해진다.

"꼭 그런 식으로만 생각한다는 것도 문제가 아닐까. 통일만 되면 이 사회의 모든 갈등이 사라진다는 식의 민중 호도 역시 그렇고, 깊은 생각 없이는, 즉발 대응으로는 곤란하지."

칸트가 불현듯, 이라고 해도 좋을 만큼 느닷없이 입을 열었다. 칸트는 지금 자신의 위치가 어떤가에 대해서는 사뭇 느긋한 표정이었다. 그에 비하면 편집 1과의 처녀 가장 미스 윤은 눈에 띄게 경직되어 있었다. 밥숟가락에 담겨진 밥알은 셀 수 있을 만큼 미미했고 앞에 놓인 파래무침에만 의무적으로 젓가락을 보낼 뿐 간신히 식사라는 의식을 견디고 있는 모습이었다. 홀어머니가 과일 행상을 해서 장녀를 대학에 보냈고, 그 사 년 동안 온 식구가 견디어낸 생존의 공포는 말로 표현 못 할 만큼이어서 쫓겨남에 대한 불안감이 무척 심하다는 그녀였다. 대학을 졸업한 뒤에도 일 년 이상을 직장 없이 보냈다니까 그럴 만도 하였다. 한 달 몇십만 원의 급료 없이는 당장 생존 자체에 위협을 받아야 할 형편이니까 노조에 대한 거부감은 미스 윤 혼자만의 책임도 아니었다. 하지만 지금 당장은 그녀 혼자서 이 무거운 의식을 치르고 있었다. 그녀가 씹고 있는 밥은 밥이 아니고 파래무침은 파래무침이 아닐 것이었다.

그는 미스 윤의 작은 손과 작은 얼굴, 녹색의 스웨터를 자꾸 훔쳐보았다. 손이나 박이 입을 열면 그녀는 더욱 몸을 옴츠렸다. 동치미 국물은 이 집 따를 데가 없어, 라든가 겨울 날씨가 뭐 이래, 하는 소리에도 그녀는 흠칫 놀라는 듯했다. 그녀의 굳어있음을 주목해서 지켜보는 사람은 그 이외에도 또 있었다. 손문길은 아까부터 미스 윤의 녹색 등허리가 펴지지 않음을 눈치챈 듯하였다. 손은 따뜻한 사람이었다. 그녀의 물컵에 물을 채워준 것도 손이었고 꼬막무침 접시를 그녀 곁으로 밀어놓은 이도 바로 손이었다. 하지만 그녀는 손의 배려조차 눈치채지 못하였다. 그녀가 쳐다보고 있던 것은 밥그릇과 파래무침뿐이었으니까.

"그런데, 아직도 생각이 덜 끝났소?"

빈 밥그릇에 물을 부어놓고 손문길은 지나가는 소리처럼 칸트에게 물었다. 그는 바로 칸트 곁에 앉아 있었으므로 손의 시선을 함께 받았고, 그 눈길은 흡사 두 사람을 한 부류로 묶는 듯한 은근한 채근을 담고 있었다.

"생각이야 뭘……. 나 스스로 집행부의 노선을 정리해보는 데 좀 시간이 걸려서 그렇지."

칸트의 말을 그는 금방 알아들을 수 있었다. 칸트는 우리나라 헌법이 기본권으로서 노동자의 단결권을 보장해주고 있다는 것, 그래서 이제까지의 일방적 억압과 착취에 대응할 수 있는 인간적 권리의 투쟁이라는 선에서의 노조는 얼마든지 용납할 수 있는 인물이었다. 완만하기는 하되 꾸준히 참다운 삶에의 입지를 넓혀가는 시대를 경험해보지 못했다는 갈증은 칸트만이 아닌 그의 갈증이기도 했다. 이제까지의 정치는, 혹은 정당은 일반 대중을 순간적으로 추켜

세워 결국 정치인들의 그늘 밑에 모이기를 강요했었다. 정치인들이 일시적으로 보여준 호의가 순전히 허위였음을 알고 난 후는 이미 공고히 구축된 권위 때문에 어떠한 반발도 허락되지 않는 식의 폭압 정치였다.

"노동조합이 근로자들 편에 서서 튼튼한 축대 역할을 한다는 기초적 상식 외에……."

그때 칸트의 말을 자른 것은 예상했던 대로 박성태였다. 손문길이 슬그머니 박성태의 무릎을 누르는 모습도 그는 보았다. 하지만 박성태는 하려던 말의 전반부를 벌써 뱉어버린 뒤였다.

"실천 없는 생각, 그 해골 같은 사색만 일삼는 소시민 근성 때문에 여태 이 지경 아닙니까? 민중혁명 운운하면 죄다 극좌고. 생각은 그쯤 하시고 실천을 통한 검증을 해보랄밖에요."

손이 무릎을 누른 까닭에 박성태의 뒷말은 많이 절제되었다. 하지만 그것은 잠시였다. 박성태의 화살은 이내 미스 윤에게로 겨누어졌다.

"제일 답답한 것은 구체적으로 검토해보지도 않고 겁을 집어먹는 부류들이지요. 북한이라면 전쟁만 생각하고, 서구 동네는 무조건 그럴싸하다는 고정관념. 노동조합에 들어가면 사장한테 쫓겨날 것이라는 발상도 똑같은 것이고."

"미스 윤이 가입하지 않은 것을 알고 사장이 감동한 증거는 여럿 있어요."

김경숙은 문득 뒷말을 삼켜버렸다. 김경숙은 분명 미스 윤을 옹호해보려고 시작한 말이었겠지만 정작 미스 윤은 고개를 푹 떨구고 말았다. 그러나 엊그제 사장이 미스 윤에게 구두 티켓을 주었다는 말을 생략한 것임을 이 자리에 모인 사람은 모두 알고 있었다. 손이 웃으면서 말했다.

"당연한 대응이지 뭐. 구두 티켓을 받았으면 새 구두를 사 신어야지. 그리고 말야, 지금 사무장이 하는 말들은 일반 운동의 논리쯤으로 파악하고 넘어가자고. 정 형도 알다시피, 우리가 지금 만들어 놓은 노조는 어디서나 만드는 그런 대중적인 노조일 뿐이니까 거부감을 가질 필요가 없잖아. 오히려 우리가 너무 늦게 만들었다는 자책을 해야지."

손문길이 굳이 그를 지목하여 동의를 구하는 데는 이유가 있었다. 손과 그는 자주 만나서 여러 가지 의견들을 교환했었다. 그와 단 둘이 있을 때 손은 분명 혁명주의자였다. 손이 노동조합에 힘을 쏟는 것도 노동 계급을 전투적이고 혁명적인 투사로 이끌어야 하고, 이끌 수 있다는 믿음 때문이었다. 손이 실제적인 조합 일에서는 대중성을 앞세우고 있는 것도 단계를 밟아야 한다는 합리성을 존중하고 있어서였다. 어떤 당위성도 대중의 정서를 간과한 채는 수행될 수 없다는 사실을 손은 잘 알고 있는 사람이었다. 손은 대다수의 혁명주의자들이 놓치기 쉬운 합리성과 개별성에 유념하고 있는, 드물게 보는 열린 정신의 소유자였다. 그가 손의 그물 안에 갇혀 있고도 마음이 편한 것은, 편하다고 믿을 수 있는 것도 그런 미덕을 신뢰하고 있어서였다.

하지만 박성태는 자기가 하고 싶은 말을 마저 다 뱉어버렸다.

"어차피 그게 그거지요. 사장이 구두 티켓을 주었다고 해서 조합에는 더더욱 들지 못한다는 사고방식을 비판할 필요는 있다구요. 미스 윤이 겁내는 것도 사표가 아니라 대학 출신인 자기가 이 사회의 바닥 계층으로 떨어져버리면 어쩌나 하는 계급의식 때문이라구요. 자기는 노동자가 아니라는 거지요. 노동의 대가로 밥을 먹으면서도 이 자리는 노동자가 아니고, 행상이나 공장으로 떨려가야 노동자라는 그 생각이⋯⋯."

그 부분에서 미스 윤이 상에 얼굴을 묻고 흑, 울음을 터뜨렸다. 끝까지 가입을 않는 것도 용기 없이는 불가능한 일이라 이런 식으로 허약하게 무너질 줄은 몰랐으므로 그는 몹시 난감했다. 박성태 역시도 그런 모양이었다. 팬스레 얼굴을 문대면서 멋쩍게 씨익 웃었다. 한 사람은 울고, 한 사람은 씨익 웃고, 나머지는 모두 침묵하였다. 손이 무슨 말을 할 듯하였으나 기다려도 입은 열리지 않았다. 한참 후 몇 개의 단어를 간신히 찾아낸 그가 입을 열었다.

"분명한 것은 노동조합 자체를 반대하는 입장은 없다는 사실이야. 미스 윤도 물론 그렇고. 반대하지는 않지만 뭐랄까, 각자의 개인 상황에 따라 선택은, 그래, 선택은 자유인 것이 우리 사이의 기본 정신 아니던가⋯⋯. 이 자리에서까지 억압적인 분위기⋯⋯그리고 언어의 폭력이 등장하는 것은 정말 유감이고."

"정 형 말이 옳아. 전원 가입은 위원장으로서의 내 소신이지만 강요할 마음은 없어. 어쨌든 간에 함께 뭉쳐서 일해보고 싶다는 박 형 충정도 이해해주길."

점심시간의 모임은 그렇게 끝났다. 사장한테 결정적으로 언질을 받았으니 미스 윤의 입장도 난처하다는 김경숙의 동정 발언이 모임의 마지막 말이었다.

　회사로 돌아오는 길에 칸트가 그의 곁에 다가와 넌지시 물었다.

　"손 형이 갖고 있는 낙관이랄까, 뭐 그런 정신하고 내가 품고 있
는 생각, 즉 인간의 진보는 비록 느리기는 하나 지속적이고 연속적
으로 발전하게 마련이라는 자연발생적인 입장하고 사실 맥락은 같
은 것이 아닐까?"

　"글쎄, 이 시대는 아무래도 손 형 같은 사람을 더 필요로 하니
까……."

　"그럼 정 형은 어느 쪽이야? 나도 한번 곰곰 생각해봤는데……
모르겠어."

　"내 정체?"

　그는 칸트의 물음 앞에서 돌연 붉은 얼굴의 징후를 느꼈다. 아직
이럴 때가 아닌데. 그는 얼굴을 문대다 말고 걸음을 멈추었다. 걸으
면서는 대답을 할 수가 없었다. 나는 누구일까. 어느 쪽일까. 갑자기
머릿속에 들어 있던 말들이 모두 사라져버리는 듯했다. 한참을 헤매
다가 그는 낱말 몇 개를 건져내고 겨우 입을 열었다.

　"왜 이런 것 있잖아. 변혁 쪽으로 날아가는 듯하다가, 저, 뭐라 할
까, 협상을 통해 개량주의로 돌아서는 그런 조합 운동을 조합주의적
운동이라고 비판하지. 나는……아마……조합주의자쯤일걸."

　조합주의자. 그는 칸트였다가 손문길이었다가, 때때로는 박성태
였다가, 혹은 미스 윤이기도 했다가, 그리고 이제 스스로를 조합주
의자로 낙착 짓고는 사무실로 들어갔다. 자리에 앉기 전에 칸트가
또 한마디를 덧붙였다.

"생각해보면 미스 윤이야말로 노동조합을 통해 자신을 지켜야 하는 쪽인데 말야. 부당한 인사 조치에 압력을 넣어줄 아군이 누군 가를 알면 저러지 않을 텐데."

다음날 아침 그는 스스로의 몸에 아무런 이상도 없음을 깨닫고 는 실망하였다. 노인은 아침에 일어나기 힘들 만큼 몸살 기운이 있 을 것이라고 단정했었다. 하지만 그는 다른 날보다 더 일찍 눈이 뜨 여 별다른 느낌 없이 평상시대로 식사를 하였다. 어제 오후에는 침 을 맞았으니 좀 낫겠지 하는 최면으로 그럭저럭 견뎌냈었다. 그런데 노인의 예측이 빗나가니까 기분이 상해버렸다. 또 하루를 붉은 얼굴 과 뻑뻑한 눈으로 견딜 일을 생각하니 아찔할 지경이었다. 아내는 침을 맞았다는 그의 말에 단박 불신을 나타냈었다. 아내는 종합검진 을 통해 확실한 병명을 알아내는 일이 시급하다는 쪽으로 밀어붙였 다. 이삼일 휴가를 내어서 지방 도시에서 내과병원을 개업하고 있는 오빠한테 찾아가보라고 성화를 댄 게 어제부터였다. 뭐 그럴 것까지 야 있겠느냐는 그의 태도를 견딜 만하니까 그런 것 아니냐고 일축하 는 데는 할 말이 없었지만.

출근을 좀 앞당겨서 그는 골방의 노인네부터 찾았다. 근무시간을 자꾸 축내는 것이 부담스러워서이기도 했지만 환자가 덜 밀릴 때 일 찍 침을 맞을까 해서였다. 여전히 미심쩍기는 했어도 한번쯤 더 기 다려보자는 것이 그의 마음이었다. 몸살 기운은커녕 어떤 식으로든 달라진 게 없다는 그의 첫마디에 노인은 무뚝뚝하게 대꾸했다.

"하루 침 맞고 나아버리면 무슨 걱정이 있겠소."

전날과 똑같이 여러 곳에 침을 찌른 뒤 노인은 그렇게 좀 있으라고 말한 뒤 방을 나가버렸다. 노인이 다시 들어와 침을 뽑아준 것은 십 분 정도가 지나서였다. 놀랍게도 노인은 회색 스웨터와 통 넓은 양복바지로 갈아입은 모습이었다. 꾸깃거리던 초라한 한복이 침술과 쑥뜸의 효과를 입증해주는 유일한 증표이기나 했던 것처럼 그는 순식간에 노인을 돌팔이로 단정해버렸다. 한복이 아닌, 시골 장꾼 같은 옷차림의 노인은 침을 뽑고 돈을 받고 하는 일련의 행위들을 건성건성 해치워버렸다. 그는 노인의 일거수일투족을 의심스런 눈길로 지켜보았다.

"용케 일찍 와서 다행이구랴. 오전 중에 급히 다녀올 데가 있어놔서."

침만 갖고는 성이 안 차니까 쑥뜸도 함께 해줄 수 없느냐는 그의 요청도 당연히 묵살되었다.

"지금 쑥뜸을 해봐야 맥이 안 뚫려서 소용없다니까."

귓속에 바위가 들어앉은 노인이야. 괜히 날짜만 허비했잖아. 진작에 영업과장이 소개해주는 내과로 가봤어야 했는데. 교정지 속의 글씨가 살아 움직이는 것 같은, 기호의 확인 외에는 문맥을 따져볼 만한 여유조차 없는 멍멍함 속에서 오전을 견디며 그는 몇 번씩이나 이를 악물었다.

빨간 볼펜으로 잡아낼 만한 오자는 그리 눈에 뜨이지 않았다. 초교보다 재교가 더 어려운 이유가 바로 거기에 있었다. 오자가 별로 없으면 교정 작업은 문장 읽기로 둔갑하고 그러다가 보면 슬쩍 넘어가버리는 오자들이 있게 마련이었다. 특히나 이런 에세이집은 그 같은 사람한테는 난해하기 짝이 없었다. 생경하고 말이 안 되는 단어의 사용도 종종 눈에 띄어 혹시 실수인가 찾아보기도 여러 번이었다. 그로서는 작가의 감정 이입을 도저히 따라갈 수 없어서 수수께끼를 풀듯이 글의 내용을 이해하고 때로는 감탄할 정도였다. 이 수수께끼가 문제인지도 몰라. 그는 더 이상은 붉은 얼굴이 던져놓는 열기에 시달릴 수 없어서 교정지를 덮었다. 칸트 쪽을 넘어다보니까 그는 볼펜을 빙글빙글 돌리는 묘기와 함께 열심히 일하고 있었다. 화장실에서 손수건을 물에 적셔 돌아온 그는 얼굴의 열기를 물수건으로 감당해내면서 별수 없이 또 교정지를 펼쳤다.

……밤의 적막은 때때로 우리들을 슬프게 한다. 대해 같은 우주속에 홀로 던져져 있다. 아픔이 전신을 훑고 지나간다. 이럴 때는 한 잔의 커피가 나를 달래주는 벗이 아닐 수 없다. 향긋한 커피 내음은 나를 진정시키고 견딜 수 있게 해준다. 거실의 흔들의자에 앉아 한 잔의 커피를 마시면서 나는 문득 어둠과의 대화에 빠져든다……

흔들의자에 앉아 한 잔의 커피를 마신다고? 미적지근해진 손수건을 이번에는 목덜미에 갖다 대본다. 별달리 시원한 느낌도 없고 뻑뻑한 눈자위가 이제는 경련을 일으킬 듯 쑴벅거린다. 그는 교정지를 밀어두고 손문길이 참고해보라던 다른 노조의 소식지들을 펼쳐보았다. 대뜸 한 구절이 쑴벅거리는 눈 속으로 뛰어 들어왔다.

……"총무과에서 부르니 가봐라." 하여 나와 보면 총무과가 아니라 2공장 기숙사 또는 의무실 뒤 옛 기숙사로 끌려가 얼굴도 모르는

사람들에게 4-6시간씩 회유와 협박을 받고 탈퇴를 강요당하니 세상에 이런 일이 또 어디에 있겠는가.……

  세상에 이런 일이 또 어디에 있겠는가, 하는 탄식 속에는 인간에 대한 믿음이 전제되어 있었다. 그는 몇 번씩 그 탄식구를 되뇌어보면서, 사람들은 혹독하게 취급당하던 어두운 시대를 겪었음에도 매번 새로운 희망을 끌어안는다는 사실을 또 한 번 확인하였다. 그런가. 아니, 그럴까. 모든 인간이 동시에 희망을 완성하는 사회가 가능할까. 그런 사회의 밑그림 속에는 짓이겨지고 부서진, 상처 입어 일그러진 얼굴은 없다는 믿음이 온전한 것인가. 혁명이 필요하다면 제도 그 자체도 그러하지만 인간성에 대한 혁명이 더 절실한 것은 아닐까. 그는 자신이 지닌 노조에 관한 생각도 결국은 거기, 비억압을 향하는 조합운동의 일반론에서 한 치도 더 나아가지 않았음을 깨달았다. 날개를 제아무리 활짝 벌렸어도 저항하는 공기의 마찰을 거스르고서는 날 수가 없다. 그렇다면 여태 날기는 했는지, 혹은 날개를 펼쳐보기라도 했는지. 그는 붉은 얼굴을 무슨 물건처럼 쳐들고서 물수건을 새로 적시기 위해 더듬더듬 화장실로 찾아갔다.
  퇴근하기 전에 그는 손문길에게로 갔다. 손은 그가 집행부 모임에 빠지는 것을 이해하였다. 손은 오늘 내일 사이로 단체협약 노조 측 초안을 마무리 짓고 곧장 총회에 올려 확정지을 계획이라고 하였다. 사무실 칸막이 공사도 내일부터 들어갈 것이라고 하였다. 회사 일도, 노조 일도 이처럼 남의 일 구경하듯 해나갈 수밖에 없음이 오직 이 붉은 얼굴 때문임을 손문길이 이해해주기를 바라는 마음은 또 무엇일까.

"총회 때 소식지 배포할 수 있게 노력해주게. '우리의 자세' 뭐, 이런 형식의 글은 내가 써볼 테니까 몇 가지만 더 구상해서 내일 이야기해보도록 하자고. 그야말로 소식지이니까 면도 많지 않고 크기도 18절지로 하면 무난할걸. 사무장이 단체협약 초안 중에서 기본적인 것을 뽑아줄 테니까 그것도 신기로 하자구."

그러는데 박성태가 들어왔다. 내일 와서 일하기로 되어 있는 일꾼 한 명도 함께였다. 박은 퇴근 차림인 그를 보고 못마땅하다는 기색을 감추지 않았다.

"정 선배 또 빠지려구요?"

내과에 앉아 진료 순서를 기다리는 동안에도 박의 그 말은 좀체 머릿속에서 떠나지 않았다. 박이 자신의 병을 이해해주길 원했던가. 그런 기대는 손한테만 품었지 않았던가. 그런데 왜 그 말을 섭섭하게 받아들이고 있는 것인가. 그가 줄곧 생각한 것은 스스로가 어느 쪽한테 더 이해받고 싶어했는지에 대한 것이었다. 도대체가 어린애 같은 생각이었지만 내과 대기실에서의 그에게는 자못 절실한 것이었다.

"혈압은 정상입니다. 이리로 와서 앉으세요."

혈압 측정을 마친 간호사는 그를 의사 앞에 데리고 갔다. 의사는 마흔 남짓으로 희고 정갈한 얼굴이었다.

"사무실에서……그러니까 저는 출판사에 근무하는데, 활자만 들여다보면 얼굴이 달아오르고……눈까지 빨개지는 통에 참말 이거……꽤 오래 되었습니다."

의사는 그의 말이 끝나기를 기다렸다가 그를 진찰대에 눕혔다. 번번이 느끼는 것이지만, 약국이나, 침쟁이의 골방에서나, 지금의 이 진찰실에서나, 도무지 말에 대한 반향이 미미한 것이 그를 못 견디게 하였다. 미미한 반응은, 그 감추는 듯한 기색은 곧장 상대방을 의심케 만든다. 아니 의심이 더 먼저일지도 몰랐다. 의심 없이 대할 수 없으니 미미하게 느껴지고 감춘다고 여겨진다.

의사는 청진기로 배의 여러 곳을 꾹꾹 눌러본 다음 자신의 책상에 앉아 처방전에 뭔가 휘갈겨 쓰기 시작했다. 가만있으면 그대로 주사실로 추방될 것은 뻔한 이치였다.

"대체 무슨 병이지요? 혈압도 정상이라는데⋯⋯. 이런 때는 또 멀쩡해요."

"혈액순환 장애의 일종입니다. 대개 스트레스가 원인인데 이삼 일 치료받으시면서 푹 쉬시면 곧 나아질 것입니다. 자, 주사 맞으시고. 다음 분 카드 어딨나? 미스 오, 이분 모셔라."

미스 오라는 간호사한테 끌려 나가면서, 거의 그런 식으로 취급받으면서도 그는 의사한테 나머지 말을 던졌다.

"스트레스라뇨? 스트레스 좀 받는다고 다 이럽니까? 이거 지긋지긋해서."

병원에서 지어온 약을 먹기는 하였다. 그것도 식후 삼십 분을 정확히 맞추어서. 팔뚝에 맞은 정맥주사가 얼마쯤 기분을 가라앉혀준 것 외에 그는 영업과장이 소개해준 내과 의사를 믿지 않기로 이미 작정한 바 있었다. 조제약으로 침으로, 다시 정맥주사와 약. 이제는 어디로 갈 것인가. 텔레비전의 아홉시 뉴스를 보면서 그는 정말이지 울고 싶었다. 내일 아침 일어나면 말짱하게 나을 것이란 믿음은 그 자체가 얼마나 단순하고 낙관적인 생각을 기초로 하는지 잘 알면서도 그는 시방 그런 믿음을 줄 수 있는 그 무엇을 원하고 있을 뿐이었다.

그가 의사를 믿지 않고 의심하는 이유는 간단했다. 정갈하고 흰 얼굴의 의사는 붉은 얼굴을 호소하는 그의 말을 조금도 관심 있게 들어주지 않았다. 좀 더 상세히, 구체적으로, 환자가 처한 환경과 심정을 청취한 다음에 스트레스라는 병의 원인을 짚어냈다면 문제가 좀 달라졌을 것이었다. 의사에게는 몇 가지 획일적인 처방과 명성을 높여준 과거의 경험 몇 개가 환자를 보는 잣대였다. 의사의 청진기는 의사가 듣고 싶어하는 소리만 들렸다. 그렇지 않은 의사는 없을까. 그는 결국 처남을 떠올렸다. 처남이라면 그의 호소를 일백 프로 들어줄 것이었다. 미주알고주알 증세를 다 말해주면 처남은 확실한 진단을 내려주리라.

"참, 진작에 찾아보라니까. 전화로 무얼 알겠어요. 우리 오빠, 당신이 몰라서 그렇지 그 도시에서는 유명한 내과 의사라니까요. 아무튼 한번 해봅시다."

처남하고는 곧 통화가 되었다. 처가 쪽 식구들과는 언제나 그렇듯 한없이 관대하고 호의적인, 그러나 역시 형식을 중시하는 안부가 오고 간 뒤에 그는 자신의 붉은 얼굴을 설명하기 시작했다. 처남은 그의 이야기를 신중하게 듣고 있음이 역력하였다. 간혹 두 번씩 증세를 확인하기도 했고 불확실한 부분은 거푸 질문하여 꼼꼼하게 체크해나갔다.

그는 원 없이 자신의 붉은 얼굴을 길게 표현하였다. 아니, 그렇게 하고자 했다. 하지만 번번이 증세를 꼭 짚어 표현할 만한 적확한 단어를 찾지 못하여 말이 끊기곤 했다. 붉은 얼굴은 술 취한 얼굴로밖에 표현이 안 되는 것인가. 그는 좀 더 적절한 낱말을 찾아보려고 허둥거렸다. 붉은 눈, 토끼 같은 빨간 눈, 이런 것 말고 다른 식의 비유는 없을까. 그는 자신의 머릿속에 들어앉은 얼크러진 실타래, 지독한 혼돈을 헤집어보려고 안간힘을 썼다. 처남이 아니었으면 진작에 그의 말은 중도에서 잘라졌을 것이었다. 그 점을 모르지는 않았지만 튀어나와주지 않는 말, 믿을 만한 단어의 함몰에 그는 점점 지쳐가고 있었다. 설명은 길었지만 내용은 짧았고 열과 충혈, 붉은 얼굴 따위 똑같은 말의 거듭일 뿐이었다. 처남은 이윽고 소견을 말하였다.

"내가 듣기에는, 요즘 그런 환자에 대한 임상 보고도 몇 개 있던데, 자네 병은 일종의 공기 알레르기야. 특히 서울 같은 대도시의 빌딩 사무실에서 근무하는 이들한테 주로 나타나는 겨울 질환인데 난방으로 오염된 사무실 공기가 그 원인이야. 사무실 공기가 자네한테 맞지 않아서 일어나는 거부 현상이라 이 말이지. 공기가 안 맞는 거야. 공기 때문이야."

그리고 처남은 처방을 해주었다. 처남이 불러주는 약 이름을 메모지에 적으면서 그는 한숨을 쉬었다. 또 약을 먹어야 하고 그 효과를 기다려야 하는가. 처남은 꽤나 자신 있게 의학적 소견을 말하였지만 그럼에도 그는 의심을 떨굴 수 없었다. 여태 괜찮았는데 왜 지금에서야, 그리고 남들은 아무렇지도 않은데 왜 나만 붉은 얼굴이 되어 쩔쩔매고 있단 말인가. 믿을 수 없어.

"그걸 하루에 세 번, 반 알만 먹어봐. 알약이니까 반으로 쪼개서 먹으라고. 하루만 먹어도 효과가 좀 있을 거야. 잊지 말고 꼭 세 번씩 반 알을 먹어야 하네. 우선하다고 복용을 중단하면 안 돼. 종합검진 해볼 필요도 없어. 알레르기니까."

다음날 아침에 그는 회사 앞 약국에 들렀다. 그는 잠자코 약 이름이 적힌 메모지를 내밀었다. 약사는 이미 그를 잊은 모양이었다. 약을 내주면서 약사가 말했다.

"이것 잡숴보고 안 들면 조제해서 드셔보세요. 지금도 그게 나을 텐데."

회사 앞에서 그는 칸트와 만났다. 3층에 사무실이 있었으나 그들은 버릇대로 계단을 향했다. 그는 원래 엘리베이터 속의 답답함을 싫어했고 칸트는 '출근 조깅'이란 명목으로 계단 통행을 즐기는 버릇이 있었다.

"부위원장, 가입 원서 한 장 주지."

빨리 들어가서 알약 반절을 삼켜야지, 하는 생각에 몰두해 있던 그는 얼핏 칸트의 말을 놓쳤다.

"생각해봤는데 말야. 노조라는 방파제는 있어야겠어."

칸트는 그를 향해 빙긋 웃었다. 안경 속의 두 눈은, 그러나, 웃지 않고 있는 듯이 보였다.

손과 박성태가 보이지 않았으므로 그는 알약을 쪼개어 삼키는 일부터 해치우고 자리에 앉아 일을 시작하였다. 오늘 중에는 교정지를 다 넘길 수도 있을 것 같았다. 아니, 꼭 그래야 했다. 물론 자리에 앉자마자 얼굴로 스멀스멀 피가 몰려왔다. 반쪽짜리 약이지만 어서 퍼져서 제발 조금이라도 피를 막아주길. 조제약을 먹을 때도 그랬고 침을 맞을 때도 그랬던 것처럼 일단은 새로운 투약에의 효과 외에 기댈 데가 없었다. 그는 조심조심 일 속으로 걸어 들어갔다.

손문길이 들어온 것은 삼십 분쯤 일을 하고 난 뒤였다. 손은 총회를 알리는 벽보를 들고 그의 자리를 스쳐가다가 문득 돌아섰다.

"노재청씨가 탈퇴하겠다는군. 사장 솜씨도 보통은 아니야. 어느새 그 사람을 사재청으로 만들어버렸어."

그때의 손의 얼굴에는 확실히 강철 같은 표정이 있었다. 그것은 노조를 향해 재청을 외치다가 사장 쪽으로 재청의 방향을 돌린 이재철에게로 날리는 강철이었다. 그러나, 사장의 회유 작전에 말려 벌써 한 명의 탈퇴자가 생기고 말았다는 손의 이야기는 그에게 심각한 것으로 닿아오지 않았다. 그 대신 결코 부러지지 않을 것 같은 손문길의 단단함이, 강철의 그 질감이 그에게는 부럽게만 여겨졌다. 삶에 대한 이 망설임은 왜 내게만 질긴 것인지, 언제까지 이것과 저것을 함께 생각하며 불투명한 행로를 갈 것인지…….

그는 손의 말에 아무런 대꾸도 하지 않았다. 칸트가 마침내 생각을 끝냈다는 말도 그 순간에는 입 밖으로 나오지 않았다. 그는 서먹하게 손을 쳐다보았을 뿐이었다.

그리고 문득 처남의 말이 떠올랐다. 공기가 안 맞는 거야, 사무실 공기가 자네한테 안 맞아. 그러고 보니 실제로 숨이 제대로 쉬어지지 않는 느낌이었다. 공기가, 거침없이 드나들어야 할 호흡을 공기가 가로막고 있었다. 그렇다면, 호흡을 방해하는 이 공기를 반쪽뿐

인 알약으로 물리칠 수 있을까. 그는 또 의심을 하였다. 공기가 안
맞다니, 정말 그럴까⋯⋯. 정말 그것 때문만일까⋯⋯.

_『문학과사회』 1989년 봄호

산꽃
천마총 가는 길
기회주의자

슬픔도 힘이 된다

숨은 꽃

무심코 지워보고자 덤빈 것이 불찰이었다. 차라리 그냥 놓아두는 것이 영 나을 뻔했다. 하지만 이제 와서는 아무 소용도 없는 생각이었다. 물이 닿자마자 기다렸다는 듯이 빠르게 번져나간 얼룩의 범위가 거의 왼쪽 소맷부리 전부인 꼴이 되어버린 것을 쳐다보며 한 선생은 씁쓸하게 웃었다.

아마도 복도와 아래층 현관 입구에 안내문을 써 붙이는 중에 묻힌 잉크 얼룩일 것이었다. 왼쪽 와이셔츠 소매에 검은 얼룩이 묻어 있는 것을 발견했더라도 다른 때 같았으면 신경 쓰지 않고 내버려두었을 한 선생이었지만 어쩐지 오늘은 그러지 못하였다. 몇 개 안 되는 와이셔츠 중에서 오늘따라 가장 새것으로 골라 입고 나왔대서가 아니었다. 그런 것은 정말 아무 문제도 되지 않았다. 그럼에도 불구하고 잉크 자국에 신경을 쓴 것은, 그것이 자꾸 마음에 걸렸던 것은, 그가 그만큼 오늘의 행사에 마음을 다 주고 있다는 뜻일 것이었다.

온 마음을 다 주고 있는 저녁의 현판식에 얼룩 묻은 옷을 입고 참석할 수는 없다, 고 그는 생각했다. 옷의 얼룩이 행여 마음의 얼룩으로 이어지는 것은 아닐까 하고 그는 미리 근심했다. 그가 소맷부리의 잉크에 물을 묻힌 것은 말하자면 그 근심을 지우기 위한 일이었다. 그러나 얼룩은, 마음의 근심은, 이렇게 자꾸 번져만 가는 것이었다.

이상한 일이었다. 어느 때는 스스로가 많이 단련되어서 가끔은 무쇠처럼 여겨지는 순간이 있는가 하면, 또 어느 때는 이처럼 하잘 것없는 작은 일에도 미리 불길한 예감을 느끼고 초조해하는, 되려 한없이 여린 마음으로 졸아져버린 스스로를 발견하는 순간도 적잖이 있었다. 그 두 마음 중에 어느 것이 진짜 자기인지, 끝없는 연단(鍊鍛)의 마지막 결과는 과연 무엇인지 정녕 알 수 없다는 생각을 품고 그는 때때로 쩔쩔매고는 했다.

이왕 나온 김에, 하는 생각으로 한 선생은 물 젖은 소맷부리를 대충 단속하고 구석에 놓인 빗자루를 챙겨 화장실을 나왔다. 옷소매의 얼룩은 지우지 못했지만, 그 대신 복도와 계단을 깨끗이 쓸어볼 작정이었다. 어제 이미 대청소를 해두었기 때문에 별달리 더럽지도 않는 시멘트 바닥을 꼼꼼하게 쓸어내면서 그는 문득 어린 시절을 떠올렸다. 손님이 오는 날이면 마당에 물 뿌리고 대나무 빗자루로 싹싹 마당을 쓰는 일은 언제나 그의 몫이었다. 빗자루가 그어낸 가느다란 금들로 가득 채워진 정갈한 마당, 그 마당에 발자국을 내지 않기 위해 까치발을 디딘 채 가장자리로만 돌아서 마루로 오르던 그 기억들, 한 선생은 아무런 금도 그어지지 않는 시멘트 바닥의 비질이 서운해서 더욱 힘을 주어 비질을 하기 시작했다.

"뭐, 또 할 일 없어요?"

복도를 쓸고 있을 때 잠시 문을 열고 내다보며, 내가 할까요, 했던 이만호 선생이 비질을 마치고 와이셔츠 소매를 내리고 있는 그에게 햇볕이 드는 자리를 비켜주며 물었다. 그러나 별다른 할 일이 없다는 것은 이 선생이 더 잘 알고 있을 터였다.

오후가 되면 서향 창에서 보자기만한 햇볕이 스며들었다. 그때쯤에는 어느샌가 동료들은 앉은 자리를 옮겨 햇볕에다 등을 말리는 자세를 취하고 있었다. 그만한 온기도 여간 요긴하지 않은 것이 이 사무실의 형편이었다. 상근하는 해직교사가 지회장인 그까지 포함해서 넷, 체온만으로 덥히기에는 텅 비어 있는 열다섯 평 공간은 너무 넓었다. 퇴근시간이 지나면 모여드는 회원의 체온이 실내 온도를 높여줄 만큼 왁자한 사무실이지만 그전까지는 늦가을의 썰렁한 기운에 줄곧 시달려야 했다. 머지않아 닥쳐올 겨울에 대비해서 물론 난방기구를 설치하는 것이 급한 일이긴 했다. 하지만 책상도 의자도 없는 벌거벗은 이 공간을 둘러보면 난로 따위는 아직 입에 올릴 처지가 못 되었다. 이만하게라도 사무실을 장만한 지도 겨우 이주일째였다. 그동안은 일주일에 한 번씩 연극단체의 연습실을 빌려서 모이곤 했었다. 그때를 생각하면 동료들과 종일을 함께할 수 있는 이 공간이 새삼 뿌듯한 한 선생이었다.

등에 와 닿는 햇볕의 온기가 어머니 체온처럼 아늑한 것을 느끼며 그는 회계장부를 끌어당겼다. 그리고 수입과 지출의 자잘한 숫자들을 벌써 여러 번 그렇게 했듯이 그냥 훑어보는 시선으로 짚어나갔다. 초등학교 교사 경력이 5년째인 주영희 선생이 정리하고 있는 회계장부는 클립 한 통 산 것까지도 정확하게 기재되어 있어서 지출되는 돈들을 촘촘한 그물망으로 얽어매고 있다는 안도감을 던져 주기는 했다. 주영희 선생은 미혼이었고 독실한 기독교인이었다. 자신의 말대로 참교육을 위해서라면 조금도 거리낄 것이 없는 사람이었다. 다정하고 부드러운 성품의 그녀를 보고 있으면 해직을 견디어낸 그 힘이 어디서 솟구쳤던 것인지 믿어지지 않을 정도였다.

회계장부 속에서 그는 문득 눈에 선 낱말 몇 개와 만났다. 돼지고기 편육, 시루떡, 송편……. 그것들은 어제 날짜로 지출 항목에 나란히 박혀 있다. 여선생들은 어제 오후 시장에 나가서 오늘 저녁에 쓸 음식들을 주문했었다. 지회 사무실을 내는 일에도 일정한 요식 행위가 뒤따른다. 손님들을 초대하고, 몇 사람의 축사를 듣고, 함께 박수를 치는 몇 분간의 열기마저도 소중한 격려가 된다는 사실을 그 역시 알고는 있었지만 이런 행사에는 여태도 서툴고 막막한 느낌인 것 또한 어쩔 수 없는 일이었다. 백지에 노래 가사를 옮겨 적고 있던 주 선생이 벽시계를 올려다보며 중얼거렸다. 박 선생이 왜 안 올까……. 떡집에 가봐야 할 텐데.

4시가 가까워오는데 간판집에서도 아무런 연락이 없었다. 신신당부를 했으니 설마 일을 그르치지야 않겠지만 그래도 독촉은 필요했다. 예정대로라면 현판은 벌써 준비되어 있어야 했다. 실제로 어제 아침 주문한 현판이 배달되어 왔었다. 처음부터 건물 입구의 기둥에 달 수 있는 기다란 현판을 염두에 두었고 주문도 그렇게 했었다. 명조체로 깊게 파서 글자에 검은색을 입히는, 흔히 사용되는 평범한 모양의 현판이었다.

어제 아침 현판을 받고 나서 그는 못 상자와 망치를 챙겨들고 아래층의 현관 입구로 내려갔었다. 미리 적당한 자리를 잡아 못을 쳐둘 요량이었다. 그는 몇 걸음 뒤로 물러서서 한껏 실눈을 뜨고 맞춤한 위치를 물색하였다. 근육에 힘을 모아 입을 앙다물고 망치질을 할 생각을 떠올리면 저절로 기운이 솟구쳤다. 그런 일, 힘과 땀과 기구가 필요한 그런 노동은 좀체 해볼 기회도 없었지만 막상 덤벼들어 힘을 쓰기 시작하면 몸의 긴장이 풀리는 듯한 상쾌함을 맛볼 수 있어 좋았다.

그러나 미처 망치를 쥐기도 전에, 건물 3층에서 직접 당구장을 운영하고 있는 집주인과 맞닥뜨렸다. 주인은 그제야 나오는 길인 듯싶었다. 온몸에서 비누 냄새가 풍겨 나왔고 입고 있는 갈색 양복은 주름살 하나 없이 깔끔하였다. 어지간히 외모에 신경을 쓰는 성격임을 금방 알 수 있는 차림새였다. 주인은 계약 때 이 사무실이 어떤 용도로 쓰이는지 이미 물어볼 만큼 물어본 사람이었다. 그래서 그가 해직 교사인 것도 알고 있으며 전에는 그가 재직했던 초등학교의 육성회 간부 일도 봤노라고 털어놓기도 했었다. 이제 막 쉰을 넘어선 사람답게 주인은 세상 돌아가는 형편을 대충은 꿰찬 듯싶었고 그 스스로 "원칙적으로는 전교조에 찬성한다."고 말하는 사람이었다.

하지만 현판을 건물 앞에 붙이는 일은 그 원칙에서 벗어나는 모양이었다. 완곡하지만 확실한 어투로 주인은 사무실 출입문 위가 가장 적합한 장소라는 것을 지적하였다. 건물 앞에 내건 간판이 많아서 어수선해 보인다는 등 상업 용도의 사무실이 아닌 바에야 나중의 임대인을 위해 여백을 남겨둬야 하지 않겠느냐는 등 여러 가지 이유를 내세우긴 했지만 진짜 이유는 주인이 맨 나중에 농담처럼 남긴 말속에 담겨 있을 것이었다. 그가 이 문제를 동료들과 상의하기 위해 못 상자와 망치를 챙겨들고 이층으로 오르는 계단을 밟았을 때 주인은 별안간 굉장한 우호의 몸짓으로 그의 어깨를 툭 치며 말하였다.

"현판식인가 뭔가도 하시겠구랴. 아이구, 그날 난 아예 집에서 한 발자국도 움직이지 말아야겠네. 시끄러운 일은 딱 질색이라서……."

주인의 말을 전해주었을 때 이만호 선생은 한 번 더 생각해보자고 말했다. 그러나 주영희 선생과 박규옥 선생은 반대였다. 주 선생은 현실적으로 완성된 현판을 묵혀놓고 새로 만드는 데 드는 경비를 걱정하였다. 박 선생은 분명하게 양보할 수 없다고 잘라 말하였다.

"계획대로 밀고 나갔으면 해요. 타협주의가 왜 비판받는지 아시잖아요. 저들은 하나의 양보만 원하는 게 아니에요. 계속해서 많은 것을 요구하겠다는 뜻이에요."

결국 그는 한 번 더 주인과 이야기를 나누어보기로 하였다. 그가 3층의 당구장에 올라갔을 때 주인은 아까와는 전혀 다른 냉담한 얼굴로 그를 대했다. 조금 전의 우호적인 몸짓은 완전히 사라졌고 대화 중간 중간에 끊임없이 종업원을 나무라고 질타하였다.

"한 선생님. 이런 일 가지고 두 번 세 번 이야기하면 서로 피곤해요. 야! 김 군아! 뭐해? 얼른 은행에 다녀오라니까. 젠장, 되게도 꾸물거리는구만."

종업원을 은행에 보내놓고 주인은 전화통을 붙잡았다. 몹시 바쁘다는 몸짓이었다.

"한 선생님, 간판이야 어디에 달든 무슨 상관입니까? 아, 말이사 바른말이지 그 사무실이야 바깥에다 간판 안 걸어도 찾아올 사람은 죄 찾아올 텐데."

주인은 '현판'을 '간판'이라고 말했다. 그가 마음을 다친 것도 그 부분에서였다. 그는 다시 사무실로 돌아와 협상이 결렬되었음을, 당장 내일 저녁에 현판식을 치르기로 하였으므로 시일이 매우 촉박함을, 함께 설명하였다. 더 이상은 이 문제를 거론치 말자는 뜻의 지회장으로서의 통고였다. 그렇게 해서 부랴부랴 현판을 새로 제작하게 되었다. 기왕에 만들어놓은 긴 현판은 아무리 해도 출입문과 맞지 않았다. 언젠가는 제자리를 찾을 수 있을 것이므로 그것은 따로 보관하기로 하였다. 일부러 지물포까지 찾아가서 사온 창호지로 겹겹이 포장을 하여 노끈으로 묶는 일은 이만호 선생이 하였지만 그것을 지켜보면서 그는 뭔가 스스로에 대해 썩 석연치가 못했다. 너무나 쉽게 주인의 말을 받아들였다는 당연한 자책 말고도 얼마든지 주장할 수 있는 권리였다는 생각을 쉽게 떨쳐버리기 어려웠다. 주인 역시도 그저 튕겨보았을 뿐 굳이 고집을 부릴 생각은 없었는지도 모를 일이었다. 현장에는 그와 주인 이외 아무도 없었으므로 다른 동료들은 지회장의 결정이 최후의 것이라고 믿을 뿐이었다. 지회장의 결정, 그는 자신의 선택이 그렇게 호칭되는 일에 대해서 좀처럼 편안해질 수 없는 사람이었다.

새로 주문한 현판은 가로 40센티, 세로 30센티 정도의 작은 크기였다. 그것은 사무실 출입문 위에 매달 수 있도록 맞춘 크기였다. 간판집에서는 무슨 일이 있어도 오늘 점심때까지는 완성을 시키겠다고 약속을 했었다. 점심시간쯤 전화를 하니 거의 다 되었다는 대답이었다. 전화번호를 확인해가며 숫자판을 누르고 있는데 이만호 선생이 나섰다.

"내가 직접 가봐야겠어요. 할 일도 없고, 지켜 서 있다 찾아오죠, 뭐."

할 일이 없기로는 그도 마찬가지였다. 음식 준비는 여선생 두 사람이 요량껏 해놓은 듯싶었고 식순이나 건물 입구의 행사 안내문도 이미 다 마련되어져 있었다. 중요한 글씨는 서예를 잘하는 현장 조합원이 맡아서 써주었고, 나머지는 그가 했다. 그 일 이외는 특별한 준비가 없었다. 참교육실천 학부모회를 비롯한 몇몇 지원 단체들에 날짜와 시간을 통보한 것이 사나흘 전의 일인데 실제 얼마쯤이 나타나줄는지 그도 모를 일이었다. 여름방학이 끝나고 나자 사람들은 조금씩 전교조를 잊어갔다. 아니, 잊고 싶은 것인지도 몰랐다. 신문도 무관심해져 있었다. 어떤 사람들은 전교조는 이미 와해되어 이 나라에서 사라졌다고 믿고 있기도 했다. 그만큼 요란하게 세상을 시끄럽게 했으니 이제는 조용히 있어야 되지 않겠느냐고 말하는 사람도 있었다. 실제로 전교조는 합법성 쟁취 투쟁이 오래갈 것에 대비해서 장기적인 여러 계획을 세워놓고 있었다.

"같이 갑시다."

그는 벗어두었던 양복저고리를 떼어 입으며 이선생과 함께 사무실을 나섰다.

"어젯밤 비로 은행잎이 다 떨어졌어요."

발길에 지천으로 밟히는 은행잎들을 내려다보며 이 선생이 말했다. 그 얼굴이 조금 쓸쓸해 보인다는 생각을 하며 그는 잎 떨어내는 야윈 은행나무들을 쳐다보았다. 이 도시의 가로수는 거의 은행나무였다. 얼마 전까지만 해도 오직 노랑의 빛 무더기로 남아 있어 회색 하늘에 밝은 기운을 떨치더니 어젯밤에 잠깐 쏟아진 비로 가로수들은 폭삭 몸피를 줄였다. 떨어진 은행잎을 밟기가 싫어서인지 이 선생은 낙엽 더미들을 피해서 걸음을 옮겼다. 아닌 게 아니라 껑충하게 큰 키도, 구부정한 어깨도 오늘따라 한층 꺼칠해 보였다.

이 선생은 이 도시에서 가장 완고하기로 소문이 나있는 사립 여고의 국어 선생이었다. 자신의 말대로라면 교사 채용 때의 기부금 5백만 원을 충당하기 위해 들었던 은행 적금도 채 끝나기 전에 해직된 사람이었다. 이 선생이 기어이 탈퇴 압박을 이겨내리라고 믿은 사람은 아무도 없었다. 지난해부터 대학 후배인 박규옥 선생의 손에 끌려 전국교사협의회에서 일을 시작하기는 했지만 그해 11월 20일에 열렸던 여의도 전국교사대회에는 복통을 핑계로 불참할 만큼 소극적인 인물이었다. 매사에 그저 사람 좋고 웃음이 헤프며 절대 남한테 해를 끼칠 위인이 아니라는 정도의 평판에 걸맞게 교무실 구석에 말없이 앉아 있곤 하던 이 선생의 이름이 경기지부 조합원 명단에 섞여 공개되던 날 아침, 그 여고의 교감은 몇 번씩이나 동명이인이 아니냐고 확인을 하더라고 했다. 교장이나 교감은 명단이 공개될 때까지 이 선생은 전혀 염두에 두지 않고 다른 교사 한 명의 동태만 날카롭게 주시했는데 정작 명단에 오른 이름은 이만호 선생 하나뿐이어서 필요 이상으로 격분한 모양이었다.

헛다리를 짚은 데 대한 화풀이까지 보태어 노골적인 탄압을 가하기 시작한 학교 측의 공작은 회유에서 협박에 이르기까지 일일이 열거할 수 없을 만큼 다양했다. 지난 7월에 전국적으로 일대 회오리를 일으킨 이 대 탄압은 결국 많은 조합원들한테서 통한의 탈퇴 각서를 우려내는 데 성공한 것은 사실이었다. 잔류 교사들 대부분은 뚜렷하게 해직의 길을 걷겠다는 결심을 굳힌 경우였다. 하지만 이만호 선생은 그런 탈퇴 결심을 굳힌 경우가 아니었다. 그는 어떤 결심도 하지 않은 사람이었다. 다만 이 회오리바람이 영원할 수 없음을 믿었을 뿐이었다. 사람 사는 세상인데, 설마하니 인간 세상에 검은 회오리가 영원무궁토록 설쳐대게 가만 놓아둘 신이 어디 있으랴고 기대했을 뿐이었다. 그래서 이 선생은 교장의 압력이 있을 때마다 이틀씩, 혹은 사흘씩 말미를 달라고, 기다려달라고 졸랐다. 이틀 후에는 무슨 좋은 일이, 사흘 후에는 이 대량 학살의 종료가 있으리라는 희망이 그렇게 시켰다고 했다. 그러다 방학을 맞았고, 방학 이틀째 되던 날 교장은 집에까지 쫓아와 최후의 기회라고 윽박질렀으나 이 선생은 또 한 번 어렵게 사흘의 '생각할 시간'을 얻어내었다.

그 사흘 후에 이 선생은 해직 통고를 받았다. 학교에서 쫓겨난 후에도 그의 생각에는 변함이 없었다. 그는 여전히 한 달 후, 혹은 두 달 후에는 분명 이 족쇄가 풀릴 것이란 믿음을 지니고 있었다. 그것은 결코 운동에 대한 믿음이 아니었다. 그는 아주 소박한 사람이었고 그래서 세상을 그렇게 믿을 수밖에 없었다. 인간이 보여주는 모든 악덕에 대해서도 이 선생은 늘 평가를 유보하는 사람이었다. 하루만 더 생각했더라면, 사흘만 여유가 있었더라면, 그 악덕이 실천되지 않았으리라고 믿는 그의 마음속에는 버리지 못한 인간에의 미런이 산더미처럼 쌓여 있을 것이었다. 그의 이런 미련은 때로 역사를 모르는 무지의 소산이라고 비난받을 근거가 될 수도 있었다. 그러나 역사조차도 이 선생에게는 시간에 쫓겨 급히 젖혀진, 잘못 인쇄된 한 페이지로 이해되었다.

하기야 내놓고 이 선생을 비난하는 자는 다른 누구가 아닌 그의 아내였다. 이 선생이 각서 때문에 시달릴 때 가장 혹독하게 탈퇴를 주장한 이도 그의 아내였다. 이 선생의 아내가 얼마나 지독했으면 지회의 여교사들은 가능한 한 그녀와 맞부딪치는 것을 피하려고 전화조차 삼가고 있는 중이었다. 이제는 많이 누그러졌다고는 하나 지금도 전화 받는 목소리에는 가시가 돋쳐 있었다. 아침밥 먹고 집을 나와 별을 보며 집으로 돌아갈 수만 있다면 무슨 일이라도 해야 할 판이라고 하소연하던 이 선생이었다. 그래서 다른 도시의 지회들이 2학기 들어 속속 사무실을 여는 것을 지켜보면서 한 선생은 이만호 선생 때문에라도 자신의 주변머리 없음이 민망했었다. 마침내 이 도시에도 학부모 모임이 결성되고 그 회장으로 선출된 김성국 목사가 은행 융자를 끌어 전세금을 마련해주겠다고 나섰을 때 그는 누구보다 먼저 이 선생에게 이 소식을 알렸었다.

"그런데……. 오늘 말이에요. 나보다는 박 선생이 사회를 보는 게 영 나을 텐데요."

횡단보도 앞에서 신호가 떨어지길 기다리며 서 있는데 이 선생이 불쑥 박규옥 선생을 들먹였다. 박 선생은 아직도 자신을 쫓아낸 남자 중학교의 교문에 매달려 있는 것일까. 아까 주 선생이 늦는다고 걱정하던 소리가 떠올라서 그는 문득 시계를 보았다. 4시를 막 넘어

서고 있었다.

　그녀는 점심시간이 시작되는 12시 30분부터 오후 수업이 시작되는 시간까지 교문 앞을 지키다가 돌아오곤 했었다. 2학기 들어서 그녀 혼자 새로 시작한 투쟁이었다. 처음에는 전국적으로 함께 실시한 출근 투쟁 때와 똑같이 수위한테 잡상인처럼 쫓겨났다고 했다. 며칠이 지나자 학교 쪽에서도 단념을 하였는지 그냥 버려두었다. 대신 점심시간에 교문 근방을 얼씬거리는 학생은 엄벌에 처한다는 훈시가 내려졌다. 점심시간의 교사나 학생의 외출은 모두 후문을 통해 이루어졌으나 박 선생은 끝까지 정문 앞을 고수하였다. 아이들은 공차기를 하면서 흘낏 철문에 매달린 옛 스승을 훔쳐보았고 이층이나 삼층 교실의 창문에는 끊임없이 동그란 얼굴들이 나타나 무언의 격려를 보내주기도 하였다.

　박 선생은 전교협 때부터 이미 찍혀서 올 학기 초에 아무 이유도 없이 담임 학급을 배당받지 못하였었다. 그녀는 역사 과목의 유능한 교사였다. 아이들 모두 그녀의 활달한 성품과 열성이 넘치는 수업을 좋아하고 있었다. 고등학교 학생들과는 달리 초등학교나 중학교의 초급 학년들은 전교조의 교사들을 개인적으로 이해하는 데 그칠 뿐이었다. "좋은 선생님, 보고 싶은 선생님, 왜 학교를 그만두셨나요?"라고 묻는 제자들의 편지에 성실한 답변을 해주기 위해 박 선생은 하루도 거르지 않고 점심시간에는 교문 앞에 서 있기로 했다고 말하였다. 학교에 나오지 못하는 것이 자신의 의사가 아니라는 것을 분명하게 보여주지 않으면 아이들은 자기를 무책임한 교사로 기억에 담아두고 성장할 것이라고 했다. 무책임한 행동이야말로 역사를 더

럽히고, 비뚤어지게 만드는 가장 나쁜 것이라고 누누이 말했던 교사로서 정녕 그럴 수는 없다고 했다.

사학과 출신이어서 그런지 박규옥 선생이 학교에서 보여준 투쟁은 어느 누구도 따를 수 없을 만큼 다부지고 확실하였다. 가입자 명단이 공개되어서 전국적으로 대량 징계가 횡행하던 그 암울한 7월에 박 선생은 학교에서 쫓겨났다. 명단이 나오자마자 어떤 탄압 앞에서도 무릎을 꿇지 않고 전교조를 사수하겠다는 강경한 입장을 밝히는 유인물을 교무실에 돌리고 그녀는 바로 단식에 들어갔다. 물론 수업을 거르지는 않았다. 교무실의 자기 책상 앞면에는 단식 날수를 알리는 종이를 붙여놓았는데 그녀가 수업에 들어가면 교감이 그것을 떼어 감추고 주지 않았다. 그러자 박 선생도 수업에 들어갈 때는 그것을 떼어 교실로 가져가 이번에는 교탁 앞에 압핀으로 눌러놓았다. 교실보다는 교무실에 두고 보는 편이 차라리 낫다고 여긴 교감은 하루를 설득해서 그 '단식 사흘째, 전교조 사수'라는 종이를 그녀의 책상 앞으로 옮겨놓는 데 성공했다.

지회장인 한 선생이 경기도 내에서는 다섯 번째로 징계에 회부된 것처럼 초기에는 일단 조합의 간부들한테 일괄적으로 철퇴를 가하던 당국이었다. 하지만 박 선생이 그와 거의 같은 시기에 앞서거니 뒤서거니 징계에 회부된 사실은 그녀의 이런 투쟁 경력이 참작된 것인지도 몰랐다. 박 선생의 이름은 당국의 철제 캐비닛 속의 서류에서 아마도 '악질 가담 교사'로 분류되어 붉은색 밑줄로 주목되고 있을 것이었다.

이 선생은 사무실이 문을 열어 일정하게 출퇴근을 할 수 있게 되자 후배인 박 선생과 함께 열심히 지회의 일을 맡아 뛰고 있었다. 캠퍼스에서는 서클의 선배로 깍듯하게 대접을 받았다지만 그러나 여기에서는 크고 작은 문제에서 늘 박 선생의 지적을 받아오고 있는 터였다. 이 선생은 그것을 아무 사심 없이 '배우는 중'이라고 표현하였다. 도대체가 남한테 악의를 품을 줄 모르는 그 성품 때문에 박 선생과도 좋은 관계를 유지하고 있는 것인데, 진실을 말하자면 미워할 대상에 대해 철저하게 적대감을 품지 않는 그 무작정한 사람 좋음이야말로 박 선생이 가장 맹공을 가하는 부분이었다.

"박 선생님이 사양할걸. 또 식구들이 모이는 자리인데 새삼 사회를 바꿀 필요도 없구요."

그는 일부러 대수롭잖게 이 선생의 제안을 넘겨버렸다. 이 선생이 무얼 염려하는지 잘 알고 있었지만 이 선생은 지금 이대로도 충분히 훌륭하다는 것이 그의 진심이었다. 때마침 신호가 떨어졌기에 두 사람은 바쁜 걸음으로 길을 건너는 데만 열중하였다. 푸른 신호가 켜져 있는 그 짧은 시간이, 법적으로 통행을 보장받고 있는 그 찰나의 시간조차도 그들 두 사람에게는 예사롭지 않았다. 가능하다면, 할 수만 있다면 모든 법의 굴레를 벗어나고 싶지 않았다. 지킬 수 있는 것이라면 한마디 불평 없이 모두 복종하고 싶었다. 그렇게 전부 아낌없이 내어주고 단 한 가지만 받아 쥐고 싶었다. 너무나 오랫동안 그 한 가지를 얻기 위해 싸웠다는 느낌만큼 그들을 맥 풀리게 하는 것은 없었다.

무려 30년에 가까운 긴 세월이었다. 4·19 혁명이 학생들의 피로 쟁취되는 것을 지켜본 교사들은 더 이상 부끄러운 얼굴로 교단에 설

수 없다는 반성과 함께 교원 노조를 결성하였다. 그리고 1년 후, 군사 정권이 들어서면서 간신히 싹을 틔우던 교원 노조 운동은 참혹하게 짓밟혔다. 얼마나 참혹했던지 이후 오랫동안 교사들은 '교원 노조'라는 말조차 입에 올리기 꺼려했었다. 이제 또다시 그 악몽이 되풀이되고 있다. 왜 교직원 노동조합이 있어야 하는지에 대한 상황 인식도, 왜 있어서는 안 되는지를 주장하는 대응 논리도 그때와 조금도 다르지 않다. 역사는 흐르지 않고 고여 있었다. 언제까지 웅덩이 속에 발을 담그고 있어야 하는가를 질문할 때마다 한 선생은 숨이 막히도록 답답하곤 했었다.

새로 주문한 현판은 이미 완성되어 있었다. 행사가 저녁에 시작된다 해서 미루고 있었다는 변명이었다. 이 선생은 글자의 홈 사이에 박혀 있는 먼지를 입김으로 후 불어내고 손을 뻗쳐 멀리서 글자 하나하나를 감상하였다. 전국교직원노동조합 ○○지회. 모두 열세 개의 글자였다. 오순도순 붙어 있는 자음과 모음을 보고 있으려니 그와 오랫동안 글쓰기 연구모임에서 만나고 있는 광주의 김 선생 말이 생각났다. 아이들 글짓기 숙제를 검사하다보면 시각적으로 이미 좋은 글, 나쁜 글을 판단할 수 있게 되더라고. 주워들은 소리, 뜻도 모르는 문구를 억지로 우겨넣어 고상하고 세련된 문장으로만 채운 원고지 속의 자음 모음은, 뭐랄까, 서로 토라져서 입을 뚱 내밀고 있는 느낌을 주거든. 그 대신 실제의 경험을 소박하게 적어가면서 이것저것 솔직한 심정을 드러내고 있는 글은 그것을 이루는 자음과 모음이 아주 아기자기하게 붙어 있어서 절로 시선이 끌려가. 시각적으로도 벌써 구수하고 괜찮은 느낌을 준단 말이야. 아이들 개개인의 글씨체와는 전혀 상관없이 그렇더군.

두 사람은 갈 때와는 달리 사뭇 바쁜 걸음으로 사무실에 돌아왔다. 현판을 품에 안고 있으니까 절로 그렇게 되었다. 사무실 문을 열자 고소한 시루떡 냄새가 확 끼쳐왔다. 일회용 은박접시에 떡을 담고 있던 주 선생이 달려 나와 현판을 받아갔다. 그사이 박 선생도 돌아와 있었다. 떡시루에 손을 넣고 한 켜 한 켜 떡을 떼어내고 있는 박 선생의 표정이 침울하였다.

"박 선생님네 학교에 계시는 유 선생님이⋯⋯."

주영희 선생이 조심스럽게 입을 떼었다. 유 선생이라면 중등회장까지 맡았다가 탈퇴 각서를 쓴 윤리 선생이었다. 전교협의 내부조직이 전교조 결성을 위한 준비위원회로 체제 개편이 되는 과정에서도 누구보다 많은 일을 한 사람이었다. 아내가 오랫동안 신장염을 앓고 있어서 유 선생은 전교조 문제 외에도 여러 가지 마음고생이 많은 편이었다. 그런데 점심시간 투쟁을 끝낸 뒤에 유 선생이 이야기할 게 있다고 교문 앞으로 나왔다는 것이었다.

"유 선생님은 탈퇴 후에 일절 조합하고 발을 끊었잖아요. 후원금도 절대 내지 않는다는 말, 회장님도 들으셨죠? 박 선생님이 점심 투쟁하는 것을 더 이상은 볼 수 없다고 그러더래요. 운동 골수분자라느니, 좌경 교사라느니, 온갖 소리를 다 했나 봐요."

주 선생의 설명이 있는 동안에도 박규옥 선생은 꼼짝 않고 하던 일만 계속하였다.

"아이고, 그 유 선생님이 왜 그랬을까. 조금만 참지. 유 선생님도 그럴 사람이 아닌데⋯⋯."

이만호 선생은 얼굴을 찡그리며 근심스럽게 후배의 얼굴을 들여다보았다.

"그건 이 선배님 말이 맞아요."

의외로 박 선생이 이 선생의 말에 동조를 하며 입을 떼었다.

"그래서 마음이 아픈 거예요. 유 선생님 입장을 생각하지 못한 것은 내 불찰이었어요. 사과도 했어요. 매일매일 한 시간씩 유 선생님을 고문한 것과 다름없다는 반성 때문에 아무 말도 못 하겠대요. 유 선생님은 자신의 탈퇴를 용서하지 못하는 것 같았어요. 실제로 나는 탈퇴도 할 수 있다는 입장이거든요. 남아 있는 사람이 있으니 밖에서 뛰는 교사도 힘이 난다구요. 하지만 유 선생님은 달라요. 유난히 도덕적 잣대가 긴 사람이거든요. 극복하는 데 시간이 오래 걸릴 거예요."

박 선생을 너무 투사로만 보지 않았나 하는 느낌 때문에 한 선생은 입을 열 수가 없었다. 그가 상심하거나 좌절해 있을 때마다 가장 먼저 "지회장이 그렇게 약해버리면 이 조직은 누가 이끌지요?"라고 가슴 아픈 질문을 던지던 이도 박 선생이었다. 회장이라면 고통쯤은 당연하게 받아들여 소화시켜야 되지 않겠냐고 다그치는 모든 이들이 야속했었던 그였다. 그럴 때마다 회장이 되고 싶었던 적은 한 번도 없었다고 말하고 싶었다. 실제로 그는 스스로가 조직의 리더로 적합하지 못하다는 것을 충분히 인식하고 있는 사람이었다. 그는 다만 자신이 평생 몸 바쳐야 할 교육현장이 보다 나은 쪽으로 개선되어야 떳떳한 교사로서의 삶을 이룰 수 있다고 믿고 있을 뿐이었다.

지난 6월 중순, 지회 결성의 자리에서 핵심 교사들을 제쳐두고 그가 지회장으로 선출된 것은 다분히 전술적인 계산을 거듭한 결과였다. 탄압이 집중될 것은 불을 보듯 환한 일인데 실제로 일을 추진할 교사들을 모두 전면에 내놓을 수는 없었다. 그렇더라도 꼭 그여야 한다는 법은 없었다. 마음먹기에 따라서는 얼마든지 피할 수 있는 자리였다. 그러나 좋은 감투를 사양하는 미덕의 자리가 아니었다. 가시밭길과 고행이 예정된 자리를 다른 누구에게 떠넘길 수 있을 만큼 그는 모질지 못하였다. 그가 지회장 직분을 받은 이유는 오직 그것 때문이었다.

예상한 대로, 6월 19일에 지회 결성식이 있었고, 다음 날 학교에 출근해서 한 선생은 교장으로부터 징계 방침을 구두로 통고받았다. 그들은 그날로 그가 맡았던 4학년 5반을 압수하려고 서둘렀다. 정식으로 직위 해제가 결정되기까지 그는 일주일 동안을 학부모들의 도움으로 교실을 지켜나갔다. 교장이나 교감이 앞문으로 들어서면 아이들부터 먼저 겁을 먹었다. 까맣고 동그란 눈동자가 일제히 그에게로 모여들었고 그는 교탁 앞에 서서 분노보다 슬픔 때문에 어쩔 줄 몰라 했다. 아이들의 검은 눈동자는 한때 그의 기쁨이었다가 이제는 먹먹한 어둠이 되었다. 검은 것은 슬프다. 그날 이후 그는 아이들과 헤어져야 할 앞날이 떠오를 때마다 눈앞이 캄캄했다. 한 시간 한 시간이 눈물 없이는 이루어지지 않았다. 그러나 이 아이들과 헤어지지 않으려면 탈퇴 각서 이외의 다른 방법은 없었다.

"자, 이 부분은 다음 주 과학실에서 실험을 해보면……더욱 확실히……이해할 수 있을 것입니다."

다음 주, 라고 말해놓고는 아득한 느낌에 눈앞이 흐려와 뒤로 돌아서 괜히 칠판을 닦는 시늉을 했었다. 다음 주일에도 이 아이들과 머리를 맞대고 실험을 할 수 있을까. 그는 분필가루로 범벅이 된 지우개를 움켜쥐고 정말 헤어지기 싫다, 라고 생각했다. 일기장을 검사할 때에도 후드득 떨어지는 눈물 때문에 고개를 들 수가 없었다.

'근식이와 성호가 쉬는 시간에 장난질을 해대서 내가 눈을 흘겼다. 선생님을 생각하면 웃음이 나오느냐고 물었더니 근식이가 남자는 울 때에도 겉은 웃는 법이라고 그랬다. 아침에 학교에 와서 다른 애 엄마들이 나와 계신 것을 보면 마음이 든든했다. 엄마들이 지켜주니까 오늘 하루만큼은 우리 선생님을 쫓아내지 못할 것이다.'

'다른 선생님들은 모여서 점심을 잡수어도 우리 선생님은 꼭 우리들하고 함께 잡수셨다. 그래서 쫓겨나시는 것일까?'

'내일부터는 다른 선생님이 우리를 가르치신다고 한다. 선생님은 컴퓨터실에서 근신하실 것이라고 미옥이가 말했다. 나쁜 짓을 한 사람이 반성하는 것이 근신이라는데 정말 웃긴다. 우리 선생님은 착한 분인데.'

컴퓨터실에서의 우울한 근신은 열흘 이상 계속되었다. 쉬는 시간이면 아이들이 찾아와 문을 두들겼다. 새로 학급을 맡은 선생님한테도 죄송하고 아이들 앞에서 자꾸 눈물을 보이는 것도 싫어서 그는 교감의 말에 따르고 있었다. 교감은 외부 사람과 접촉하지 말고 조용히 생각해보라고 했었다. 텅 빈 실습실에서 그는 수업의 시작과 끝을 알리는 차임벨 소리를 들었다. 주간 학습계획표를 보면서 우리 아이들이 이번 시간에는 무엇을 배우는지 일일이 짚어보기도 했다. 동료 교사들은 탄원서를 작성하고 서명을 했다 해서 교장과 교감의 추궁을 받고 있었고, 그는 그 서명을 노조 가입에 이용하려 했다는 누명까지 쓰고 있었다. 학부모들도 도교육위원회에 탄원서를 제출했다가 학교로부터 경위서 제출을 요구받았다고 했다. 그사이에도 아이들은 끊임없이 컴퓨터실의 잠겨 있는 문을 두들겼다. 선생님, 만두 사왔어요. 식기 전에 드세요. 선생님, 문 좀 열어주세요. 여기 아무도 없어요. 살짝 들어가면 돼요…….

컴퓨터실에서의 유배 열흘 동안에는 꿈에서도 각서가 빠지지 않았다. 진실로 탈퇴를 결심한 적도 몇 번 있었다. 파면 후에는 정작 참교육의 실천이 이루어지지 않는다는 현실론이 그에게 용기를 주었다. 그러나 각서를 쓰기로 마음을 굳히면 머리가 먼저 지끈지끈 쑤셔왔다. 두통 속에서도 가느다랗게 비명을 지르는 목소리가 끊임없이 들려왔다. 지회장이 탈퇴하면 지회가 와해된다……. 거기에 답하는 내면의 음성은 노상 절규였다. 난 어쩔 수 없어. 난 별수 없이 선생이야. 아이들 곁을 떠나서는 견디어낼 자신이 없어. 막상 학교를 떠나면 난 교사도 뭣도 아니야…….

아버지는 저녁 밥상 앞에서 그를 제쳐 두고 만삭의 아내에게 당부하곤 했다.

"돈 있는 대로 우선 쌀부터 팔아놓아라. 어느 놈도 믿어서는 안 돼. 저 먹고 살 궁리는 지가 해야지."

1·4 후퇴 당시 군속으로 일하고 있던 아버지는 퇴각하는 군대를 따라 단신으로 남하하여 지금까지 고향으로 돌아가지 못하고 있는 실향민이었다. 평양 근교의 작은 읍, 동네 입구에 아름드리 느티나무가 있어서 칠흑 같은 밤에도 금방 길을 찾을 수 있다는 아버지의

고향에는 부모님과 아내와 그리고 남매가 남아 있었다. 친가와 외가
는 물론이고 처가까지도 모두 근동에 있어서 어려운 일이 있더라도
다 함께 풀어나가고 사는 데 적막함이 없던 그 시절을 아버지는 '다
시는 살아볼 수 없는 세상'으로 포기하기는 하였지만 맺혀 있는 멍
울을 지우지는 못하였다. 그래서 아버지는 굳건한 반공주의자이고
동시에 가차 없는 반미주의자였다. 분단의 책임을 아버지는 전적으
로 미국에서부터 물어야 한다고 믿었다. 어느 놈도 믿어서는 안 된
다는 당신의 그 입버릇도 남하 이후에 아버지가 지니고 있는 신념
이었다. 그리고 이제 와서는 아들놈조차 믿지 말라고 며느리에게 당
부하시는 것이었다.

"야야. 우리 이렇게 하자. 각서 써주고 아무도 모르는 시골로 들
어가서 살면 안 되겠나? 아무도 모르는 시골에 푹 파묻혀서 살면 안
될까?"

어머니는 일이 벌어진 이후 노상 시골 타령이었다. 학교에서도
얼마든지 그런 길을 열어주겠다고 나섰다. 아내도 어느 날 조심스럽
게 어머님 말씀에 따르자고 운을 떼었다. 단신으로 남하해 이남 어
디에도 기댈 언덕 하나 없는 아버지와 결혼한 어머니는 아무도 모르
는 시골 생활만큼은 자신이 있다는 듯 그를 달랬지만 어머니가 모르
고 있는 사실도 많았다. 아무도 모른다고 해서, 누구도 그가 전교조
출신이란 걸 모른다고 해서 자신의 마음속에 새겨진 흉터까지 지워
지는 것은 아니었다. 그가 고민하는 것은 정작 다른 데에 있었다. 그
스스로 현실에 굴복하는 것은 아닌지, 탈퇴의 변은 그럴듯해도 내부
에서는 그것이 결국 현실에 대한 패배로 인정되는 한 절대 자신을

각서 앞에 내팽개칠 수 없었다.

탈퇴한 후 즉각 재가입을 해서 오히려 더욱 효과적으로 조합 일을 거드는 동료들은 많았다. 처음부터 치밀한 대응책으로 탈퇴를 하는 수도 있었고 탈퇴 후에 자기 내부의 패배주의를 슬기롭게 극복하는 경우도 있었다. 자기와의 싸움에서 이기지 못하면 자칫 유 선생처럼 되는 수가 왕왕 있었다. 전교협 때부터 열심히 싸워왔던 몇몇 동료가 지금 그런 함정에 빠져 있었다. 그렇다고 해서 운 좋게 그 덫에서 벗어나라는 법은 없었다. 그가 두려워한 것은, 아마도, 그것이었는지도 몰랐다.

준비된 떡과 과일들을 칸막이로 막아놓은 골방에, 그들은 그곳을 '대화실'이라고 불렀지만, 날라놓고 여선생들은 사무실을 정리하기 시작했다. 다섯 시였다. 책상이 들어올 때까지 다용도로 쓸 수 있게 그는 집에서 커다란 밥상을 가져왔었다. 그것만 치우면 사무실은 텅 빈 채로 손님을 맞을 수가 있었다. 골방에 들어 있는 캐비닛 두 짝과 바닥의 냉기를 막아보려고 시장에서 합성섬유로 조잡하게 짠 카펫 한 장 사들인 것이 사무실 비품 마련의 전부였다. 나머지 필요한 물품은 회원들이 한 가지씩 감당하기로 했었다. 대화실의 벽에는 필요한 비품 명세서가 붙어 있었다. 책상에서 휴지에 이르기까지 일일이 나열을 해놓은 뒤 회원 스스로 조달이 가능한 물품 옆에 자신의 이름을 적어놓았다. 책상이나 의자를 빼고 나면 신청자들의 이름이 필요한 숫자만큼 꽉 채워지고 있는 중이었다. '사용 가능한 것이면 제작 연도에 관계없이 환영합니다.'라는 벽보의 첫 구절 옆에는 누군가가 '기왕이면 새것일수록 더 좋습니다.'라고 써놓았었는데, 어

제 또 새로운 구절이 덧붙여졌다. '신규 가입자라면 제작 연도에 관계없이 환영합니다.'

5시 20분에는 모든 준비가 끝나버렸다. 사무실의 정면 벽에 '전국교직원노조 ○○지회 집들이'라는 제목과 식순도 붙여놓았다. 찾아오는 이들을 위해 건물 입구에도 행사 안내문이 붙여졌다. 주 선생은 함께 부를 수 있도록 「함께 가자」와 「참교육의 함성으로」의 가사를 크게 적어 붙여놓았다. 세밀하고 꼼꼼한 성격의 주 선생은 보이지 않는 일까지 찾아내어 쉴 새 없이 움직이고 있었다. 보이지 않는 그 무엇을 찾아내는 힘, 주 선생은 그 힘으로 이처럼 버티고 있는지도 몰랐다.

이만호 선생은 대화실을 들락거리며 시루떡을 주워 먹느라고 여념이 없었다. 그런 이 선생을 위해 박 선생은 종이컵에 음료수를 따라주었다. 박 선생은 유 선생 일로 마음을 많이 다친 모양이었다. 어두운 낯빛은 조금도 퍼지지 않은 채였다. 그러고 보니 서쪽으로 들어오는 빛이 사라져 방 안도 침침하였다. 날이 갈수록 일몰이 빨라지고 있었다. 방 안의 형광등에 불을 밝히고 계단과 복도의 스위치를 올리기 위해 그는 사무실을 나왔다.

시간은 참 더디 흘렀다. 아니, 너무 빨리 흐르는 것 같기도 했다. 모든 준비를 다 마쳤다고 생각하니 남은 시간을 어떻게 보내야 할지 몰라 멍한 기분이기도 했고, 이제 몇 분만 있으면 손님들이 들이닥칠 것에 생각이 미치면 갑자기 뭔가 중요한 일을 하나 빠뜨리고 있는 것처럼 여겨져서 조급해지기도 했다. 복도에 불을 밝힌 후에도 그는 한동안 계단참에 서서 머뭇거렸다. 그러다 문득 와이셔츠 소매의 얼룩이 떠올라서 겉옷을 걷어 올리고 소맷부리를 찬찬히 살펴보기도 했다. 얼룩은, 물이 닿은 자리에 미세한 줄을 그어놓고, 그 줄 안에서 보일 듯 말 듯 제자리를 잡고 있었다. 양복 소매를 내리면 금세 남의 눈에 뜨일 만큼은 아니었다.

그 얼룩이, 때로 짙고 때로는 옅게 퍼져나간 그 얼룩이, 한 선생은 꼭 자신을 닮았다고 생각했다. 균일하지 않고 순간순간 농담(濃淡)을 간직한 채 내비치는 자신의 마음이 아마 이 얼룩 같을 것이라고 그는 느꼈다. 투쟁의 소용돌이 속에서는 한결같은 결기로 앞장서는 동지들이 많이 필요한 법이었다. 그럴 때마다 그는 자신의 이 복잡 미묘한 마음의 무늬가 참으로 버거웠다. 할 수만 있다면, 단순하고 강렬한 어떤 것으로 마음의 결을 바꾸고 싶은 순간도 많았다. 하지만, 그 일이 사람의 마음으로 가능한 것인가. 혹시 그 일이 가능하다고 해도, 그는 어쩌면 원래의 자리로 물러앉고 말 사람이었다.

"한 선생님, 뭐해요?"

계단에서 발자국 소리가 들리더니, 참교육 실천을 위한 학부모 모임에서 회장으로 일하고 있는 김성국 목사가 나타났다. 그는 반가움에 싱긋 웃었다. 김 목사가 나타났으니 이제부턴 제법 행사장 분위기가 날 것이었다. 김 목사는 그런 사람이었다. 언제나 활기차고, 당당하고, 거침이 없는, 말하자면 마음의 무늬가 한결같은 사람이었다.

"역시 제일 먼저 오시는군요."

그는 사무실 문을 활짝 열어주는 것으로 환영의 뜻을 표시했다.

"너무 일찍 왔다는 말은 아니겠지요? 내가 얼마나 이날을 손꼽아

기다렸는지 한 선생님은 아마 모를걸요."

김 목사의 이 말을 받은 사람은 이만호 선생이었다.

"뭘 그렇게 손꼽아 기다리셨는데요?"

"몰라서 물어요? 잔치떡 얻어먹으려고 그랬지. 누가 뭐래도 난 참교육 시루떡이 제일 맛있더라. 참교육 막걸리도 준비했지요?"

김 목사의 말에 다들 크게 웃었다. 시무룩하던 박 선생까지 입을 벌리고 크게 웃는 것을 한 선생은 보았다.

학부모 모임이 조직되려는 움직임이 있을 때 그는 김 목사를 처음 만났다. 알고 보니 김 목사는 이 도시의 해결사였다. 철거민촌이나 공장지대에서의 선교 활동은 물론이고 민주운동이나 노동운동의 각 분야에서 그는 중요한 실천 세력이었다. 학부모 모임만 해도 주춤거리며 자꾸 논의만 거듭되고 마는 것을 보다 못해 김 목사가 직접 뛰어들어 조직을 꾸려놓았다. 모임의 기반이 잡혀질 때까지, 라는 단서를 달고 회장도 맡았다. 그리고는 이내 전국 학부모 모임과 연대하여 육성회비 반환 청구소송을 추진해나가기 시작했다. 그런가 하면 또 자신의 선교회 조직을 뒤져서 용케도 사무실 마련기금을 챙겨주었다. '참교육이 실현되는 일은 민족의 현실과 미래가 달려 있는 중대한 문제이기 때문에' 김 목사는 아무 망설임 없이 학부모 모임에 뛰어 들었다고 말하였다.

그는 결정과 실천이 그렇게 한꺼번에 이루어지는 사람이었다. 오랜 시간 도시빈민 지역이나 철거민촌을 찾아다니면서 선교 활동을 해온 경력도 그렇거니와 어린 시절부터 겪어온 간난고초의 고통으로 인해 김 목사는 슬픔도 힘이 된다고 말하는 사람이었다. 슬픔까지도, 가 아니라 슬픔이야말로 진정한 힘이 된다고 말하는 김 목사였다. 그는 따로 교회에 소속되어 있지 않았는데, 대신 생활교회라는 이름으로 오래 전부터 주일 예배를 사무실이나 카페에서 보고 있었다. 김 목사를 따르는 회원들은 헌금을 온라인 구좌에 입금하는 일에도 익숙해 있었다.

김 목사와 만날 때마다 그는 이상하게 마음이 편안했다. 김 목사는 거침없이 말하고 주저 없이 행동하는 사람답게 그한테도 보이는 대로 단점을 지적하곤 했지만 그것마저도 그는 달콤하게 받아들일 정도였다.

"한 선생님은 너무 샌님이야. 골샌님이라고. 대체 언제나 투사가 되겠어요?"

이런 말을 아무 망설임 없이 해주는 이도 지금으로서는 김 목사밖에 없었다. 그런 말을 들을 때마다 무거운 짐보따리 하나씩을 내려놓는 기분이었다. 임원들은 절대 나약한 모습을 보여서는 안 된다는 획일화된 주문은 그로서는 도저히 감당키 어려웠다. 현실을 정확하게 인식하고 있다면 왜 망설이고 주저하느냐고 다그치는 목소리 앞에 서면 그는 늘 어눌했지만 김 목사 앞에서는 그렇지 않았다.

김 목사가 오고 바로 학부모 모임의 임원들이 들이닥쳤다. 아이들까지 동행하고 있어서 한적한 사무실이 금방 떠들썩해졌다. 조합원들도 하나둘 얼굴이 보였다. 6시가 가까운 시간이었다. 식은 6시 30분부터 시작할 계획이었다. 학부모 모임의 총무가 식순을 적은 종이 옆에다 무언가를 붙이고 있었다. 그녀가 비껴나기를 기다렸다가 그는 그것을 읽었다. '학부모가 앞장서서 교직원 노조 지켜내자!'

그가 눈으로 그것을 읽는 동안 엄마를 따라온 여자아이 하나가 큰 목소리로 구호를 읽어나갔다.

"지켜내자!"

아이의 구호를 받아 김 목사는 후렴을 외쳤다.

"선생님, 근식이 어머님이랑 오셨네요."

주 선생이 그에게 일러주었다. 입구에 몇몇 어머니들의 얼굴이 보였다. 4학년 5반의 학부모들이었다. 그가 각서 제출을 강요받고 있을 때 크게 힘이 되어준 얼굴들이었다. 들고 온 상자를 내려놓으며 근식이 어머니가 말했다.

"근식이랑 애들도 요 아래 있어요. 선생님한테 간다니까 난리예요."

귤 상자를 받아놓고 어머니들과 함께 내려가니 건물 앞길에 아이들이 대여섯 명 웅성거리고 서 있다가 일제히 그에게 매달렸다. 그간에 한 번도 못 만났던 얼굴도 몇 끼여 있어서 아이들을 보는 순간 잠시 잊고 있었던 가슴의 뻐근한 통증이 되살아났다. 아이들도 눈을 빛내며 그의 얼굴을 올려다보았다. 함께 지냈던 날들의 그리움이 그와 아이들 사이에 안개처럼 피어올랐다. 하지만 이 아이들과 오래 머무를 시간이 없었다. 그사이에도 전교조 본부에서 간부 한 사람이 도착했고 김 목사의 주선으로 만나게 되었던 산업체의 노조 위원장 두 사람이 그에게 인사를 보내고 올라갔다.

"우리 선생님도 오셨어요?"

사람들이 연이어 계단을 오르니까 아이들 중에서 하나가 그에게 물었다. 4학년 5반의 새 담임선생을 그 애는 '우리 선생님'이라고 불렀다. 맞는 말이고 당연히 그럴 일이지만 그럼에도 그는 마음 한 켠이 뜨끔 아파왔다.

"담임선생님은 오늘 숙직이실 거야."

근식이 어머니가 나서서, 지어낸 말인지 사실인지 알 수 없는 대답을 해주었다. 아이들은 교사들 간의 대립 구조를 이해하지 못한다. 전교조에 대한 반대나 찬성조차도 이 아이들에게는 전혀 무의미했다. 교사들 모두가 아이들에게는 그냥 '우리 선생님'일 뿐이었다. 교직원 노조를 둘러싼 그 숱한 논쟁의 주제는 언제나 아이들이었고 학생이었다. 교사들만큼 아이들에 대해 많은 것을 알고 있는 집단은 없었다. 어떤 경우에는, 아니 대부분의 경우에는 부모들이 모르고 있는 부분까지 교사들은 학생의 성품에 가까이 접근할 수 있다. 이전에는 한 번도 교육에 대해서, 아이들에 대해서, 진지하게 생각해 본 적이 없는 사람들도 교육에 대해서 말할 수는 있다. 그렇지만 그 말 속에는 참회와 반성이 없다. 현장에서 잘하면 잘한 대로, 못하면 못한 대로 매순간을 자기 검증으로 바쳐온 많은 교사들의 일치된 말과는 그 힘이 다를 수밖에 없는 것이다. 옛 선생님이 보고 싶어서 어머니를 졸라 여기까지 왔으면서도 아이들은 또 우리 선생님이 여기에 계신지 궁금하다. 이 아이들이 조금 더 자라면 여기로 모이는 선생님들의 집단과 오지 않는 선생님들의 집단에 대하여 생각하는 시간을 갖게 될 것이다. 그는 진심으로, 진정을 다하여 그때까지는 이 싸움이 계속되지 않게 되기를 빌었다.

80년 3월에 첫 발령을 받아 서해안의 한 초등학교로 부임해갔을 때, 그때는 교직의 길이 투쟁의 길이 되리라는 상상은 한 번도 해본 일이 없었다. 그는 젊었고, 너무 젊어서 차라리 어리숙했었다. 교사라는 직업쯤이야 유능하게 해치울 수 있다고 믿었으므로 거리낌 없이 교단에 섰었다. 부임한 지 두어 달 후, 육성회장 집에 저녁 초대를 받았는데 그 자리에서 우연히 광주 소식을 듣게 되었다. 보통 일은 아니야, 라던 한 동료의 말조차도 그는 보통으로 넘길 만큼 세상사에 무심했었다. 그는 단지 아이들과 함께하는 이 직업이 의외로 자신의 마음에 편하다는 사실을 깨닫고 점점 교사 생활에 익숙해져 갔었다.

그해 가을, 국민투표가 있었다. 교장은 아무런 주저 없이 선생들을 거리로 내보내 국민투표 홍보 임무를 맡겼다. 그는 그럴 때마다 산에 올라가 도토리를 주웠다. 홍보에 대한 거부라기보다는 그 일이 적성에 안 맞는다는 느낌이 더 강했다. 투표 당일에는 주민 동원의 임무까지 떨어졌는데 투표 종료 3시간 전쯤 되자 이장은 선생들이 보는 앞에서 자신의 주머니 속에 들어 있던 수십 개의 도장을 꺼냈다. 그리고는 농사일에 바빠 투표 따위는 무시한 채 들과 갯가에 나가 있던 유권자들의 투표용지를 임의로 처리해 투표함에 넣는 것이었다. 교사들이 보는 앞에서 그렇게 당연히 위법 행위를 하는 이장의 얼굴은 차라리 천진난만, 그것이었다. 그 순간의 기이한 느낌은 무어라 말할 수 없을 정도였다. 아무도 이장의 행동을 나무라지 않았고, 그 또한 침묵의 동조자로 남아 있었지만, 교사라는 직업이 그렇게 낯설 수가 없었다. 영화관에서 나와 집과는 정반대 방향으로 걸으면서도 그것을 깨닫지 못하다가 엉뚱한 곳에 와서야 이게 아닌데, 라고 당황하던 어린 시절의 추억과 그 기이한 느낌은 비

숫하였다.

그런 느낌은 그 이후에도 계속되었다. 아이들을 가르치는 일이 교사의 최우선 의무라는 가장 단순한 진실조차도 지켜지지 않는 생활, 위로부터 내려오는 명령에 복종하지 않으면 무능 교사가 되는 교사 사회, 교육이 형식으로 그치고 그 형식마저도 정치에 유린당하는 풍경들은 그에게 여전히 낯설었다. 몇 년이 지나면 낯설지 않게 될 것이라는 선배들의 충고도 그에게는 맞지 않았다. 3년의 낯설음 끝에 그는 글쓰기를 통해 학생들에게 참다운 삶을 가르쳐보려는 모임이 있다는 말을 듣고 무작정 그 모임에 참여했다. 그곳에서 그는 비로소 자신이 늘 견뎌야 했던 낯설음이 무엇에서 연유하는지 알 수가 있었다. 86년의 교육민주화선언이 그에게는 전혀 생경하지 않았던 것도 모두 그 덕분이었다. 그렇긴 해도 이번에는 또 다른 과제가 그에게 부여되었다. 전교협에서 전교조에 이르기까지 그는 숙제를 푸는 학생처럼 투쟁이란 이름에 한 걸음씩 다가갔다. 그러나 그가 투쟁을 원한 것은 결코 아니었다. 그를 그렇게 만든 사람들은 따로 있었다. 때문에, 이 싸움의 종료를 선언할 이들도 바로 그들이었다.

어머니와 아이들은 식에 참석치 않고 바로 돌아갔다. 그것은 그가 바라던 바이기도 했다. 같이 땅따먹기도 했었고, 왁스를 묻힌 마룻바닥에 함께 엎드려 걸레질도 했었던 아이들에게 이 시간의 회상까지 나누어 갖자고 하기는 싫었다. 안에서는 이미 노랫소리가 들려오는 중이었고 그사이에도 속속 조합원들이 당도했으므로 어머니들 역시 서둘러 돌아가려 했다. 친구들끼리 어깨를 맞대고 깡총거리며 어둠 속으로 사라지는 아이들을 한참 지켜보던 한 선생이 사무실로 들어왔을 때는 6시 20분이었다. 학부모 중의 한 사람이 모인 사람들에게 노래를 가르치고 있었다. 그녀가 선창을 하면 나머지 사람들이 따라서 부르고 하는 식이었는데 우렁찬 김 목사의 목소리가 그 중에서도 또렷하게 들려왔다.

"교회에 처음 나오는 사람도 1절 부를 때는 입 봉하고 있다가 2절서는 웅얼웅얼, 3절은 제법 따라 부르고, 4절 시작하면 남 하는 만큼 하더라구요. 그냥 계속 불러요. 음 좀 틀리면 어때? 주부 가요 열창도 아닌데 댑다 크게만 부르면 왔다라구."

김 목사의 말에 학부모들이 와르르 웃어댔다. 앞자리에는 학부모 모임 회원과 초대된 내빈들이 방석 하나씩 깔고 앉아 있었으며 뒤로는 식구들이 맨바닥에 그냥 책상다리를 하고 앉아 있었다. 이 선생은 김 목사의 제안으로, 전교조를 지지한다는 입장 표명만큼은 남에 뒤질세라 열심히 하고 있는 두 야당의 지구당 위원장들에게도 뒤늦게 연락했다는 보고를 하였다. 행사 당일에 한 초대였음에도 한 사람은 좀 늦겠고, 또 한 사람은 당사가 가까우니 5분 이내에 도착하겠다는 것이었다. 그리고 연달아서 그가 맞아야 할 손님이 둘씩이나 들이닥쳤다. 수배 중인 경기지부의 정 선생과, 또 한 사람은 그의 징계 철회 서명을 받아내는 데 앞장섰던 명 선생이었다. 두 사람 다 어려운 걸음이었으므로 그는 황급히 그들에게로 다가가 손을 내밀었다.

"축하합니다."

정 선생은 활짝 웃으며 그의 어깨를 두들겼다. 투쟁 경력은 확실히 이 사람의 정신에 평화를 가져다주는 듯싶었다. 정 선생은 수배 중임에도 만면에 웃음을 띠고 시간에 맞춰 정확히 나타났다.

"많이들 모였네."

명 선생은 조금 겸연쩍어하면서 상기된 얼굴로 사무실 안을 둘러보았다. 교사들의 서명이 문제가 되어 도교위에서 "탄원서 서명자에게도 주의 조치하고 서명 취소 불응자에겐 1차 경고, 계속 불응 시에는 소정 절차를 밟아 즉시 징계하라"는 지침이 내려오면서, 학교는 학교대로 서명 주동자를 색출하느라 혈안이 되어 있을 그때에도 명 선생의 얼굴은 노상 상기되어 있었다. 전교조에 가입한 것도 아니고 단지 함께 일하는 동료로서 징계 철회를 요구하고 서명했을 뿐인데도 교장과 교감, 몇몇 주임교사는 사흘 동안 총력을 기울여 완벽하게 서명 철회의 각서에 도장을 받아내고 말았었다. 서명이 백지화되어 버린 후 명 선생은 그에게 말했다. 우리 교무실의 봄은 너무 짧았습니다. 선생님들은 다시 두꺼운 껍질 속으로 들어가 버렸구요. 이젠 껍질을 벗어나기가 더 어렵게 되고 말았어요. 그만큼 했으니 성의는 다했다고 생각하며 물러서버리는 거예요. 나 또한 그런 느낌인걸요.

교사 숫자가 80여 명, 저학년은 한 학년에 15학급까지 편성되어 있어서 교사들 스스로도 서로가 서로를 잘 모르던 곳이 한 선생이 해직 당시 근무하던 초등학교의 사정이었다. 그는 올해 초 전보 발령을 받고 부임해온 터라 더욱 학교 안팎 사정에 어두웠다. 그가 부임하면서부터 학교는 비로소 전교조의 존재에 대응하기 시작했을 만큼 교무실 분위기는 봉건적이고 침체되어 있었다. 전교조 발기인대회 때나 결성식 때 그의 발을 묶어두려는 교장이나 교감의 노력은 오히려 학교 내에서 그의 실체를 부각시키는 결과로 나타났다. 전교조에 관한 질문이 있으면 모두가 그에게로 들고 왔다. 방과 후 교무실에서 몇 차례 토론회도 벌어졌다. 이윽고 여교사 한 명이 가입 원서를 받아갔고 이튿날 정식으로 지회에 가입했다. 가입은 못 하지만 지지하는 교사들은 서로 모여 현행 교육제도의 여러 문제점들을 토론하는 자리를 마련하였다. 명 선생은 대두한 진보세력의 리더였다. 자신의 용기 없음을, 나약함을 수시로 고백하면서도 명 선생은 그가 할 수 있는 일은 다했었다.

한 선생은 결국 파면당했지만 새로 가입했던 여교사는 탈퇴 각서를 쓰고 학교에 남을 수가 있었다. 시어머니까지 동원한 악랄한 탈퇴 작전 앞에서 그 여교사가 자신의 소신을 지키지 못한 것은 너무나 당연했다. 그래도 그녀는 여전히 조합원으로 인정되어 지회에 격의 없이 출입하고 있었다.

조직의 내부에서도 탈퇴 각서 제출자에 대한 존재 인정은 의견이 갈려 있었다. 강요와 협박에 못 이긴 각서이니까 조합원으로서의 자격을 인정해야 한다는 의견으로 집약되어 공식 발표가 나가기는 했지만 패배주의에 깊은 혐오감을 지니고 있는 조직의 젊은 간부들 사이에서는 어쨌거나 투쟁에서 탈락한 교사들이므로 힘의 순결한 결집을 위해서도 실체로 인정할 수 없다는 견해가 오고 갔었다.

8월 5일까지 징계를 완료하라는 정부 방침에 따라 전국의 학교가 어수선하고 조직도 한껏 휘말리고 있던 7월 중순 그때에 한 선생은 실상 가장 자유로운 몸으로 농성장에 합류하고 있었다. 그는 이미 파면에 따른 절차까지 밟고 등을 밀려 거리로 쫓겨났으므로 거리낄 것이 없다는 마음으로 젊은 교사들의 의견에 반대했었다. 그가 알고 있는 바에 의하면 인간은 폭력 앞에서 온전할 수 없는 법이었다. 폭력에 굴하지 않았다 해서 그 폭력이 정당화될 수 없듯이, 각서를 써야만 했던 상황에 대한 배려가 배제된다면 조직의 품은 그지없이 빈약하고 편협하다는 비난을 면키가 어렵다. 효과적인 투쟁이라는 측면에서도 현장에 남아 와해된 조직을 재건할 수 있는 인력이 필요한 법이었다. 실제로 각서 제출 후 다시 비공개적인 재가입이 속속 늘어났고 각서 무효화 선언도 잇따라서 그 문제에 대한 대응은 일단락이 된 셈이었다. 이제 남은 일은 각서를 썼던 그 개인 개인이 스스로의 행위를 자신에게 어떻게 설명해서 조합과의 관계를 정하느냐 하는 문제만 있을 뿐이었다.

그러고 보면 전교조 원년으로 기록될 올 한 해 동안 조직 내부의 토론회에서 그는 여러 차례 신중론자로 지목되어왔던 셈이었다. 전국 교사협의회가 협의 단체로서 갖는 한계를 극복하는 길은 노동조합 이외 다른 대안이 없다는 입장을 조심스럽게 표명하기 시작했던 지난해에 한 선생은 중앙위원이란 직책을 맡고 있었다. 그는 아직은 시기가 이르고 현행법 아래서 무수한 희생자가 나올 것이 명약관화하다는 생각으로 조합 결성을 반대했었던 사람이었다. 그때까지 전교협만으로도 지레 겁을 먹는 교사가 많은 현실이었다. 기나긴 독재의 잔해는 쉽게 걷어낼 수 없었다. 오랜 억압으로부터의 탈피는 결코 짧은 시간에 쟁취할 수 있는 것이 아니었다. 그는 필요 이상으로 많은 혁명가가 배출되는 시대로 서둘러 발길을 옮겨야만 되는가에 대해서 회의적이었다. 그것은 꼭 나약함이나 용기 없음만으로 매도

될 회의는 아니라는 것이 그의 생각이었다. 혁명가의 눈물, 투쟁보다는 그 눈물에 더 기대야 된다고 믿는 그의 생각은 무혈입성을 노리는 기회주의나 다름없다는 혹독한 비판을 받기도 했었다.

가입자 명단을 공개하기로 결정이 났을 때에도 그는 그 결정에 반대했었다. 전교조의 실체를 의도적으로 축소시키면서 여론을 호도하는 당국의 조작 앞에서 실제 그것 이외 더 효과적인 대응이 없기는 했었다. 무더기 징계나 탈퇴로 조직이 약화될 것을 예견하면서도 지도부는 숱한 토의 끝에 명단 공개에 나섰다. 그는 이미 파면되었고 명단 공개 이전에 주목받는 주동자였으므로 그한테 더 이상의 타격이 올 것은 없었다. 그렇지만 그한테는 지회장이라는 책임이 있었다. 자진해서 저들의 손에 식구들을 넘겨주는 일만큼은 끝까지 반대할 수밖에 없는 그였다. 그가 익히 당해왔던 그 고통이 이제는 동료들한테로, 무차별하게, 좌우 사방에서 덮쳐들 것을 생각하면 명단을 들고 지부로 갈 일이 꿈만 같았다.

"그것은 지회장이 심사숙고할 성질의 문제가 아니라고 보는데요. 우리는 조직 속에서 함께 움직여야 할 사람들이에요. 다른 지부들의 명단이 속속 공개되고 있는데 우리 지회만 버틴다고 될 일이 아니지요. 지도부에서 이미 결정을 했고 지침이 내려온 이상 명단 공개에 찬성이냐 반대냐 하는 입장으로 끙끙 앓는 모습은 지회장답지 않다고 봅니다."

박규옥 선생은 또렷한 어조로 그의 슬픔을 차압해버려야 한다고 주장했다. 명단 공개가 있기까지 지회의 해직 교사는 그와 박 선생뿐이었다. 그는 지부의 독촉을 받으면서도 여전히 망설였다. 그의 망설임이 하루라도 탄압을 늦출 수 있었음은 사실이었다.

식은 6시 40분에 시작되었다. 이만호 선생이 앞에 나가는 것을 신호로 학부모 모임이 주도했던 노래 연습도 끝이 났고 수인사를 나누던 손님들의 낮은 목소리까지 일시에 잦아들었다. 어색한 일이 있거나 잘못을 지적당했을 때는 늘 그러듯이 이 선생은 코를 문지르며 어정쩡한 웃음을 띠고 사람들을 둘러보았다. 키가 하도 커서 바닥에 앉은 사람들은 고개를 힘껏 쳐들고 사회자를 보아야 했다. 엄마를 따라 온 꼬마들도 그 순간만은 까만 눈을 빛내며 숨을 죽인 채 이 선생을 올려다보았다.

"지금부터 전국교직원노동조합 ○○지회의 집들이를 시작하겠습니다."

김 목사가 가장 먼저 힘찬 박수를 보내기 시작했다. 그 옆에 제1야당의 지구당 위원장이 앉아 있었다. 김 목사는 그가 만날 수 있는 모든 사람을 다 만나는 사람이었다. 김 목사라면 폐허의 도시에서도 수십 명의 후원자를 끌어 모을 수 있으리라. 한 선생은 김 목사의 누런 점퍼를 훔쳐보면서 목을 죄어오는 넥타이를 좀 느슨하게 풀어놓았다. 사람들이 들어차 있으니 공기도 후텁지근했다. 국민의례를 대신한 간단한 묵념이 끝나길 기다려 그는 이 선생 뒤쪽의 창문을 약간 열었다. 질주하는 차량의 소음이 들려오긴 했으나 식을 망칠 정도는 아니었다.

"다음에는 지회장님의 간단한 인사가 있겠습니다."

이 선생이 막 자리에 들어와 앉는 그에게 눈짓을 보내었다. 그는 다시 넥타이를 조이며 앞으로 나갔다. 많은 사람들을 모아놓고 말을 하는 일에는 어지간히 익숙할 때도 되었건만 천성적으로 그는 결코 웅변가가 못 되었다. 첫마디의 발성은 언제나 잠긴 채 눌려 나왔고 생각했던 말 이외에 즉흥적인 비유나 농담을 끼워 넣은 적은 한 번도 없었다. 오늘이라고 갑작스럽게 달라질 리가 없었다. 그는 무릎을 감추기 위해 자신도 모르는 사이 와이셔츠의 소맷부리를 자꾸 끌어당기고 있었다. 그럼으로 해서 소맷부리의 얼룩이 점점 더 드러나고 있다는 생각은 미처 하지도 못한 채였다.

"……아이들의 검은 눈, 빛나는 눈이 모여 있는 자리로……그 자리로 돌아갈 수 있을 때까지 열심히 일하겠습니다. 와주셔서 감사합니다."

자리로 돌아오면서 그는 뒤쪽에 앉아 있는 식구들을 쳐다보았다. 맨 뒤에 박규옥 선생이 서 있었다. 박 선생이라면 "열심히 일하겠습니다."라고 말하지는 않았을 것이었다. 열심히 싸우겠습니다, 로 했겠지만 그는 공개적인 자리에서는 아직도 그렇게 힘주어 말하기가 어려웠다.

그의 순서 다음으로 김 목사의 인사가 있었다. 이 선생은 김 목사가 사무실 마련을 위해 많은 노력을 했고, 또 이 사무실에서 학부모 모임의 일도 함께 보게 될 것이라는 설명을 하고 있었는데 중간 중간 더듬는 부분이 많았다. 이 선생 역시도 뒤쪽의 박 선생을 의식하고 있을지도 몰랐다. 그는 안쓰러운 마음으로 이선생의 땀 젖은 얼굴을 지켜보았다.

"전교조의 외침이 없었다면 우리 학부모들은 아직도 무감각의 깊은 잠에서 깨어나지 못했을 것입니다. 그런 의미에서 먼저 우리 사회가 교육에 대하여 이만큼이라도 관심을 가지고 고민할 수 있도록 자신의 몸을 부수어 한 알의 밀알이 되어주신 전교조 교사 여러분, 특히 1천 7백여 해직 및 투옥 교사 여러분께 깊은 감사를 드립니다."

이 선생에 비하면 김 목사의 연설은 비교할 수도 없을 만큼 시원시원하고 뚜렷했다. 김 목사는 학부모들이 왜 나설 수밖에 없었는지를 설명하기 시작했다. 아이가 학교에 인질로 잡혀 있기 때문에 어쩔 수 없이 몸값에 해당하는 각종 찬조금을 울며 겨자 먹기로 제출해야 한다는 식의 김 목사 특유의 독설들이 쏟아져 나왔다. 그에 따라 분위기도 조금씩 고조되어갔다. 사람들은 어떤 식으로든 강한 쪽으로 시선을 집중한다. 모임에서는 특히 강성 발언이 분위기 고조를 위해서도 필요한 법이다.

"지난번 전국 학부모 대표들과 각 정당을 방문했었습니다. 저는 이제까지 대학생들이 왜 정치인들을 바퀴벌레 취급을 하는지 솔직히 잘 몰랐었지요."

김 목사의 화살은 정치인에게로 날아갔다. 때마침 또 한 야당의 지구당 위원장이 늦은 것을 사과하며 들어섰다. 마침 잘 오셨습니다. 김 목사는 여유 있게 인사까지 하면서 이야기를 계속해나갔다.

"이 정권은 교사들을 교단에서 내쫓아 그들로 하여금 거리의 스승이 되게 만들었습니다. 오히려 잘되었습니다. 이제 그들은 사람들이 모인 곳이면 어디나 찾아가서 참교육이 무엇인지 설명하고 있습니다. 진실은 반드시 승리하는 법입니다. 이 간단한 사실을 모르는 사람들이 많으니, 참 답답한 노릇이다, 이 말씀입니다."

답답함, 가슴이 터질 듯한 그 답답함이라면 그 역시 실컷 맛보았었다. 답답함에 대해 말하라면 한 선생은 언제나 지난 5월 14일의 발기인대회가 떠올랐다. 전국 10개 지역에서 동시다발로 열렸던 발기인 대회는 서울에서는 연세대 노천극장에서 치러졌다. '서울·인천·경기 지역 교직원 노조 발기인대회 및 준비위원회 결성대회'라는 휘장까지 흠씬 젖어버린, 처음부터 끝까지 빗속에서 강행된 대회였다. 비만 내렸던 것도 아니었다. 간간 천둥과 번개까지 동반한 험악한 날씨였다. 전교조의 앞날은 그때 이미 예견되고도 남음이 있었다. 참석했던 교사들은 한결같이 후줄근하게 젖어 있었다. 스탠드의 차가운 시멘트 바닥에 주저앉아 온몸으로 비를 맞던 그 또한 물에 빠진 꼴이었다. 구호를 외치기 위해 손을 쳐들면 등 언저리로 한기가 몰려들어 저절로 몸이 떨렸다.

　그 자리에 앉아 있기 위해 그는 학교 변소에 숨어 있기까지 했었다. 문교부는 강력하게 대회 불참을 종용했고 참석 교사의 명단은 그대로 징계에 연결된다는 방침이어서 그 추위가 한결 심했던 것인지도 몰랐다. 무겁게 내리누르고 있는 하늘, 물먹은 솜처럼 아득하게 가라앉아 있는 운동장. 노조 발기 선언문이 채택되고 준비위원장이 선출되는 동안에도 그는 쉬임없이 떨고 있었다. 쥐어짜면 물이 흐를 것 같은 점퍼 호주머니에 손을 찔러 넣고 앉아서 그는 연신 비를 맞아서 떠는 것이라고 스스로에게 설명을 하곤 했었다. 추위와 함께 그를 더욱 괴롭힌 것은 꽉 막혀서 바람 한 점 통하지 않았던 가슴의 답답함이었다. 속에서는 너무 답답한 나머지 진땀이 흘렀고 겉에서는 추위로 마구 몸이 떨렸다.

그리고 어느 한순간 그는 호주머니에 들어 있던 손을 빼버렸다. 웅크렸던 몸도 확 폈다. 교단에서의 숱한 세월 동안 이런 비도 맞았고 더 지독한 겨울도 겪었다. 정말 이대로 내버려둘 것인가, 라는 생각에 많은 밤을 답답한 한숨으로 지새곤 했었다. 누가 내몰아서 여기에 온 것이 아니었다. 빗속에서 떨고 서 있으라며 등을 민 것은 바로 자기 자신이었다. 그는 스스로에게 정당하자고 다짐했다. 눈과 입으로 부딪쳐오는 빗방울을 주먹으로 훔쳐내며 그는 눈을 크게 떴다. 가슴속 저 어두운 터널에 한 점 찬바람이라도 넣고 싶다면, 그렇다면 응당 가슴을 펴야 할 일이었다.

그리고 꼭 한 달 뒤에 경기지부 결성대회가 수원의 한 대학에서 열렸다. 이미 전교조 결성식이 치러진 뒤라 대회 강행을 저지하는 힘은 거세었다. 비밀 결사대처럼 산길을 타고 대회장으로 잠복해들던 그날도 한 달 전과 똑같이 비가 종일 땅을 적시고 있었다. 대학생들의 안내로 후미진 산길을 밟아가고 있을 때는 이미 어둠이 찾아오는 시각이었다. 그는 한 달 동안 줄곧 감기에 시달리고 있었다. 발기인대회를 마치고 돌아온 그 밤부터 시작해서 떨어지지 않고 그를 억누르고 있는, 지독히도 꼬리가 긴 감기였다. 기침은 쉬어서 한번 터지면 펌프 물 쏟아지듯 콸콸거렸고 제대로 쉬지 못해서 안색은 창백했었다. 그런데 또 비를 맞아야 했다. 정보가 새어나가지 않도록 교사들의 1차 모임장소는 제각각 정해져 있었다. 집행부 외에는 최종적으로 결정한 대회장소를 몰랐다. 그는 각기 다른 장소에 모여 연락을 기다리는 교사들을 대회장으로 안내하는 임무를 맡았다. 6시에 모여서 8시가 넘도록 장소를 옮겨 다니느라 교사들의 젖은 옷에서는 김이 올랐고 이마에서는 식은땀이 솟았다. 질퍽한 황토가 엉겨 붙은 구두는 천근만근의 무게로 힘겨운 걸음을 더욱 지치게 했었다.

"지리산 빨치산들도 이랬겠지요. 아이구, 영락없어요……."

옆에서 힘겹게 따라오던 이만호 선생의 말이었다. 길눈이 밝은 대학생들을 앞장세워놓고 그 뒤를 쫓느라 힘겨워하고 있던 그도 추적을 따돌리기 위해 밤길을 도와 거점을 옮기는 빨치산 무리들이 떠오르던 판이었다. 얼마 전에 읽었던 소설에서 그런 장면을 많이 보았다. 6·25도 비껴서 태어난 자기에게 들이닥친 이 후줄근한 행군을 대체 어떻게 이해해야 할는지, 그는 착잡한 심정으로 뒤를 따르는 많은 동료들의 굽은 어깨를 돌아보곤 했었다. 겨우 꼬리를 잡았던 감기가 다시 도질 것은 뻔한 이치였지만 그날은 왠지 비 맞는 일이 싫지는 않았다. 오한도 심하지 않았고 가슴을 짓누르는 답답함도 많이 가셔 있었다. 그 대신 몹시 착잡하기만 했다.

답답함에서 착잡함에 이를 만큼 그 싸움은 어느 정도 그를 단련시켜주었음은 사실이었다. 뒤에 오는 동료들이 길을 잃지 않도록 준비해간 신문지를 바닥에 까는 일도, 스타킹을 뒤덮어버린 진흙더미를 떼어내느라 용을 쓰는 여선생을 도와주는 일도, 그 험악한 길의 모든 훼방꾼 속에 던져진 자신을 위해 예비된 것처럼 여겨지기도 했다. 굴종의 삶을 떨치고 일어서기 위해서, 숨죽여 자신의 말을 듣고자 하던 검은 눈동자들의 곁을 온전히 지키기 위해서, 그는 비 젖은 산길의 어느 모퉁이에서 자신이 걷는 이 길을 한 번 더 확인하기도 했었다.

삶은 때로 그런 확인도 필요한 법이었다. 사람들은 각기 어떤 삶이 되기를 원하는가에 따라 자신의 길을 선택하였다. 전교조의 투쟁에 동참하면서 그는 끊임없이 자신의 삶이 어떻게 완성되어져야 하는지를 생각했었다. 그는 자신이 결코 혁명가의 삶을 지닐 수 없는 사람임을 익히 알고 있었다. 그는 이 투쟁이 결국은 자기와의 싸움임도 잘 알고 있었다. 모든 명제에 우선하여, 그것의 완성으로 가는 투쟁은 내부에서 가장 치열한 것이라고 그는 믿었다. 이 싸움에서 이기는 날, 그 또한 내부의 싸움에서 승리하기를 진실로 원하였다.

김 목사의 인사말은 길었지만 지루하지는 않았다. 이만호 선생은 다음 순서를 소개하고 있었다. 이제는 내빈들의 축사가 있을 차례였다. 축사의 순서는 정해져 있지 않았었다. 순서는 그때의 상황을 보아 정하기로 했는데 이만호 선생은 잠시 김 목사와 귀엣말을 나누다가 본부에서 나온 간부를 첫 순서로 소개하였다. 해직과 투옥을 함께 겪은, 전교조가 아니었으면 주임교사로 앉아 있을 교단의 선배 교사였다. 카랑카랑한 목소리, 날카로운 눈빛이 참석한 모든 이들을 긴장하게 만드는 축사가 시작되었다.

"보세요. 수학여행 다녀오면 인솔 교사들 앞에 돈 봉투가 나누어집니다. 그 돈, 누가 낸 돈이지요? 참고서 판매는 업자와 교사가 같이 하는 장사로 되어버렸습니다. 그 장사, 거절해도 안 돼요. 교장 교감한테 상납해야 하는데 선생 박봉으로 그 짓까지 할 수 있나요? 애들 못 가르쳤다고 시말서 쓰나요? 공문서 수발에 더듬거렸다가는 당장 시말서지요. 높은 사람 지나가는 길목에다, 그 여름 땡볕 밑에다가, 우리 아이들 몇 시간이고 세워두어야 하는 세상도 말 한마디

못 하고 보냈던 우리들입니다. 공부시간에 애들 사람 되라고 몇 마디 했다가는 난리가 납니다. 대학 떨어지면 책임지겠느냐고 전화가 빗발쳐요. 일 년에도 수십 명씩 우리 애들이 공부벌레가 되기 싫다고 죽어가는 데도 모두들 남의 자식 일이려니, 못난 애들이나 그러려니 하면서 태연합니다. 민족이니 민주교육이니 하면 무슨 빨갱이 아니냐 하면서 경기들을 일으키지요. 교육세는 숱하게 걷어가면서 우리 애들은 조개탄 난로도 마음껏 못 피우고 공부를 해야 합니다. 전교조에 결사반대한다는 저들의 자녀들까지도 우리한테는 그저 소중한 우리 애들입니다. 우리 애들 한번 잘 가르쳐보자는 것뿐인데 당국은 입만 벌렸다 하면 파면이요 구속이니, 애들 가르칠 줄밖에 모르던 선생님들을 자꾸 투사로 만드는 꼴입니다."

전임 학교에서 한 선생이 3학년을 맡았을 때의 일이었다. 학기 초에 반장 선거가 있었는데 학년주임이 그를 불렀다. 누구누구를 반장과 부반장 시키면 학급 운영하기가 수월하다는 충고였다. 특히 반장감이라고 추천했던 아이는 교장도 퍽 관심 있게 지켜볼 만큼 학교에 도움을 주는 학부모의 외동아들이라는 점을 강조하였다. 그는 주임의 충고를 무시한 채 아이들의 의견을 존중해서 선거를 치렀다. 유념해두라던 학생은 부반장에 입후보되긴 했으나 표를 많이 얻지 못해 탈락해버렸고 반장은 전혀 뜻밖의 아이가 최다 득표로 선출되었다. 선거 결과를 알기 위해 일부러 그의 교실에 들렀던 주임은 표정이 샐쭉해져서 돌아갔다. 학교의 이익을 먼저 생각하는 담임이 되어야 한다는 마지막 충고를 남긴 채였다. 알고 보니 주임은 2학년 때 그 학생의 담임이었고 학부모에게 3학년 반장까지도 책임지겠다고 큰소리를 쳤었던 모양이었다. 그 과정에서 돈 봉투가 오고 갔음은 묻지 않아도 자명한 일이었다.

그러나 더욱 경악할 일은 다음 날 일어났다. 반장으로 선출된 아이의 어머니가 학교에 찾아온 것이었다. 시장에서 튀김장사를 하고 있다는 그 어머니는 한사코 반장을 다른 아이에게 넘겨달라고 고집하였다. 교사 마음대로 될 일이 아니고 또 그럴 수도 없다고 누누이 설명을 해서 그냥 돌아가기는 했지만 그 어머니의 하소연만큼은 오래도록 잊을 수가 없었다. 어쩌자고 애들이 모두 반장 부반장을 맡아오는지 참말 속 터져 죽겠어요. 큰애 때 멋모르고 반장 맡았다가 얼마나 속상했는지 몰라요. 돈 없는 사람은 반장 엄마 할 자격도 없다니까요. 운동회다 소풍이다, 그런 뒷감당할 형편이 못 되거든요. 형편만 괜찮으면야 얼마든지 하지요. 괜히 애만 기죽인다고, 지네 아버지가 더 펄펄 뛰는구먼요…….

이번에는 경기지부의 정 선생이 축사를 하기 위해 앞으로 나왔다. 소년처럼 단아한 얼굴에 체구도 작았지만 구속 대상일 만큼 여간 단단한 일꾼이 아니었다.

"교육의 결과는 성적표의 수우미양가로 표기되는 것만이 전부가 아닙니다. 만약 그렇다면 학교가 있을 필요도 없습니다. 교사와 학생은 인격체로서 만나는 관계입니다. 교사의 교육활동은 학생의 장래를, 나아가서는 민족의 장래를 좌우하는 지극히 신성한 노동입니다. 교사는 성직이다, 라는 미명 아래 침묵을 강요하고 지배 집단에 굴종을 강요하는 저들 앞에 우리가 백기를 들 수 없는 이유는 실로 여러 가지가 있습니다만 단 한 가지, 우리로 하여금 싸우지 않을 수 없게 만드는, 우리의 사랑하는 아이들의 미래를 더 이상 방관할 수 없다는 그 무거운 마음만큼은, 진실로, 부끄러움 한 점 없는 떳떳함입니다."

그랬다. 저들은 교사와 학생의 관계가 월급봉투만으로 묶여져 있다고 생각한다. 교사는 노동자가 아니라고 말하면서 수천수만 명이라도 해직시키고 다른 교사로 메워버리면 그만이라고 생각한다. 그 수많은 가슴속에 담겨 있는 많은 추억을, 사랑을, 정겨움을 그들이 알기나 하는가.

한 선생은 마지막 날의 아이들 모습을 떠올리다 말고 눈앞이 흐려지고 말았다. 시험 성적은 언제나 최하위였지만 순박하고 성실한 정호는 내내 엉엉 울다가 나중에는 쫓아 나와서 "가지 마요. 예? 가지마세요." 하고 매달렸다. 눈물 콧물로 범벅이 된 정호의 머리통을 껴안고 그 또한 참았던 눈물을 터뜨리며 입술을 깨물었었다. 마지막으로 아이들 이름을 한 명 씩 불러보고, 목이 잠긴 그 애들의 대답 한 마디 한 마디를 가슴에 품고, 교실을 나와 텅 빈 복도를 걸어가는데 두고 온 교실에서는 더욱 높아진 울음소리가 그의 목덜미를 자꾸만 낚아채었다.

"우리는 결코 물러나지 않습니다. 금년 안으로 전교조는 80% 이상 복원됩니다. 우리 경기지부도 이미 그 정도 수치로 정비되고 있는 중입니다. 새로운 분회도 속속 결성되고 있습니다. 교사는 더 이상 정권의 하수인이 아닙니다. 우리는 자주적인 민주교육을 향해서, 참다운 삶을 함께 모색하는 인간교육을 위해서 절대 양보하지 않을 것입니다. 이제 남은 일은 하나뿐입니다. 당국은 빨리 현실을 인정하고 교육 악법을 개정해야 합니다. 그것 이외 다른 방법은 없습니다."

파면 통지서를 손에 쥐고 교문을 나서면서 한 선생은 차라리 후련했었다. 교단에 선 지 10년 만에 그처럼 크게 해방감을 느낀 적도 없었다. 나는 이제 자유다. 온갖 사슬과 족쇄로 입과 손과 발을 묶어 놓고도 모자라 마음 가운데에 커다란 구멍까지 뚫어놓고 만 고통의 세월과도 이제는 작별이다. 자신의 왜소함, 무능함, 나약함에 치를 떨던 굴욕의 날들에서 벗어나고 말았다는 그 후련함은 어쩌면 절망으로부터의 도피 같은 것인지도 몰랐다. 아무것도 해결되지 않았으며 오히려 더욱 거세어질 고통이 그를 기다리겠지만 그때의 한 순간만큼은 진실로 그러했다.

정 선생에 이어서 야당의 두 위원장들이 차례로 나와 축사를 하였다. 정치하는 사람들의 축사는 으레 그렇듯 길었다. 이만호 선생은 그 틈을 이용해서 그에게로 왔다.

"축사는 더 없구요. 다음에 현판식 차례입니다. 준비하세요. 그래도 많이들 모였네요. 모르는 얼굴도 꽤 있어요. 아휴, 왜 이렇게 덥죠? 아이구, 이것도 힘드네요."

이 선생은 한꺼번에 여러 가지 말을 던져놓고는 다시 자기 자리로 돌아갔다. 다음이 현판을 거는 순서였으므로 그는 새삼 옷매무새를 가다듬었다. 그러다 문득 보통 이상으로 삐져나온 와이셔츠의 소맷부리를 발견했다. 그는 서둘러 그것을 집어넣고서 땀 배인 이마를 쓱 문질렀다. 이 선생 말대로 실내는 사뭇 더울 지경으로 달구어져 있었다.

"축사 순서는 이만 접기로 하겠습니다. 다음에는 지회장님이 나오셔서 현판을 걸겠습니다. 장소가 협소해서 회장님 한 분만 나가시고 다른 분들은 앉은 자리에서 박수를 쳐주십시오."

그는 신발을 신고 출입문 앞에 섰다. 박 선생이 그에게 현판을 건네주면서 싱긋 웃었다. 침울함이 많이 가신 얼굴이어서 그는 마음이 놓였다. 앉아 있던 사람들 모두 몸을 돌려 그를 지켜보았다. 마주 보이는 벽시계가 7시 50분을 가리키고 있었다. 가로 40센티, 세로 30센티의 이 작은 팻말을 걸기까지 얼마큼 많은 시간이 필요했던가. 그는 선뜻 그것을 쳐들어 단박에 매달아버릴 수가 없었다. 지켜보는 검은 눈들 또한 형식의 감동을 오래 누리고 싶어하는 것 같았다.

그는 조심스럽게 현판을 들어올렸다. 그 모습은 마치 완강한 저항을 뿌리치고 있거나 하듯이 몹시 힘들어 보였다. 박아놓은 못을 찾아 제자리에 거는 일도 그러했다. 그는 여러 번 더듬거려서, 소중하게 그것을 매달았다. 먼저 박수를 친 사람은 바로 문 옆에 서 있던 박 선생이었다. 현판은 반듯하게 매달려 있었음에도 그는 한 번 더 그것을 매만져 제자리에 걸려있음을 확인하였다. 7시 50분. 초침이야 움직였겠지만 시계바늘은 여태도 거기에 있었다. 수천, 수만 개의 마음을 매다는 데 시간은 그렇게 1분도 채 걸리지 않았다.

한 선생은 자리로 돌아와 앉으면서 한 번 더 시계를 보았다. 7시 51분. 전교조 노래가 불리기 시작한 시간이기도 했다. 굴종의 삶을 떨쳐 반교육의 벽 부수고, 침묵의 교단을 딛고서 참교육을 외치니……. 앞에 선 이만호 선생의 목울대에 핏줄이 도드라졌다. 너와 나의 눈물 뜻 모아 진실을 외친다, 보이는가 강물, 참교육 피땀 흐르는, 들리는가 함성, 벅찬 가슴 솟구치는……. 그의 목에도 핏줄이 꿈틀거렸다. 가로 40센티 세로 30센티의 작은 현판은 작지만 큰 것이었다. 저 혼자 외롭게 하는 일에 현판을 달 수는 없다. 현판이, 아니 현판식이 소중한 까닭은 그 속에 함께 뜻을 모았기 때문이었다. 혼자 힘으로는 버둥거리다 말 뿐, 그것을 해결할 수 있는 힘은 현판이 상징하는 하나 됨의 조직이 아니고는 불가능하다. 그는 불현듯 김 목사의 말을 떠올렸다. 슬픔도 힘이 된다…….

전교조의 노래 「참교육의 함성으로」가 2절에 접어들면서 방 안 전체가 뜨겁게 달아올랐다. 함께 가세 이 길, 아이들의 넋이 춤추는, 함께 가세 이 길, 사람 사는 통일 세상…….

노래가 끝나고 나서였다. 그는 문득 이 선생이 예사롭지 않다고 느꼈다. 이것으로 식은 끝이었다. 이어서 준비된 음식을 나누며 대화의 시간을 갖게 될 터였고 그때에는 현장 조합원 중에서 재주가 많은 교사를 내세워 즐거운 자리를 만들 참이었다. 이만호 선생이 얼른 폐회를 말하지 않고 머뭇거리는 것이 이상해서 주목한 것은 아니었다. 이 선생은 뭐랄까, 잔뜩 화가 난 표정을 하고 있었다. 그리고 그것을 감추기 위해 쩔쩔매고 있는 것처럼 보였다. 노래가 끝났는데도 사회자가 말없이 주저앉아 있는 것을 보고 뒷자리에서 여러 동료가 이 선생을 불렀다. 그래도 이 선생은 붉어진 얼굴로 그렇게 앉아만 있었다.

"이 선생님. 1부 순서가 끝났어요. 안내 말씀을 드리세요."

하는 수 없이 그가 이 선생을 깨우쳤다. 그때였다. 이 선생이 벌떡 일어나 느닷없이 "끝나지 않았어요!" 하고 소리쳤다. 그는 얼른 눈을 돌려 박 선생을 찾았다. 다른 사람이야 무심히 넘길 일일 수도 있었으나 그와 박 선생만큼은 이 선생이 평소와 다르다는 것을 깨달을 수 있었다. 박 선생 역시도 불안한 눈빛으로 그의 시선을 받았다.

이 선생은 여전히 더듬거리는 말투로, 그러나 말하지 않을 수 없다는 듯이 좌중을 향해 입을 열었다.

"죄송합니다. 식순에는 없는 순서이지만……저는……도저히 참을 수가 없으니 따라 하실 분은 하시고……죄송합니다."

그다음에 터져 나온 것은, 뜻밖에도 그동안 이 선생이 그토록 서툴게 외치곤 했던 바로 그 구호들이었다. 전교조 깃발 아래 참교육 쟁취하자! 윤영규 위원장을 즉각 석방하라! 분회 결성 앞당겨서 전교조 탄압 분쇄하자! 이 선생의 선창은 크고도 우렁찼다.

8시 20분. 이 선생은 씩 웃으면서 폐회를 알렸다. 김 목사가 일어나 진짜 순서는 지금부터이니 그냥 가셨다가 나중에 후회하지 말라고 말하였다. 여교사들은 이미 음식 접시들을 나르고 있었다.

"우리도 뭣 좀 먹어야지요."

이 선생이 코를 쥐어뜯으면서 다가와 괜히 그의 팔뚝을 건드렸다.

"아직 끝난 게 아니라면서?"

그도 괜히 이 선생의 말꼬리를 붙잡아보았다.

"그래도 끝냈잖아요?"

이 선생은 씩 웃고 말았다. 그리고는 또 코를 쥐어뜯었다

"사실은요, 아까 전교조 노래를 부를 때……. 유 선생님이 왔었어요."

유 선생이라면 오늘 낮에 박 선생에게 된통 퍼부었다는 탈퇴 교사였다.

"문 옆에 숨어서 안을 들여다보더라고요. 모두 돌아앉아 있었으니까 나 혼자만 눈치 챘지요. 박 선생도 몰랐을 거예요. 그 양반, 얼굴이 되게 야위었데요. 모르겠어요……그냥 막 외치고 싶어서…… 망치지나 않았는지 모르겠어요."

진즉에 가버리고 말았다는 이 선생의 말을 뒤로 한 채 그는 사무실을 빠져나와 급히 계단을 내려가 보았다. 밤거리를 오고 가는 사람들 속에 아는 얼굴은 없었다. 유 선생이 기다려주고 있으리라는 믿음으로 뛰어나온 것만은 아니었다. 유 선생이 아니라면 그 누구라도, 지나는 이들의 검고 따뜻한 눈빛을 보고 싶었다. 지친 발걸음으로 귀가하는 이들의 낮은 숨소리를 들어보고도 싶었다. 찬바람으로 눈을 씻고 어둠 깔려 적막한 하늘을 올려다보고 싶었는지도 몰랐다.

그는 그렇게 어둠 속에 서 있었다. 길 위에 흐르는 모든 것들이 내는 소리, 고함과 경적과 사이렌 소리와 거친 구둣발 소리들의 한가운데로 뛰어들었으면서도, 그랬으면서도, 그는 지극히 고요하였다.

_ 『창작과비평』 1989년 겨울호

산꽃
천마총 가는 길
기회주의자
슬픔도 힘이 된다
숨은 꽃

1

    그는 귀신사(歸神寺)에 있었다. 나는 그를 귀신사에서 만났다. 십오 년 만이었다. 물론 나는 그 십오 년의 세월을 첫눈에 걷어내지는 못하였다. 그가 먼저 나를 알아보지 못했다면 이 돌연한 만남이 십오 년의 시간을 경과한 후에 비로소 일어났다는 사실조차 확인되지 않았을 터였다.

    그랬다면, 만약 그와 나 두 사람 중의 어느 누구도 세월의 두께를 젖히고 상대를 알아보지 못했다면, 우리는 서로 스쳐 지나갔을 것이었다. 하늘 향해 키를 겨누고 서서 연초록 잎을 피워 올리고 있는 껑충한 미루나무나 하염없이 쳐다보다가, 시들어가는 진달래 잎사귀나 한 번 더 만져보고, 나는 그만 돌아섰을 것이었다.

    만약 그랬다면 이 소설은 쓰이지 않았을 것이다. 나는 한 거인의 목소리를 채집하는 행운을 영원히 놓쳐버릴 수도 있었다. 그뿐만

이 아니었다. 행여 하고 갔다가 역시 하고 돌아오는 허망함을 어떻게 가누었을지 생각만 해도 막막한 일이었다. 어쩌면 그는 내가 거기에 가야만 했던 까닭을 미리 알고 먼저 그곳에 와 있었는지도 모르겠다.

예전 같으면 이렇게 말하는 사람들을 비웃었겠지만 지금은 그럴 생각이 전혀 없다. 중요한 것은 그런 일이 있을 수 있는지 없는지를 말하는 것이 아니라, 그렇게 말해버릴 수 있느냐 없느냐의 태도일 것이다. 그리고 나는 그렇게 말해버렸다. 귀신사에서 나는, 그렇게 말해버리는 법도 있다는 것을 배웠다.

그날 오전, 서울역의 혼잡한 광장에 홀로 남겨졌을 때부터 나는 이 여행을 후회하고 있었다. 그러나 좀 더 사실대로 말하자면 후회가 시작된 시간은 그보다 한참 먼저였다. 기차 시간에 늦지 않으려고 다소 부지런을 떨었던 아침, 내가 없어도 아무 이상 없이 잘 돌아가게끔 챙겨둬야 할 일상의 자질구레한 일들을 앞에 두고 느꼈던 전날 밤의 한숨, 그보다 더 앞으로 시간을 돌리면 기차표를 예매하러 나갔던 날의 몽롱함과 회의까지를 다 후회의 페이지에 포함시켜야 정확할 터였다. 하지만 후회를 잘하는 사람일수록 늘 그렇듯이 포기도 쉽게 하지를 못하고 결국 나는 예매한 기차표의 시각에 정확히 맞추어 서울역 광장에 모습을 나타냈다. 그사이 이 여행을 포기해도 미련이 없을 만한 어떤 좋은 생각도 떠오르지 않았기 때문이었다.

"차표는 잊지 않고 가져왔지?"

나를 광장에까지 실어다주고 돌아가면서 남편이 남긴 말은 이게 다였다. 잘 다녀오라거나 그저 머리나 식히고 오는 셈 치라는 말쯤은 해줄 만도 한데 그는 그저 내 지독한 건망증만 염려스럽다는 얼굴로 그렇게 말하고 태연히 차를 돌렸다. 남편의 태연한 그 얼굴이, 광장에 밀집해 있는 자동차 사이를 빠져나가 눈부신 봄 햇살 속의 거리로 섞여가는 그 무심한 뒷모습이 얼마나 부러웠던가.

나는 억울하였다. 다른 이들은 모두 신나는 휴가를 떠나는데 오직 나에게만 처치 곤란한 일거리가 잔뜩 주어져 내몰린 기분이었다. 이건 정말 부당하다. 억울하다. 그 한순간의 억울함은 이 여행의 후회를 넘어서서 내 생애 전부를 후회하기에도 충분한 양이었다.

내 생애 전부를 실어내기 위해 늘 내 이름자 밑에 괄호로 닫혀져 묶여 있는 '소설가'라는 호칭을 반납하고 흘러가버린 다른 생애를 반환받을 수 있다면. 행여 그럴 수 있다면 이렇게 역 광장에 홀로 남겨져 타인들을 질투하며 서 있지 않아도 됐을 것을.

설령 내 이름자 밑에 따라 다니는 괄호 속의 호칭을 원망하지 않는다 하더라도 가슴에 얹혀진 바위 하나를 들어내는 방법이 꼭 이래야 한다는 것은 원래 내 방식이 아니었다. 잘 감긴 타래에서 술술 실이 풀리듯 그렇게 글이 풀려나오지 않는다 해서 훌쩍 어디로 떠나곤 하는 버릇에는 애당초 길들여 있지 않은 사람이 바로 나였다.

글이 써지지 않아서, 혹은 좋은 글을 찾아서 여행을 떠난다는 동업자들을 볼 때마다 나는 그들의 허공에 들린 발을 염려하곤 했었다. 여행이 필요하다면 그것은 삶의 필요에 의한 것이며 단지 소설만을 위해서 일상을 저버리고 떠나는 일은 마치 죽기 위해서 산다는 말처럼 부정하기 어려운 허장성세가 감추어져 있다는 것이 내 생각이었다. 나중에 하나의 여행이 온전하게 소설로 담겨져 나오는 수도 없지는 않았지만 그것 또한 삶의 필요가 먼저였고 소설은 의외의 부산물인 경우에 불과했다. 성실하게 삶을 더듬다보면 운 좋게 주어지는 그런 부산물.

그러나 이번 여행은 삶의 여러 관계들로 야기된 피할 수 없는 길 떠남이 아니었다. 망설임과 후회가 그처럼 질겼던 것도 따지고 보면 모두 거기에서 연유되고 있을 것이었다. 소설이 제대로 쓰이지 않는다고 해서 여행을 도모하고 실천하다니, 게다가 단 한 시간이라도 죽을 듯이 아껴서 써대도 겨우 마감 날짜를 지킬까 말까 한 이 화급한 날들 중의 하루나 이틀을 온전하게 내던져버리다니. 이 도박은 말하자면 벌써 몇 달째 그랬듯이 이번 달 역시 마감 날짜를 그냥 지나치고 말리라는 뚜렷한 징표로서 제시된 것에 다름 아니었다. 소설은, 확률이 높건 적건 간에, 결코 도박일 수 없는 것이므로.

여행에 대한 미심쩍음이 이리도 깊었던 탓에 창가 좌석에 앉아 스치는 바깥 풍경을 내다보는 심정도 썩 밝은 것은 아니었다. 소설을 위한 여행이 아니었다면 동네에서도 보고 또 본 저 흐드러진 진달래며 개나리, 그리고 연둣빛 새순들한테 얼마나 많은 감흥을 쏟아넣었을까를 생각하면 더욱 그러했다. 기차가 서울역을 벗어나 달린 지 오 분도 채 되지 않아서 의자를 마주 돌려놓고 먹을 준비를 하는 건너편 여자들의 거칠 것 없는 웃음소리도 내게는 예사롭게 들리지 않았다. 거의 내 나이쯤으로 보이는 여자들은 아마도 한동네 단짝들인 모양이었다. 모처럼 집을 빠져나왔을 여자들은 이른 점심인지 늦은 아침인지 모를 식사를 하면서 거침없이 웃고 떠들었다.

나는 그들의 거침없는 웃음을 훔쳐보며 더욱 창가 쪽으로 바싹

당겨 앉았다. 기차 안 어디를 둘러보아도 나처럼 모호한 표정의 승객은 없었다. 모호하기는커녕 일상을 벗어난 사람들의 표정은 그 여행의 목적과는 관계없이 지극히 선명한 굴곡을 나타내고 있었다. 나는 거침없고 선명한 승객들한데 주눅이 들고 있었다.

미로에 빠졌으면 처음 길을 잃었던 자리에서부터 차근차근 출구를 찾아보는 것이 옳았을 터였다. 시작과 끝을, 삶의 처음과 마지막을 그리도 성실하게 더듬어가는 것으로 미로를 벗어나긴 틀린 일이었을까. 운 좋게 부산물을 획득하던 시대는 이제 끝났다고 생각한 것은 너무 이른 절망이 아니었을까. 좌표가 사라졌다고는 해도 좌표가 있던 자리까지 사라진 것은 아닌데 왜 그렇게 맥이 풀려버렸을까. 그 맥 풀림에 대처하는 것조차 나는 왜 그리 조급했던 것일까.

한 시인의 말처럼 어차피 고통은 이 세상을 사는 인간들이 지불하는 월세 같은 것일진대 견디어 누르고 있으면 제 압력으로 솟아나오는 뿌리 하나쯤은 있을지도 모르는데. 아니, 이제는 그런 것들까지 폐기 처분되는 시대라고 믿었던 것은 아니었을까. 정말은 그 믿음이 두려웠던 것일까, 나는.

생전 안 하던 짓을 하고 있는 자의 가슴속으로는 온갖 의문이 스며들고 그 의혹의 무게까지 덧붙여진 가슴의 바위는 참으로 처치 곤란이었다. 이럴 수도 저럴 수도 없다. 이럴 때는 무엇이든 읽을 것이 있어 글자 속으로 들어가 버리면 시간을 죽이기가 훨씬 수월할 텐데도 내겐 인쇄된 그 무엇도 가진 것이 없었다. 나는 일부러 책 따위는 들고 가지 않기로 했던 것이다. 그러나 기차가 수원을 지나기도 전에 나는 이미 읽을 것을 학대한 스스로를 질책했다.

책 대신으로 은근히 기댄 것은 가없는 풍경을 담아내는 기차의 넓은 창이었다. 나는 표를 예매하면서 근래에 드문 명료한 목소리로 창가 좌석을 요구했었다. 하지만 직통으로 얼굴을 쪼아대는 4월의 햇볕과 만난 것은 기차가 서울을 벗어나고 이내였다. 그것은 벌써 몸에 닿으면 감미롭고 마냥 훈훈하던 첫봄의 순수한 햇살이 아니었다. 견딜 만큼 견딘다 해도 결국 오 분이 채 되지 않아 때 묻은 커튼으로 손이 갈 만큼 성가신 존재였다. 창의 배반은 당장 읽을 것에 대한 갈증을 불러왔다. 할 수 없는 일이었다. 나는 이처럼 모든 일에 있어 제3의 대안 같은 것은 준비해본 적이 없는 한심한 인간이었다.

　사실을 말하면 개표를 기다리는 동안에도 약국 앞에 붙은 간이서점을 기웃거리긴 했었다. 읽을 것이 아닌 그저 볼 것, 머리에 입력되지 않고 단순히 눈에만 머물렀다가 그대로 날아가 버릴 그런 것은 괜찮지 않을까 생각했었다. 그러나 그곳에서도 나는 읽을 만한 책을 고르지 못하였다. 집에서도 그랬다. 어쩌면 손쉽게 아무 책이나 택해서 손가방 안에 쑥 밀어 넣지 못하는 스스로에 대한 짜증으로 이번 여행엔 아예 어떤 책도 동반하지 않겠다고 다짐했는지도 모른다. 책 속에서 무얼 구할 수 있었다면 왜 여행까지 생각했을 것인가.

　그래도 나는 역 귀퉁이의 간이서점 앞을 그냥 통과할 수가 없었다. 그리고 또 한참을 제목의 숲에서 길을 잃었다. 한참 뒤에 나는 집에서의 다짐을 떠올렸다. 책을 동반하지 말 것. 그다음에 떠오른 것은 늙은 내 어머니의 푸념 같은 말씀 하나였다. 쟈는 염생이 띠에다 염생이 달, 염생이 시(時)에 태어났응께 어차피 한평생 종이만 우물거리다 말거여.

기차 안에서의 세 시간 동안 내가 만난 글자는 홍익회 판매원의 밀차에 담긴 군것질감의 상표와 앞자리 등받이에 새겨진 피로회복제 광고가 전부였다. 피곤하고 나른할 때 이 물약을 마시면 새 기운이 솟구친다는 광고 문구는 어느 좌석이건 간에 다 흰 천의 등받이에 녹색 잉크로 인쇄되어 있었다.

그러니까 기차 안 이곳저곳에 내가 찾는 글자가 널려 있기는 한 셈이었다. 그것들의 한결같은 내용에 진저리를 치면서도 내 눈은 글자를 읽고 뜻을 해독하는 짓을 멈추지 못한다. 읽고 또 읽고 다시 읽으며, 나는 마녀의 주술 때문에 춤을 멈출 수 없어 쩔쩔매는 동화 속의 불행한 공주를 떠올린다. 누구, 이 춤을 멈춰줄 사람은 없나요? 나는 밥을 먹으면서도 춤을 춰야 하고 자면서도 계속해서 춤을 춰야 한답니다. 제발, 이 춤을 멈춰주세요.

결국 나는 눈을 감고 등받이에 머리를 기댔다. 피로회복제 광고를 외우다가 지쳐 떨어진 나에게 필요한 것은 바로 그 피로회복제였다. 나는 거의 한 달 이상 줄곧 피로했다. 물론 피로회복제 같은 것을 먹어본 적은 없었다. 도대체가 회복시킬 피로가 뚜렷하게 있는 것도 아니었다. 종일 팔다리 휘둘러 일을 하지도 않았고 자판 두들겨가며 원고의 양을 착실하게 늘려간 것도 결코 아니었다. 너무 멀어지기 전에 단편을 하나 써보겠다고 마음을 다잡기 시작한 한 달 전부터는 두 손 늘어뜨리고 앉아 있는 시간이 더 많았다.

두 손을 늘어뜨리고 앉아 있는 날이 하루 이틀 계속되기 시작하면서 나는 지독하게 피로했다. 이런 식으로 시작부터 미로인 글쓰기는 난생 처음 경험하는 일이었다. 단편소설에 손대본 지가 벌써 햇

수로 3년, 전교조 원년의 그 치열한 투쟁의 한 자락을 그린 단편 「슬
픔도 힘이 된다」를 한 계간지에 발표한 것이 마지막이었던 셈이었
다. 그렇다고는 해도 이처럼 까맣게 소설작법을 잊어버릴 수는 도저
히 없는 일이었다. 그동안에도 나는 쓰고 또 썼었다. 단편이 아니더
라도 써야 할 것은 많았다. 규칙적으로 원고를 넘겨야 하는 장편 연
재도 쉬임없이 해왔었다.

　문제는 '슬픔도 힘이 된다'는 진술이 아무런 감동도 주지 못하는
세상의 변화에 있었다. 세상이 갑자기 텅 비어버린 듯했다. 써야 할
것이 우글대던 머릿속도 세상을 따라 멍한 혼돈에 빠져버렸다. 하필
이면 이때, 나는 연신 미루고만 있던 단편을 써보겠다고 자포자기의
심정으로 두어 군데에 약속을 하고 만 것이었다. 하필이면 이때에.

　소련과 동구권의 대변혁이 몰고 온 파장은 그나마 모색되어오던
이 사회의 새로운 물결, 상식적인 삶의 예감까지 붕괴시키는 데 단
단한 몫을 하려는 듯이 보였다. 그쪽 세계에 살던 사람들이 007가방
을 들고, 이전과는 다른 눈빛으로 공항을 빠져나와 우리의 도시 속
으로 합류해 들어오는 모습을 보는 일은 착잡했다. 사회주의는 아직
한 번도 실현된 적이 없다는 사라진 지도자의 말도 그 의미심장함과
는 상관없이 역설적이고 허탈한 진술로만 들려왔다.

　함께 살아가기 위해 만들었다는 한 제도적 장치로서의 도덕은 당
분간 어느 곳에서도 얼굴을 내밀지 않을 것 같았다. 이제는 맹목적
인 질주(疾走)만 남았는가. 그렇다면, 그렇다면. 나는 늘 그렇다면,
에서 멈추었다. 누가 뭐라 말하든, 나로서는, 단편이란 양식의 소설
이란 작가의 고백에 다름 아니라고 생각해왔었다. 어떤 내용을 담았

건 그것은 작가의 고백이거나 기도 같은 것이었다.

멈춘 기도를 잇고 싶은 마음이야 간절했지만, 그 일을 시작하는 일은 너무 버거웠다. 그때부터 나의 피로는 누적되기 시작했다. 나는 번번이 두 손을 늘어뜨리고 기계 앞에서 물러났다. 어쩌다 느닷없는 자신감에 힘입어 다시 기계 앞에 앉아도 첫 문장을 맺기도 전에 이게 아닌데, 라는 마음속의 말이 내 손을 멈춰버리곤 했다.

이게 아닌데, 이것은 아니다, 라는 것 하나만 분명하고 그 외는 다 오리무중인 나날이 한 달간 계속되었다. 내가 생전 하지 않던 짓을 해보겠다고 여행을 나선 것도 모두 이게 아닌데, 라는 내 속의 외침을 잠재우기 위한 버둥거림의 결과였다. 더 솔직히 말하자면, 어디 먼 곳에라도 가서 그 지긋지긋한 내 속의 외침을 땅속 깊이 파묻어버리고 혼자만 도망쳐 올 수는 없을까 해서 꾸민 음모였다.

그 일이 가능한 것일까. 실제로 나는 지금 땅속에 파묻어야 할 것이 무엇인지조차 제대로 가늠하지 못하고 있는 듯싶었다. 나는 두려워하고 있는 것인지도 몰랐다. 중요한 것은 정작 땅속에 파묻어버리고 아무짝에도 쓸모없는 것을 건져 와서 완전한 혼돈에 빠져버리는 일이 생기지 않는다는 보장이 어디 있는가. 버리겠다면서도 다 버릴 생각은 추호도 없고, 이게 아닌데, 라고 중얼거리면서도 욕심을 포기하지 않는 이 질긴 모순을 나는 차마 바로 볼 수가 없다. 내 속에 들어 있는 것의 정체를 알기 전에는 어떤 문장에도 안심하고 마침표를 찍을 수가 없는 것이다.

거의 이리(裡里)에 다 왔을 때까지 나는 눈을 뜨지 않았다. 그렇다고 수면 속으로 빠져 들어간 것도 아니었다. 눈꺼풀을 사이에 두고 나는 여전히 세상 속에 있었다. 한숨 푹 잠 속으로 떨어졌다가 일어나면 한결 머리가 맑아질 수 있다는 것을 잘 알면서도 그 일이 쉽지가 않았다. 한번 빗나가기 시작하면 아무리 쉬운 일도 결코 쉽게 이루어지지 않는 법이었다. 두 시간이 넘도록 맨정신으로 기차의 진동을 느끼고 있는 나를, 그래서 나는 이해하기로 하였다.

기차가 이리에서 멈추었을 때 나는 가벼운 두통을 느끼며 눈을 떴다. 내릴 사람들이 통로에 줄지어 서 있는 것이 보였다. 그들은 누구나 할 것 없이 한 손에는 가방을 들었고 나머지 한 손으로는 헝클어진 머리며 꾸깃꾸깃한 옷을 매만지고 있었다.

내릴 사람이 다 내린 다음 이번에는 새로운 승객들이 등장했다. 조금씩 허물어져서 지친 표정으로 기차를 내린 사람들과는 대조적으로 새 승객들의 머리는 단정했고 구김살 하나 없는 봄나들이 옷은 화사하기 이를 데 없었다. 묵지근한 기차 안 공기는 새사람들로 인해 금세 싱싱해졌다. 나는 여태도 창을 가리고 있는 때 묻은 커튼을 젖히고 밖을 내다보았다. 바깥을 보기 전에는 미처 모르고 있었는데 기차는 이미 출발을 하고 있었다. 마치 거짓말처럼 사람들이, 역사가 슬금슬금 뒷걸음을 치고 있는 것이었다.

역 구내의 모든 풍경들은 뒷걸음으로 사라지고 나는 얼굴을 창에 박으면서까지 물러나는 것들을 쳐다보았다. 달려오는데도 오히려 뒤로 물러서는 푸른 작업복의 안전요원, 기척도 없이 멀어지는 만개한 목련들. 한껏 벌어진 목련꽃은 가벼운 한숨 한 자락에도 호르르 이파리를 떨굴 것처럼 위태위태하게 보였다. 목련에 비하면 쇠락의 조짐이 엿보이는 샛노란 꽃다발 사이로 뾰족한 잎사귀들을 다 내밀고 있는 역 울타리의 개나리 덤불이 한결 당당했다. 역 구내를 거의 빠져나오면서는 개나리 덤불 사이로 희끗희끗 개구멍들이 보였다. 그 구멍으로 개만 드나들었던가. 아마 나도 먼 옛날의 어느 하루쯤 저 구멍으로 들어왔거나 나갔거나 했을 수도 있었다.

나는 눈을 똑바로 뜨고 철로변의 풍경들을 내다보기 시작했다. 햇볕은 아직 쨍쨍했지만 얼굴로 쏟아지던 것에서는 다소 비껴갔다. 설령 얼굴로 쏟아진다 해도 여기서부터는 때 묻은 커튼과 타협을 할 수가 없었다. 이 길을 통해 나는 세상에 나왔었다. 한때의 기억들은 모두 이 길의 언저리에서 만들어졌다. 추억은 그것의 생성 장소에서 회상해야 가장 선명한 법이었다. 똑같은 장소를 두고 단지 시간만 달리해서 한 인간의 몸과 정신이 투영되는 일은 언제라도 의미심장한 것이다.

그때 나는 거기에 있었고 지금 다시 나는 여기에 있다. 그 사이로 수천수만 번의 파도가 밀려왔다 밀려갔다. 덧없는 물거품에 옷은 또 얼마나 많이 적셨던가. 그때 내 발부리에 부어졌던 그 파도는 어디로 흘러갔을까. 지금, 이 자리에서 저기를 내다보는 나는 또 어디로 흘러갈 것인가. 돌아갈 길이 없는 시간, 나는 창유리에 이마를 부비며 문득 돌아갈 길도 모른 채 가고 있는 스스로의 존재가 한순간 포말이 되어 공중으로 흩뿌려지는 것을 느낀다. 나는 시간 속으로 빨려 들어가고 있다. 나는 흡입당해지고 있다. 나는 우주 속으로 버려진다…….

흡입당하는 것을 견딜 수 없어 결국 도시를 떠나버린 한 시인이 있었다. 문단에 시인이라는 이름을 얹을 때부터 나는 그를 알게 되었다. 내 딸이 말을 배우기 시작할 무렵 녹음기가 내장된 커다란 앵무새 인형을 사다준 이도 바로 그 시인이었다. 어떤 말이든 입을 달싹이며 그대로 따라 하는 초록앵무새는 딸뿐만이 아니라 가끔 나도 가지고 놀았다. 시인도 우리 집에 놀러오면 초록앵무새와 놀았다. 앵무새는 두 마디 이상은 따라 할 수 없게 만들어져 있었다. 난 너를 사랑해, 라고 말하면 난 너를, 까지만 따라 하고 나머지 말은 기계 속으로 흡입되어지고 말았다. 우리의 놀음은 앵무새가 '사랑해'까지도 발음할 수 있게 하는 것에 관심이 모아져 있곤 했다. 그러나 그것은 쉽지 않았다. 여간 빠르지 않고선 번번이 '사랑해'는 금속의 기계 어딘가로 흡수되어 분해되고 말았다.

설령 아, 이, 우, 에, 오를 되풀이 연습해서 입술 운동을 실컷 한 다음에 '난 너를 사랑해'를 최대한 빨리 발음하는데 성공했다 해도 허사이긴 마찬가지였다. 명확한 발음이 아니면 문장 전체가 다 녹음되었어도 재생된 소리는 제멋대로 깨어진 채였다. 날랄해, 날리레, 이런 식으로 되돌아오는 '난 너를 사랑해'는 흡사 얼레리 꼴레리 하며 조롱하는 소리로 들렸다.

그렇게 소리가 깨어져서 괴상한 모음과 자음의 조합이 이루어지면 어린 딸은 아주 즐거워했지만 시인은 몹시 낭패한 기색이었다. 언젠가는 초록앵무새를 다른 것으로 바꾸어와야겠다고 들고 나선 적도 있었다. 다른 앵무새도 모두 이런 식이라면 앵무새를 만든 공장을 찾아가 항의하고야 말겠다는 것이었다.

'사랑해'를 말할 줄 모르는 앵무새는 아무짝에도 쓸모없다는 시인의 분노는 딸의 반대로 행동에까지 옮겨지지는 못했다. 잠을 잘 때도 초록앵무새를 껴안고 자는 딸애는 한사코 그것과 헤어지지 않으려고 했다. 아이에게는 아직 얼레리 꼴레리로 능멸당해 본 슬픈 기억이 없었던 탓이었다. 깨진 언어에 대한 시인의 절망을 아이가 어떻게 이해하리.

'사랑해'를 말할 줄 모르는 새는 새가 아니다. '사랑'한테 얼레리 꼴레리 혀를 내미는 앵무새는 앵무새가 아니다. 나는 그가 천생 시인임을 그 작은 일에서 확인했다. 나는 시인이 아니어서 앵무새를 다른 것으로 바꾸거나 만든 이한테 항의하겠다는 생각은 하지 않았다. 앵무새의 배에 달린 지퍼를 열면 어린 아이의 손에도 쥐어질 만한 작은 녹음기가 있었다. 지퍼를 열고 기계에 건전지를 갈아 넣기도 한 나는 기계의 용량에 대해 주로 생각하였다. 작은 기계와 짧은 음절밖에 녹음할 수 없는 성능. '나는 너를 사랑해'가 안 되면 그냥 '사랑해'로 가는 것이다. '나는 너를'이 없이는 '사랑해'를 온전히 말할 수 없다는 시인의 상처를 소설가는 이렇게 산문적으로 받아들이고 있었던 것이다.

그 시인이 지난해 서울을 떠났다. 글자를 짜 맞추고 짜 맞춘 글자들을 행으로 모아 다시 한 권의 책으로 만들던 일을 하다 말고 어느 날 문득 시인은 직장을 버렸다. 그사이 서로 간에 격조해 있었던 탓에 나는 그가 왜 그렇게 했는지 전혀 이유를 알 수가 없었다. 그저 덧없는 삶과 창백한 시에 눌려 도시를 떠나고 싶었으려니 짐작만 했을 뿐이었다.

그러다가 나는 시인이 경기도 어디에서 새를 기르며 살아가고 있다는 소식을 들었다. 뜸부기, 이것이 시인이 기르고 있는 새의 이름이었다. 여름철에 냇가나 연못, 풀밭 등에 살고 날개 길이는 10센티, 부리와 다리가 길며, 잘 날지 못하고 아침저녁으로 뜸북뜸북 우는 새, 뜸부기. 앵무새는 아니고 뜸부기였지만, 나는 옳다고 생각했다. 뜸부기 때문이라면 서울을 떠날 만도 했다. 서울에서는 뜸부기를 울게 할 수 없으니까.

시인이 할 수 있는 일로 그보다 더 맞는 일은 없다고 무릎을 치며 탄복했었다. 그 탄복은, 시인의 뜸부기가 애완용으로 팔려나가 이집 저집의 조롱에서 아침저녁으로 뜸북뜸북 노래를 한다는 혼자만의 상상이 어긋나고 말았을 때 참혹하게 거두어졌다. 나는 얼마나 단순한가.

시인이 알에서 부화시키고 조석으로 모이를 주어 기른 뜸부기는 살이 통통하게 올랐을 때 식용으로 팔려간다. 시인의 뜸부기는 최고급 요리로 둔갑하여 호텔 식당의 우아한 바로크식 식탁에 진열된다. 성장을 한 여자와 남자가 포크와 나이프를 들고 시인의 뜸부기를 먹어치울 때 시인은 홀로, 아무도 없이 그저 자기 홀로, 뜸북뜸북 뜸부기의 노래를 듣는다. 시인의 뜸부기는, 아니 뜸부기 시인은 아침저녁으로 뜸북뜸북 노래를 한다. 나는 너를 사랑해…….

새의 노래, 새를 먹어치우는 사람들, 돈이 되는 뜸부기, 새를 팔아 사는 시인. 시인의 삶을 떠올릴 때마다 내 머릿속에는 이런 잡다한 소제목들이 나열된다. 그리고 나는 전율한다. 그러나 이 전율은 시인을 향한 절망에서 발생하는 것이 결코 아니다. 나는 이 거대한 모순의 슬프고도 기묘한 조화가 주는 경이 때문에 전율하는 것이다. 시인은 자신의 시 한가운데로 뚜벅뚜벅 걸어 들어갔다. 나는 늘 소스라치며 마음으로 시인에게 묻는다. 뚜벅뚜벅? 어떻게? 무슨 나침반으로? 분해되거나 실종되지는 않았어?

기차는 나침반이 없이도 제 길을 달려 나를 목적지까지 실어다놓았다. 다음 정착역이 김제임을 예고해주는 열차 방송을 듣다가 나는 문득 바로 얼마 전에야 그 초록앵무새를 버렸다는 것을 깨달았다.

아이의 손에서 진즉에 떠나버린 앵무새 인형을 나는 몇 년씩이나 버리지 못하고 간직하고 있었다. 새의 부리와 배가 전선으로 연결되어 있어서 세탁이 불가능했던 그것은 보기에도 흉측스러울 만큼 실컷 더러웠는데도 그랬다. 건전지를 갈아 끼우지 않아서 단 한 음절도 따라 하지 못하는 누추한 앵무새는 올 겨울을 지낸 뒤에야 대청소라는 이름으로 쓰레기통에 버려졌다. 단 한 번도 '나는 너를 사랑해'라고 말해보지 못한 채, '나는 너를'이거나 '사랑해'로 나누어서 말할 수밖에 없었던 기계를 뱃속에 간직한 채 앵무새는 떠났다. 그리고 시인은 지금 뜸부기를 키우고 있는 것이다. 아침저녁으로 먹히고, 아침저녁으로 노래하는 뜸부기를.

잊으신 물건이 없는지 살펴보고 내려달라는 안내 방송이 무색하게도 내게는 하차의 준비랄 것이 전혀 없었다. 손가방만 하나 달랑 들고 동행도 없이 터덜터덜 플랫폼을 걸어가다 말고 나는 갑자기 주머니와 가방을 뒤져 차표를 찾기 시작했다. 내리기 전에 차표를 확인하지 않았다는 깨달음은 곧바로 내 좌석 어디에 차표를 흘리고 왔음이 틀림없다는 결론으로 치달았다.

나는 언제나 그랬다. 나는 나를 믿을 수가 없었다. 하나에 정신이 팔리면 다른 하나는 까마득하게 잊고 마는 정신의 불균형에 대해 얼마나 많이 절망했던가. 기차는 이미 떠났고, 두고 온 기차표를 어디에서 찾으랴 하는 마음 때문에 가방과 주머니를 뒤지는 손길에는 믿음이 하나도 담겨 있지 않았다. 나는 결국 무임승차의 혐의를 받게 될 것이고 혐의를 벗어나기 위해 무슨 말이든 해야 할 것이었다. 이 모든 일이 뜸부기 때문이라고 말하면 역무원은 어떤 표정을 지을까. 그가 뜸부기를 알고 있기나 할까.

그러다 나는 내 손에 끌려나온 기차표를 발견했다. 그것은 손가방 속 깊숙이 접혀진 채로 보관되어 있었다. 열차의 좌석 어딘가에 기차표를 흘리고 내렸다는 내 결론은 틀린 것이었다. 그럼에도 나는 오랫동안 빗나간 결론을, 어긋난 믿음을, 잃어버리지 않은 기차표를, 의심하고 또 의심하였다.

2

김제에서 금산사로 들어가는 국도의 가로수는 수령(樹齡)이 녹록지 않은 단풍나무들이다. 지난 가을의 이 길은 하늘에 붉은 융단이 깔린 듯했었다. 가을 하늘의 푸른 빛깔과 화염 같은 붉은 이파리들, 그 사이사이 번쩍이며 내비치던 금빛 햇살의 광휘는 겨울이 다 지나도록 내 기억의 창을 물들이고 있었다.

가을에는 거칠 것 없이 붉었던 이 길이 지금은 푸르고 싱싱한 녹색의 물결을 이루고 있다. 주조를 이루는 색깔이 바뀐 탓이겠지만, 스치는 바깥 풍경은 지난 겨울동안 간직하고 있었던 기억 속의 그것과는 사뭇 달랐다. 그래서 나는 택시 기사에게 두 번쯤 이 길이 맞는지 확인을 하였다. 한 번은 정식으로, 그리고 또 한 번은 앞좌석의 기사에게는 들리지도 않을 만큼 우물거리는 형식으로 내 의혹을 표시하곤 이내 포기하였다. 기억에 대한 배신이 어디 이번뿐이던가.

추억의 영상은 한번 저장되었다고 해서 움직임을 멈추고 각인 되어지지 않는다. 저장된 그 순간부터 기억은 혼자의 힘으로 운동을 시작한다. 그리하여 나중에는 처음과는 전혀 다른 형태의 영상으로 바뀌어버리는 경우도 종종 생긴다. 때로는 기억과 현실을 맞추려는 덧없는 노력 때문에 마음에 상처를 입기도 한다. 사람들은 가끔씩 지금 보고 있는 것보다 이전에 보았던 기억을 더 신뢰하고 그것에 더 많은 의미를 두고자 하는 고집을 버리지 못하는 것이다. 나는 머리를 흔들어 그 속에 담긴 붉은 단풍나무의 환영을 털어내고 싶다고 생각한다. 그것이 가능하다면, 더욱 세게 머리를 흔들어서 톱밥이 가득 찬 것 같은 이 무딘 머리를 말끔하게 털어내고 싶다고 생각한다.

지난가을, 나는 친구들 몇 명과 이곳을 찾은 적이 있었다. 지금은 전주로 옮겨 앉았지만 금산사 입구에 한 친구가 살고 있었던 탓이었다. 서울을 떠나 바람도 쐴 겸 시골 살림에 재미가 붙은 친구를 찾아보자는 그 여행은 의도가 그랬던 만큼 머리 아픈 일 조금도 없이 온전히 휴식으로만 채워졌었다. 늦가을의 경계를 아슬아슬하게 지나고 있던 시월 하순이어서 끄트머리 단풍을 구경하려는 사람들도 알맞게 북적거려 축제의 분위기까지 풍겨주던 여행이었다.

그때도 서울역에서 같은 시간에 출발하는 기차를 탔었고 거의 같은 시간에 김제역에 도착해 택시를 대절했었다. 그러니까 나는 지금 거의 여섯 달의 시차를 두고 똑같은 여로에 서 있는 것이었다. 그때는 허물없이 지내는 친구들과 함께 다소 들떠있는 상태로 이 길을 밟았다면 지금은 혼자서, 물밑으로 가라앉는 듯한 마음을 추스르면서 가고 있는 중이었다. 어쩌면 그때의 거리낄 것 없는 휴식이 그리워 이곳으로 가보자는 생각을 했는지도 모른다. 기계 앞에 앉아 끊임없이 모음과 자음을 찍어내다 보면, 그런 어느 순간 삭제키를 눌러 흔적 없이 글자들을 없애버리고 다시 빈 화면에 자음 하나를 찍어 넣다보면, 그 자음을 받쳐줄 모음을 찾아 자판 위를 헤매다보면, 그러다보면 내가 지금 망가지고 있다는 생각에 사로잡혀 쩔쩔매게 되는 것이다. 망가진 것들을 위한 복원, 또는 휴식. 나는 좌석의 등받이에 몸을 묻고서 겨울을 지낸 나무들의 싱싱한 새 잎을 바라본다.

똑같은 식으로 하겠다는 생각은 없었지만 별수가 없다. 나는 지난가을에도 그랬던 것처럼 삼거리의 느티나무 아래서 택시를 내렸다. 그때는 여기에서 마중 나온 친구를 만났지만 지금은 아무도 없다. 커다란 모과나무 두 그루, 가지가 찢어질 듯이 자잘한 감들이 매달려 있던 먹감나무가 세 그루, 단감나무와 굵은 가지의 벚나무도 한 그루씩 마당을 채우고 있던 친구의 옛집이 머릿속에 떠오른다. 친구는 과실수들이 많던 양지바른 그 집을 팔아버리고 전주에서 피자가게를 열었다. 향기로운 모과와 신선하고 달콤한 먹감들 대신 친구는 밤낮없이 치즈와 양송이 냄새를 맡으며 남의 월세를 산다. 팔아버린 그 집이 눈에 밟혀 금산사 쪽은 쳐다보지도 않고 산다던 그 친구는 내가 지금 이 언저리에서 서성이는 줄은 꿈에도 모를 것이었다.

어차피 이대로 되짚어 서울로 가는 마지막 기차를 타지는 않을 것이므로 나는 지난번 묵었던 바로 그 여관에 방부터 하나 잡았다. 아니, 이 표현에는 상당한 왜곡이 있다. 방부터 잡아 누군가에게 오늘밤 묵고 갈 것이라는 약속을 하지 않으면 이대로 되짚어 서울로 가는 마지막 기차를 타고 말 것 같아서 나는 여관으로 들어갔던 것이었다.

예상했던 대로 일단 방을 하나 달라는 말을 던져버리고 나자 조용한 평화가 찾아왔다. 방을 달라는 내 말에 한 점의 의혹도 없이 앞장을 서는 여관 아주머니의 뒷모습이 마치 운명의 신호 같았다. 나는 물릴 수 없는 패를 던져버리고 말았다. 이것으로 나는 이 여행에 대한 끝없는 망설임에 자진하여 마침표를 찍었다. 그리고 묵묵히 아주머니의 뒤를 따라 계단을 올랐다. 하나의 숙제를 겨우 끝내놓고 다음 숙제를 기다리는 사람처럼.

방은 의외로 밝고 깨끗했다. 창은 뒤뜰을 내다보고 있었고 그 창에 활짝 피어난 벚꽃이 그림처럼 아른아른 내비쳤다. 지난번에는 길가에 면한 방에서 묵었기 때문에 상당한 소음을 감수해야 했었다. 물론 그때는 그런 것이 아무런 방해도 되지 않았다. 하지만 다시 이여관을 찾으면서 그 이상의 기대도 품지 않았던 것이 사실이었다. 생각보다 훨씬 깨끗하고 조용한 방을 하룻밤 거처로 삼을 수 있게되자 기분도 훨씬 맑아졌다. 다음에 할 일은 방을 나가서 때늦은 점심을 사먹어야 한다는 것도 확실하게 결정이 되었다. 이만큼의 확실함도 얼마 만에 가져보는 것인가.

나는 가방에서 손지갑만 꺼내들고 허리를 꼿꼿이 편 채 여관을 나왔다. 나오면서 보니 여관의 뜰에도 무너질 듯 가득 꽃 더미를 이고 있는 벚나무가 여러 그루 서 있었다. 낙화를 밟지 않으려고 애를 썼지만 날개를 달기 전에는 발밑에서 으스러지는 여린 꽃의 비명을 도저히 피할 수가 없을 지경이었다.

밥집들은 모두 상가에 모여 있었다. 식당과 기념품 가게, 춤을 출 수 있는 술집이 상가에 있는 업종의 전부였다. 단풍놀이철도 아닌데 주차장에는 관광버스들이 줄지어 서 있다. 식당 여주인한테 물어보니 단풍보다는 일제 때 심어놓은 벚꽃나무가 더 장관이라는 것이었다. 그런 다음 덧붙이는 말이, 요즘 사람 놀러 다니는 데 계절이 어디 있느냐는 반문이어서 나는 그만 할 말을 잃었다. 나 또한 그녀가 보기에는 계절에 구애 없이 놀러 다니는 사람일 것이고, 나 스스로도 소설쓰기의 연장으로 여기에 왔으니 이것도 노동의 하나라는 생각은 전혀 들지 않은 탓이었다.

소설이 창작 노동이라는 개념을 마음의 저항 없이 받아들이는 데 아직까지 서투른 사람이 나였다. 어깨가 뻐근하거나, 약국에 달려가 파스 따위를 사다 등에 붙이고 뒤척이는 날이나 되어야 저작 노동의 고단함을 얼굴의 화끈거림 없이 받아들일 수 있을까. 문학의 절대화나 신비화를 편들고 있지는 않으면서도 이 노동이 목숨 걸고 살아가는 우리 모두에게 제대로 '일용할 양식'이 되어본 적이 있었던가 하는 경계심 때문에 나는 이 뼛골이 빠지는 노동을 감히 노동이라고 부를 수 없는 것이다.

소설쓰기가 노동의 한 양상으로 분류되는 것의 미덕은 문학의 폐

쇄화를 막아준다는 데 있을 것이다. 기꺼이 열어놓으며 기꺼이 받아들인다는 것, 이 말은 곧 문학이 어떻게 하면 한 시대의 진정한 동반자가 될 수 있는지를 일러주고 있는 것처럼 들리기도 한다. 또한 이 말은 기꺼이 열고자 하면서도 전부를 열어 보이려고 하지 않는 작가의 속성에 대한 질타처럼 내게 들린다.

내 마음의 저항은 이 열림과 닫힘의 반동에서 야기된다. 닫혀 있었기에 글쓰기의 품성을 배웠고 열어야만 했기에 끝없이 회의했었다. 그런데 어떻게 얼굴 화끈거리지 않고 나의 일을 노동이라고 말할 수 있을까. 지난 시대의 부채를 바라보면서 다른 이들은 또 어떻게 계급성에 대해 부끄러워하지 않을 수 있을까. 어떤 것이든, 그 일이 무언가를 창조하는 행위라면, 그 노동에 의미를 두는 순간부터 오류가 시작된다. 문학은, 그것의 무게를 강조하면 할수록 떨어지기 쉬운 무엇이다. 강조할 대목은 삶이지 문학이 아니다.

점심때가 지난 시간이어서인지 식당 안에는 나밖에 없다. 주인아줌마는 학교에서 돌아온 아들의 숙제를 봐준다고 언성을 높이며 열을 내고 있었다. 맨날 오락실이나 기웃거리니 이 모양이지, 하는 말이라든가 배달되어오는 학습지는 한 번도 제 날짜에 푸는 꼴을 못 보았다는 푸념 따위는 내가 사는 동네에서도 익히 듣는 내용들이다. 늘어뜨린 발을 대롱대롱 흔들면서 마지못해 공부를 하고 있는 사내아이는 이제 초등학교 2학년이나 될까, 제 어머니의 꾸중을 건성으로 들어 넘기며 자주 바깥을 내다본다.

"장사한다고 놀자판 동네에서 애를 키우니 되는 게 없이 엉망이라요."

컵에 물을 채워주며 아주머니가 하는 말이다. 이 땅에는 이처럼 맹모삼천지교를 현모의 비결로 삼는 어머니가 많다. 강남의 8학군에 들어가 산들, 아니 이 땅의 어디에 터를 잡은들 맹모의 한숨이 사그라질 것인가. 밥값을 치르며 모자가 하고 있는 숙제를 들여다보니 문제집을 복사해서 나누어준 듯한 시험지 풀기다. 아이는 봄에 피는 꽃, 여름에 피는 꽃을 가려내는 문제 앞에서 제 어머니의 지시를 기다리고 있었다.

"꼭 보도 못한 꽃들만 맞춰내라고 하니, 지천으로 흔하게 널린 꽃 이름이나 제대로 배워주면 그만이지, 무슨 수수께끼도 아니고."

말하다 말고 푸, 웃어버리는 여자 앞에서 나도 그만 싱긋이 웃고 만다. 공부도, 사는 것도 모두 수수께끼 같다고 생각하면 성마른 심정이 다소 누그러든다. 수수께끼 앞에서 무작정 화를 낼 수는 없다. 오늘 처음으로 밥다운 밥을 먹어서인지 식당에 들어오기 전보다 한결 안정이 된 상태다. 누군가 그랬다. 배가 고프면 우울증에 빠지니까 자꾸 먹어서 위를 빈 상태로 방치해놓지 말라고. 그 말도 일리가 있다. 기분 전환에도 에너지가 필요한데 에너지를 채워주지 않으면 우울에서 빠져나오기가 힘이 들 것이다. 우울, 혹은 우물.

이제는 산보삼아 귀신사에 갔다 오면 해가 질 것이었다. 자동차를 이용하면 십여 분 만에, 걸으면 삼십 분 정도의 거리에 귀신사가 있었다. 귀신사는 내일 아침에 들러도 상관은 없었다. 하지만 새로 단청을 입혀서 울긋불긋하기가 새색시 색동저고리 같은 금산사는 지난번 둘러본 것으로도 충분하다는 생각을 하고 나니 당장 가볼 만한 곳이 없었다.

아니, 이 말도 보다 정확한 진술로 바꾸어야 할 필요가 있겠다. 사실을 말하면, 이곳에 오면 제일 먼저 귀신사의 텅 빈 적요 속에서 두어 시간쯤 앉아 있고 싶었다. 무작정 떠남에 있어 가장 많은 유혹을 던졌던 곳도 귀신사였다. 귀신사, 거기에는 무언가 숨어 있을 것만 같았다. 그럼에도 나는 계획 속에서 자꾸 귀신사행을 뒤로 미루기만 하였다.

내가 두려워하는 것은 먼저 부닥쳐서 먼저 실망하는 것일 수도 있다. 내 머릿속에 저장된 귀신사의 풍경 또한 어떤 모습으로 나를 배신할지 알 수 없는 일이었다. 기대가 무너질 때에 대비해서 나는 스스로를 단련시킬 셈인지도 몰랐다. 김제역에서 곧장 귀신사로 가지 않은 것도, 그러면 방을 구한 뒤라도 바로 귀신사를 찾지 않은 것도, 그곳에 가도 점심 요기쯤은 할 수 있을 텐데 군이 이곳에서 허기를 때운 것도 나름대로는 아끼고 감춰둘 만한 이유가 있어서였다.

지난가을에 귀신사는 우선 이름으로 나를 사로잡았다. 영원을 돌아다니다 지친 신이 쉬러 돌아오는 자리. 이름에 비하면 너무 보잘것없는 절이지만 조용하고 아늑해서 친구는 아들을 데리고 종종 그 절을 찾는다고 했다. 단지 서울에서 멀리 왔다는 것만도 흔감해서 애써 명승지를 찾아다닐 마음이 없던 일행은 여행의 구색을 맞춘다는 의미로 흔쾌히 귀신사를 찾았다. 확실히 그곳은 멀리서 일부러 들른 사람들에게 구경시켜줄 만한 아무것도 지니지 못한 절임에는 분명했다. 본당의 문을 열어 빛이 사그라지기 시작한 금동불상을 보기 전에는 여느 여염집으로 여기고 지나치기 십상인 외양이어서 그때도 그 흔한 관광객 한 사람 보이지 않았다.

그러나 눈으로 보지 않고 마음으로 보면 상당히 많은 말을 하고 있는 사찰이 귀신사였다. 드러나는 아무것도 없으면서 모든 것을 다 가지고 있는 낡고 허름한 귀신사의 풍경은 여행 중의 온갖 화사한 기억을 다 물리치고 가장 오래도록 내 마음에 머물러 있었다. 경내도 좁고 볼 만한 석탑 하나 갖고 있지 않은 이유도 오랜 시간 마음으로 보고 마음을 채워가라는 속뜻을 담고 있는 것으로 여겨졌었다. 한 바퀴 휘 둘러보고 나와 버리려는 자는 사절, 이라는 팻말을 어디선가 본 듯싶다는 황당한 착각도 얼마든지 품게 만드는 그런 절이었다.

아마도 나는 착각 속의 팻말에 충실하기 위해 여기에 다시 왔는지도 모를 일이었다. 그때는 단지 스쳐 지났을 뿐이었다. 마음에 담을 것을 제대로 주워담지 못하고 왔다는 생각은 오래도록 남아 있었다. 시간이 흐르고, 점점 기억의 세부적인 영상들이 뭉그러지기 시작하자, 나중에는 아주 중요한 무엇을 거기에 놓아두고 와버렸다는 식으로 느낌이 굳어졌다. 빨리 가서 찾지 않으면 영영 사라져버릴 무엇, 시효가 지난 뒤에 가면 버려지고 말 무엇. 거기까지 생각하자 갑자기 서둘러야겠다는 다급함이 솟았다. 나는 삼거리를 돌아 좌회전하려는 택시 하나를 붙잡았다.

그때 절 마당에 피어 있던 이름 모를 가을꽃은 지금 뿌리로만 견디겠지. 위태위태한 아름다움 대신 넉넉하고 다정한 꽃송이가 참 푸근했었는데. 가을의 그 마지막까지도 꽃잎 한 점 뭉개지지 않고 송이송이 많이도 피어 있었지. 지금도 처마 끝에선 풍경이 바람소리를 내며 흔들리고 있을까. 너무 낡아 단청 빛깔은 흔적도 없이 사라진 채, 그저 세월에 바랜 나무의 단아한 갈색만이 흔들리는 풍경과 그 위의 푸른 하늘을 받아내고 있었지.

절 뒤의 작은 동산에서 홀로 열매를 맺고 있던 오래 된 감나무들은 이 봄에도 새 잎을 틔우며 하늘 향한 해바라기에 골몰하고 있을 텐데. 꼭대기 가지에 열린 감들은 수십 년을 두고 산새들이나 입을 댈까, 사람의 손에 들어간 적이 없었을걸. 그때 우리는 바닥에 버려진 대나무 막대기를 휘둘러 터질 듯이 익어버린 다디단 감을 땅에 떨구곤 했었지. 그 맛은 얼마나 달콤했던가. 도시로 돌아와 몇 날 며칠을 찾아도 그런 감은 구할 수가 없었다.

반년 전의 감 맛을 떠올리고 있는데 벌써 절 입구였다. 택시 기사는 횡하니 차를 돌려 오던 길로 달아나버리고 나는 인기척 없는 동네를 기웃거리며 절로 가는 길을 밟았다. 인기척은 없었지만 발걸음 소리에 내다보는 개들은 많았다. 사립문에 기대어 커다란 눈으로 낯선 얼굴을 물끄러미 쳐다보던 개들은 내가 가까이 가면 슬그머니 꼬리를 사리고 뒤로 물러섰다.

길의 왼쪽은 단감나무 과수원이고 오른편으로 대여섯 채의 집을 지나 모퉁이를 돌면 절이 보일 것이다. 길에서는 절대 보이지 않는다. 길의 끝까지 가서 몸을 돌려야 비로소 절의 옆구리가 나타나는 것이다. 나는 흙에서 풍기는 향내를 맡으며 천천히 길을 올라갔다.

바로 그때였다. 곧 보게 될 귀신사의 모습에만 몰두하고 있던 내 귀에 찢어질 듯한 여자의 비명이 들렸다. 그리고 이내 귀신사 쪽에서 죽어라고 달려오는 여자의 모습이 내 눈에 들어왔다. 택시에서 내려 여기까지 오는 동안 사람은 한 명도 보지 못하고 개들의 마중

만 받았던 나는 눈앞에 나타난 여인이 실재인지 환상인지 구분을 못할 만큼 깜짝 놀랐다. 그럴 만도 했다. 여자는 맨발에다가 목단꽃 무늬가 화사한 긴 치마를 펄럭거리면서 달음박질을 치고 있었는데 첫소리로 질러댄 비명의 주인공답지 않게 얼굴에는 환한 목단꽃 웃음을 그려놓고 있었던 것이었다.

여자는 잽싸기도 흡사 산토끼 같아서 단숨에 내 곁을 스쳐 바람같이 어느 집으론가 사라져버렸다. 그 여자가 내 옆을 지날 때 나는 한 번 더 온통 흰 이빨이 드러난 팽팽한 웃음을 확인하였다. 소름이 돋던 그 비명은 그럼 환청이었던가, 하는 의혹을 품을 사이도 없이 이번에는 또 한 남자가 여자가 왔던 길로 구르듯이 내달려오는 모습이 보였다. 남자한테선 비명은 없었지만, 떡 벌어진 어깨와 흰 러닝셔츠 밑으로 뚜렷이 드러나는 늑골의 오르내림이 비명 이상의 거친 호흡을 선명하게 전달해주었으므로 나는 다시 긴장하여 옆으로 비켜 섰다.

남자는 여자와 달리 내 곁을 바람처럼 씽하니 지나치지 않았다. 두어 걸음 앞에서 우뚝 걸음을 멈추고 선 남자는 부리부리한 눈으로 나를 훑어보았다. 나는 거의 본능적으로 주위를 둘러보았다. 그러자 기다렸다는 듯이 여자의 새된 외침이 들려왔다.

"뭐하는 거야! 빨랑빨랑 들어오지 않고 뭘 우물거려?"

여자는 내 뒤쪽의 어느 집 담장에 기대어 서 있었다. 치마에 새겨진 굵은 목단꽃이 어지러울 만큼 붉었다.

"이런, 쌍, 너 거기 가만있어!"

남자는 이내 활처럼 휜 늑골을 내보이며 덮치듯이 여자에게로 가버렸다. 남자가 여자의 어디를 어떻게 했는지 금방 아까의 찢어지는 듯한 비명이 들리고 그 위에 다시 숨넘어가는 여자의 깔깔거림이 겹쳐졌다. 나는 그때까지도 정신을 수습하지 못하고 멍한 시선으로 그들 남녀가 사라진 대문 없는 집을 쳐다보고만 있었다.

이 작은 소동 덕분에 나는 거의 무의식적으로 걸음을 빨리하여 귀신사를 향했다. 이제는 귀신사가 예전의 분위기와 같은가 다른가를 따져볼 기분도 아니었다. 회상 속으로 들이밀었던 내 발은 아까의 남녀에 의해 호되게 짓밟히고 말았다. 진실로, 메마른 황토를 걷고 있는 오른발의 발가락 어디가 한순간 끊어질 듯이 아픈 것도 같았다. 따지고 보면 바로 그 남자와 여자가 나타난 순간부터가 이 여행의 첫 시작이었다. 이제까지는 반년 전에 있었던 가을 여행의 연장이거나 그것의 반추에 불과했지 한 번도 새 경험에 마음을 후르르 떨어본 적이 없었다. 발가락 어디가 아팠다면, 그것은 꿈속인 줄 알고 여지없이 꼬집어봤다가 느닷없이 껴안게 된 생살의 아픔일 터였다.

기억을 부숴버리는 또 다른 경험은 마음을 다스릴 새도 없이 연이어졌다. 내 눈앞에 펼쳐진 광경은 한 번 더 발가락을 꼬집어봐야 믿을 수 있거나 말거나 할 상황이었다. 귀신사는 거기 없었다. 아니, 귀신사는 거기 있었지만 내가 찾은 귀신사는 거기 없었다.

절은 뼈대만 남아 목하 보수공사 중이었다. 적요 속에 잠겨 있으리라 믿었던 경내는 허리춤에 더러운 수건을 찼거나 귀 뒤에 피우다 만 담배를 찔러둔 대여섯 명의 인부들로 온통 수선스러웠다. 작은 마당을 사이에 두고 나란히 마주보고 있던, 위패를 봉헌해둔 사당과 불상을 모신 본당은 커다란 기둥 몇 개만 남은 채 홀랑 껍데기를 벗어던진 모습으로 나를 맞았다. 게다가 드러난 안의 모습조차 내용물을 보호하기 위해 뒤집어씌운 거대한 너비의 누런 광목에 힘입어 불길한 느낌을 자아내기에 충분할 만큼 섬뜩했다.

아마도 볕에 바래지 않은 누런 광목이 주는 초상집 분위기 탓이겠지만, 거기는 신이 지친 몸을 쉬기 위해 돌아오는 자리가 아니라 이제는 병들어 옴짝달싹도 못하는 신이 마지막 숨을 거두기 위해 돌아오는 음산한 자리라고나 해야 맞을 것 같았다. 그 생각은 두 채의 건물을 돌아가며 세워놓은 여러 개의 사다리들과도 묘하게 맞아떨어졌다. 신의 영혼들, 사다리를 타고 아득바득 하늘로 오르는 귀신들의 도포자락이 보였던가. 그제야 바라본 지붕은, 절망의 빛깔 같은 기와를 이고 기와 틈 사이로 가늘가늘한 풀포기도 숱하게 살려내고 있던 그 지붕은, 남김없이 벗겨져 흉측한 속살을 부끄럼도 없이 드러내고 있었다.

나는 지붕을 보고 완전히 정이 떨어져 경내에 들여놓았던 서너 걸음을 뒤로 물렸다. 말했듯이 서너 걸음만 절 안으로 들이밀었어도 볼 것은 다 볼 수 있을 만큼 귀신사는 작은 절이었다. 그렇게 좁은 공간 속으로 낯선 방문객이 들어왔건만 시멘트를 이기거나 널빤지에 대패질을 하고 있거나 한 인부들은 아는 척도 하지 않았다. 차라리 왜 왔느냐고 물어주기나 했으면. 나는 돌아서지도 못한 채 어쩔 줄 몰라 서성거렸다.

모래를 걸러내는 체가 걸려 있고, 그 밑으로 수북하게 모래무덤이 솟은 자리가 큰누이의 얼굴처럼 아늑하고 포근한 꽃송이가 뿌리를 내리고 있던 바로 그 자리였다는 생각은 분해된 귀신사에 한 껏 실망을 하고 난 다음에 떠올랐다. 실컷 기억에 배신을 당해놓고 도 그때까지 나는 귀신사를 벗어날 마지막 한 걸음을 떼어놓지 않고 있었다. 아직 뒤꼍의 감나무 동산과 그 누이 같던 정다운 꽃송이를 기억과 비교하지 못했던 탓일지도 모를 일이었다. 아마도 나는 뒤안의 감나무를 불가(佛家)에서 말하는 만년과(萬年果)쯤으로 마음에 잡아두고 있는 모양이었다. 얼마든지 배불리 따먹어도 따낸 흔적도 없이 언제나 가지가 휘도록 다디단 열매가 주렁주렁 매달려 있다는 그 만년과.

그렇게 비유하자면 마당에 소복이 피어 보는 이의 마음을 편하게 해주던 그 누이 같던 이름 모를 가을꽃은 우담바라화(優曇鉢羅花)였다. 3천 년에 한 번씩 꽃을 피운다는 그것, 단 한 번만 그 향기를 맡아도 온갖 시름과 눈물이 다 사라진다는 우담바라꽃을 귀신사에서 보게 되리라고 기대했을 수도 있다. 하지만 우담바라는 흔적도 없었고 대신 그 자리에 모래무덤만 솟아있는 것이었다. 나는 차마 눈을 돌리지 못하고 곱게 걸러져 나온 봉긋한 모래더미를, 그 속을, 한 치 아래의 땅속까지도 들여다보겠다는 듯이 바라보고 있었다.

만년과를 보려면 인부들 사이를 뚫고 본당을 거쳐 둔덕을 올라야만 했다. 거기에 주홍의 열매가 있지 않다는 것은 어린아이라도 알 수 있는 일이었다. 봄에 열매를 맺는 감나무는 없으니까. 그러므로 뒷동산에 올라야 할 이유는 만년과에 있는 것이 아니었다. 나는 기어이 거기에 가야 할 이유를 스스로에게 물었다. 그러자 또렷하게 절을 떠받들고 있던 예전의 적요가 떠올랐다. 그랬다. 나는 아직 적요를 만나지 못했다. 나는 교교한 고요 속에 온몸을 담그고 싶다는 생각을 가지고 있었다. 목 밑까지 흠뻑, 몸속의 모든 것을 다 증발시켜 버리고 남을 만큼 오래.

마당을 가로지르는 나를 가로막는 사람은 없었다. 절 옆 어느 집의 낮은 담장 너머로 웬 백발의 할머니만 나를 예의 주시하고 있을 뿐 인부들은 갖가지 연장을 뛰어넘고 비껴가며 통과하는 나를 여전히 본 척도 하지 않았다. 불사(佛事)인 탓인가, 인부들은 묵묵히 자기 할 일만 했다. 그 묵묵함조차 저기 벌거벗은 건물 안의 누런 광목의 힘이 그렇게 시키는 듯하여 나는 광목으로 뒤덮인 불상이며 죽은 자의 위패 따위를 보지 않으려고 애써 시선을 피했다.

그다음에 내가 본 것은 가득 쌓인 새 기왓장과 스티로폼들, 그리고 건물의 잔해로 짐작되는 뜯어낸 목재들이었다. 뒷동산은 창고 역할을 하고 있음이 분명하였다. 나는 고개를 우러러 그래도 청청한 잎을 가지마다 가득 피우고 있는 해묵은 감나무들을 바라보았다. 녹색의 이 넓은 창고를 어우르고 있는 푸른 잡목들과, 잡초 사이에 끼어서도 솔하게 얼굴 내밀고 있는 하얗고 노란 이름 모를 풀꽃들도 바라보았다. 다행히 더 이상의 훼손은 없었다. 건축 자재는 뉘어진 대로 누워 있을 것이다. 움직이는 존재는 나밖에 없으므로 나는 기꺼이 이 푸른 창고에서 적요를 맛볼 것을 작정하였다. 어쨌거나 이제 나는 좀 쉬고 싶었다.

앉고 보니 벌거벗은 귀신사의 지붕이 환히 내다보이는 자리였다. 바람은 훈훈했고 이름 모를 작은 날것들은 분주히 숲 덤불을 오가고 있었다. 나는 이대로 풀밭에 드러누워 한숨 달게 자고 싶다는 생각을 했다. 그때 그가 나타나지 않았더라면 아마 무릎 사이에 얼굴을 묻고, 감은 눈 속에서 귀신사의 평화를 회상하기라도 했을 터였다. 그런데 그때 인부 하나가 언덕을 올라와 쌓아놓은 헌 목재더미를 뒤적거렸다. 나는 그가 필요한 것을 찾아 이내 내려갈 것이라고 믿었다. 흰 러닝셔츠는 어쩐지 낯이 익었지만 미처 아까의 그 씩씩거리던 남자를 떠올리지는 못하였다. 길이와 너비가 제각각인 판자들을 뒤적이던 사내가 갑자기 나를 똑바로 쳐다보며 말을 던질 때까지도 나는 그 사내의 말을 받아야 할 사람이 왜 나인지 정녕 알 수가 없었다.

"틀림없네요. 어쩐지 낯이 익다 했더니, 맞지요?"

나는 별수 없이 내 뒤를 돌아다보았지만 거기 누가 있을 턱이 없었다. 남자는 분명 나한테 말하고 있었으니까.

"오산에서 국어선생 했던 분이 아니냐고요. 오산을 잊었다면 고흥 밑의 거금도, 거금도는 아시겠지요."

거금도? 나는 중인환시에 일기장을 발각당한 기분으로 그를 쏘아보았다. 거기 거금도 오산에서 나는 첫 교직의 일 년을 보냈었다. 물론 그가 말한 대로 국어를 가르쳤었다. 그런데 이 남자는 누구인가. 나는 그제야 남자가 아까 산발한 머리의 여자를 쫓던 바로 그 사내인 것을 알아챘다. 그렇다 해도 이 남자는 누구인가.

"저로 말할 것 같으면, 에이, 그만둡시다. 애써 기억할 것도 없는 위인이니까. 뭐, 그냥 오산 사람이었다고나 합시다."

그래도 사내는 굉장히 반갑다는 표정을 조금도 감추지 않고 내 옆에 풀썩 주저앉아 담배를 한 개비 꺼내들었다. 담배를 들고 있는 오른손 엄지 한 마디가 뭉툭하다. 저 뭉툭한 손가락, 거기에 느닷없이 바다가 출렁거린다. 나는 의구심을 가질 새도 없이 그에게 숙자 오빠가 아니냐고 물었다.

"용케 기억을 하십니다, 그려. 하기야 오산 사람치고 이 김종구를 모른다면 거짓말이지요. 그래서 나도 오산을 떠났지만서도."

사내는 볼이 움푹 파이도록 힘껏 담배 연기를 빨아들이면서 히죽 웃었다.

김종구라, 나는 이 느닷없는 옛 기억과의 조우에 얼떨떨한 채로 남자의 얼굴을 뜯어보았다. 선이 뚜렷한 눈썹과 약간 각이 진 듯한 이마, 그리고 굵은 고랑의 긴 인중은 역시 낯이 익었다. 우리 사이에 가로놓인 십오 년의 세월에도 불구하고 나는 다시금 그의 얼굴에서 출렁이는 바다를 보았다. 십오 년 전의 바다가 거센 파도의 으르렁거림으로 다소 불안한 것이었다면, 지금 그의 얼굴에 새겨진 바다는 거칠기는 해도 폭풍의 징후는 없는 그런 것으로 내게 비쳤다.

그래도, 다시 말하지만, 그를 알아봄과 동시에 나는 그가 여전히 바다의 사람임을 알아보았다. 이 말은 그가 바닷가에서나 살아야 할 존재라는 뜻을 담고 있는 것이 아니다. 오히려 그 반대라고 할 수 있다. 한군데에 붙잡아둘 수 없는, 물결에 휩싸여 세상 곳곳을 다 굽이쳐 흘러야 하는 그런 운명의 생이 있다면 아마도 그것이 바다의 사람일 것이었다.

"제가 어떻게 금방 선생님을 알아보았는지 궁금하지 않습니까? 사실은 지난번에 선생님 사진을 몇 장 보았거든요. 숙자 년이, 내 동생 말입니다, 잡지에 난 선생님 사진을 오려서 간직하고 있답니다.

하여간 뭐든 잡동사니 모으기를 좋아하는 그 애 버릇은 여전합니다. 글쎄, 초등학교 시절의 공책까지 싸 짊어지고 시집을 갔다면 더 말할 게 없지요."

김숙자. 뒷자리에 앉아서 가는 목을 빼고 나를 쳐다보려고 애쓰던 아이. 조카아이를 업고 삶은 멸치에서 새우며 꼴뚜기 새끼를 골라내다 나를 만나면 얼굴을 새빨갛게 붉히고 고개를 푹 숙이던 숙자는 김종구의 누이동생이었다.

그러자 곧 이어서 그 시절의 김종구를 회상하게 해주는 몇 개의 삽화가 차근차근 떠오르기 시작했다. 하나, 둘, 셋, 그리고 넷. 지금 이 자리에서도 꺼내볼 수 있는 삽화는 모두 네 가지쯤 되었다. 그것들 모두가 하나같이 선명하다는 사실을 깨닫고 나는 적이 놀라지 않을 수 없었다. 실마리만 풀어주면 다시 되찾을 수 있는 기억이 얼마나 많은가. 기억은 사라지는 것이 아니고 헝클어지는 것이었다.

김종구에 대한 첫 번째 삽화는 내가 숙자의 담임이었으므로 만들어진 것이었다. 그 섬의 중학교가 나에게는 첫 발령지였다. 남녀 한 학급씩 전교 여섯 반의 단출한 섬 학교는 운동장 발치에 시퍼런 바다가 누워 있었다. 밤이고 낮이고 불어대는 바람에 성한 게 하나도 없던 교사(校舍)의 문짝들, 폭풍이 불면 바다가 갤 때까지 속수무책으로 갇혀 있어야 했던 우울한 나날들. 단지 바다 때문에 거기까지 갔으면서도 사방이 바다인 그곳의 일 년은 극도의 우울과 조바심뿐이었던 것을 지금도 나는 명료하게 풀어낼 수가 없다.

젊은 날의 한 때를 해석해야 하는 일처럼 난감한 게 어디 또 있을까. 젊음에서 멀어지면 멀어질수록 더욱 어긋나는 분석. 그것보다는 숙자의 무단결석을 이야기하는 일이 훨씬 쉬울 것 같다. 삽화는 거기서부터 시작하니까.

그곳에서 나는 전 학년의 국어를 가르쳤고 2학년 여자반의 담임을 맡게 되었다. 제 나이대로 진급을 할 수 없었던 낙도의 사정으로 아이들은 모두 숙성했고 3학년쯤 되면 교사인 나보다 더 어른스럽게 세상을 굽어보는 아이들도 많았다. 실제로 그 애들이 나보다 더 현실적으로 능력이 있었다는 것을 나는 부인할 수 없다. 교실에 뱀이 들어오면 아이들이 쫓았고, 가정 방문을 하게 되면 노를 저어서 이웃 마을로 나를 데려다주는 일도 그 애들이 했다. 집에서도 어른 몫을 단단히 하는 아이들이어서 멸치잡이가 한창일 때나 김을 뜨는 겨울이 오면 학과 진도를 나가기 어려울 만큼 교실이 텅 비곤 했다.

숙자의 무단결석도 그 때문이었다. 새 학기를 두 달도 채우지 못하고 그 애는 학교에 나오지 않았다. 아이들을 시켜 사정을 알아본즉 오빠가 살림을 맡으라고 윽박질러서 학교에 올 수가 없다는 것이었다. 아이들은 숙자 오빠를 "징허게 독한 사람"이라고 표현했다. 이 마을이 고향인 수산 선생도 "자칫하면 깡패로 풀렸을 망나니"라고 평했다. 뭍에서만 떠돌다가 숙자 큰오빠가 바다에서 실종된 작년에 어디선가 소식을 듣고 돌아와 늙은 어머니와 여동생을 거두는 시늉은 하고 있으니 그만해도 기특하지 않느냐는 것이 수산 선생의 설명이었다.

집으로 돌아올 때 만삭의 여자 하나를 데리고 왔다는 것, 그 여자는 몸을 풀자 이내 다시 뭍으로 도망을 쳤다는 것, 결국 숙자가 어미 없는 갓 난 조카까지 돌봐야 한다는 것 등, 여러 가지 가정 형편들을 수소문한 다음 나는 직접 숙자네 집으로 찾아가기 시작했다. 그러나 번번이 허탕이었다. 세상 간난에 시달려 이미 기력이 다한, 늙고 병든 숙자 엄마는 눈곱이 잔뜩 낀 눈을 껌벅이며 "이 늙은 것이야 자식이 시키는 대로 헐 뿐이지요."라는 말만 되풀이할 뿐이고, 나만 보면 얼굴이 빨개져서 마당에 널린 멸치나 뒤적이며 고개도 못 드는 숙자한테는 무슨 말을 해도 소용이 없을 터였다. 나는 별수 없이 해변의 멸치막으로 직접 숙자 오빠를 찾아가기로 마음을 먹었다.

바다에서 건져온 멸치는 멸치막에서 삶는 과정을 거쳐 햇볕에 말려진다. 마을 동편의 돌밭에는 커다란 가마솥을 걸어놓은 막이 여러 개 있었다. 데리고 온 숙자는 그 중 새로 지은 듯싶은 하나를 가리키며 저기 오빠가 있다고 말했다. 김이 오르는 가마솥과 시뻘겋게 타고 있는 아궁이의 장작불 앞에 웃통을 벗어부친 한 사내가 보였다. 숙자가 먼저 가서 내가 왔음을 알리는 동안 나는 멀찌감치 서서 짐짓 바다를 보며 기다렸다. 김종구는 조금도 서두르지 않고 하던 일을 다 끝낸 뒤에야 어슬렁어슬렁 돌밭을 가로질러 내게로 왔다. 제 오빠와 서너 걸음을 차이 두고 잔뜩 오그라든 몸으로 뒤를 따르는 숙자를 보면서 나는 마음을 단단히 먹었다.

"귀찮을 것이라고 짐작은 했수다. 이해해요. 선생 경험이 없으니 교과서가 시키는 대로 할밖에."

수인사 따위는 주고받을 시간도 없었다. 김종구는 다짜고짜 그렇게 말을 꺼냈다. 굵은 눈썹 아래의 부리부리한 두 눈은 나를 제대로 쳐다보지도 않았으며 내가 무어라 응수를 하기도 전에 돌밭에 침을 찍 뱉고 다시 말을 이었다.

"우리 집에 여자라곤 신경통으로 기어 다니는 늙은 어머니하고 숙자 저년밖에 없어요. 보셨으니 그거야 알고 계실 테고, 또 무슨 할 말이 있다는 거요?"

그다음에 내가 할 말은 없었다. 얼굴에 칼자국이 두 군데나 그어져 있는 사내한테 나의 교사 체면이 어떻게 구겨지고 말 것인지 그것이 약간 불안할 뿐이었다. 이 학부형한테 교사의 학생에 대한 애정, 혹은 학생의 장래 따위를 말할 생각은 이미 사라지고 없는 판이었다. 그리고 김종구 본인이 그런 생각일랑 꿈도 꾸지 말라는 듯 단단히 못을 박고 있었다.

"왜들 이 뻔한 사실을 잊고 있는지 모르겠소만, 사는 일이 가장 먼저란 말이오. 사는 일에 비하면 나머지는 다 하찮고 하찮은 것이라 이 말입니다. 먹고 사는 데 질서가 잡히면 선생이 말려도 숙자는 다시 학교에 나가요. 아마도 내년에는 숙자 년이 교실에 앉아 있는 것을 볼 거요. 그럴 리는 없겠지만, 선생이 내년에도 여기에 있기만 하다면."

그리고 김종구는 괜한 장작불만 타고 있다면서 역시 인사도 없이 멸치막으로 돌아갔다. 오빠의 무례에 거의 사색이 되다시피 한 숙자는 얼굴을 손으로 가리고 어쩔 줄을 몰라했다.

그런데, 이상하게도, 나는 전혀 기분이 상하지 않았다. 처음의 초조함에 비하면 김종구가 보여준 행동은 오히려 예상에 훨씬 못 미치는 것이기도 했다. 그는 말로 자기를 이야기할 줄 아는 사람이었다. 그리고 그의 말 또한 새겨들을 만하다는 것이 나의 생각이기도 했다. 숙자의 손을 잡고 돌아오면서 잠깐 돌아보니 김종구는 다시 웃통을 벗어부친 채 끓는 가마솥에 멸치를 집어넣는 삽질을 하고 있었다.

두 번째 삽화는 초여름의 햇살이 따가운 바다를 배경으로 한다. 그는 바다에 누워 있었다. 정말이었다. 그는 한 치의 거짓도 없이 현실을 떠나 바다에 누워 있었다.

그때 나는 종선에 옮겨 타기 위해 금어호의 뱃전에서 대기 중이었다. 아마도 주말을 맞아 고향의 집에 다녀오던 길이었을 터였다. 뱃길 두 시간에 버스 다섯 시간을 견뎌야 집에 닿았으므로 섬에서의 외출은 한 달에 한 번도 어려웠다. 그랬으므로 돌아오는 길에는 두 손에 다 들 수 없을 만큼 짐이 많았고 멀리 마을의 집들이 보일 무렵에는 차멀미 뱃멀미에 반죽음이 되어 있기가 십상이었다.

마을의 선착장은 위치가 썩 좋지 못하여 밀물 때나 겨우 선착장에 금어호를 댈 수 있을 뿐 그다지 크지도 않은 금어호는 대개 바다 한가운데에서 종선을 기다려 손님들을 하선시켜야 했다. 게다가 이 종선 또한 어찌나 칠칠치 못한지 저만큼 중학교 뒤로 금어호가 나타나면 대뜸 출동을 시작하는 것이 아니라 배가 바다 복판에서 기관을 끄고 있을 즈음에야 닻을 걷어 올리고 노를 삐거덕거리며, 비좁게 모여 있는 수많은 거룻배 사이를 밀고 밀리며 느릿느릿 빠져나오는 것이었다.

바로 그러한 때에 나는 김종구를 보았다. 더 정확히 말하면 그를 싣고 있는 배를 보았다. 양수기를 단 통통배였다. 배는 엔진이 꺼진 채 일엽편주처럼 흔들흔들, 마침 알맞은 물때를 만나 저 멀리에서 우리 배를 향해 흘러오고 있었다. 배가 어느 정도 가까이 와서였다.

쌀가마 위에 올라앉아 늦은 종선을 타박하고 있던 마을 사람 하나가 기가 막힌다는 듯 소리쳤다.

"워따메, 저기 종구 놈 아녀, 잉?"

"맞네, 종구여. 허어, 하여간 배포 하나는 클씨. 저 자석 팔자 좋게 처자는 것 좀 보소."

"자가 해우 말목 빼러 갔다가 정신 빼불고 오네 그랴. 얼메나 처먹었으면 조로콤 시상 모르고 자버린디야. 엥간히 자라고 소리 좀 쳐!"

"냅둬, 머할라고 깨운디야. 지놈 알아서 허겄지. 저러다 북풍이나 불믄 저기 여우섬으로 떠내려갈 꺼구만."

그가 타고 있는 배는 마을 사람들의 입방아에도 불구하고 잘도 흘러 금어호를 지척에 두고 스쳐갔다. 출렁이는 나뭇잎 배에 네 활개를 펴고 잠들어 있는 김종구의 모습도 똑똑히 내려다보였다. 시퍼런 바닷물이 밑그림이 되어 그는 영락없이 맨몸으로 바다에 누워 있는 듯이 보였다. 등짝 밑으로 험상궂은 파도가 으르렁거리고 있을 텐데도 잠들어 있는 그의 얼굴은 낙조에 물들어 그럴 수 없이 평화스럽게 보였다.

그 평화가 부러웠던가. 부럽고 아득해서 뱃전에 달라붙어 그리도 오래 흘러가는 배를 눈으로 좇았던가. 지금도 나는 그날 바다에 누워 있던 그의 얼굴과 팔뚝을 물들이던 황금빛 노을을 아주 선명하게 기억할 수 있다. 물결에 출렁일 때마다 사방으로 부서지던 그 눈부신 빛살. 요람 속의 평화를 가득 싣고 있던 그 통통배.

그러고 보면 지금도 서편 하늘에 투명한 노을이 걸려 있다. 그러나 여기는 바다가 아니다. 산이다. 나는 새삼 김종구의 외양을 관찰하기 시작한다. 기억이 정확하다면 이 남자는 지금 마흔을 훨씬 넘었을 것이다.

그러나 순간적이긴 하지만 쏘는 듯한 시선, 팔뚝에 드러난 굵은 힘줄, 근육으로 뭉쳐진 상체의 단단함은 도저히 마흔을 훨씬 넘긴 그것이 아니다. 하지만 가끔씩은 쉰 살은 예전에 지냈을지도 모른다는 의심이 가기도 한다. 이마의 잔주름과 눈꼬리에 엉겨 붙은 피곤함이 의심의 근거랄 수 있다.

"그렇게 한심한 눈으로 사람을 뜯어보지 맙시다. 선생님이 무슨 생각하는지 내 다 알지요. 늙어 죽을 때까지 공사판에서 하루 벌어 하루 먹고 살아야 하는 가련한 인생이구나 여기겠지만, 천만에요. 이건 내가 좋아서 하는 일입니다. 지붕 씌운 곳에서 갇혀 일하라면 차라리 죽는 게 나아요. 숨이 콱 막히거든요. 마흔 지난 지 몇 해가 되었지만 아직 이 몸뚱어린 쓸 만하죠. 몸뚱어리 하나 믿고 하늘에 구름 가듯 떠도는 게 좋아요. 훌쩍 떠날 수 있으면 훌쩍 오는 거예요."

그랬다. 김종구에게는 예전부터 사람의 마음을 읽어내는 재주가 있었다. 그의 말에 언제나 가시가 박혀 있는 것처럼 들리는 것도 숨겨진 마음을 환히 보아버리는 자의 별수 없는 어투일 것이다. 섬에서의 요란한 싸움들도 대개는 그의 사정을 봐주지 않는 야유가 발단인 경우가 많았었다.

김종구는, 많이 달라진 것 같으면서도 가끔씩 전혀 변하지 않았다는 느낌을 내게 주었다. 그래서 나는 그에 대한 진전 없는 탐색을 멈추기로 했다. 또한 그는 이제 자신의 일터로 돌아가야 할 시간이기도 했다. 나는 시계를 보았다. 그러나 김종구의 생각은 그게 아니었다. 그는 잠시만 기다리라면서 내 대답은 듣지도 않고 벌떡 일어나 아래로 내려가 버렸다.

기다리라는 말이 아니더라도 동산을 내려갈 생각은 없었지만, 기다리라는 말 때문에 동산에 더 남아 있으려던 원래의 마음에 갈등이 생기기 시작했다. 시간으로 봐서 김종구의 하루 일도 다 끝나갈 때였다. 일을 마감하고 돌아온 그와 마주앉아 특별히 더 할 이야기가 있던가. 김종구의 생에 대한 관심이야 없지는 않았지만 그것이 시간을 연장해가면서까지 캐낼 만한 의미가 있는 것인지도 의심스러웠다. 설령 그럴 만한 가치가 있다 하더라도 십오 년 전에 잠깐 알았던 사람과 이 이상 시간을 함께한다는 것이 내게는 못내 불편한 일이었다. 길어지면 외로움이 덤벼서 그렇지, 혼자의 시간이 편한 법이었다.

어쨌거나 그가 다시 돌아올 때까지는 기다려야 할 일이었다. 그저 바람이나 쐬려고 나선 여행이라는 말을 이미 해버린 터에 급작한 볼일이라도 있는 듯이 사라져버릴 수는 없었다. 나에게는 그래도 섬 생활 일 년의 의미가 묻어 있는 해후일 수 있지만 그한테는 거의 아무 의미도 없을 이 만남이 내가 원하지 않는 한 길어질 턱은 없을 것이었다. 십오 년 전의 기억을 더듬어도 김종구한테 그런 곰살맞음이 있었던 것은 전혀 떠오르지 않았으니까. 그러기는커녕 내가 간직한 그에 관한 세 번째 삽화는 상당히 진저리쳐지는 구석도 없지 않았던 것이었다.

그 삽화는 소재부터가 섬뜩하다. 날이 새파란 손도끼, 염소의 골통, 그리고 이중(二重)의 죽음과 구역질. 그 속에 김종구가 있었다. 섬에서는 특별한 날이 돌아오면 곧잘 풀어놓고 먹이던 검정 염소를 잡곤 했다. 학교에서 자취방으로 가는 길의 야산이 검정 염소들의 방목장이었다. 육고기에 주려 있게 마련인 섬사람들한테는 염소나 잡아야 푸짐하게 고기 맛을 볼 수 있었다. 그리고 그런 날에는 열 명도 못 되는 중학교 선생들이 총동원되어 잔치의 상석을 차지하고 앉는 것도 관례였다.

염소를 식용으로 생각해보기는커녕 되려 그 짐승에게 강한 친밀감을 느끼고 있는 염소띠 인간인 나로서는 마지못해 가는 자리였지만, 다른 남자 교사들은 섬 생활 서너 달이면 염소고기에 맛을 들이고 절대 사양을 하지 않았다. 마을 사람 거의가 고기 맛을 봤던 육성회장 집 잔칫날, 그날 김종구도 거기에 있었다.

염소를 잡게 되면 죽인 직후의 생피를 마시는 것과 삶은 골통을 쪼개 골을 꺼내먹는 것이 제일 알짜라는 이야기는 누구이 들은 바가 있었다. 그러나 자리에 앉자마자 쟁반 세 개가 동원되어 각각에 염소 머리 하나씩이 담겨져 나오는 광경은 너무 끔찍하고도 갑작스러웠다. 대개는 손님을 청한 쪽이 부엌에서 적당히 처리해 내오기 마련인데 머리가 세 개나 되다보니 곧바로 쪼개 먹는 쪽이 편하다는 의견이 우세했던 모양이었다.

마루 한가운데 염소머리 세 개가 놓이자 사람들은 약속이나 한 듯이 김종구를 쳐다보았다. 마치 너 말고 누가 이 짓을 하겠냐는 듯이. 그리고 누군가 그에게 날이 새파랗게 선 손도끼를 건네주었다.

김종구는 사람들을 휘돌러본 다음 말없이 손도끼를 받았다. 그의 입가에 맴도는 냉소를 본 것은 나뿐이었을까.

그는 잔인함을 기대하는 사람들의 마음을 충분하게 읽어낸 것 같았다. 그렇지 않고서는 새삼스럽게 숫돌에 도끼의 날을 벼리는 일부터 시작할 이유가 없었다. 쓱싹쓱싹. 음산한 숫돌의 마찰음을 들으며 사람들은 침을 꿀꺽 삼켰다. 긴장과 공포의 순간에도 사람들은 침을 삼킨다. 마치 기름진 음식을 상상하듯. 이윽고 숫돌 작업이 끝나자 그는 마술사들이 흔히 시도하는 시선 끄는 도입부도 실천해 보였다. 손바닥으로 슬슬 손도끼의 날을 쓸어보는 그 유혹의 순간들이 흐르는 동안 김종구 주위의 몇몇이 슬쩍 뒤로 물러섰다. 사람들은 김종구의 눈에서 살기를 읽었고, 나는 경멸을 읽었다.

마침내 털 뽑힌 염소의 둥근 두상 하나가 통나무를 큼직하게 반 잘라 만든 도마 위에 얹혀졌다. 반쯤 눈이 감겨진 염소의 머리는 시장바닥의 좌판에서 흔히 보는 돼지머리와는 사뭇 달랐다. 삶은 돼지머리가 감은 눈과 위로 치솟은 콧구멍, 그리고 투정하듯 내밀어진 입으로 인해 희화화된 모습이라면, 염소의 그것에는 비애가 서려 있었다. 죽음 앞에서 깜짝 놀란 모습이 어김없이 담겨 있기로는 염소를 따를 짐승이 없다. 염소는 유독 겁이 많은 짐승이었다.

김종구는 염소머리를 이리 만지고 저리 만지며 도끼의 날이 박힐 자리를 신중하게 모색하였다. 그는 계속해서, 부러 그러는 게 분명한, 과장된 몸짓을 보여주며 잔뜩 시간을 끌고 있었다. 사람들이 그걸 원할 때까지는 얼마든지 보여줄 수 있다는 자세였다. 그리고 어느 순간 손도끼가 번쩍 허공을 가르며 솟아올랐다. 그와 동시에 김종구의 입에서 야릇한 기합소리가 터져 나왔다.

기합과 함께 땅, 하는 암팡진 소리가 울렸고 벌어진 머리통 속으로 김이 무럭무럭 솟아나는 하얀 골이 드러났다. 젓가락을 들고 그 순간을 기다리던 남자들은 너나없이 하얀 김이 피어오르는 골통 속으로 신속하게 젓가락을 들이밀었다. 첫 번째 염소머리가 상으로 올라간 지 몇 분, 눈 깜짝할 사이에 머리는 두개골로 변해 쓰레기통 속으로 던져졌다.

사람들 뒤에서 담배 한 대를 피고 난 김종구는 묵묵히 도마 위에 두 번째의 염소머리를 얹었다. 이번에는 시선 끌기 같은 광대짓은 없었다. 두 번째, 세 번째의 골통 또한 단 한 번의 도끼질에 어김없이 두 쪽으로 갈라졌지만 첫 번째 이후로는 사람들의 탄성도 들리지 않았다. 모두들 뜨끈뜨끈한 골이 식을까봐 정신없이 젓가락질에만 매달렸다.

그러나 내가 지켜본 바로는 그 손길 속에 김종구의 젓가락은 없었다. 내가 본 것은 세 개의 염소머리를 해치운 뒤 황급히 소주 한잔으로 목을 적신 다음 말없이 육성회장 집을 빠져나가는 그 뒷모습이 전부였다. 둘러앉아 허겁지겁 염소의 골통을 파먹고 있던 사람들은 김종구가 사라지는 줄도 알아채지 못하고 있었다.

세 번째의 삽화는 진저리쳐지는 느낌 말고도 묘하게 비애를 깔고 있다. 그러고 보면 김종구는 그때 이미 위선과 타협할 수 없는 국외자로서의 비애를 깨닫고 있었는지 모른다. 그 뒤 십오 년의 세월이 그를 어떻게 변화시켰는지 장담할 수는 없지만, 만약 그렇다면 공사판에 떠도는 김종구의 지금 삶은 필연적인 것이리라. 삶의 비밀을 엿본 자에게 붙박이 삶이 가능하기나 할 것인가.

나는 조금씩 이 예기치 않은 조우에 관심을 가지지 않을 수 없다. 그의 십오 년은? 그리고 나의 십오 년은? 마침 그때 김종구가 말끔한 모습으로 다시 내 앞에 나타났다. 옷도 갈아입었고 세수도 한 모양이었다. 아직 물기가 남아 있는 머리칼에는 눈에 보이게 먼지가 끼어 있었지만 귀가하는 가장으로는 손색이 없는 차림새였다.

"갑시다."

그는 마치 사전에 약속이 되어 있었던 일이라는 듯 단호하게 나를 재촉했다. 나는 엉거주춤 일어났다.

"우리 집으로 가자는 겁니다. 아까 보신 팔팔 뛰는 잉어 같은 그 계집이 내 마누라예요. 일이 끝난 뒤에는 무슨 일이 있어도 내 황녀한테 먼저 문안을 드려야 한답니다. 갑시다, 황녀한테."

나중에 눈치로 알아차린 사실이지만, 성이 황(黃)가인 마누라를 그는 마치 황녀(皇女)인 듯이 호명했다.

"갑시다. 벌써 기가 막힌 찌개를 끓여놓고 담장에 매달려 나 오기만 기다리고 있을 겁니다. 황녀는 낮잠 자다가도 이 김종구 생각이 나면 맨발로 뛰어서 달려온답니다. 아주 화끈한 여자지요. 황녀는 또 손님 오는 것을 아주 좋아해요. 그래야 지가 왕년에 뽐냈던 솜씨를 보여줄 수 있거든요. 솜씨요? 아, 그거 별거 아녜요. 고게 단소를 좀 불어요. 단소, 아시지요? 황녀의 단소 가락, 그거 사람 죽여요."

자신의 말이 좀 많다 싶었는지 김종구는 거기서 자르듯이 말을 끊고 가만히 내 반응을 기다렸다. 나는 역시 의례적인 말로 그의 초대를 사양할 수밖에 없는 노릇이었다. 관심이야 있었지만 관심을 가로막는 것은 아무래도 관습이었다. 이제 와서 십오 년 전의 학부형을 만났다고, 그것도 서로 간에 깜짝 놀랄 만큼 반가운 사이도 아닌 약간의 인연을 빌미로 남의 거처에 불쑥 뛰어들어 저녁을 얻어먹는 일이 관습적으로 영 어긋나는 것 같다는 것이 여태도 내 판단이었다.

김종구는 나의 사양에 굉장히 실망스럽다는 얼굴이었다. 그는 자신의 머리 한 뼘 위에서 찰랑거리는 감나무 줄기 하나를 확 낚아챘다. 그리곤 가지 끝을 입에다 쑤셔 넣고 그것을 잘근잘근 씹으며 아주 잠깐 숨이 막힌다는 표정을 지었다.

"에이, 아직도 조선시대 말을 사용하고 있어요? 아뢰옵기 황송하오나, 하는 식의 원님 동헌마루에서나 굴러다니는 말뽄새라면 이가 갈리는 놈이 난데, 제길, 작가 선생까지 그러시깁니까? 제발 덕분에 그런 허깨비 같은 말씀일랑 고만두시고, 우리 집에 갑시다. 밥 한 끼는 대접해야지요. 우리 황녀 좋아하는 얼굴도 좀 보시고. 그거, 아주 괜찮은 계집입니다."

그리곤 두말도 없이 앞장서서 휘적휘적 걸어간다. 나는 별수 없이 김종구의 뒤를 따라 언덕을 내려왔다.

가족이나 허물없는 친구가 아니라면, 남하고 같은 상에서 밥을 먹어야 하는 일이 나에게는 이 나이 먹도록 몹시도 불편한 행위다. 다른 일이라면 적잖이 누그러진 구석도 없지 않으면서 밥은, 삼키고 씹어야 하는 식사는 잘 안 된다. 한 상에서 같이 밥을 먹어도 전혀 불편하지 않은 사이가 되기까지는 얼마나 같이 밥을 먹어야 할 것인가. 나는 그게 아득하다. 너무 아득해서 시작조차 하고 싶지 않다.

귀신사 뜨락은 그새 아무도 없이 텅 비어 있다. 인부들은 절 담 너머, 아까 나를 주시하던 할머니 집에 다 모여 있었고 김종구는 절 앞에 이르자 또 한 번 나를 기다리게 하고 그 집으로 성큼성큼 들어 갔다. 마당에 피어오르는 연기, 불꽃 위에 얹은 슬레이트 조각으로 미루어 인부들은 거기서 돼지고기를 구워먹을 모양이었다. 철판보 다는 요철이 있는 슬레이트가 기름도 잘 빠지고 돌구이 맛을 낼 수 있어 공사장 같은 데서 곧잘 그런 모습을 본 적이 있었다. 김종구는 주머니에 무언가를 쑤셔 넣으며 곧장 돌아왔다.

"오늘이 간조날이거든요. 비 땜에 이번 간조는 형편없어요. 초파 일 전에는 무슨 일이 있어도 끝내기야 하겠지만, 인부 구하기가 너 무 힘들어요."

김종구는 품삯이 들어 있는 바지주머니를 보란 듯이 두들기다 말 고 목소리를 낮추어 말했다.

"웃기는 일입니다. 대체 뭐 하러 이 짓을 합니까? 목수하고 이 절 에 처음 온 날이 마침 비 오는 날이었어요. 첫눈에 야, 이건 굉장한 절이다, 라는 느낌이 확 들었지요. 전국의 이름난 절들 나도 숱하게 봤지만 이런 절은 처음이었거든요. 작가 앞에서 문자 쓰기 거북하지 만, 뭐 생사를 초월한, 그런 인생무상 같은 게 가슴을 찍어누르데요. 그런 절을 싹 뜯어서 울긋불긋하게 만들겠다니 얼마나 웃기는 짓이 에요. 말도 안 되는 짓을 한다길래 첨엔 이 일에서 손 뗼라고 그랬지 요. 그런데 왜 마음을 바꾸었는지 아십니까. 조금이라도 덜 웃기게 만들기 위해선 내가 있어야겠다, 이런 생각이 들었지요. 이건 정말 이지 순수한 내 충정입니다. 아무도 알아주지 않는 짓이긴 하지만,

그래도 그냥 두고 볼 수 없었다고요."

나는 놀라서 걸음을 멈추었다. 김종구도 그렇게 느꼈던가. 귀신사에 대해 그도 남다른 마음을 품고 있었던가. 그래서 기꺼이 제동장치의 역할을 맡아 보수공사에 참여하고 있다는 그의 말은 단숨에 나를 그에게로 끌어당겼다.

그 말은 김종구라는 인간을 재고 있던 나의 잣대를 사라지게 하였다. 그에게 잣대를 들이밀다니, 나는 얼마나 교활한 인간인가. 십오 년 전의 그와 지금의 그를 수시로 비교하며 인간을 저울질하는 나는 얼마나 편협한가. 다소 무참해진 나는 귀를 열어, 소위 청취(聽取)의 자세로 돌입하였다. 그리고 이 자세는 그와 헤어질 때까지 여일하였다.

"참, 한 가지 당부가 있는데 이건 꼭 유념을 하셔야 합니다. 우리 황녀의 단소 가락을 듣게 되면 무조건 입에 침이 마르게 칭찬을 하세요. 나야 황녀가 부는 단소 외엔 들어본 적이 없어 갈등 없이 마구 추켜세울 수 있지만 선생님은 혹시 아니올시다, 일지도 모를 일이잖습니까. 그러니 눈 딱 감고, 이것저것 따지지 말고, 황녀 입이 찢어지게 띄워버리세요. 황녀 고게 또 청중은 어지간히 가리는 못된 버릇이 있어서 아무한테나 단소 가락을 맛 보여주지도 않아요. 황녀가 제일 기뻐하는 일이 뭔 줄 아십니까? 내가 지 단소 소리를 헤아려 들을 만한 고급 청중을 데불고 집에 가면 그저 팔팔 뛰도록 기뻐하지요. 선생님을 데려가면 아마 까무러칠 것입니다."

자신의 집에 들어가기 전에 김종구가 내게 한 당부 또한 은근히 내 마음을 찌르는 것이었다. 말하자면 자기 마누라한테까지 세상의 잣대를 들이미는 허튼 짓은 말라는 것이었다. 그러고 보면 만나자마자 부득불 자기 집에 가자고 우기던 것이나, 그보다 더 거슬러 올라가서 나를 만나고 그토록 반가워했던 것도 모두 그의 황녀를 위한 헌신이었음이 분명했다. 그렇다면 이 서먹한 초대를 물리칠 어떤 방법이 없을까 거듭하던 궁리 따윈 홀가분하게 떨쳐내도 무방한 일이었다. 그의 황녀를 기쁘게 해줄 수 있는 일이 몇 마디의 격찬과 감동의 시늉으로 가능하다면 못 할 것도 없지 않은가.

게다가 이제는 나의 이 여행이 예상치 못한 국면으로 접어들고 있다는 기대도 적잖이 생겨 있는 판이었다. 그 증거로, 삭막한 공사현장으로 둔갑한 귀신사를 마지막으로 이 여행에 은근히 기댔던 모든 것이 다 사라졌음에도 나는 전혀 헝클어진 사념에 발목을 묶이지 않았다는 사실을 들 수 있을 것이다. 그럴 새도 없이 김종구가 나타났고 그다음부터는 완전히 김종구가 이끄는 대로 따라갈 뿐이었다.

그는 여전히 예측불허의 인간이었고 그 예측불허가 나를 생각의 진흙탕에서 구해주었다. 이 진흙 뻘밭에서 기어 나올 수 있었다는 것만으로도 김종구와의 만남은 수확이었다. 그러니 이제부터 또 뭔가를 그가 보여준다면 그것이야말로, 천박한 표현이긴 하지만, 보너스에 다름없는 것이었다.

미리 말한다면, 그는 그 이후에 더 많은 것을 내게 보여주었다. 사람에 따라서는, 그리고 같은 사람이라도 그가 처한 상황에 따라 보여지는 것에의 느낌이 다르겠지만 그때의 나한테는 그의 말 한마디 한마디가 새롭고 새로웠다. 설령 나의 막막한 상황이 새롭기를 희구해서 자기 최면으로 그렇게 받아들인 것이라 해도 아무 상관이 없다. 아니, 진실을 말하자면 오히려 그쪽에 가깝다는 것을 인정한다. 그러나, 나와 아주 다른 존재가 되고 싶다는 그 욕망 말고 다른 것으로 해명할 수 있는 진실이 세상에 어디 있던가.

3

김종구는 나와 황녀의 대면에 약간의 의식(儀式)이 필요하다고 생각한 모양이었다. 나를 집으로 데려간 뒤 그는 곧바로 여자를 부르지 않았다. 대신 마당에 나를 세워놓고 자기가 먼저 부엌으로 들어갔다.

여자가 부엌에 있다는 것은 새어나오는 불빛으로 금방 알 수 있었다. 바깥이야 아직 잔광으로 견딜 만하지만 안에서는 불을 밝혀야 할 시간이었는데 그 집에서 불빛이 있는 장소는 부엌뿐이었다. 나는 인기척이라곤 없는 그 집의 다른 문들을 살펴보면서 그녀와 정식으로 인사를 나눌 순간을 기다리고 있었다. 몇 시간 전에 우연히 마주쳤던 황녀의 맨발과 흐트러진 머리칼, 번쩍거리던 눈빛 따위를 떠올리면 그 기다림에 약간의 불안이 섞여 있는 것도 사실이었다. 그녀는 내가 알고 있는 방식으로 나를 맞아들이지 않을 것이라고 나는 생각했다. 나는 그게 어떤 것일지 짐작도 할 수 없었다.

내 예상은 들어맞았다. 먼저 부엌으로 들어간 김종구가 어디를 어떻게 했는지 여자의 자지러지는 웃음소리가 들리더니 곧이어 반쯤 젖혀 있던 부엌문이 뒤로 발랑 나자빠지도록 거세게 열렸다. 그

254

리고 내가 물러설 새도 없이 확 구정물이 뿌려졌다. 다행히 나한테까지 구정물이 튀긴 것은 아니지만 그제야 나를 발견한 여자의 놀라는 시선을 받아내는 일은 좀 괴로웠다. 여자도 조금 전에 나를 본 걸기억하는 모양이었다. 하기야 이런 시골에서는 낯선 사람을 구별해내는 일이 그리 어려운 일도 아닐 것이다.

"이런, 누굴 데려왔잖아! 왜 말을 안 했어? 이 쓰레기 같은 인간. 언제나 날 속이기만 하고."

여자는 남자를 돌아보며 냅다 소리를 지르더니 얼른 부엌문을 닫아버리고 만다. 물론 나한테는 한마디도 하지 않은 채였다. 황당한 일이었지만 예상은 한 것이라서 견디기 어려울 만큼은 아니었다. 이윽고 들려오는 김종구의 통명스런 목소리.

"야, 싫으면 그만둬. 네 생각하고 일부러 귀한 손님을 모셔왔는데 싫으면 집어치우라고. 제길, 괜한 수고를 했잖아."

"누가 싫댔어? 근데, 누구야?"

그다음부터는 목소리가 낮추어져서 바깥에서는 들을 수가 없었다. 내가 누구일까. 김종구는 나를 어떻게 설명할까. 간간이 들려오는 여자의 "정말? 진짜야?" 하는 확인의 말은 왜 필요한 것일까. 초조하게 황녀(皇女)의 알현을 기다리는 신하처럼 나는 그들이 나누는 모든 말이 다 궁금하기만 했다.

황녀의 닦달이 어지간히 끝난 뒤에야 부엌문은 다시 열렸다. 치마는 여전히 큼직한 목단꽃 무늬의 그 치마였지만 맨발은 아니었다. 머리도 적당히는 간추려서 아까의 탱탱한 긴장은 거의 남아 있지 않은 모습이었다. 새롭게 등장한 여자는 완연히 수줍음을 타고 있었다. 마치 아까 보여준 모습은 다 잊은 것으로 믿겠다는 태도였다. 수줍어하면서 나를 방으로 안내하는 황녀의 뒤에서 김종구는 그것 보란 듯이 매우 당당했다.

그렇다고 황녀의 수줍음이 길게 가지는 않았다. 김종구가 그녀를 수줍어하게 내버려두지도 않았다. 황녀는 황녀다워야 한다는 것이 그의 지론이었고 그녀는 얼마 지나지 않아 조신함을 걷어치운 채 거들먹거리기 시작했다. 선술집에서 만나 그 밤으로 만리장성을 쌓고 단소 가락에 혼까지 앗기운 채 다음 날로 데리고 나와 같은 이불 속에서 자기 시작했다는 황녀와의 인연에 대해서 김종구가 하는 말은 이런 것이었다.

"난 저것의 야비함에 반했어요. 우리 황녀의 매력은 야만스럽고 교활하다는 것이지요. 그게 편해요. 난 베일로 얼굴을 가린 성처녀한테는 아무런 흥미도 없어요. 그 짓 할 때 베일을 벗기는 수고나 한 가지 더해질 뿐 무슨 의미가 있겠어요."

김종구는 황녀가 자기의 여자인 것을 단숨에 알아보았다고 했다.

"정말 굉장한 여자였어요. 나는 저 여자를 보자마자 저 불룩한 가슴 밑에 내 갈빗대 한 짝이 들어 있다는 사실을 금방 눈치챘어요. 이건 행운이에요. 마침내 잃어버린 갈빗대를 찾은 거라구요. 말도 마세요. 그거 찾겠다고 밤마다 계집들 눕혀놓고 맞춰보느라 힘깨나 뺐지요. 당분간은 힘 좀 아껴도 되겠으니 행운이 아니고 뭐겠어요. 아, 왜 당분간이냐구요? 글쎄, 그놈의 갈빗대가 계속해서 맞으라는 보장이 어디 있습니까. 뼈다귀도 자꾸 자랄 텐데. 그럼 다른 것을 찾아야지요. 얼마든지 또 다른 행운이 기다리고 있을 테니까요. 이거, 선생님 앞에서 별말을 다 하는군요."

　김종구는 그러나, 조금도 별말을 다 했다는 표정이 아니다. 그의 말은 고해 투의 어조나 자기 변론의 투와는 정반대의 느낌을 준다. 그는 어떤 일이든 다 자신이 개입했고 통합했으며 조종하고 있다는 어투로 말하고 있다. 그런 자한테 해서는 안 될 별말이 있을 리가 없다. 별말을 하더라도 이미 조절이 끝난 뒤다. 그래서 나는 그가 만난 지 두 달 만에 황녀를 버리고 훌훌 떠나버렸다는 말을 할 때도 의아해하지 않았다.

　"문제는 바로 이 김종구한테 있었지만 다른 갈빗대를 찾아가느라 저걸 버렸던 것은 아니었어요. 계집 데리고 세끼 밥을 꼬박꼬박 찾아먹고 살자니 숨통이 확확 막히고 가슴에선 열불이 치솟는 걸 어떡합니까. 황녀도 그런 날 잘 알지요. 저건 또 보통 계집입니까? 갈 테면 가라, 이런다구요. 그러다 몇 년 뒤에 술청마루에서 저걸 다시 만났지요. 그래 또 서너 달 같이 살다보니 이번엔 저게 먼저 튀는 거예요. 이젠 끝이다, 하고선 미련도 없었는데 작년에 저걸 또 만났지 뭡니까. 세 번째라구요. 이게 사람 힘으로 되는 겁니까. 도망갈 일도 아니구요. 그래서 요즘엔 아예 데리고 다닙니다."

　황녀가 부엌에서 밥상을 차리는 사이 김종구는 많은 이야기를 들려줬다. 그는 한 곳에 일년 이상 머무르지 않는다고 했다. 한 고장의 봄과 여름, 가을, 겨울을 보고 나면 미련 없이 짐을 챙겨서 다른 일거리를 찾아 나서곤 했다.

　그가 거금도를 떠난 것은 고흥에서 고등학교를 마친 아우가 돌아와 그에게 멸치어장과 해우농사를 떠넘기고 난 뒤였다. 그렇다면 내가 일 년간의 섬 생활을 청산하고 그곳을 떠난 다음 해였다. 그는 다시 돌아와서도 고작 삼 년을 다 채우지 못했던 모양이었다.

섬을 떠난 뒤에 그는 주로 산간지방으로 맴돌았다고 말했다. 그래야 바다가 보고 싶어지고, 바다에 갈증이 나면 고향으로 갔다고 했다. 그렇지 않으면 영영 늙은 어머니와의 만남을 미루기만 할 것 같아서 그렇게 일부러 갯가는 피해 다녔다. 일 년 혹은 이 년에 한 번씩 집에 들러 보게 되는 어머니는 언제나 그만큼만 늙은 채 그대로더란 말도 그는 했다. 젊어서의 풍상으로 앞당겨 미리 늙어버린 어머니한테는 남은 세월은 모두 덤인 모양이었다. 그래서 지금도 어머니는 방 안을 기어 다니며 살아 있다고 했다.

산간지방을 떠돌며 그는 많은 일을 했다. 지리산 노고단까지의 관광도로도 그가 참여한 공사 중의 하나였고 댐 공사에도 여러 번 끼어들었다. 세상에 삽질이나 지게질이 필요치 않은 공사는 없었고, 따라서 그에게 일자리를 주지 않는 공사장도 없었다.

원하는 대로 구할 수 있다는 것이 이 직업의 재미라고 그는 말했다. 세끼 밥과 누워 잠잘 자리만 해결되면 어디라도 관계가 없는 것이다. 꼬박꼬박 부어야 할 월부금이나 은행통장 같은 것은 한 번도 가져본 적이 없었다. 연락이 닿을 수 있는 주소나 전화번호 같은 것도 필요하지 않았다. 주민등록등본이나 신원증명을 요구하는 직장은 애당초 흥미도 관심도 없었다. 그는 자신을 얽어매려는 어떤 수작도 모두 거부했다. 그는 말했다.

"그렇게 살아서 벌써 내일모레 오십인데 새삼스레 무얼 바꾸겠어요. 나는 이대로가 편해요. 난 계속 김종구로 지지고 볶고 할 테니까."

그 말끝에 그는 갑자기 눈을 빛내며 내게 말했다.

"재미있는 이야기 하나 해드릴까요? 어디라고는 말하고 싶지 않아요. 왜냐구요? 거기서 내가 이 년 가까이 살았거든요. 말씀드렸지요? 어디라도 일 년 이상은 머무르지 않았다고. 근데 그곳은 도저히 일 년 갖고는 모자랐어요. 그래서 이 년이나 썩었지요. 뭐, 짐작하시는 것 같은데, 그래요. 거기에 또 내 갈빗대가 하나 있었다구요. 그런데 문제가 있었지요. 그 여자는 자기가 내 갈빗대로 만들어진 여자라는 것을 도저히 인정하지 않는 거예요. 자기의 갈빗대는 도시에서 넥타이 매고 커피나 홀짝거리며 종이를 만지는 사람이라는 거지요. 여자가 그렇게 나오면 할 수 없는 거예요. 그걸 패겠어요, 업고 야반도주를 하겠어요? 난 절대 그런 짓은 안 해요. 그런데 하루는 한밤중에 그 여자가 내 숙소에 찾아와 훌쩍훌쩍 구슬피 우는 게 아니겠어요? 왜 그러느냐고 물으니 이건 참, 기가 막혀서. 지금 저 윗마을에 자기가 좋아하는 총각이 와 있는데 제발 좀 어떻게 해달라는 거예요. 서울로 유학 가서 거기에 유망한 직장까지 잡아놓은 남잔데 한때는 그치도 자길 좋아하는 눈치를 보였다는 거죠. 그런데 이 친구가 서울 처녀 하나를 데리고 와서 부모님께 결혼할 사이라고 그런다는 겁니다. 시골에 형제가 득시글거리고 장남인데 부모님도 모셔야할 형편에 그 여우 같은 서울 처녀하고 결혼하면 집안이 편할 리가 있겠느냐고 여자가 울면서 쫑알거리데요. 그래서 내가 그랬죠. 알았다. 그 친구가 너하고 결혼하겠다는 약속을 받아내마. 여기서 기다려라, 이랬답니다."

그런 뒤 김종구는 밤중에 풀숲의 이슬을 헤치고 윗마을로 올라갔다. 그리고 친구라고 속인 뒤 남자를 마을 뒷산으로 불러내 늘씬하게 두들겨 패줬다. 나는 그 처녀의 사촌오빠 되는 사람인데 알고 보니 너, 내 동생 책임져야겠더라, 안 그러면 오늘 밤 내 손에서 쥐도 새도 모르게 죽을 줄 알아라, 그렇게 겁을 줬다. 그런데 남자는 몇 대 맞지도 않고 쓰러져서 정신을 잃어버렸다. 아무리 흔들어도 정신을 차리지 못해서 김종구는 그 길로 자기 숙소에도 들르지 않고 그 마을을 떠났다.

얼마 후에 그 친구가 죽었으면 쵯값이나 받아야겠다고 어슬렁어슬렁 그 마을로 돌아가 보니 한 집에 잔치가 벌어져 있는데, 알고 본즉 자기가 좋아했던 그 처녀와 죽은 줄 알았던 남자가 그날 결혼을 했다는 것이었다.

"그래서 또 뒤도 안 돌아보고 그 마을을 빠져나왔죠. 그런데, 한 번 물어나 봅시다. 그거, 내가 잘한 일이오, 못한 일이오? 암만해도 그것을 잘 모르겠단 말이오."

그게 잘한 일인지 못한 일인지 내가 어떻게 판단을 내릴 수 있을 것인가? 꿈에서조차 삶의 다른 방식을 생각해보지 못하는 나 같은 위인한테 그 물음에 대한 답이 나올 수 있을 것인가. 그때 다행히도 황녀가 밥상을 들여왔고 그와 나는 시침을 떼고 밥상 앞에 둘러앉았다. 황녀가 나타남과 동시에 김종구는 다시 황홀한 시선으로 황녀를 더듬고, 나는 김종구가 보여주는 수천 개의 얼굴에 거의 정신을 차릴 수가 없을 지경이었다.

그가 사실은 단순한 인간이 아니라는 나의 해석은 그러나, 어떤 망설임도 없이 그를 휘어잡는 황녀 앞에서 또 다른 해석을 새끼 친다. 여자는 남자를 단숨에 제압하고 남자는 투덜거리면서도 기꺼이 여자에 복종한다. 때로는 여자가 끊임없이 그를 짓밟도록 은근히 유도하는 경향까지 있다. 김종구는 그렇게 결코 간단히 해석되어지지 않는다.

"당신은 두부를 먹어야 해. 한 조각이라도 남겼단 봐라. 잘 때 입에 쑤셔 넣을 테니까."

밥상을 가운데 두고 여자가 잔뜩 무례하게 명령하면 그는 꾸역꾸역 두부를 해치웠다.

"얼마나 처먹어야 이놈의 세상에서 두부가 사라지려나."

김종구의 탄식에도 아랑곳없이 두부접시가 비워지자 여자는 잽싸게 또 한 접시의 두부부침을 내왔다. 그의 고역은 다시 시작되고 황녀의 채찍질은 한 치의 동정도 용납되지 않았다.

"이 사람은 고기를 입에도 안 대요. 이 이가 하는 일이 얼마나 고된 것인지 알면 선생님도 제 심정을 이해하실걸요. 글쎄, 콩으로 만드는 것까지 다 싫대요. 뭐래나, 식물성 고기라는 그 말이 구역질 난대나, 그런 시시한 소리나 지껄이고."

"그 말은 정말 구역질 나요. 어떻게 식물과 동물을 상피 붙게 만드는 그런 말을 만들어내는지, 하여간 뭐 좀 배웠다는 사람들 잔인한 것은 알아줘야 한다니까요. 그 말 때문에 세상 모든 풀이 다 더럽혀지는 것 같잖아요. 제길, 먹고 싶은 놈은 동물성 고기나 실컷 먹으래지."

저녁상을 물리고 난 뒤에 황녀는 술상을 보겠다고 했다. 손님이 여자인 만큼 과일이나 차가 나와야 한다는 생각은 그들에게 들지 않는 모양이었다. 나는 술상은 그만두고 단소 소리나 한 가락 듣고 가겠다고 했지만 두 사람 모두 말도 안 된다는 표정으로 나를 가로막았다.

"선생님, 무슨 답답한 말씀을 하십니까. 우리 모두가 이렇게 즐거운데. 하긴 선생님 같은 분이 이런 기분을 알긴 뭘 알겠습니까. 우리 황녀라면 모를까. 머릿속에 생각이 많으면 행동이 굼뜨고, 그러기 시작하면 인생은 망하는 겁니다. 그럼요, 자신할 수 있어요. 뭐든 너무 많이 가지면 걸그적거린다, 이 말입니다. 따지기 시작하면 끝이 없어요. 죽을 수도 없다니까요."

그사이 황녀는 잽싸게 술상을 들여왔다. 따로 차리고 말 것도 없이 먹던 반찬 몇 가지에 됫병으로 파는 막소주가 병째로 따라 들어왔다.

"평생 내가 변함없이 간직하고 있는 신조가 하나 있다면 그게 뭔줄 아세요? 머릿속에 먹물 담아놓고 주위에 검정물 뿌려대는 인간하고는 길게 상종하지 말 것, 바로 그겁니다. 잠깐은 되지요. 하지만 길게는 안 돼요. 그런 부류들은 저밖에 모르거나 필경 주위에 불행만 옮기거든요. 이거 선생님 듣기에 섭섭해도 할 수 없어요. 머릿속에 뭐가 들어 있다는 것은 욕이에요. 그건 모두 쓰레기거든요. 머리는 즉시즉시 청소를 해줘야 합니다. 그래야 진짜 알맹이를 발견했을 때 얼른 쓸어 담지요. 곰팡이가 가득 차기 시작하면 정말 끝장이에요."

그의 격렬한 말에 나는 웃었지만, 그러나 속으로는 그의 말이 옳다는 것을 인정했다. 하지만 김종구 앞에서 그 말이 옳다는 것을 인정할 용기가 내게는 없었다. 나는 곰팡이 핀 머리를 가리고 싶었다.

"난 중학교 2학년 때 학교를 때려쳤어요. 도대체 뭘 배우라는 건지 답답하기만 하드라구요. 보세요, 그 따위 자잘한 셈본이나 배우고 현미경으로 눈에 뵈지도 않는 벌레나 쳐다본다고 세상 사는 이치를 터득할 수 있겠어요? 아주 꽉꽉 막혔어요. 어떻게 해볼 수도 없을 만큼. 이러다 영 바보 되겠다 싶어서 그 당장 집어쳤지요. 그 뒤로 충고하기 좋아하는 사람마다 그러는 거예요. 검정고시라나, 뭐 그런 것도 있다구요. 젠장, 새삼스럽게 허접쓰레기를 채워 죽도 밥도 안되면 그 사람들이 내 인생 책임집니까. 지금 생각해도 아주 잘한 짓이에요. 넓은 세상 어디든 뛰어들어 북대기 치다보면 막힌 머리도 확 뚫리게 돼 있다구요. 그게 진짜예요. 살아 있는 거지요. 팔십을 산다 해도 못 해보고 죽을 일이 수두룩한데 끝도 안 보이는 그 짓을 왜 하겠어요. 그거, 중독되는 거 아닙니까?"

그의 말은 당당하다. 조금도 야비하지 않다. 음해(陰害)의 의도도 없고 방약무인한 자의 무례나 열등감의 흔적도 보이지 않는다. 그의 얼굴을 보면 그걸 알 수 있다. 그의 말은, 그가 마시는 소주가 그렇듯 맑다.

김종구는 얼굴을 찡그리며 소주잔을 비웠다. 나야 술을 전혀 못하는 형편이었지만 다행히 황녀의 주량이 대단했다. 황녀는 남자의 얼굴을 홀린 듯이 바라보다가 한 번씩 자랑스럽게 나를 돌아보았다.

"그거 중독되면 평생 돌다리 두들기다가 인생 재미 하나 못 누리고 황천 가는 거예요. 거기 가면 염라대왕이 뭐랠 줄 아십니까. 너

이놈들, 한평생 기회를 주었는데도 고작 그것만 맛보고 들어와? 에이, 뜨거운 맛 좀 봐라! 이러면서 화탕 지옥에 빠뜨리는 겁니다. 펄펄 끓는 물에 집어넣는다 이 말이지요."

흡사 끓는 물에 손이라도 닿은 것처럼 흠칫 놀라면서 김종구는 또 한 잔을 성큼 입 안에 털어 넣었다. 빈 잔에 철철 넘치도록 술을 채우면서 황녀는 말했다. 역시 자랑스러움을 감추지 않고.

"이까짓 한 되들이 가지고는 우리 두 사람, 입이나 겨우 축인답니다."

세상에 쉬운 것이 술에 맛 들이는 것인데 그것도 못 하냐는 듯이 나를 가엾게 쳐다보는 황녀의 얼굴은 그제야 발그레하게 물들어 한층 싱싱하게 보였다. 밝은 불빛 아래 드러나는 황녀의 얼굴은 결코 미인은 아니었다. 눈은 가늘게 찢어졌고, 휘어진 매부리코는 여자의 인상을 몹시 강퍅하게 만들고 있기는 하나 오히려 그런 약점들 때문에라도 황녀는 황녀답게 보였다.

나는 이제까지 나와 연루된 모든 것들, 한마디로 뭉뚱그려 높은 도덕과 긴 역사의 문화라고 하는 것들이 이들 앞에서 얼마나 하찮게 무너지는가를 절감했다. 내가 영향 받고 그에 의해 단련되던 것들이 사실은 아주 작은 세계에 불과하다는 것, 나는 평생 이 작은 세계 밖으로 한 발짝도 벗어날 수 없을 것이라는 예감은 절망이었다.

나는 비어 있는 황녀의 잔에 술을 채운 다음 이제는 단소 가락을 들어야 할 시간이 되었다는 것을 넌지시 일깨웠다. 나 같은 위인한테는 궁지에 몰렸을 때 어떻게 장면 전환을 해야 하는지 정도는 저절로 떠오르는 법이니까.

"가만, 악기를 꺼내오는 수고는 저한테 맡겨주시면 영광이겠나이다."

김종구는 그 큰 덩치를 흔들며 방의 윗목으로 갔다. 그들이 기거하는 이 방에 유일하게 가구가 있다면 그것은 낡은 텔레비전을 받쳐 놓은 허름한 서랍장이었다. 그것 외에는 몇 개의 종이상자와 벽을 따라 주욱 걸린 옷들, 그리고 커다란 소쿠리에 담긴 황녀의 화장품 몇 개 외엔 볼 만한 세간이라곤 없었다.

단소는 서랍장의 맨 위 칸 깊숙이 소중하게 간수되고 있었다. 김종구는 서랍을 빼는 동작부터 이미 잔뜩 과장을 하고 있었다. 황녀는 남자의 흔들거리는 몸짓에 무릎장단을 맞추었다. 그리고 나는? 나는 아직도 그들과는 겉도는 기름으로 거기에 있었다. 그런 스스로가 너무나 한심스러웠지만 다른 도리가 없었다. 용해될 수 없는 것도 할 말은 있는 법이니까.

"이 여자를 처음 만난 데가 어딘 줄 아세요? 아니, 언제, 어디서, 라고 말해야 선생님 같은 분은 금방 알아듣겠군요. 그해, 오월에, 나도 광주에 있었어요. 더럽게 걸린 거지요. 동생 놈한테 멸치어장이랑 노모와 여동생까지 쓸어 넘기고 갑갑한 세상 네 활개치고 살아볼까 나온 것이 우선 광주였던 거지요. 그런데 재수 옴 붙게도 거기가 전쟁터였다구요. 거기서, 이 여자가, 술청에 턱 퍼질러 앉아 단소를 불고 있지 뭡니까. 그 난장판 속에서, 단소라니, 기가 막힐 노릇이었지요……."

김종구는 비단주머니에서 조심스럽게 단소를 꺼내며 절레절레 머리를 흔들었다. 그리고는 여전히 정중하고도 엄숙한 자세로 황녀에게 그것을 바쳤다. 반가부좌를 틀고 앉아서 황녀는 오만하게 단소를 받았다. 단소를 진상한 남자는 뒷걸음으로 물러나 벽에 등을 기대고 앉았다. 그리고 혼잣말처럼 "죽여주지, 암, 죽여줄 거야." 하고 말했다.

나는 김종구의 신호를 알아들었다. 지금부터 허튼 잣대를 대지 말 것. 무조건 죽어줄 것. 나는 입속에 몇 개의 칭송 어구들을 굴리며 소리가 울리기를 기다렸다. 황녀는 구멍에 입술을 대고 숨을 불어넣으며 한참 동안 소리를 골랐다. 저 여자가 아까 맨발로 동네 고샅을 헤매며 비명 같은 웃음을 흩뿌리던 여자였던가. 심심하면 남자가 일하는 곳에 찾아와 돌멩이를 던지며 같이 놀자고 유혹하는 여자였던가. 나는 황녀의 단아한 자세와 지그시 감은 눈의 위엄에 미리 마음을 빼앗겼다.

피리가 남자의 성대를 닮았다면, 단소는 여자의 가늘고 맑은 음성에 더 가깝다. 그래서 때로는 요요(蓼蓼)하고 때론 청청(淸淸)하다. 단소 연주에 대해 내가 알고 있거나 느낀 바가 있다면 이것이 전부였다.

김종구가 걱정할 필요도 없는 것이, 이만큼 알아가지고는 그저 찬사나 바치는 외에 논평은 할 수도 없고 해서도 안 된다는 것을 나는 알고 있다. 그렇다고 해서 내가 황녀의 소리 한 가락이 끝났을 때 동원할 수 있는 모든 어휘를 다 동원해서 표현한 찬사까지 의심할 수는 없다. 적어도 나는 이미 한 경지를 더듬은 여자의 소리를 느꼈던 것은 사실이니까.

"이건 '천년만세'라는 곡이었구요, 이제는 '청성곡' 가락을 불 겁니다. 나도 우리 황녀 덕분에 단소 가락에도 이름이 있다는 것을 알았지요. 그저 내키는 대로 불어 젖히려니 했지 저것에도 정해진 음계가 있다는 것을 어찌 알았겠어요."

김종구가 내 청취 태도에 만족했다는 것은 그의 벌어진 입으로 짐작할 수 있는 일이었다. 비록 황녀에게 앙코르를 청하는 예의를 깜박 잊어버리는 실수를 저지르긴 했지만 '천년만세'라는 가락의 흥겹고 빠른 장단은 진실로 유쾌하고 화사했다.

"'청성곡'은 저 사람이 매일 밤 불어달라고 조르는 곡이랍니다. 소리가 잘 안 되는 날도 있는 법인데 그저 막무가내라구요."

"잔말 말고 빨리 불기나 하라고. 대가는 사설이 없는 법이여. 구멍으로 말해야지."

"아이구, 언제 적부텀."

여자는 눈을 흘겼고 남자는 비스듬히 누워 눈을 감았다. 그것이 '청송곡'을 듣는 그의 고정적인 자세인 모양이었다. 황녀는 남자가 들을 준비가 다 되었다는 신호로 눈을 감자 고요히 구멍에 입술을 댔다. 닐닐리 삘릴리, 나니르 나니르. 음공(音孔)을 누르는 황녀의 손가락이 점차 춤을 추듯 빨라지고 그런가 하면 어느 순간 벼랑에 밀리듯 소리가 천 길 나락으로 툭 떨어지고 만다. 마치 격랑에 휩쓸리는 듯하다가 때로 깊은 바다으로 잠수하는 그 거침없는 소리들, 나는 김종구가 이 곡에 빠져버리는 이유를 어렴풋이 짐작할 수 있을 것 같았다.

지금도 그렇다. 감은 눈꺼풀이 파르르 떨리도록 그는 소리에 온몸을 싣고 소리 속으로 빨려 들어간다. 그는 지금 바다에 있다. 바다는 김종구에게 있다. 밀리고 밀려서 부서지는 바다, 퍼내도 퍼내도 줄어들지 않는 바다, 멍들고 멍들어서 퍼렇기만 한 바다.

닐니리 뻴릴리, 나니르르 리르르르…….

마침내 긴 가락이 끝났을 때, 나는 아무런 말도 하지 못했다. 단소에서 고요히 입술을 떼던 황녀의 손짓이 나를 그렇게 하도록 했다. 여자는 대나무 악기로 막았던 입술에 손가락을 대고 아무 소리도 하지 말라는 주의를 주었다. 그제서야 나는 남자의 볼에 흐르는 한 줄기 눈물을 보았다. 눈물은 볼을 타고 흘러 이미 희끗희끗 흰머리가 터전을 이루고 있는 귀밑머리를 촉촉이 적시고 있었다.

못 볼 것을 본 것처럼 나는 아득했다. 지금 김종구가 소리에 실려 떠내려와 배를 댄 기슭은 어디일까. 아무도, 지금, 바로 이 순간, 그가 무슨 생각을 하고 있는지 알 수가 없다. 단소를 내려놓고 황녀는 무릎걸음으로 다가가 남자의 눈물을 닦아주었다. 나는 말없이 그런 그들의 모습을 지켜보았다.

그 밤, 나는 몇 번인가 내 손으로 내 잔을 채웠다. 그리고 우리는 가끔씩 서로의 비어 있는 술잔을 채워주기도 했다.

4

처음에는 시야를 부옇게 가리고 있는 그것이 무엇인지 몰랐었다. 눈을 뜨고 나서 한참 동안은 내가 누워 있는 이곳이 어디인지 알 수가 없어 멍한 상태였으므로 그것이 만개한 벚꽃이었다는 것을 알기까지는 상당한 시간이 지난 뒤였다. 창을 온통 가리다시피 한 벚꽃 무더기와 한 짝짜리 이불장, 채널 손잡이가 고장 난 텔레비전들을 하나하나 확인해나가면서 나는 비로소 내가 늦잠을 잤다는 사실을 깨달았다.

그러나 자리에서 일어나고 싶은 생각은 없었다. 머리의 무게가 천근만근인 양 고개를 들어올리기가 몹시 힘이 들었다. 어젯밤 김종구의 집에서 돌아온 시간이 몇 시였던가. 아무래도 자정은 넘지 않았을 것이란 추측만 있을 뿐 정확한 시간은 알 수가 없다. 김종구는 나를 경운기로 여관까지 데려다주었다. 물론 황녀도 함께였다. 우리는 경운기가 낼 수 있는 가장 최대의 속력으로 유쾌하게 시골길을 달렸었다. 깊이 잠든 산과 들이 경운기의 털털거리는 엔진 소리에 화들짝 잠을 깨어 미풍에 가지와 잎사귀를 흔들던 모습이 생각난다. 공기는 달콤했고 구름에 숨었다 나타나는 달은 신비로웠다.

머리는 깨질 듯이 아팠지만 달빛만이 따르는 적막한 시골길을 경운기로 달리던 어젯밤을 생각하면 저절로 미소가 번져온다. 황녀는 흥에 겨워 시종 노래를 불렀었다. 공동묘지 앞을 지날 때는 귀신들의 귀를 즐겁게 해주어야 한다며 김종구까지 흘러간 유행가들을 합창했었다. 그들과 함께 바라보는 공동묘지는 전혀 음산하지 않았다. 그것은 잘 다듬어진 둥근 나무들로 가득 찬 아름다운 정원처럼 보였다.

삼거리의 느티나무 아래 나를 내려놓고 돌아가는 그들의 뒷모습도 선연히 떠오른다. 어둠 속으로 경운기가 사라진 뒤에도 얼마 동안 엔진 소리와 황녀의 흥얼거리는 노랫가락이 들려왔다. 방에 들어와서도 나는 멀어지는 노랫가락에 귀를 기울였다. 내 마음의 귀는 그들이 다시 공동묘지 앞을 지나 귀신사 근처의 자기 집에 다다를 때까지의 시간 동안 내내 그 소리들을 듣고 있었다.

소리가 스러질 무렵, 아마도 나는 불편한 베개에 얼굴을 묻고 뒤척이다 잠이 들었을 것이었다. 아니, 잠들기 전에 나는 하나의 옛 기억을 떠올렸었다. 십오 년 전의 김종구를 말해주는 네 번째의 삽화. 이 삽화에는 온통 안개만 자욱하게 묻어 있었다.

그날은 가을 들어 가장 짙은 안개가 몰려온 날이었다. 밤물을 보러 나간 십여 척의 배가 채 들어오기도 전에 이미 안개는 욱욱거리며 삽시간에 연안을 휩싸고 말았다. 그 섬에 살면서 나는 기척도 없이 숨어 들어오는 안개의 너울을 여러 번 보았었다. 비릿한 안개 냄새, 거대한 동굴에 갇힌 듯한 그 막막한 느낌.

바다의 안개는 육지의 안개와는 달리 또 얼마나 두텁고 깊던가. 잠깐 사이에 시야는 차단되고 눈감고도 다니던 뱃길을 삼십 센티미터 앞조차 내다볼 수 없는 위험한 길로 만드는 것이 바다의 안개였다. 바로 코앞에 선착장을 두고도 배 댈 곳을 못 찾아 빙빙 돌며 쩔쩔매는 것도, 군데군데 자리 잡은 자그만 돌섬들에 부딪혀 배가 전복되고 마는 사고도 모두 안개 바다에서 일어나는 일들이었다.

밤에 안개를 만나면 마을에서는 안개 길잡이를 벌였다. 길을 잃고 어쩔 줄 모르고 있을 배들을 불빛과 소리로 인도하는 길잡이판은 주로 마을 청년들에 의해 주도되곤 했다. 그날도 안개가 심하다는 이장의 방송이 있었고 마을 청년들은 모두 선착장으로 모여들었다. 그리고 이내 한쪽에서는 석유를 먹인 솜뭉치에 불을 댕겨 흔들어대고, 한켠에서는 징이며 꽹과리를 동원해 두드릴 수 있는 한 힘껏 두들겨대는 길잡이 잔치가 벌어졌다. 거기다 돌아오지 않은 배의 가족들이 총출동하여 식구의 이름을 부르거나 문자로 기록해낼 수 없는 괴성들을 질러대기 시작하면 좁은 선착장은 잠깐 사이에 용광로처럼 들끓게 마련이었다.

타오르는 횃불과 징, 꽹과리의 요란한 소리에 못지않게 가족들이 있는 힘을 다해 내지르는 육성 또한 안개를 뚫고 먼 바다까지 도달하는 힘이 있다고 했다. 안개 속에 길을 잃고 헤매는 배들은 어디선가 들려오는 아내와 자식의 목소리만은 반드시 가려듣게 돼 있다는 것이었다.

저녁밥을 먹고 난 뒤 나는 자취집 마당에서 소란스런 선착장을 내려다보았다. 꽤 높은 지대에 있었던 자취집에서는 선착장이 한눈에 들어왔다. 마당에 나오기 전에는 틀림없이 동네 어느 집에 왁자한 놀이판이 벌어진 줄 알았다. 그만큼 안개는 갑작스러웠고 생명을 구하는 횃불의 난무와 소리의 혼란은 축제일의 그것과 너무 흡사했다.

아른아른 흔들리는 수많은 횃불들과 목청이 터져라 불러대는 절박한 외침이 안개바다를 향하고 있다는 것을 알게 된 나는 겉옷을 찾아 입고 선착장으로 내려갔다. 내가 할 수 있는 일은 없겠지만 배들이 무사히 포구에 닻을 내리는 순간에 나도 거기 함께 있고 싶었다.

선착장에 가까이 갈수록 소리의 혼란은 더욱 극심해져서 무슨 소리들이 한데 섞이어 들려오는지 전혀 구별을 할 수 없을 지경이었다. 게다가 마을의 스피커까지 합세해서 바다 쪽을 향해 최대한의 볼륨으로 조미미의 노래를 퍼부어대고 있었기 때문에 징 소리, 꽹과리 소리, 울부짖음 같은 고함, 그리고 천연덕스럽게 불러 젖히는 스피커 유행가 가락의 합성음은 귀를 막지 않고서는 도저히 그냥 들을 수 없을 정도였다.

꿈 많은 내 가슴에 봄은 왔는데, 봄은 왔는데……. 애절한 호소 속에 시들어지던 그 구성진 노래는 지금도 내 귓전에 가늘게 들려온다. 그때도 나는 소리의 숲을 헤치고 간신히 그 가사를 가려들었었다.

그리고 생각했다. 아득한 안개에 사로잡혀 어디쯤에선가 배의 키를 이리 돌리고 저리 돌리느라 이마에 구슬 같은 땀이 맺혀 있을 어부들은 아스라이 먼 곳에서 들려오는 '봄은 왔는데, 봄은 왔는데'에 온 희망을 걸고 한 번 더 힘을 내어 다시 시작해볼지도 모를 일이라고. 그래서 어느 한순간 모든 소리들을 중단시킨 채 바다 저편에서 행여 구조를 요청하는 목소리가 들리는지 가늠하는 그 긴장된 시간에는 나 또한 숨도 크게 쉬기 힘들었다.

그날 선착장의 흥분과 열기는 유별났다. 안개가 워낙 짙었고, 배들이 먼 바다에 있을 때부터 안개가 포위해 들어온 까닭에 그날의 길잡이는 한층 더 많은 소리와 불빛을 필요로 하고 있었다. 하지만 좀처럼 플래시 신호도 보이지 않았고 응답하는 구조의 외침도 들려오지 않아 사람들은 발을 동동 구르며 애를 태우는 중이었다. 그럴수록 횃불은 거세게 타올랐고 징과 꽹과리는 깨질 듯이 두들겨졌다.

그리고 나는, 그 가운데서도 유독 안간힘을 써가며 징을 두들겨대는 한 남자를 발견했다. 얼굴의 힘줄이 툭툭 불거져 나오도록 신들린 사람처럼 마구 징을 두들기는 남자의 곁으로 다가가던 나는 순간 멈칫했다. 바로 김종구였다. 굳게 닫힌 입술, 뚫어질 듯 노려보는 두 눈, 제 가족 아무도 바다에 나가 있지 않은데도 불구하고 저처럼 전심전력으로 징을 두들기고 있는 이는 김종구였다.

소리의 혼란 속에서 나는 하염없이 그런 김종구를 바라보았다. 이제까지 보아왔던 그의 얼굴 중에서 그때처럼 진지한 얼굴은 본 적이 없었다. 이마를 적시는 땀방울은 횃불에 비쳐 다이아몬드의 광휘를 내고 있었고, 신명 들린 어깻짓은 몰아의 자세가 흔히 그렇듯 더할 나위 없이 아름다웠다.

그가 내려치는 징 소리는 땅 밑에까지 그 울림이 전해질 만큼 폭넓은 진동음을 가지고 있어서 주위의 다른 소리들을 다 제치고 저 멀리 바다로 내달리고 있었다. 김종구는 마치 자신의 징 소리가 달려가야 할 길을 알고 있는 사람 같았다. 어디로 어떻게 소리를 보내야 먼 바다의 길 잃은 배들한테 닿을지 그만은 알고 있다고 나는 믿었다.

나는 정말로 그의 징 소리가 안개 한 겹을 뚫고 저 멀리 날아가는 것을 본 느낌이기도 했다. 이 느낌은 너무나 생생한 것이어서 그 순간 나는 분명히 두터운 안개 장막이 찢어지는 비명 소리를 들었었다.

그 밤, 김종구는 곁에 있는 나를 보지 못했다. 그는 다른 어떤 것도 보지 않고 있었다. 그는 단지 바다만 보고 있었다. 들어가서 보는 것만큼만 보여주는 바다, 어느 정도의 깊이를 넘기고 나면 수억만 년 침잠해 있는 심연의 세계도 가지고 있는 바다, 김종구는 오로지 그 바다만 보며 열심히 징을 내려치고 있었다. 그 징 소리는, 안개 장막을 찢고 먼 바다로 내닫던 그 징 소리는 집에 돌아와 잠자리에 누웠을 때까지도 한결같은 폭으로 울고 있었다. 내가 선착장을 떠날 무렵에는 가족들과 몇 명의 마을 청년만 남아 있었다. 사람들은 초저녁부터 시작된 길잡이에 지칠 대로 지쳐 하나둘씩 집으로 돌아갔다.

안개는 여전히 두텁고 칙칙했지만 배들은 돌아올 기미가 보이지 않았다. 집으로 돌아가는 사람들은 말했다. 아마도 배들은 초저녁 일찌감치 근처 무인도로 대피했기가 십상이라고. 그러니 너무 걱정할 것은 없다고 서로를 위로했다. 그러나 김종구는 자신이 서 있는 자리에서 한 발자국도 움직이지 않았다. 나는 내 방에 누워 끊임없이 들려오는 그의 징 소리에 잠을 설쳤다.

모든 소리와 횃불은 새벽이 되어서야 중단되었다. 마침내 배들이 돌아온 것이었다. 나는 징을 내던지고 지친 걸음으로 돌아가는 김종구의 모습을 되찾은 새벽의 정적 속에서 떠올렸다. 그는 어디로 가고 있을까.

다음 날 아침, 간밤의 지독한 안개를 화제 삼는 사람들 사이에서 나는 그에 관한 이야기를 한마디도 듣지 못했다. 누구는 횃불에 손을 데었고 누구는 완전히 목이 잠겨 숨도 못 쉴 지경이라는 말들은 갖가지로 들려왔지만 마지막까지 울려대던 김종구의 징 소리에 관한 언급은 스치는 말로도 나오지 않았다. 마치 그를 본 사람이 나 혼자이기나 한 것처럼, 그 영혼을 울리는 징 소리는 아예 있지도 않았다는 듯이.

　그토록이나 집요하고 그토록이나 땅과 바다를 울리던 그 징 소리를 정말 아무도 듣지 못했던 것이었을까. 한켠에 우뚝 서서 새벽까지 쉼 없이 징을 울려대던 그의 모습을 정말 누구도 보지 못했던 것이었을까. 길 잃은 배는 돌아왔지만, 길 잃은 배를 이끌던 김종구와 그의 징 소리는 두터운 안개 속으로 사라지고 만 이 일에 대해 나는 오랫동안 놀라움을 금치 못하였다. 대체 그는 어디로 숨어버렸을까. 아니, 사람들은 대관절 그를 어디에 숨겼을까…….

　그리고 십오 년 후에, 그는 나한테 나타났다가 내가 잠들 때까지 경운기 엔진 소리와 풍상에 젖은 노랫가락을 들려주며 사라져갔다. 하지만 이렇게 잠에서 깨어나 생각해보면 어제 있었던 일들이 실제로 내게 일어난 일인지 나는 정말 믿을 수가 없었다. 황녀의 단소에 젖어 한 줄기 눈물을 흘리던 그 김종구를 진실로 내가 보았던가.

　나는 일어날 생각도 없이 자리에 엎드려 눈물 이후의 시간들을 더듬어 본다. 하지만 그 이후의 시간들은 제대로 정리되지 않는다. 그때부터 난 술잔에 입을 대었고, 덕분에 그 뒤론 더 이상 기름으로 맹숭맹숭 떠 있지는 않았던 까닭이었다. 지금 이렇게 머리는 아프지만 이 두통이야말로 어젯밤이 실재했다는 것을 분명하게 증거하고 있다.

　나는 여관 앞에 약국이 있었다는 것을 기억해냈다. 두통을 참고 견디는 일처럼 미련한 짓이 없다는 것을 나는 경험으로 알고 있었다. 우선 약부터 사서 먹을 일이었다. 나는 자리에서 일어나 창문을 열었다. 늘어진 벚나무 가지 사이로 내다보이는 하늘이 충충하다.

비가 올 것 같다. 나는 습기를 머금어 무겁게 축 처진 벚꽃 한 송이를 따 손바닥에 올려놓는다.

"나이가 들면 하늘을 많이 보게 돼요. 젊어선 땅만 쳐다보고 살지요. 이제는 땅을 보더라도 풀이나 나무, 꽃이 무슨 말을 하는지 알아들을 수 있을 것 같아서 길을 가다가도 우뚝 멈춰 서곤 하지요. 생각해보세요. 산을 뭉개고 길을 뚫기 위해 산에 갔다가도 행여 풀포기를 밟을까봐 비칠거리는 이 김종구 꼬락서니를."

김종구는 풀이나 꽃이 하는 말을 알아들을 수 있을 것이다. 나는 그렇게 믿는다. 꽃송이 하나를 창틀에 얹어놓고, 약국에 다녀와서 짐을 꾸리고 있을 때도 김종구의 목소리는 들려왔다.

"내가 사람을 사귀는 방법은 간단해요. 냄새로 구분을 해버리지요. 진짜 인간의 냄새하고 가짜가 풍기는 악취하곤 엄청나게 다르거든요. 난 금방 알 수 있어요. 피한다 해도 소용없어요. 내 코가 더 빠르니까."

계산을 마치고 여관을 나와 근처의 식당으로 들어가 앉아 있는데도 김종구의 말은 계속해서 이어졌다.

"소설을 팔아 밥을 먹는다구요? 아니, 아직도 그런 것을 읽는 사람이 있답니까? 대체 무슨 소리를 늘어놓는 것이 소설인가요? 작가 선생님, 이런 말은 어떤지 한번 들어보세요. 하나님이 인간의 눈을 만들 때 흰자위와 검은자위를 동시에 만들어놓고도 왜 검은자위로만 세상을 보게 만들었는지, 그거에 대해서 선생님은 혹시 아십니까? 아, 이거야 나도 어디서 주워들은 이야긴데, 그게 말예요, 어둠을 통해서 세상을 보라는 신의 섭리라는 거예요. 세상을 보는 일이야 우리 같은 떠돌이들 말고 선생님 같은 분들한테 떠맡겨진 숙제 아닙니까. 그러니 애시당초 편하게 앉아서 헤드라이트 비춰놓고 들여다보듯 그렇게 수월한 일은 아닐 거라 이 말씀이죠. 흰자위 놔두고 검은자위로 세상을 보랄 적에는 다 그만한 이유가 있어서 그랬을 것입니다."

삼거리 느티나무 아래서 시내로 나가는 차편을 기다리고 있을 때 마침내 후두둑 빗방울이 돋았다. 바람에 밀려가는 구름장들을 올려다보지만 저 구름이 얼마나 많은 비를 숨기고 있는지는 내가 알 수 없는 일이다.

낮은 하늘과 습습한 바람 사이에서 나는 숙자의 등에 매달려 있던 동그란 눈의 어린아이를 생각한다. 낯선 사람이 말을 걸면 제 고모의 등에 납작 엎드려 한없이 까맣고 맑은 눈만 소리 없이 깜박거리던 김종구의 아들.

그 아들에 대해 왜 그는 한마디도 하지 않는가. 참고 참았으니 끝까지 묻지 말았어야 했을 것을. 그러나 어젯밤에 나는 기어이 그의 아들에 대해 묻고 말았었다. 김종구는 한동안 멍한 얼굴로 나를 보더니 "그 애를, 그 애의 모습을 기억하세요?" 하고 되물었다.

"다섯 해를 살고, 그것도 많이 살았다고 하나님이 데려가 버렸어요. 그게 처음이자 마지막이었는데. 그뿐이에요. 자식 하나 없이 죽어버린다고 생각하면 정말 끔찍하죠. 그래요. 아직은 그게 끔찍해요. 난 이 세상에 자식 하나는 남겨야 된다고 생각해요. 그래야 가끔씩 하늘에서 굽어보면서, 내 자식아, 뭐가 걱정이냐, 아무 걱정 말고 그런 덜 떨어진 놈들은 좀 패줘라, 이렇게 일러도 주고 그럴 거

아닙니까. 그런데, 그 자식을 데려가 버렸어요. 정말 끔찍한 일이지요……."

버스가 왔다. 가을에는 단풍의 터널을 이루는 국도를 버스는 쉬엄쉬엄 달렸다. 사람들은 우산을 받쳐 들고 아무 데서나 손을 들었다. 지금은 푸른 터널인 이 길, 황녀의 목소리가 들렸다. 우린 다음 달에 떠나요. 이어서 김종구의 투덜거림도 들려온다. 제길, 뻔한 소리를 하고 자빠졌네.

초파일이 지나면 그들은 여길 떠난다. 어디로 갈지는 그들도 모른다. 나는 다시는 그를 만나지 못할 것이다. 시간이 지나면 내가 그를 만났다는 사실조차 의심하게 될지도 모른다. 내가 그를 만났음을 어떻게 증명할 것인가. 나는 다시 소인국으로 돌아가고 있다.

상행열차는 한 시간 뒤에 있었다. 그렇게 되면 어두워지기 전에는 집에 들어갈 수 있을 것 같았다. 기차표를 사고 나서 생각해보니 좀 어이가 없기는 했다. 나는 자리에서 일어나는 즉시로 약국에 들러 두통약을 사먹고 끼니를 에웠을 뿐 아무 일도 하지 않고 시내로 나와버린 것이었다.

금산사까지 산책 삼아 다녀올 수도 있는 일이었고 하다못해 기념품가게에서 무언가를 사서 딸아이에게 갖다 줄 생각쯤은 했어야 했다. 어두워서 서울에 도착한다 해도 걱정할 일은 없었고 어쨌거나 오늘밤 안으로 집에 들어갈 수 있기만 하면 되는데도 나는 골똘한 생각에 떠밀려 여기까지 와버린 것이었다. 나는 머리를 흔들었다. 김종구에 대해서, 나는 이제 그만 머리를 뒤적거리기로 했다.

좌석권도 겨우 얻은 것이어서 불평을 할 처지는 아니었지만 열차에 올라 확인해보니 내 자리는 맨 뒤쪽, 끊임없이 사람들이 드나드는 출입문 바로 옆이었다. 그것도 창가 좌석이 아니어서 홍익회 밀차라도 지나가면 옆으로 몸을 비켜주어야 할 그런 상황이었다.

기차 시간을 기다리는 동안 들어간 다방에서 나는 좌석을 구하지 못해 입석표를 끊은 몇 사람을 보았었다. 그들은 말하자면 나보다 일초 늦게 매표구에 도착한 사람들이었다. 주말도 아니고 평일에, 그것도 일부러 한 시간 전에 나왔는데도 좌석이 없다면 말이 되냐고 다방 아가씨를 상대로 불평을 털어놓는 그들을 보면서 나는 슬그머니 내 좌석표를 확인하지 않을 수 없었다.

분명히 내 것에는 좌석번호가 또렷이 찍혀있었다. 그들과 나는 거의 엇비슷하게 다방에 들어왔는데도 그랬다. 매표구에서의 찰나가 그렇게 매정한 선을 그어버렸음을 깨달은 뒤에도 나는 행운보다 기묘한 두려움을 느꼈었다.

언제 어느 순간 내 앞에서 선이 그어져버릴지 아무도 모른다. 우연히 행운이 왔다면 불행도 똑같은 모습으로 올 것이었다. 우리는 선택할 수 없고 마찬가지로 우리는 거부할 수도 없다. 어떤 것도 불확실하며 어떤 것도 전혀 보장 받을 수 없는 것이다. 기대하지 않은 행운으로 마지막 좌석을 차지하고 나서, 나는 어느새 처음의 질문으로 돌아간 나를 발견했다. 나는 아직, 스스로의 질문에 대답을 하지 않고 있었던 것이었다.

그리고, 칼릴 지브란이 떠올랐다. 내가 생각하는 지브란은 1931년 4월에 영원히 잠든, 시인이고 화가였으며 철학자이기도 했던 칼릴 지브란이 아니다. 그는 아직 살아 있고 앞으로도 살날이 많은 사람이다.

여고시절 내가 속한 문학 서클에서 나는 그를 처음 만났다. 고향 도시에서는 소위 명문으로 칭해지던 남녀 고등학교 학생들이 중심이 되어 만든 그 서클에서 여학생들은 그를 '지브란'이라고 불렀다. 그가 『예언자』를 잘 외우고 다닌 것이 직접적인 빌미는 되었지만 사실은 문학 말고도 그림, 철학 등에 조예가 깊은 그의 천재성이 칼릴 지브란과 닮았다는 데서 기인한 별명이었다.

진정으로 그는 내가 만난 가장 뛰어난 천재였다. 학생잡지의 문예현상을 휩쓰는 그의 시, 진즉에 실력을 인정받고 있던 그림, 막힘이 없고 거침이 없는 지독한 독서 편력, 이 모든 것을 다 갖추고도 그는 전 과목에 늘 우등생이었다. 또한 그는 진지하고 겸손했다. 타고난 품성조차도 뛰어났던 것이다.

지브란으로 불리던 그는 당연히 수재들이 모인다는 서울의 명문 국립대학에 들어갔다. 내가 그를 다시 만난 것은 이십 년의 세월이 지난 뒤의 일이었지만 그동안에도 이 천재의 행적에 대해 전혀 몰랐던 바는 아니었다. 나는 주로 신문에서 그의 이름을 보았다.

신문은 그가 어떻게 온몸을 던져 역사 속으로 빨려 들어가고 있는지를 우리에게 알려주었다. 또 신문은 그가 왜 수배되었으며, 어떤 불온조직의 괴수인가도 소상하게 일러주었다. 칠십 년대와 팔십 년대에 걸쳐 얼마나 많은 순결한 정신들이 국가 권력에 유린당했는지, 그것에 조금이라도 관심이 있는 사람이라면 아마 그의 이름을 한번쯤은 들어보았을 것이다. 그래서 나는 그를 굳이 지브란이라고 부른다.

그와 함께 학생 운동을 시작해서 지금은 두리뭉실하게 물러앉은 한 친구는 대학에서도 그는 천재였다고 전한다. 사태를 파악하는 분별력이 명확하고 빨랐으며 지도력이 뛰어나 그는 늘 운동의 핵심에 있었다. 대학 제적 후 그와 함께 세상의 변혁을 꿈꾸며 일했던 한 인사가 그를 가슴이 따뜻했던 운동가라고 회고하는 글을 읽은 적도 있다. 그는 팔십 년대의 종반까지 재야 조직에 몸담고 있었지만 한 번도 과격한 운동권이란 평을 받지 않았다. 그럼에도 긴장과 억압의 시대에 누구보다 과격하게 자신을 던져 일해 온 운동가였다.

지금에 와서 나는 그에 대해 누누이 설명을 할 필요를 느끼지 않는다. 그의 진실한 헌신은 개혁의 의지가 급격히 쇠퇴한 90년대 들어서도 전혀 폄하되지 않은 채 순결한 운동의 전범으로 남아 있으니까. 만약 그를 다시 만나지 않았다면, 한 천재가 보여준 이 격렬한 생이야말로 불행한 시대를 만난 위대한 숙명이 아니었겠는가 정도로 그를 이해하고 말았을 것이었다. 운동에 있어서도 그는 분명 범인과는 달랐으니까.

그가 다시 지브란의 모습으로 내 앞에 나타난 것은 지난겨울이었다. 나는 그때 무슨 일로 한 화가를 만나고 있었다. 강남 어디에 있는 화가의 작업실에서였다. 화가와 일에 대해 이야기를 나누고 있는 도중에 그가 들어왔다. 나는 그때 끝내 그를 알아보지 못하였다. 그도 갈래머리 여고생 시절의 나를 기억할 리 만무했다.

격식도 없이 불쑥 들어온 이 방문객은 화가가 권하지도 않는데 의자 한쪽에 주저앉아 조용히 우리들의 이야기를 듣고 있었다. 이상하게도 집주인인 화가 또한 이 방문객에게 전혀 신경을 쓰지 않았다. 그들은 마치 서로가 서로의 얼굴이 보이지 않는다는 투로 행동했다. 아마도 불청객이었을 그 남자는 거기에 있는 동안 두 번 입을 열었다. 두 번 다 토씨 하나 틀리지 않은 똑같은 말이었다.

"청와대에서 왜 날 안 부르지?"

청와대? 아무 데서나 들을 수 있는 말은 아니었지만, 방문객은 옷차림도 그런대로 깔끔했고 나직이 내뱉는 청와대 운운하는 말도 극히 고요한 어투여서 나는 그가 내가 모르는 다른 청와대를 말하고 있다고 여겼다.

그 두 번의 나직한 중얼거림을 남기고 방문객은 들어올 때와 마찬가지로 조용히 화가의 작업실을 나가버렸다. 방문객이 사라진 사실을 화가가 모르고 있는 것 같아서 나는 그에게 손님이 가버렸음을 일깨워주었다.

"손님? 아, 그 친구. 괜찮습니다. 사나흘에 한 번씩 와서 저러다 가니까요. 밥이나 한번 사주려 해도 꼭 자기 있고 싶은 만큼만 있다가는 친구라서 이젠 나도 신경 안 씁니다. 느닷없는 청와대 소리만 빼면 다른 정신은 멀쩡해서 실은 아까운 폐인입니다. 가만있자, 혹시 모르십니까? 저쪽에선 상당히 유명한 인사인데."

그다음에 나온 것이 그의 이름이었다. 고문의 후유증으로 시름시름 앓는다는 말은 나도 들었었다. 하지만 그것은 이미 오래전의 일이었다. 그 뒤에도 민통련이나 전민련 간부 명단에서 나는 그의 이름을 보았었다. 나는 그가 불사신처럼 다시 일어났다는 것을 한 번도 의심해본 적이 없었다.

그는 불사신이 아니었다. 화가의 작업실에서 그를 만난 이후 나는 그를 알 만한 사람들한테 그의 소식을 물었다. 사실이었다. 아는 사람들은 다 그의 병을 알고 있었고 그가 하필이면 청와대를 들먹이고 있다는 것으로 그는 재기 불능이었다.

사람들은 육체의 병에는 너그럽지만 정신의 병은 이유 없이 혐오한다는 것도 나는 알았다. 그들의 이해가 미치는 범위는 한 순결한 천재의 과대망상이 전부였다. 모두 거기서 멈춘다. 더 들어가려고 하지 않는다. 정신은 비바람에 뒤집혀지는 종이우산처럼, 그렇게 정반대의 방향으로 뒤집히며 잠재된 무의식을 드러내고 만다는 것이다. 속을 발랑 까보였으므로, 그건 수치다, 라고 그들은 말한다.

그런데 나는, 지브란의 그 한 말씀이, 청와대에서 왜 날 안 부르지? 하는 그것이, 어떤 은유 혹은 어떤 기호처럼만 여겨진다. 그날 화가의 작업실에서 아무 선입견 없이 그냥 들었을 때도 나는 그것을 하나의 암호로 이해했다. 그 뒤로도 오랫동안, 나는 그 암호를 입 안에 굴려보고 뒤집어보고 했지만 그것이 수치스런 뜻을 담은 기호거나 암호는 아니라는 것만 확인했을 뿐 풀어내지는 못하였다.

지브란의 암호는 일종의 꽃말 같은 것이었다. 세상에 불경스럽고 추악한 꽃말을 담은 꽃은 없다. 꽃말을 모르는 꽃이 있다 해도 우리는 그것에서 당연히 사랑이거나 그리움, 기다림 따위를 유추하지 않던가.

"청와대에서 왜 날 안 부르지……."

지브란은 무슨 말을 숨기고 있는 것일까. 나는 왜 그 말에 무언가 숨어 있다고 생각하는 것일까. 나는 지브란에게서 예언자의 잠언을 원하는지도 모른다. 그의 잠언이 난해하다는 것은 시대가 난해하다는 뜻이다. 그럴수록 나는 점점, 간절히, 그 꽃말이 알고 싶다.

그 꽃말을 알고 싶다. 한 천재가 온 힘을 다해 퍼뜨리고 다니는 꽃말의 비밀을 알고 싶다. 그걸 알 수 있다면 내가 빠져 있는 이 미로에서 헤어 나올 수도 있을 것 같다.

미로는 사실 처음부터 미로였다. 그러나 전에는 출구를 찾을 수 있으리라고 믿었었다. 그 믿음은, 지금 생각하면, 작가에게 던져진 구명줄이었다. 차라리 안락의자였다. 거기에 편안히(역시 지금 생각하면 편안히, 라고 밖에 말할 수 없는) 앉아 밤이 새도록 쓰고 또 쓰면 언젠가는 출구에 닿는다는 가냘픈 희망이 있었다.

상처가 없이 어떻게 사람들이 다시 만날 수 있을 것인지, 소설은 또 상처 자국의 조명 없이 어떻게 가능할 것인지, 아무도 의심하지 않았다. 의자에 앉기만 하면 고인 물이 넘쳐나듯, 먼동이 트는 줄도 모르고 열정을 다해 써나갈 수 있었던 그때가 이토록이나 아득하게 느껴지다니, 믿을 수가 없다.

지금 내 앞에 주어진 미로는 너무 교활하다. 지식과 열정을 지탱해주던 하나의 대안(代案)이 무너지는 것을 신호로 나의 출구도 봉쇄되었다. 나는 길 찾기를 멈추었다. 길 찾기를 멈추었으므로, 나는 내 소설의 새로운 주인공을 찾을 수 없게 되고 말았다.

작은 꿈, 작은 눈물, 그런 것들로 무찌르기에 이 세계는 너무나 거대하고 음흉하다. 문학은 곧 폐기처분될 위기에 몰린 듯하다는 글쟁이들의 엄살은 결코 엄살이 아닌 현실이 되어버리고 진실이나 희망이란 말은 흙더미에 깔려 안장되었다.

그 순간 나의 출구도 파묻혔다. 나는 두 팔을 묶였다. 지브란 같은 이의 위대한 헌신조차 낭비되고 말았는지 거기에 생각이 이르면 두 다리까지 꽁꽁 묶인 절박감을 느낀다. 기립박수는 아니더라도 그를 숨게 만드는 세상은 믿을 수 없다. 그토록 상처가 많던 시절에도 그들은 우리의 숨통이었고 짐승으로의 추락을 막는 유일한 대안이었다. 그래서, 나는, 지브란이 무슨 꽃말을 간직하고 있는지 정말 알고 싶다.

기차는 달린다. 비는 그쳤다. 빗물 머금은 라일락이 담장 너머로 뭉게구름처럼 피어 있는 동네를 지나 기차는 달린다. 라일락 뒤로 굽은 길을 달리는 기차의 꼬리가 보였다. 나는 쏠리는 몸을 바로 추스르기 위해 더욱 꼿꼿하게 앉아 있다. 등산복 차림의 젊은 처녀가 내 옆을 지나다 흔들, 하며 잠시 균형을 잃는다. 미리 굽은 길을 알아채고 꼿꼿하게 힘주어 앉아 있었던 덕분에 나는 그녀를 받아낼 수 있다. 처녀가 말한다. 죄송합니다.

그 말이 예쁘고 살짝 붉어지는 얼굴도 예쁘다. 전에는 스물두어 살의 그 또래 처녀들을 보면 지나간 나의 젊음을 떠올리곤 했다. 하지만 지금은 내 딸이 자라면 저런 모습이 될지 그런 것을 생각한다. 나는 이제 나를 포기했다. 나는 과거의 사람이라는 것을 수긍한다. 그래도 미래가 이토록 중요한 것은 자식이 있기 때문이다. 자식은 희망의 담보물이다. 희망이 경매 처분되는 것을 한사코 막아야 하는 것은 자식을 맡겨놓은 인간의 업보다.

내가 『희망』이란 제목의 장편을 펴냈을 때 사람들은 제목의 미미함을 지적했다. 이해할 수 없는 일이었다. 희망이, 자식이, 그런 것이 미미하다면 대체 무엇이 강렬한 것인가. 끓기도 전에 퍼져버려 설익은 밥처럼, 이해되기도 전에 진실은 쓰레기통으로 처박힌다.

등산복 차림의 처녀는 내 자리에서 대각선으로 건너다보이는 곳
에 앉아 있다. 일행은 서너 사람, 그들은 북쪽의 산을, 어쩌면 설악
쯤을 목표로 하는 듯했다. 선반 위에 얹힌 팽팽한 배낭과 진흙 한 점
묻지 않은 등산화가 그런 짐작을 하게 해준다.

스스로를 산에 미쳤다고 평하는 한 의사가 있다. 그는 신경외과
의사이고 동시에 소설가인 사람이다. 의학이란 학문이 결코 수월한
연구가 아님을 감안하면 그가 의사이면서 소설가이고 또한 전문 산
악인에 겨룰 만한 산행 경력을 지녔다는 것은 나 같은 위인한테는
늘 놀라운 경이로 다가온다.

내 삶은 그에 비하면 삼분지 일이다. 나는 요즘 분수의 분자로 삶
을 계산하는 버릇이 생겼다. 모두 초조함 때문이다. 나는 대개 셋이
나 다섯의 분모를 두고 하나로 쪼개진다. 나는 누군가의 몇 분지 일
이다. 나는 전 생애를 소설에 투자했다. 문학 증발의 시기에 초조하
지 않다면 거짓말이다.

산에 푹 빠진 의사 소설가는, 아니 소설가 의사는, 틈만 나면 산
에 가지 못해 애를 태운다. 그 애태움은 소설을 향해서도 똑같이 나
타난다. 그에게 산과 소설은 같은 말의 다른 표현이다. 새벽까지 술
을 마시다가도 플래시 하나 없이 그대로 산으로 달려간다. 힘든 수
술을 끝낸 날에도 휘청거리는 걸음으로 산에 오른다. 가다 날이 저
물어도 아무 상관이 없다. 그는 환부의 실핏줄이 어디로 뻗어 있는
지 상세히 알듯이 산에서 어떻게 행동해야 하는가를 환히 알고 있
는 사람이다.

내가 부천 원미동에서 그가 살고 있는 북한산 가까이로 이사 오면서 나도 그와 함께 근처의 산을 오를 기회가 몇 번 생겼다. 그는 산에서 절대로 서두르지 않는다. 계곡의 물소리나 이름 모를 꽃들에 마음을 뺏기지 않고 무턱대고 급하게 산을 타는 사람을 그는 가장 경멸한다. 산 중턱의 소나무 가지가 오른쪽으로 뻗었는지 왼쪽으로 뻗었는지까지 다 외우고 있는 그는 마치 산의 비밀을 송두리째 알아내려고 작정을 한 사람처럼 내게 보인다.

그는 의사이면서 부자도 아니다. 의사라고 다 부자라는 법은 없지만 적어도 마음만 먹으면 부자일 수 있는 것이 이 땅의 현실이다. 부자이기를 한사코 피한다는 인상을 줄 수 있는 것이 가난한 의사의 모습인 것이다.

그는 늘 산에 대해 이야기한다. 산이 그에게 준 위안들, 산으로 갈 수밖에 없는 허기진 정신, 이런 것들을 나는 그의 말로, 그의 소설로 끊임없이 듣고 읽는다. 그에겐 산만이 대답해줄 수 있는 해묵은 숙제가 있다. 대답해줄 수 있는 무엇을 하나 꽉 붙들고 있는 그가 때로는 행복하게 보이기도 한다. 내 해답지는 아직 인쇄되지 않고 있으니까.

그가 한 말 중에서 내게 가장 오래, 가장 깊게 남아 있는 것은 그러나 산에 대한 이야기가 아니다. 그것은 의사였기 때문에 경험한 이야기다. 아직 산 어귀의 사람 사는 마을에서 발을 빼내지 못하고 있는 나로서는 그럴 수밖에 없기도 하다.

이야기는 수술에 관한 여러 불가사의를 주제로 한다. 흰 가운을 입고 수술실에 들어가 환부를 열면 의사로서 오는 직감이 있다. 이 수술은 성공이다, 혹은 무의미하다. 직감에 관계없이 어떤 수술이든 최선을 다하고 나서 운명에 맡기는 것이 의사의 진심이지만 살릴 수 있다는 믿음이 있으면 수술 마지막의 환부 봉합에 이르기까지 말로 표현할 수 없는 정성이 들어간다. 회복 후의 삶을 생각해서 촘촘히, 가능한 한 자국이 적게 남도록, 치밀하게 바늘을 움직이는 것이다. 그리고 그 환자를 영안실에서 만날 때 그는 절망한다고 했다. 예쁘게 꿰맨 수술 자리를 보면 더욱 할 말이 없어진다고 했다.

반대로, 도저히 살아날 것 같지 않은, 사망 진단 직전의 형식상의 수술을 받은 환자가 며칠 후 눈부시게 회복해서 침상에 앉아 웃고 있을 때도 그는 말을 잃는다고 했다. 거의 시체나 다름없는 환자의 환부에 무슨 흥으로 봉합 바느질이 세심했겠는가. 삐뚤삐뚤 듬성듬성 지나가버린, 자신이 남긴 환부의 실 자국을 보면 등에 식은땀이 난다고 했다. 드러나지 않는 이 힘, 그러나 분명히 작용하고 있는 이 힘이 보여주고자 하는 뜻은 무엇인가. 그런 날에는 산에 가지 않고는 도저히 배길 수 없다는 것이 그의 고백이었다.

촘촘한, 혹은 삐뚤삐뚤한 봉합 바느질의 이야기는 지금 이 순간, 서울로 향하는 기차 안에서 떠올려도 큰 떨림을 안겨준다. 이 떨림을 나는 설명할 수 없다. 설명되어지지 않는다. 그것은 뚫고 나가라고만 말한다. 단지 그렇게만 말한다.

어떻게?

미로에서 출구를 잃은 나, 아침저녁으로 먹히고 아침저녁으로 우는 시인의 뜸부기, 안개 속으로 사라진 김종구, 자신의 꽃말을 암호로 만든 지브란, 그리고 의사의 바느질, 설명되어지지 않는 이 모든 것들을 어떻게 뚫으라는 것인가.

어디서부터 어디를. 나는 짓밟힌 귀신사에서 본, 모래더미에 파묻힌 이름 모를 꽃을 생각한다. 그 숨어버린 꽃 속으로 삼투해 들어간다…….

기차는 자꾸 달린다. 아직도 부옇기는 하지만, 서울에 닿으면 그래도 나는 기계 앞에 앉기는 할 것이다. 나는 아마도 한 거인을 그리려고 덤빌지도 모르겠다. 와해된 세계의 폐허 어딘가에 숨어 사는 거인, 결코 세상에 출몰하지 않는 거인의 초상, 그리고 숨어 있는 꽃들의 꽃말 찾기.

그러다 보면 언젠가는 이 세상살이가 돌아가는 이치의 끝자락이나마 만져볼 수 있을지 모른다. 그리고 아직, 거기까지는 생각하고 싶지 않지만, 영원히 설명되어지지 않는 부분도 있을 것을 나는 안다. 하지만 그것은 거인의 초상을 그린 후, 그때 생각해도 늦지는 않을 것이다.

_『문학사상』 1992년 6월호

이 책에는 1987년부터 지난해까지, 6년 동안 썼던 중단편들이 실려 있다.

이렇게 말해버리고 나니, 웬일인지 가슴이 썰렁해진다. 세월이 이토록 빠른 것일까. 세월의 빠름이 쏘아놓은 화살 같다고들 말하지만, 그러나 이 시기의 삶들이 보여주는 궤적은 시간의 속도 그 이상이다.

질주하는 시간에 얹혀, 그 속도감이 놓치고 있는 징후들을 담아내고자 애썼다고 생각했었는데, 지금에 와서 다시 한 편 한 편 세밀하게 읽어보니, 상처와 고통과 애정이 한 몸이었던 그 시기가 마치 순정한 꿈인 양 여겨진다. 무엇에 홀린 것 같은, 개인과 집단이 함께 꾸었던, 그러나 이미 눈을 떠버린, 하지만 다시 꾸어야 할 그런 꿈.

그렇기에 나에겐 이 책에 수록된 소설들이 하나같이 소중하다. 이 소설들이 없었다면 도대체 무슨 말로 나의 그 시간을 설명할 수 있었을 것인가. 어떤 비난이나 엄벌보다 내가 나에게 가하는 질책 이상으로 괴로운 것은 없다.

오랜 기다림 끝에 한 권의 책을 묶었으니, 다시 새로운 길 – 문장을 찾아 헤매어야 할 시간이다. 자벌레가 몸을 구부리는 것은 다시 몸을 펴 이동하기 위해서라고 한다. 자벌레의 느린 걸음으로 가속, 또 가속인 이 세월을 버팅겨낼 수 있을지, 후기를 쓰는 손길이 한없이 더디기만 하다.

해설을 써주신 김병익 선생님께 큰 빚을 진 느낌이다. 여러 번 교정을 보게 만들었던 편집부 식구들에게도, 그리고……황지우 시인의 긴 노고에도 고마운 마음을 전한다.

1993년 6월
양 귀 자

'이곳'이 아닌 곳의 꿈꾸기

-양귀자의 「슬픔도 힘이 된다」

김병익(문학평론가)

   내가 양귀자를 처음 만난 것은, 아니 내가 그의 글을 처음 본 것은 70년대 중반, 그녀가 대학생이었을 때였다. 나는 한 대학신문이 공모한 대학생 문학작품을 심사하고 있었고, 마땅한 작품이 없어 난감해할 때 문득 눈이 확 트이는 소설을 발견했었다. 나는 서슴없이 그것을 당선작으로 뽑았고 심사평에서 이 작품이야말로 신춘문예에 응모해도 늠름하게 입상할 것이라고 썼었다. 정확히 말하면, 내가 격찬했던 것은 기억하지만 그 당선작은 물론 내 심사소감의 내용마저 잊고 있었는데, 그 당선자는 아마도 10여 년이 지나 만난 한 자리에서 내가 그렇게 썼음을 환기시켜주었다.

   그 당선자는 물론 양귀자였고 그녀는 그 심사평을 몇 번이고 읽었다고 말해주었다. 그 이후의 양귀자는 내 벅찬 기대를 저버리지 않고 곧 『문학사상』으로 문단에 등단했고(1978), 왕성하게 작품 발표들을 해왔으며 나는 그의 즐거운 독자가 되었다. 그의 새로운 이번 창작집을 읽으면서 이 사사로운 나의 기억부터 먼저 되살리게 된 것은, 습작기 시절부터도 의연했던 그의 문학이 그의 앞선 작품집들인 『귀머거리 새』(1985)와 당시의 문제작으로 짚어 유주현문학상의 영광을 안겨준 연작소설집 『원미동 사람들』(1987)을 거치며 이제에 이르러, 그의 나이와 세대를 뛰어넘는 원숙한 깊이를 새삼 다시 발견했기 때문이었다.

나는 30대 후반의 그의 나이를 꼽아보았고 그의 문장처럼 발랄했을 20대의 그를 상상했으며, 그리고 그가 문득, 그러나 집요하게, 천착하는 '슬픔'이란 주제를 생각했다. 가령 원미동 사람들의 그 일상적인 삶에서 중산층으로 오르고자 하는 평범한 이웃들의 설움과 그 설움을 돋우어주는 현실에 대한 경쾌한 풍자를 발견하던 그가, 많지도 않은 연륜에도, 설움보다 더 깊고 절절한 '슬픔'을 깨닫고 그것이 사람들과 세계의 근원적인 모습임을 확인하면서, 더구나, 그 '슬픔도 힘이 된다'는 역설을 알아채게 되었을까 하는, 세상에 대한 그리고 세월에 대한 무상한 슬픔을 이번의 작품집은 나에게 깊은 울림으로 감염시켜왔다. 그러니까 내가 지금 갖게 된 슬픔이란 양귀자의 소설들이 드러내는 슬픔과, 그가 슬픔이란 주제를 되씹고 있는 현실적 혹은 내면적 정황이 안겨주는 슬픔으로 겹쳐 있어, 오랫동안 그 말과 그 정서로부터 멀리 있어왔던 내가 그 슬픔의 축축한 늪으로 유인당하고 말았던 것이다.

이념과 실천적 의지로서만이 지탱될 수 있었던 80년대에, 그리고 그것들이 일거에 붕괴되듯 무너지면서 돌연히 풍미하기 시작한 경쾌한 소비의 90년대에, 요컨대 슬픔이란 것과 유난스런 빌미를 이루지 못할 이 시기에, 양귀자는 왜 슬픔이란 것에 대해 깊이 젖어 있었을까. 이 시대와 그의 연륜에 걸맞지 않는 이 단어를 그는 의외로,『슬픔도 힘이 된다』의 활력에 찬 '해결사' 김 목사의 힘찬 격려사에서 끌어오고 있지만, 슬픔의 정조는『슬픔도 힘이 된다』에 수록된 다섯 편의 중단편과 거기에 등장하는 사람들에게, 그 김 목사까지 포함해 모두에게 두루 미만해 있다. 그 사람들 모두는 지치고 패배감에 젖고 혹은 저어하며 "산다는 일의 지난함, 그 지루한 되풀이"를 힘들어하며 나날의 삶을 괴로워하고 있다. 그 고단한 삶은 역사를 "단순히 정복·통일·치적"의 연대기이기보다는 "파괴와 폭력과 능욕의 연대기"로 배워야 한다는 도저한 비관적 전망으로 바라보게 만든다.

이립(而立)의 한창때에 작가가 왜 이 같은 슬픔의 시선으로 세계를 읽어야 했는지 그의 개인적 신상을 자세히 알지 못하는 나로서는 헤아리기 어렵다. 그러나 그가 들여다보며 진술하고 있는 이 세계가 "우리는 선택할 수 없고 마찬가지로 거부할 수도 없다. 어떤 것도 불확실하며 어떤 것도 전혀 보장받을 수 없다."는 그의 진담은 지울 수 없는 실감으로 다가온다. 그래서 "작은 꿈, 작은 눈물 그런 것들로 무찌르기에 이 세계는 너무나 거대하고 음흉"하며 "진실이나 희망이란 말은 흙더미에 깔려 안장되었다"는 그의 절망적인 진술은 우리가 안락한 것으로 여겨온 이 세상의 삶의 면모를 근본부터 뒤엎어 다시 바라보고 새로이 생각하게 만든다.

양귀자는 우리로 하여금 젖어들게 만드는 그 슬픔에의 각성을 그러나 존재의 우수라든가 실존의 고통에서 찾지는 않는다. 그는 삶의 현장에서, 구체적인 사건들을 통해 슬픔의 감수성을 일구어낸다. 그의 문학이 뛰어난 것은 실제의 삶에서 부닥쳐 생겨난 생채기의 아픔을 분노 혹은 설움으로 응어리지게 하기보다는 슬픔과 비극의 정조로 끌어올리는 데서 얻어진다. 그가 어떻게 해서 소모적인 감정의 틀에서 마음을 일으켜 세계를 이해하는 보편적 실재감에 도달하는지, 그래서 슬픔을 힘으로 바꾸는 그 내면적 싸움이 어떻게 펼쳐지는지는, 그의 작품의 실제 속에서야 밝혀질 것이다.

다섯 편의 중단편들이 발표순으로 차례지어 있는 『슬픔도 힘이된다』의 앞부분에 수록되어 있는 단편 「산꽃」과 중편 「천마총 가는 길」은 연작으로 보아도 좋을 연속적인 소재를 다루고 있다. 그 규모는 소품이지만, 이 작품집에서만이 아니라 그의 작품들 전체 중에서 혹은 어쩌면 우리 단편문학사에서, 뛰어나게 아름다운 성과로 뽑아도 좋을 「산꽃」은 아버지의 유해를 이장할 묘터를 찾아 하루 산행을 하는 소담스런 이야기이지만, 첫머리에 경구처럼 박혀 있는 "삶과 죽음이 한통속이라는 서늘한 느낌"을 주인공의 의식에서뿐만 아니라 그와 함께 공원묘지를 따라가는 우리의 마음속에도 줄곧 괴롭게 달라 붙여 놓는다. 그 공원묘지에도 살아 있는 사람들의 세계에서처럼 "맨션아파트도 있고 서민아파트도 있으며 단독주택도 있어서만은" 아니며, "공장에서 물건을 생산하듯이 임종에서 묘지까지의 여러 과정을 많은 사람들이 나누어 담당하면서 하루에도 몇 채씩의 유택을 세워 올리는" 그 언짢은 과정이 같아서도 아니다. "삶과 죽음이 한통속"이라는 진단은, 오히려, 삶이 죽음 같고 죽음이 삶 같은 풍경들에 대한 작가의 섬세하면서도 고통스런 관찰에서 나온다.

해설   295

먼지로 얼룩진 연쇄점의 유리창들과 비슷비슷한 슬레이트 지붕의 누추한 모양새가 일정한 간격을 두고 차창 밖으로 흘러갔다. 그리고 동네 뒤에는 언제나 산이 있었다. 산은 산이어서 싱싱했다. 연초록 기운이 움터오는 때여서 더욱 그랬다. 움트는 새싹에까지 먼지가 묻어 있을까, 그는 잠시 그런 생각을 했다. (p.12)

인간의 삶이 이루어지고 있는 동네와 자연의 산은 먼지로 얼룩짐과 연초록 기운으로 대비되어 있고 그 모습은 누추함과 싱싱함으로 비교되고 있다. 삶은 죽은 모양새이고 죽은 듯한 곳은 살아 싱싱하다. 그것이 산꽃 진달래의 생리로 표상된다. 여기저기 산에서 지천으로 피어 있는 진달래는 그러나 집의 마당에 옮겨 심으면 "이내 말라 비틀어"지고 만다. 생활의 터전이 "숨이 막힐 듯한 나날들, 도시의 이곳저곳에서 출몰하는 올가미들, 나사가 헐거워진 기계처럼 티격태격 부딪쳐오는 가정생활" 등등의 "흉포한 인간관계"로 얽혀 생명을 졸이는 죽음의 장소인데, 산속에 들어서는 "순간 코끝을 맴돌던 먼지 냄새는 순식간에 사라지"고 "대신 알 수 없는 풀 냄새가 머리를 개운하게 비워주"며 "탱탱한 활력이 넘쳐흐르는 듯"하고 "그의 얼굴도 신록에 물들어 푸르게 보이"며 자동차가 "절대치의 고조된 기분으로 가쁘게 달리고, 바퀴 밑에서 튕겨 오르는 돌멩이의 비명은 타악기의 잦아드는 박자로 같이 달리"는 생명력이 충만하고, 시들어가는 인간들에게는 싱싱한 활기를 채워준다. 그를 태우고 온 박 기사는 "여기 들어오면 속이 후련해"진다고 편안해하고 그는 "산바람이 건듯 불면 여기저기서 메아리처럼 산이 숨 쉬는 소리"를 들을 수 있게 된다. 그러나 산에서, 순수한 자연 속에서 생명의 싱싱함을 느낀다는 양귀자의 탄성은 단순한 자연 예찬론으로 이루어지는 것은 아니다. 그는 그의 삶의 현장이 아닌 다른 어느 곳으로 가고 싶다는 꿈을 지녀왔던 것이다.

이해할 수 없는 일을 이해하기 위하여 사는 게 아니던가. 다만 여기가 아닌 다른 곳으로 떠나고 싶기도 하는 삶의 한때, 죽음을 떠올리며 비참한 위무를 받곤 하는 마음에 그런 풍경들은 종종 상처가 되었을 뿐이다. (p.10)

'여기가 아닌 다른 곳'으로 떠나고 싶다는 열망은 『슬픔도 힘이된다』의 세계 전반에 번져 있다. 「산꽃」에서 아버지의 유해를 옮길자리를 찾던 '그'가 이장 공사를 마친 후 그 보상금을 받기 위해 자신이 성장한 대구에 가고 그 돈으로 일가가 경주를 관광하는 여정을 그리고 있는 중편 「천마총 가는 길」은 '여기가 아닌 다른 곳'에의소망이 어떻게, 왜 일구어졌으며 그것은 어땠는가를 구체적으로 묘사해준다. 딸을 데불고 떠나는 부부의 가족여행은 당연히 기대에 부푼 즐거움이었지만, 그러나 실제의 그 여정은 즐겁기는커녕 괴롭고지치고 을씨년스러움의 연속이었다. 보상금 수령의 절차를 밟는 동회로부터 구청·은행을 거치는 길은 무거운 가방과 까다로운 수속과배고픔과 먼 걸음걸이로 그 일가를 "패잔병처럼 지치게" 했고 "낭패스럽게" 했고 "맥이 빠지게" 했다.

몇 푼의 돈을 받기 위한 그의 힘든 절차는, 그가 밟는 절차 속에서 끈질기게 회상되는 그의 아버지와 그 자신의 고통스럽고도 무력한 이력과 크게 다름없는 것이었다. 말년에 아주 무력하고 무감해진 그의 아버지의 생애는 가난한 식민지 백성과 분단과 전쟁이라는 우리의 참담한 역사로 인각되어 있었고 그래서 아버지의 "절대 무위가 [가족들에게는] 또 다른 폭력에 다름 아닐" 정도가 되어버렸다. 아버지의 사실상의 죽음과 더불어 태어나 무력한 아버지를 '증오' 하며 성장한 '그'가 지금 신문사의 여성지 기자직에 사표를 내고 이 여행에 나서기로 작정하게 된 데에는 "이제는 돌멩이처럼 굳어버려 돌이킬 수 없을 만큼 자리잡아버린 체제에의 봉사를 어떤 식으로든 끝장내어야 한다는 초조감"으로 저려져 있었다. 값싼 연예계 기사나 명사들의 스캔들을 캐야 하는 황당함에 시달리는 그에게, 그러나 그 초조감은 관념이 아니었다. 그는 어느 날의 무고한 아침에 문득 왜인지도 모른 채 기관에 끌려가, 벌거벗겨져 몽둥이질과 물 먹이기로 "한 마리의 돼지"처럼 고문당한 전율스런 경험으로 고통당하고 있는 것이었다. 김원일이 그리고 있는(가령 최근의 그의 대하소설 『늘푸른 소나무』에서처럼) 고문의 장면보다 더 치열한 실감을 유발하는, 더 없이 가혹한 그 고문들(그 고문은 실제의 경험이다. 이 소설의 '그'는 바로 작가 양귀자의 남편이, 그가 실제로 겪고 당하고 행한 이야기들이 아마도 이 소설에 사실적으로 묘사되었을 것이다.) 속에서 그는 굴욕감보다 더한 공포, 공포를 뛰어넘는 굴욕감에 치를 떨었다:

연달아서 각목이 날아와 다리를, 어깨를, 옆구리를 기습하였다. 각목을 피해서 그는 방의 네 구석을 모두 헤매고 다녔다. 한자리에서 몰매를 맞는 것보다는 한 발자국이라도 도망치는 게 나았다. 어디를 어떻게 맞았는지 아파할 겨를도 없었다. [……] 오로지 무지막지한 매를 한 대라도 피해볼 일념뿐이었다. 발가벗은 몸뚱어리에 각목이 파고들면 피가 튀었다. [……] 그는 분명 한 마리 돼지에 불과하였다. 그러나 굴욕감보다 공포가 훨씬 컸다. 아니, 어느 순간에는 공포를 뛰어넘는 굴욕감에 치를 떤 순간도 있었다. (p.73)

경주를 관광하기 위해 실려 가는 버스 속에서 회상되는 그 고문의 경험보다 그를 더욱 괴롭힌 것은 그가 결코 용서할 수 없다고 결심한 그 고문자를 훗날 식당에서 만났을 때 무심한 척 대면했다는 그 치욕스런 기억, "신보다 먼저 그를 용서하지 않았는지, 결코 그럴 수는 없는 일이어서 거의 미칠 듯한 심정", 그리고 그로부터의 "늪 속에 빠져 허우적거리던 7년이었고 [기관에서 석방될 때 쓴] 각서에 굴복한 7년의 그 무위한 시간들"이었다. 그가 사표를 내고 새로운 출발을 해보겠다는 것은 그 견딜 수 없는 괴로움의 결과였다.

그는 다시 [자신이 기관원에게 연행되던] 자동문 앞에서 비틀거렸고 계단참의 환영에 몸서리를 쳤다. 그가 용서할 수 없는 것은 이미 고문자들이 아니었다. 고문자들의 시대, 폭력이 정당화되는 시대, 그를 그처럼이나 깊고 어두운 허무의 동굴에 밀어 넣고 냉소 짓게 만들었던 시대, 극단의 시간, 시간들이었다. [……] 그들을 용서할 수 없다면 그의 7년 또한 스스로 용서할 수 없었다. 권력의 노리개인 줄 번연히 알면서도 영화배우 누구를 칭송하는 기사를 썼고 그들의 흉측한 음모를 잘 알면서도 온갖 썩은 대중문화를 펜 끝에 실어 날라 그들에게 봉사했다는 식의 유치한 반성을 뛰어넘는 어떤 적개심이 이제는 그의 새로운 덫이 되었다. (p.87)

때는 마침 6월 항쟁이 벌어지고 있었다. 그는 시위 군중에 몸을 던지는 쉬운 일보다는 "자신의 진실과 정면으로 맞부딪쳐야 했"고, "다시 살아보는 것, 마음 깊은 곳에 울혈로 남아 있는 압박감을, 부채를 떨치고 새롭게 살아보는 계획"을 찾을 생각이었다. 그가 대구를 거쳐 경주로 아내와 딸을 데리고 여행을 하기로 한 것은 그 '다시 살아봄'의 출발 신호였다. 그러나 경주로 가는 길도 그가 경원해온 대구에서의 한나절처럼 암울함의 연속이었다. 자동차 사고가 난 고속도로에서 낭자한 핏자국을 보았으며, 여관방에서는 바퀴벌레가 기어 다녔다. 해돋이를 하는 석굴암에서는 추위에 떨어야 했으며 역사의 유적들을 둘러볼 때는, 그가 고문에서 풀려난 후에 일 년 동안 시달려야 했던 것과 같은 두통을 다시 느꼈다. 그리고 그는 마침내 천마총에 들어섰고 성난 갈기를 날리며 하늘을 날 듯한 백마를 그린 천마도 앞에 섰고, 거기서 권력과 지배, 영화와 꿈들에 대한 상념에 빠진다. 그는 생각하고 또 생각한다.

유리 저 안쪽에서 백마는 앞다리를 번쩍 치켜 올리고 갈기털을 꼿꼿이 세운 채 하늘을 날았다. 한 번만, 다시 한 번만 새롭게 시작할 수 없을까. 저들의 백마는 마지막 지평선에서 하늘로 날아가 버릴지라도, 그는 바로 이 땅에서 끝까지 엉겨 붙어 한번 살아보고 싶었다. 이

땅에서, 다시 한 번만……. (p.104)

　이상의 「날개」를 연상시키는 이 대목에서 그는 '이 땅에서 끝까지' 살아보고 싶다는 희원을 부르짖는다. "그는 부드러움을, 억압적이지 않은 삶을 원하고 있을 뿐"이었고 '이곳 아닌 다른 곳'을 가리키지 않고 바로 '여기'를 짚기를 소망하고 있었지만, 아아, 그러나 그가 종내 보고 말아야 했던 것은 '천마총 가는 길'의 표지판이었다. 그 표지판을 통해 작가는 무엇을 가리키려 했을까? 이곳이 아닌 그 어느 다른 데로 '가는' 것이어야 한다는 것? 파괴와 폭력과 능욕이 정복과 통일과 치적과 함께 앞뒷면을 이룬 역사로? 혹은 그 모든 것들이 주검이 되어 묻힌 무덤으로? 확실한 것은, 그가 그 팻말 아래에서, 딸의 다리를 자르지도 않고 팻말의 말뚝도 잘리지 않는, 그 어느 것도 다치지 않게, 어느 쪽도 치우치지 않게 '온전한 사진'을 찍고 싶어한다는 점이었다.

　「기회주의자」와 「슬픔도 힘이 된다」는 앞의 두 작품과 다르기도 하고 비슷하기도 하다. 그것들은 「천마총 가는 길」의 '그'와 같은 유형의 인물이라는 점에서, 그리고 억압적 현실에 대한 내면적 고뇌를 다루고 있다는 점에서 비슷하지만, 그 현실의 억압에 대한 시각이 앞의 1인칭적 술회에서 3인칭적 시각으로 객관화되고 있으며 그래서 소설적 정황이 외면적 묘사로 다가가고 있다는 점이 다르다. 그 외면화되고 있는 정황은 출판사 직원들의 노조 결성과 전교조의 해직교사들 모임인데, 그러나 비슷한 사태에 대한 작가의 그 접근들도 역시 다르다.

「기회주의자」는 크지 않은 출판사의 양심적으로도 보이는 사장에 대항하여 노동조합을 결성하고 그것이 제 권리를 요구하는 내부적 과정에서의 노조원의 다양한 형태를 그리고 있다면, 「슬픔도 힘이 된다」는 교육 현장의 비리에 저항하여 참된 교육을 수행하려다 해직된 교사들의 연약하면서도 힘찬 연대를 섬세하게 보여주고 있다. 그 두 사건은 「천마총 가는 길」의 '그'가 새로운 출발을 도모하도록 깨우쳐준 적극적 계기인 6월 항쟁 이후에야 가능했던 일들이며 작가가 자전적(남편을 대신한 것이긴 하지만) 술회에서 사회 현실에 대한 객관적 고찰로 그의 사유를 넓혀가게끔 만드는 동기이기도 하다.

노동조합을 주제로 한 소설임에도, 그러나 양귀자의 이 소설들은 현장 작가들의 그 숱한 노동소설들과는 다르다. 그 다름은 양귀자의 인물들이 출판사원이고 교사인 화이트칼라 노동자들이라는 신분상 혹은 직종상의 차이에서 기인하는 것인데, 그래서 그들의 태도는 육체노동자들처럼 투쟁적이기보다는 사유적이고, 소박한 공동체적 연대감의 제고보다는 섬세한 내면적 갈등과 회의를 싸안는 이해의 확보로 모아지는 큰 차이를 만들고 있다.

「기회주의자」에는 노조 결성과 사주와의 교섭 중에 다양한 행동 양식이 나타난다. 노조 위원장인 손문길은 합리주의적이면서도 관대하고 이상과 현실을 적절히 배합할 수 있는 지도자적 자질을 자신 있게 보여주고 있으며 사무장 박성태는 적과 동지를 선명하게 가르며 투쟁적이고 가파르다. 노조에 가입을 보류하고 있는 두 사람의 이유도 달라서 미스 윤은 어려운 가장 노릇을 지키기 위해 용기를 못 내고 있으며 '칸트'란 별명답게 다른 한 사람은 "주의가 주의를 낳고 또 주의를 낳는 낙원으로?"라는 회의 때문에 유보하고 있는 중이다. 부위원장으로서의 '그'는 그 대조적인 인물들 사이에 끼여 '무력'해진다. "누구보다도 뛰고 달리고 싶은 갈증으로 가득 차" 있는 그는 「천마총 가는 길」의 '그'처럼 "날개를 접어둔 채 그냥 시 달리기만 하는 삶의 고통은 지난 몇 년간 실컷 겪었었다. 자신의 날개가 온전한지 시험해보고 싶기도 했다. [……] 날 수 있다. 혹은 난다, 라는 자기 최면은 실로 오랜만에 그에게 다가온 신선한 공기"로 받아들이고 있었지만, 사무실 안에서만 두통을 동반한, 어떤 치료법으로도 낫지 않는 기이한 감기에 시달리고 있으며 그래서 노조의 모임에 자주 빠지고 "그 스스로 무력한 인간이 되어가고 있음을 시인"하는 괴로움을 겪는다. 너는 어느 쪽이냐고 묻는 '칸트'의 질문 앞에서 그는 "나는 누구일까, 어느 쪽일까"를 스스로에게 자문하며 겨우 대답한다. "왜 이런 것 있잖아. 변혁 쪽으로 날아가는 듯하다가, 저, 뭐라 할까, 협상을 통해 개량주의자로 돌아서는 그런 조합운동을 조합주의적 운동이라고 비판하지. 나는……아마……조합주의자쯤일걸." 이 소설에는 현장 노동소설과 같은 분노도 함성도 없듯이 분명한 결론도 없다. 다만 그가 앓고 있는 감기에 대한 처남의 진단과 그것을 되씹어보는 마지막 말에서 '그'의 내면적 문제성을 암시하고 있을 뿐이다.

  그리고 문득 처남의 말이 떠올랐다. 공기가 안 맞는 거야. 사무실 공

기가 자네한테 안 맞아. 그러고 보니 숨이 제대로 안 쉬어지는 느낌
이었다. 공기가, 거침없이 드나들어야 할 호흡을 공기가 가로막고 있
었다. 그렇다면, 호흡을 방해하는 이 공기를 반쪽뿐인 알약으로 물리
칠 수 있을까. 그는 또 의심을 하였다. 공기가 안 맞다니, 정말 그럴
까……. 정말 그것 때문만일까……. (p.151)

초점은 "정말 그것 때문'만'일까"에 있을 듯싶다. 그에게 두통을
일으키는 것은 서울의 나쁜 공기 탓'만'이 아니다. 그를 숨 막히게 하
는 어떤 정황이 그 탓의 진짜 진원일 것이다. 그 정황은 「천마총 가
는 길」의 그가 종사하고 있는 여성지에서 맡아 한 "자본주의의 밑씻
개" 노릇과 다름없이 그가 여류 시인의 "고독·바람·여행·사랑·별
따위의 언어들이 짜놓은 역겨운 정서" 놀이를 책으로 만들고 있다는
참담한 자의식이기도 할 것이고, 시인하기 더욱 괴로운 일이겠지만,
과격한 노동운동의 폭력적인 야만성일 수도 있다.

나는 왜 박을 과격분자로만 보고 있는지, 나 또한 박에 대해 과격분
자가 아닌지. 그렇지만 그는 종종 박을 통해 비관자로 돌아서게 된다.
과거의 경험들, 모두가 공유했던 폭력의 야만을 박은 필연으로, 그
는 절망으로 인식한다. 쓰레기들, 그렇다면 누구라도 쓰레기가 안 된
다는 보장은 어디서 발견해야 하는지 그는 답답해진다. (p.135-136)

어떻든 그는 비관적인 사유인이고 「천마총 가는 길」의 '그'처럼
'부드러운, 억압적이지 않은 삶'을 꿈꾸는 사람이었다. 답답하고 어

눌해하기는 「슬픔도 힘이 된다」의 한 선생도 마찬가지다. 전교조 지회장인 그는 "현실을 정확하게 인식하고 있다면 왜 망설이고 주저하느냐고 다그치는" 비난을 당하며, 김 목사로부터는 "너무 샌님이야. 골샌님이라구. 대체 언제나 투사가 되겠어요?"란 핀잔을 받는다. 그러나 그에 대한 비난과 핀잔은 「기회주의자」의 박성태처럼 전투적이지 않다. 같이 해직되어 전교조 지회 일을 함께 보고 있는 이 선생, 박 선생 들은 한 선생과 마찬가지로, 개인적인 사정은 다 다르지만, 교육 현장의 갖가지 모순들에 대항하고 그 때문에 당국의 억압에 희생당하기를 함께했으며, 그들 간에는 신뢰와 이해가 교류하고 있었다. 이 소설은 그래서 「기회주의자」처럼 내부간의 갈등보다는 그처럼 선량한 의욕을 가진 교사들의 가난한 마음들의 보고와, 그런 그들을 투쟁자로 만든 현장 교육의 부조리 노출에 시선을 기울이고 있다.

그 보고와 노출은 한 선생의 이중의 '답답함'으로 진행된다. 그 하나는, 교사로서 그가 체험한 학교 현장의 문제성들과, 그것들의 개혁을 위해 조직된 전교조를 둘러싼 몰이해들로 말미암은, 외부 현실에 대한 그의 답답함이다. 그는 "아이들을 가르치는 일이 교사의 최우선 의미라는 가장 단순한 진실조차 지켜지지 않는 생활, 위로부터 내려오는 명령에 복종하지 않으면 무능 교사가 되는 교사 사회, 교육이 형식으로 그치고 그 형식마저도 정치에 유린당하는 풍경"들이 그에 가하는 답답함 때문에 결과적으로 전교협-전교조에 참여하였고, 그 전교조가 왜 있어야 하는지, 왜 있어서는 아니 되는지에 대한 상반된 논리들이 "무려 30년이 가까운 긴 세월" 전인 4·19 직후의 교원노조 상황과 조금도 달라지지 않았다는 인식이 드리운 답답함에 다시 빠진다.

> 역사는 흐르지 않고 고여 있었다. 언제까지 웅덩이 속에 발을 담그고 있어야 하는가를 질문할 때마다 한 선생은 숨이 막히도록 답답하곤 했었다. (p.168)

그러나 이런 외부 현실에 대한 비판과 그것의 개혁 의지를 가지고 동참했음에도, 한 선생 자신은 결코 투쟁적 행동에 참여하기를 두려워한다는 점이 그 자신에 대한 답답함으로 침잠시킨다. 탄압하는 당국과 싸우며 추위와 두려움을 견뎌 전교조 결성대회에 참가하는 등의 과정을 통해 그는 "답답함에서 착잡함에 이를 만큼 그 싸움은 어느 정도 그를 단련시켜주었음은 사실"이지만, 여전히 그는 "스스로가 조직의 리더로 적합하지 못하다는 것을 충분히 인식하고 있"으며 "결코 혁명가의 삶을 지닐 수 없는 사람임을 익히 알고 있었다." 그는 끝내 행동하기를 두려워하고 혹은 힘들어하는 사유인이었고 외적 싸움이라는 것도 내면의 승리를 전제로 해주기를 소망하고 있었다.

> 삶은 때로 그런 확인[자신이 걷고 있는 길의]도 필요한 법이었다. 사람들은 각기 어떤 삶이 되기를 원하는가에 따라 자신의 길을 선택하였다. 전교조의 투쟁에 동참하면서 그는 끊임없이 자신의 삶이 어떻게 완성되어야 하는지를 생각했었다. [……] 그는 이 투쟁이 결국은

스스로와의 싸움임도 잘 알고 있었다. 모든 명제에 우선하여, 그것의 완성으로 가는 투쟁은 내부에서 가장 치열한 것이라고 그는 믿었다. 이 싸움에서 이기는 날, 그 또한 내부의 싸움에서 승리하기를 진실로 원하였다. (p.195)

대의에 대한 지지를 보내면서도 그것이 인간의 개인적 내면의 싸움을 벌여야 하는, 그 싸움에 우선적인 의미를 두는 사유인은 행동보다는 성찰을, 투쟁보다는 이해를 먼저 싸안는다. 그리고 한 선생은 무엇보다도, 그 답답함들에서 분노가 아닌 '슬픔'의 정서를 키워낸다. 전교조 탈퇴를 거부함으로써 교장으로부터 탄압을 당하며 아이들 앞에 섰을 때의 그의 감정.

까맣고 동그란 눈동자가 일제히 그에게로 모여들었고 그는 교탁 앞에 서서 분노보다 슬픔 때문에 어쩔 줄 몰라 했다. 아이들의 검은 눈동자는 한때 그의 기쁨이었다가 이제는 먹먹한 어둠이 되었다. 검은 것은 슬프다. 그날 이후 그는 아이들과 헤어져야 할 앞날이 떠오를 때마다 눈앞이 캄캄했다. (p.171)

검은 것은 슬프다……. 그 암울한 시대의 캄캄함이 슬프고 그 캄캄함에서 예측할 수 없는, 아니 오히려 패배일 것이 분명한 싸움을 벌이고 있는 해직교사들의 암담함이 슬프다. 전교조 지회의 사무실 현판식을 여는 몇 시간의 일을 기록하고 있는 이 소설의 어둡고 답답하고 침울한 색조들은 모두 슬픔의 이미지를 키워낸다. 그리고 김 목사를 통해 작가는 속삭인다. "김 목사는 슬픔도 힘이 된다고 말하는 사람이었다. 슬픔까지도,가 아니라 슬픔이야말로 진정한 힘이 된다고 말하는 김 목사였다." 그 슬픔까지도 힘이 되기에, 아니, 슬픔이야말로 힘이 되기에, 한 선생은 현판식에 몰래 나타났다 사라진, 그들을 배반한 유 선생을 찾아 사무실 바깥으로 뛰어나간다.

> 유 선생이 기다려주고 있으리라는 믿음으로 뛰어나온 것만은 아니었다. 유 선생이 아니라면 그 누구라도, 지나는 이들의 검고 따뜻한 눈빛을 보고 싶었다. 지친 발걸음으로 귀가하는 이들의 낮은 숨소리를 들어보고도 싶었다. [……] 그는 그렇게 어둠 속에 서 있었다. 길 위에 흐르는 모든 것들이 내는 소리[……]들의 한가운데로 뛰어들었으면서도, 그랬으면서도, 그는 지극히 고요하였다. (p.203)

우리는 양귀자의 이 창작집에서 마지막으로 「숨은 꽃」을 찾는다. 그러나 긴 중편의 규모를 갖는 이 소설은 앞의 소설들과 여러 점에서 다르다. 다른 대부분의 여성 작가들과는 달리 남성을 주인공으로 삼아왔고 1인칭적인 시점을 가지면서도 '그'라는 3인칭을 화자로 설정해오던 작가는 여기에서 작가 자신이 화자로 등장하여 이른바 에세이소설류의 수법을 사용하고 있으며, 그 화자의 술회를 통해, 그리고 그의 강력한 개입 아래 김종구라는 전혀 낯선 사람을 묘사하고 있다. 그의 주인공들이 잡지 기자, 출판사 편집자, 학교 교사라는 중산층의 프티 지식인이었던 데 비해 김종구는 시골의 뜨내기 일꾼이다. 그런 그를 작가는 "영원을 돌아다니다 지친 신이 쉬러 돌아오는 자리"의 내력을 가진 귀신사(歸神寺)에서 만난다. 작가는 혼자서 여행을 나선 참이었고 그녀는 "이게 아닌데, 라는 내 속의 외침을 잠재우기 위한 버둥거림", "그 지긋지긋한 내 속의 외침을 땅속 깊이 파묻어버리고 혼자만 도망쳐올 수 없을까 해서 꾸민 음모"로 고향 근처의 산사 동네로 내려온 것이었다. 그녀는 정말 우연히도 15년 전의 짧은 교사 시절에 가르친 학생의 오빠 김종구를 만난 것이다. 그는 귀신사의 개축공사 인부였고 술집여자 출신인 '황녀'와 살고 있었다. 그녀는 그 뜨내기 부부의 초대를 받아 저녁을 대접받고 황녀의 단소 소리를 들으며 김종구의 파격적인 삶과 그의 삶에 대한 주장들을 듣는다. 그 부부와 경운기를 타고 유행가 가락을 불러대며 여관으로 돌아오는 길은 그녀에게 새로운 생기를 깨닫게 한다.

> 깊이 잠든 산과 들이 경운기의 털털거리는 엔진소리에 화들짝 잠을 깨어 미풍에 가지와 잎사귀를 흔들던 모습이 생각난다. 공기는 달콤했고 구름에 숨었다 나타나는 달은 신비로웠다. (p.269)

그 생기는 「기회주의자」의 '그'처럼 혼탁한 도심의 '공기'로부터 벗어났기 때문만도 아니며, 「산꽃」의 '그'처럼 싱싱한 산속에 들어왔기 때문만도 아니었다. 작가는 그 깊고 의연한 자연처럼, 인위적인 모든 것으로부터 오염당하지 않은 당당한 김종구와 그의 황녀를 보았고 그들을 통해 무엇이 힘찬 삶인가를 확인하였던 것이다.

그녀 회상 속의 김종구는 중학교를 중퇴하고 떠돌이로 떠돌다 고향집에 내려와 있을 때의 네 장면에 담겨 있다. 그는 결석한 동생 때문에 가정 방문한 그녀에게 "사는 일이 가장 먼저"이며 나머지는 "다 하찮고 하찮은 것"이라는 확신에 찬 말을 한다. 그다음의 김종구는 배에서 맨몸으로 잠들어 떠 흐르는 모습의 "그 눈부신 빛살, 요람 속의 평화"였다. 세 번째의 김종구는 삶은 염소 머리를 도끼로 자르는 진저리쳐지는 야만성인데 그러나 그녀는 거기서 "위선과 타협할 수 없는 국외자로서의 비애"를 감지한다. 마지막의 회상에서 김종구는 안개바다를 향해 쉼 없이 징을 울리고 있었고, 그녀는 "영혼을 울리는" 징소리로 선잠에 시달린다.

김종구의 이 특이한 면모들은 그녀의 기억 속에서만 그런 것이 아니었고 그가 술회하는 그 자신의 지금의 삶에서도 그랬다. 그는 주민등록증이나 신원증명을 요구하는, "자신을 얽어매는 어떤 수작도 모두 거부"하면서 "이대로가 편해요. 난 계속 김종구로 지지고 볶고 할 테니까."라고 장담하고, "머릿속에 먹물 담아놓고 주위에 검정물 뿌려대는 인간하고는 길게 상종하지 말 것, [……] 그런 부류들은 저밖에 모르거나 필경 주위에 불행만 옮기거든요."라며 "머릿속에 뭐가 들어 있다는 것은 욕이에요. 그것은 모두 쓰레기"라는 신조를 작가인 그녀 앞에 거침없이 드러내며 "넓은 세상 어디든 뛰어들어 북대기 치다보면 막힌 머리도 확 뚫리게 돼 있다구요. 그게 진짜예요. 살아 있는 거지요."라고 자신의 소박한 철학을 힘 있게 제시한다. 그런 모습은 그가 자신의 '갈빗대'라고 부르는 '황녀'의 거침없이 야성적이며 대담하게 솔직한 태도에서도 마찬가지로 나타나는데 그것은 "당당하고 조금도 야비하지 않다. 음해의 의도도, 방약무인한 자의 무례나 열등감의 흔적도 보이지 않는다." 그가 마시

고 있는 "소주처럼 맑은" 그들의 그런 모습들을 보며 작가인 화자는
자괴의 절망감을 느낀다.

나는 이제까지 나와 연루된 모든 것들, 한마디로 뭉뚱그려 놓은 도덕
과 긴 역사의 문화라고 하는 것들이 이들 앞에서 얼마나 하찮게 무너
지는가를 절감했다. 내가 영향 받고 그에 의해 단련되던 것들은 사실
은 아주 작은 세계에 불과하다는 것, 나는 평생 이 작은 세계 밖으로
한 발짝도 벗어날 수 없을 것이라는 예감은 절망이었다. (p.264)

그러니까 김종구는 작가와 전혀 다른 세계 속에서 전혀 다른 삶
을 살고 있지만, 그러나 화자인 작가는 그와 은밀히 내통할 수 있
는 공동의 정서를 발견한다. 그것을 우리는 '슬픔'이라고 할 수 있
을까. 황녀가 단소를 불고 난 다음의 이 아름다운 장면이 주는 슬픔
을 보자.

여자는 대나무 악기로 막았던 입술에 손가락을 대고 아무 소리도 하
지 말라는 주의를 주었다. 그제서야 나는 남자의 볼에 흐르는 한 줄
기 눈물을 보았다. 눈물은 볼을 타고 흘러 이미 희끗희끗 흰머리가
터전을 이루고 있는 귀밑머리를 촉촉이 적시고 있었다. 못 볼 것을
본 것처럼 나는 아득했다. 지금 김종구가 소리에 실려 떠내려와 배
를 댄 기슭은 어디일까. 아무도, 지금, 바로 이 순간, 그가 무슨 생각
을 하고 있는지 알 수가 없다. 단소를 내려놓고 황녀는 무릎걸음으로
다가가 남자의 눈물을 닦아주었다. 나는 말없이 그런 그들의 모습을

지켜보았다. (p.268)

이에 이르면, 김종구는 단순한 야인, 무지하기만 한 뜨내기임이 아님을 우리는 작가와 함께 깨닫는다. 아니 그는 뜨내기이지만, "삶의 비밀을 엿본 자에게 붙박이 삶이 가능하기나 할 것인가."라는 작가-화자의 관찰에 따르면 그는 이 세상의 착잡함과 그럼에도 허망함을 체득하고 있었고 그런 부조리한 세계를 살아가야 하는 인간 운명의 슬픔을 몸으로 살고 있는 달인과 같은 정신을 지니고 있는 것 같다. 그 달인의 경지는, "나이가 들면 하늘을 많이 보게 된다"며, "이제는 땅을 보더라도 풀이나 나무, 꽃이 무슨 말을 하는지 그런 데 더 관심이 갑니다. 어느 땐 풀이 무슨 말을 하는지 알아들을 수 있을 것 같아서 길을 가다가도 우뚝 멈춰 서곤 하지요."라는 데까지 다다르는데 그것은 「산꽃」에서 그려진 것과 다름 아닌 세계와의 은밀한 통화이다. 그는 그런 세계를 '검은 눈자위로 보라'는 경구로써 권한다. 흰자위가 있음에도 검은 눈자위로 보라는 것, 그것은 "어둠을 통해 세상을 보라는 신의 섭리"인 것이다. 그것은 세상의 어둠을 들여다보라는 것, 어두운 눈으로 세상을 바라보라는 뜻일 것이다. 세상은 어둡고, 그것을 바라보는 눈도 어둡다는 것-작가 양귀자의 시선과 그 시선이 포착하는 세계의 모습은 그런 것이었다.

서울로 돌아오는 기차 속에서 작가-화자는 "상처가 없이 어떻게 사람들이 다시 만날 수 있을 것인지, 소설은 또한 상처 자국의 조명 없이 어떻게 가능할 것인지"를 생각하며, "거대하고 음흉"한 이 세계에서 "흙더미에 깔려 안장된" "진실과 희망"이 숨어버린 이 시대의 포악과 싸우는 것이, 그래서 우리가 "짐승으로의 추락을 막는 유일한 대안"이 문학임을 새로이 깨닫는다. 그 숨겨진 진실과 희망을 되찾는 것, 그것이 음흉하고 거대한 세계에 파묻힘으로써 그것들은 '꽃말의 비밀'처럼 '난해'해지고 있다. 그 꽃말을 찾아야 한다는 것, 그것이 문학이며 그녀는 작가로서의 이 임무에 대한 의욕을 이제 여행으로부터 돌아오며, 그리고 다시 만날 수 없을 김종구를 회상하면서, 되살려낸다. 그러나 그것을 어떻게 할 것인가?

> 미로에서 출구를 잃은 나, 아침저녁으로 먹히고 아침저녁으로 우는 시인의 뜸부기, 안개 속으로 사라진 김종구, 자신의 꽃말을 암호로 만든 지브란, 그리고 의사의 바느질, 설명되어지지 않는 이 모든 것들을 어떻게 뚫으라는 것인가. 어디서부터 어디를, 나는 짓밟힌 귀신사에서 본, 모래더미에 파묻힌 이름 모를 꽃을 생각한다. 그 숨어버린 꽃 속으로 삼투해 들어간다……. (p.288-289)

...

양귀자의 아름다운 소설에 대한 우리의 거친 여행에서 우리는 『원미동 사람들』에서도 내비쳤던 그녀의 낭만주의자적인 모습을 새로이, 그러나 더 진하게 발견한다. 그녀는 '고여 있는' 현실에 '이게 아닌데'라고 탄식하며, '이곳이 아닌 다른 곳'을 꿈꾸고, 그 다른 곳을 향하여 길을 떠나도록 하며, 문학이란 그 길에서 '숨은 꽃'을 찾아내고 그 비의를 밝혀내는 것이라고 말하고 있다. 그러나 그의 숨은 꽃은 노발리스의 그 '푸른 꽃'과 같은 밝은 색깔이 아니라 어두운 검은색이다. 그녀가 떠나 이르고 있는 곳은 산속의 무덤 혹은 천여 년 전의 왕릉이거나 적요한 산사이며, 그곳의 침묵과 주검이 삶을 환기시켜주는 곳이다.

그녀는 왜 어두운 낭만주의자가 되었을까. 고문의 상처가 너무 컸기 때문일까, 이곳 아닌 다른 곳에 희망을 갖기에는 그가 너무 현명한 탓이었을까. 분명한 것은 그의 상처와 그의 지혜가 고통스런 현실과 그것과의 괴로운 싸움을 통해 얻어졌다는 점이다. 그것을 그는 '검은 눈자위로 바라보라'라는 간결한 격언으로 요약하고 있다. 그리고 '검은 것은 슬프다'는 작가의 잠언에 따르면, 이 세상은 슬픈 것이고 또 슬픈 눈으로 바라보아야 할 것이었다. 아아, 세계는 슬픈 것이기에 힘이 되는 것이고 힘 있게 살아야 할 것이었다. 부정을 통한 이 강한 긍정! 문학은 이 변증을 찾는 비의의 길이다. 그는 자신의 작가적 현실에 대한 깊은 고뇌와의 싸움을 그 귀신사에서 이루었고 다시 그의 작가의 집으로 돌아오는 길에 그 비의를 품은 '숨은 꽃' 속으로 "삼투해 들어"갈 것을 다짐한다.

이 긍정으로의 전환이, 양귀자에게는 현실에 있어서는, 자식에 대한 '희망'으로 나타나는 듯하다. "희망이, 자식이, 그런 것이 미미하다면, 이해되기도 전에 진실은 쓰레기통으로 처박힌다." 자식이 희망일 수 있음은, 그와의 정반대의 생각과 삶을 살고 있는 김종구의, "끔찍한"이 되풀이되는 다음의 말에서 강조된다.

자식 하나 없이 죽어버린다고 생각하면 정말 끔찍하죠. 그래요. 아직

은 그게 끔찍해요. 난 이 세상에 자식 하나는 남겨야 된다고 생각해
요. 그래야 가끔씩 하늘에서 굽어보면서, 내 자식아, 뭐가 걱정이냐,
아무 걱정 말고 그런 덜 떨어진 놈들은 좀 패줘라. 이렇게 일러도 주
고 그럴 거 아닙니까. 그런데, 그 자식을 데려가 버렸어요. 정말 끔찍
한 일이지요⋯⋯. (p.277-278)

　자식이 없다는 일은 끔찍한 일이다, 라는 생각은 파격적인 생애
에 스스로를 맡겨버린 그에게도 유일한 유감이었다. 그리고 작가는,
그 자식은 온전하게 길러야 한다는 생각을 매우 은유적으로 표시하
고 있다. '천마총 가는 길'의 팻말 아래서 딸의 사진을 찍으며, 아이
의 다리가 잘리지 않도록 "온전하게" 사진 속으로 온몸이 다 들어오
도록, "아주 진지하게, 정성을 다하여" 셔터를 누르고 있는 것이다.
그리고 아이와 함께, '천마총 가는 길'의 팻말도 잘리지 않도록 사진
을 찍는 그의 정성은, 아이의 존재가 역사적 존재임을 인식하는 데
서 나오는 것일 것이다. 양귀자는 이곳이 아닌 다른 곳에의 꿈을, 그
역사적 존재인 아이에게 의탁하고 있는 것이다⋯⋯.

양귀자 소설
슬픔도 힘이 된다

1판 발행 • 1993년 6월 30일
2판 발행 • 2005년 6월 15일
3판 발행 • 2014년 11월 15일

3판 3쇄 • 2024년 7월 10일

지은이 • 양귀자
펴낸이 • 심은우
디자인 • [★]규

펴낸곳 • 도서출판 쓰다
주소 • 03006 서울시 종로구 평창11길 33
출판등록 • 2012년 10월 12일 제 300-2012-191호
대표전화 • (02)395-0390~2
팩스 • (02)379-7322
이메일 • writepublishing@gmail.com

ⓒ 양귀자, 2014
ISBN 978-89-98441-04-3 03810